CHRISTIAN SCHLINDWEIN

Dunkle Schluchten am Bodensee

CHRISTIAN SCHLINDWEIN

Dunkle Schluchten am Bodensee

KRIMINALROMAN

GMEINER

Personen und Handlung sind frei erfunden.
Ähnlichkeiten mit lebenden oder toten Personen
sind rein zufällig und nicht beabsichtigt.

FSC
www.fsc.org
MIX
Papier | Fördert
gute Waldnutzung
FSC® C014496

Besuchen Sie uns im Internet:
www.gmeiner-verlag.de

Im Ehnried 5, 88605 Meßkirch
Telefon 07575/2095-0
info@gmeiner-verlag.de

1. Auflage 2023

Umschlaggestaltung: U.O.R.G. Lutz Eberle, Stuttgart
unter Verwendung eines Fotos von: © abr68 / stock.adobe.com
Druck: GGP Media GmbH, Pößneck
Printed in Germany
ISBN 978-3-8392-0476-4

Lupus est homo homini, non homo,
quom qualis sit non novit.

Der Mensch ist dem Menschen ein Wolf, kein Mensch,
solange er den anderen nicht kennengelernt hat.

Plautus

PROLOG

Natürlich spürte er die bösen Blicke. Er hätte aus Stein sein müssen, um sie nicht wahrzunehmen. Sie brannten sich in seine Haut wie glühende Eisen.

Ein kalter Wind strich über den Platz zwischen den armseligen Häusern, hinter denen sich eine Bergkette erhob. Außer dem Rauschen des Windes war nichts zu hören. Kein Mensch sagte ein Wort. Dennoch fühlte er den Hass, der ihm entgegenschlug. Jeder Einzelne der stummen Menge hasste ihn. Die Männer, die Frauen, sogar die Kinder.

Am milchigen Himmel war die Sonne den ganzen Tag nicht zu sehen gewesen. Jetzt dämmerte es. Die Dunkelheit kroch langsam wie ein unangenehmer Geruch zwischen die Häuser.

Sie war ihm willkommen, er wünschte sich, er könnte sich unter ihr verbergen wie unter einem dunklen Tuch. Doch er wusste, dass er den sengenden Blicken noch ausgesetzt war, als jetzt ein kaum wahrnehmbares Raunen durch die Menge ging.

An einem Strick wurde die Verurteilte auf den Platz geführt. Ohne aufzusehen, stolperte sie vorwärts, die Haare wirr und verfilzt, die Hände auf den Rücken gebunden. Es schien, als wäre ihre Seele im Kerker zurückgeblieben und nur ihr von der Folter gezeichneter Leib würde in die Mitte gezerrt und an den Pfahl gefesselt.

Als die ersten Flammen züngelten, spürte er, wie der Hass der Menge von Neuem aufloderte. Selbst der Pfarrer, der der Verurteilten den letzten Segen spendete, hasste ihn, das wusste er. Aber er fühlte noch mehr. Er fühlte auch die Ohnmacht der Menschen. Sie konnten der Frau nicht helfen. Wer einmal in die Fänge des Grafen geraten war, war unweigerlich verloren. Seine Schergen wussten viele Wege, um die Wahrheit ans Licht zu befördern, da half kein Sträuben und kein Leugnen. Die Wahrheit kam ans Licht, und selbst wenn sie sie, geschickten Ärzten gleich, aus dem Innersten herausschneiden mussten.

Die Nacht hatte sich auf die Erde gesenkt, und nur das Feuer warf sein flackerndes Licht auf die Menschen, die Häuser und den Platz.

Die Schreie der Frau gellten aus den Flammen. Dies zu hören war das Schlimmste. Doch es dauerte nie lange. Schon bald würde sie ersticken, noch bevor das Feuer ihren Körper aufgefressen hätte.

Erstarrt stand die Menge da, während die Schreie wie schwere Hagelkörner auf sie niederprasselten. Unbeweglich starrte er in das Feuer. In seinen dunklen Augen spiegelten sich die Flammen. Die Schergen des Grafen hatten dieses Mal mehrere Tage gebraucht, fast eine Woche, um ein Geständnis zu erhalten. Fast eine Woche, seit sie den Hinweis eines obrigkeitstreuen Untertanen erhalten hatten, der zur Festnahme der Frau geführt hatte.

Jetzt bekam sie ihre verdiente Strafe.

Die Schreie waren verstummt. Nur das Prasseln des Feuers war noch zu hören. Leblos hing die Frau an dem Pfahl. Ihre Haut warf Blasen auf, wurde schwarz und brüchig. Dann lösten sich die Fesseln in den Flammen auf, und der geschrumpfte Leib fiel in sich zusammen.

Es roch nach verbranntem Fleisch.

Die Menschen sahen nicht mehr in das Feuer, sondern vor sich auf den Boden. Niemand ging fort. Alle blieben stehen, als wäre das Feuer in ihrer Mitte eine Schmiede und das Knacken und Knistern die Hammerschläge, die sie zu einer verschworenen Gemeinschaft zusammenschweißten.

Manche weinten leise. Andere ballten die Fäuste. Einzelne richteten ihre Blicke wieder auf ihn.

Mochten sie ihn hassen. Sie konnten ihm nichts tun.

Denn die Frau war eine Hexe.

Und er hatte nur seine Pflicht getan.

338 JAHRE SPÄTER

1

Lisa Engels trat ins Freie, zog die Tür des Stadtarchivs in Überlingen hinter sich zu und verschloss sie sorgfältig. In den nächsten zwei Wochen würde sie das Archiv nicht mehr betreten. Für zwei Wochen keine Pflichten. Sie hatte Urlaub. Eigentlich seit vorgestern, doch sie hatte es nicht über sich gebracht zu gehen, ohne dem Archiv einen letzten Besuch an diesem Sonntagmittag abzustatten und letzte Aufgaben zu erledigen.

Mit gemischten Gefühlen schlenderte sie am benachbarten Rathaus vorbei hinunter zur Promenade des Bodensees. Andere Menschen fühlten sich gelöst und glücklich, wenn sie eine freie Zeit vor sich hatten, wenn sie der Arbeit, dem Stress und ihren Pflichten für einige Tage Lebewohl sagen konnten, doch in ihr wollte sich dieses Gefühl nicht einstellen. Seit sie vor drei Jahren die Stelle als städtische Archivarin angenommen hatte, war sie nicht in den Urlaub gefahren. Einige freie Tage, ein paar Ausflüge mit ihrem Freund, aber länger hatte sie sich bisher nicht von ihrem geliebten Archiv getrennt.

Die meisten Leute, die Lisa begegneten, hatten selbst jetzt im Spätherbst noch eine sommerliche Bräune. Die Sommermonate im Südwesten waren lang und heiß. Lisas Haut hingegen war beinahe auffallend weiß geblieben. Sie hatte die heißen Tage zwischen mit Folianten und Aktenordnern gefüllten Regalwänden verbracht. Während viele Einwohner der Seestadt und unzählige Touristen jede freie Minute im Freien zugebracht hatten, hatte sie auch nach den offiziellen Öffnungszeiten des Archivs an ihrem Schreibtisch gesessen und Bücher sowie Schriften bearbeitet.

Sie fühlte sich glücklich in dem alten Renaissancebau, der das Archiv beherbergte, ihre Arbeit füllte sie aus, der Gedanke an Urlaub war ihr in diesen drei Jahren nie in den Sinn gekommen. Es waren vielmehr ihre Freunde gewesen, die sie darauf aufmerksam gemacht hatten, dass sie sich öfter eine Auszeit gönnen sollte. Die ihr ansahen, dass sie zwar glücklich, aber dennoch überarbeitet wirkte. Insbesondere ihr Vorgänger Dr. Sebastian Grünwald und ihr Freund Markus Weinberg hatten in den vergangenen Wochen und Monaten immer öfter davon gesprochen, dass es neben der Arbeit auch noch ein Leben gebe.

Schließlich hatten sie sie weichgeklopft. Lisa hatte Urlaub eingereicht und ihn prompt genehmigt bekommen. Damit sie keinen Rückzieher machen konnte, war sie von Dr. Grünwald auf eine kleine Reise eingeladen worden, die heute Nachmittag beginnen sollte.

Die Luft war mild, trotz der fortgeschrittenen Jahreszeit. An der sonnenbeschienenen Promenade saßen etliche Leute draußen in den Cafés und Restaurants, die meisten mit Jacken, einige hatten Decken über ihre Beine gelegt. Lisa spazierte ein Stück in Richtung des Mantelhafens und betrat dann ein Café, das in einem ehrwürdigen klassizistischen Bau aus der Kaiserzeit untergebracht war. Sie winkte der Inhaberin hinter dem Tresen zu und sah sich um. Ein Lächeln zeigte sich auf ihrem Gesicht. Markus Weinberg war schon da. Er saß an einem Tisch in der Ecke und strahlte sie an.

Als sie auf ihn zuging, stand er auf und küsste sie. Zusammen setzten sie sich auf eine Bank an der Wand, sodass sie mit Blick in den Raum saßen. Lisa deutete auf einen Strauß, der vor Markus auf dem Tisch lag, und fragte: »Für wen sind denn die Blumen?«

Weinberg nahm den Blumenstrauß und wandte sich ihr zu. »Die sind für dich, mein Schatz.«

»Wofür?«, fragte Lisa.

Die Wirtin trat an den Tisch. »Hallo, Lisa.«

»Hallo, Aylin.«

»Ach, hast du Geburtstag? Soll ich für die Blumen eine Vase bringen?«

»Nein«, sagte Lisa, »ich meine, ja, eine Vase wäre gut, aber nein, ich habe nicht Geburtstag.«

»Auweia. Du hast doch keinen Mist gebaut, Markus, oder?«, fragte die Wirtin scherzhaft und stemmte ihre Hände in die Hüften. »Raus mit der Sprache!«

Weinberg fing an zu lachen. »Der Blumenstrauß ist für dich, Lisa, weil du es nach drei Jahren endlich geschafft hast, einmal Urlaub zu nehmen!«

Während Lisa überrascht dreinsah, stimmte Aylin in das Lachen mit ein und machte sich auf den Weg zur Küche. »Dann hole ich mal eine Vase.«

»Und bring uns bitte zwei Gläser Weißwein mit«, rief ihr Weinberg hinterher.

*

Zurück in ihrer Wohnung stellte Lisa die Blumen auf den Wohnzimmertisch. Dann ging sie in das Schlafzimmer und zog sich um. Sie lächelte still im Gedanken an die Szene im Café. Vom Schrank nahm sie eine Reisetasche und warf sie aufs Bett. Packen zu müssen setzte Lisa unter Druck. Was sollte sie mitnehmen? Unterwäsche, sicher. Pullover, aber wie viele? Ein Paar Schuhe? Zwei Paar? Drei? Was für welche?

Nachdem sie eine Weile unschlüssig vor der geöffneten Tasche gestanden hatte, setzte sie sich auf den Bettrand und ließ sich nach hinten fallen. Sie starrte an die Decke, als ob sich dort eine Liste fände, der sie entnehmen könnte, was sie mitzunehmen hatte. Mit einem Ruck richtete sie sich kerzengerade auf. Ihr war etwas eingefallen. Sie ging zu ihrem Schreibtisch und griff nach drei Büchern, die dort lagen. Aus einem Regal nahm sie zwei weitere. In der kleinen Küche legte sie noch ein Buch auf den Stapel in ihrer Armbeuge. Stöhnend unter dem Gewicht trug sie die Bücher ins Schlafzimmer und platzierte sie sorgfältig in der Tasche, dann holte sie aus dem Regal noch zwei Bände. Zufrieden betrachtete sie das Ergebnis, als es an der Tür klingelte.

Es war Sebastian Grünwald, ihr Vorgänger im Archiv und ihr Vermieter. Da er in der Wohnung über ihr wohnte, trug er lediglich Hausschuhe und über seiner Kleidung eine Kochschürze.

»Hallo, Dr. Grünwald«, sagte Lisa. »Kommen Sie herein. Bin ich zu spät dran?«

»Nein, nein, Lisa, überhaupt nicht.«

Der alte Archivar ging hinter Lisa in das Wohnzimmer. Als er den Blumenstrauß bemerkte, sagte er: »Oh, haben Sie Geburtstag, Lisa? Nein, das kann nicht sein, warten Sie, Ihr Geburtstag war doch ...«

»Die Blumen sind von Markus«, erklärte Lisa. »Er hat sie mir geschenkt, um mir dafür zu gratulieren, dass ich es nach drei Jahren endlich geschafft habe, Urlaub zu nehmen.«

Grünwald lachte. »Dann sollten wir die Blumen jetzt eigentlich oben bei mir auf den Tisch stellen. Ich möchte Sie nämlich aus demselben Grund zum Essen einladen, bevor wir losfahren.«

Lisa sah ihn mit schräg gelegtem Kopf an. »War ich wirklich so schlimm?«

»Unsinn«, lachte Grünwald. »Wir haben uns nur manchmal Sorgen gemacht, weil Sie so viel gearbeitet haben, das ist alles. Und wir freuen uns, dass Sie sich nun eine Auszeit nehmen.« Er ging zur Tür. »Kommen Sie? Das Essen ist gleich so weit.«

Lisa kannte ihren Vorgänger im Stadtarchiv gut genug, um ihm mit Vorfreude zu folgen. Und tatsächlich hatte sich Dr. Grünwald wieder einmal selbst übertroffen.

»Hier haben wir Rehkrustenbraten mit Lavendelhonig überbacken, dazu selbst gemachte Spätzle mit Reichenauer Gemüse«, erläuterte er, während er die dampfenden Teller auf den Tisch stellte. »Der Rotwein ist aus dem Markgräflerland.«

Lisa schätzte im Stillen, dass sie um die 200 Pfund wiegen müsste, wenn sie regelmäßig bei ihrem Vorgänger zum Essen eingeladen wäre. Überhaupt musste man sich in Acht nehmen, die Küche im Südwesten war sündhaft gut. Zum Glück hatte sie sich angewöhnt, jeden Tag die zwei Kilometer zu Fuß zur Arbeit zu gehen. Dabei ging es hinwärts bergab in Richtung See hinunter und heimwärts bergan.

Lisa ließ es sich schmecken. Nachdem sie gegessen hatten, sagte sie: »Ich habe gar nicht gemerkt, dass ich es mit der Arbeit so übertrieben habe.«

»Was heißt übertrieben? Sie machen Ihre Arbeit großartig. Ich bin jeden Tag glücklich darüber, dass ich mich damals für Sie als meine Nachfolgerin eingesetzt habe. In der letzten Zeit wirkten Sie nur etwas überarbeitet.« Grünwald goss Wein in beide Gläser nach. »Bitte betrachten Sie meine Sorge nicht als unangebrachte Einmischung in Ihr Leben.«

»Das tue ich nicht«, versicherte Lisa. »Ich weiß Ihre Sorge zu schätzen.«

Der alte Archivar räusperte sich. »Ich hatte den Eindruck, dass Sie sich vielleicht zu wenig Zeit nehmen für Ihre Beziehung zu Markus Weinberg. Er hat ja als Polizeibeamter sowieso einen Beruf, der wegen des Schichtdienstes einige Herausforderungen an eine Partnerschaft stellt.«

Lisa blickte nachdenklich in ihr Rotweinglas. »Ich weiß, was Sie meinen.«

»Hoffentlich nehmen Sie mir diese Bemerkungen nicht übel?«

»Nein, Dr. Grünwald«, sagte Lisa und stellte ihr Glas ab. »Mir ist die Beziehung wichtig. Sie ist ... ein großes Geschenk. Eigentlich weiß es noch niemand, aber Markus hat ... Ich meine, wir haben uns ...«

Das Telefon läutete. Grünwald stand auf. »Entschuldigen Sie bitte. Merken Sie sich, was Sie gerade sagen wollten.«

Während der alte Archivar telefonierte, betrachtete Lisa glücklich den feinen goldenen Ring an ihrem linken Ringfinger. Der kleine Brillant funkelte.

»Das war mein Freund, den wir besuchen werden«, erklärte Grünwald, als er in die Küche zurückkam. »Er hat heute Abend Zeit für uns. Übrigens, was wollten Sie vorhin sagen?«

»Ach, das erzähle ich Ihnen ein anderes Mal.« Lisa winkte ab. »Ich werde jetzt mal besser fertig packen. In spätestens einer halben Stunde sollte ich so weit sein.«

*

Grünwald holte Lisa pünktlich mit einem Mietwagen ab. Bis zum Schluss hatte sie darüber nachgedacht, was sie vergessen haben könnte. Schließlich zog sie entschlossen den Reißverschluss zu und stellte die Reisetasche in den Kofferraum.

»Kann es losgehen?«, fragte Grünwald.

»Ich bin bereit«, sagte Lisa.

Nachdem sie die Stadt hinter sich gelassen hatten, fuhr der silberfarbene Passat am Nordufer des Bodensees in östlicher Richtung. An diesem Spätnachmittag war der Verkehr auf der viel befahrenen Bundesstraße beträchtlich. Die B 31 führte zahllose Personenwagen und Lastzüge am Bodenseeufer durch ein paar Dörfer und Städte, vor allem aber vorbei an Weinbergen und Obstplantagen, Wiesen, Weiden und Wäldern. An einigen Stellen eröffnete die Straße einen herrlichen Ausblick auf den See. Die Alpen auf der Südseite waren in der spätherbstlichen Dämmerung über dem Wasser mehr zu ahnen als zu sehen.

Es kam Lisa vor, als wäre es gestern gewesen, als sie in die Stadt am See gezogen war und Grünwald sie als seine Nachfolgerin eingearbeitet hatte. Und doch fühlte es sich auch wie eine Ewigkeit an, so vertraut waren ihr Überlingen und ihre Arbeit inzwischen geworden. So zu Hause fühlte sie sich an ihrem Arbeitsplatz zwischen den Bücherregalen und Magazinen.

Grünwald sagte: »Ich freue mich, dass Sie mich nach Liechtenstein begleiten.«

»Es ist lieb von Ihnen, dass Sie mich mitnehmen«, bedankte sich Lisa.

Die Strahlen der tief stehenden Sonne ließen die bunt gefärbten Bäume leuchten, als stünden sie in Flammen. In unergründlich tiefem Blau breitete sich der große See aus. Feuer und Wasser.

Auf der Spur vor ihnen tauchte ein LKW auf. Die Straße bot mit ihrem kurvigen Verlauf keine Möglichkeit zu einem Überholmanöver. Grünwald drosselte das Tempo und fuhr in gemessenem Abstand hinter dem Lastzug her. Schnell bildete sich eine Schlange von ungeduldigen Fahrern in Wagen mit verschiedensten Kennzeichen. Besucher aus allen Teilen der Republik und aus dem Ausland. Die Bodenseeregion gehörte zu den beliebtesten Urlaubszielen Deutschlands, und die Feriensaison ging erst langsam zu Ende.

»Liechtenstein ist vor allem für seine Banken und Stiftungen bekannt geworden«, nahm Grünwald das Gespräch wieder auf. »Oder es ist eher dafür berüchtigt. Es ist nicht wirklich ein bedeutendes Touristenziel, zumindest nicht im Vergleich mit den Städten am Bodensee oder vielen Orten in der Schweiz. Dennoch ist es ein bemerkenswertes Fleckchen Erde. Ein Fürstentum und viel direkte Demokratie, liebevoll gepflegte Traditionen und ein hohes Maß an wirtschaftlichen Innovationen. Ein kleines Land im Herzen Europas mit einigen Besonderheiten.«

»Sie machen mich neugierig. Wie heißt noch einmal der Bekannte von Ihnen, den wir besuchen wollen?«

»Youssef Barakat. Er ist der Direktor des Landesmuseums in Vaduz.«

»Vielleicht ist das ein Vorurteil, aber Youssef Barakat hört sich für mich nicht nach einem klassischen alpenländischen Namen an.«

»Eine der Besonderheiten in Liechtenstein ist eine Weltoffenheit, die man der Bevölkerung eines kleinen Alpenstaates kaum zutrauen würde. Etwa ein Drittel der Einwohner stammt aus dem Ausland, ein Großteil davon aus der benachbarten Schweiz. Youssef ist Libanese. Er kam Ende der 70er-Jahre aus Beirut nach Deutschland. Damals war er noch ein Teenager. Er hat Klassische Archäologie, Geschichte und Kunstgeschichte in Freiburg studiert. Eine Zeit lang war er in Cambridge und promovierte und habilitierte dann in München.«

Lisa nickte anerkennend.

»Während des Studiums hat er seine spätere Frau kennengelernt, eine Liechtensteinerin«, fuhr Grünwald fort. »Wenn ich mich recht erinnere, lebt er seit 1990 dort und besitzt auch schon lange die liechtensteinische Staatsbürgerschaft. Seine Frau ist vor fünf Jahren verstorben.«

Der Passat passierte die Landesgrenze zu Bayern. Ein Hinweisschild informierte Grünwald und Lisa darüber, dass sie sich sieben Kilometer von der Autobahn entfernt befanden, die von Deutschland aus in Richtung Innsbruck nach Süden führte.

»Was wird im Landesmuseum in Vaduz gezeigt?«, nahm Lisa das Gespräch wieder auf.

»Es beherbergt wechselnde Ausstellungen zu verschiedenen Themen«, erzählte Grünwald. »Die Dauerausstellung bietet eine interessante Sammlung zur Geschichte Liechtensteins. Ich kann mir vorstellen, dass Youssef uns zu einer exklusiven Führung einladen wird. Aber vor allem werden wir die Zeit nutzen, um uns zu erholen, denke ich. Es gibt dort überall ein Glas guten Wein. Außerdem bietet das Land jede Menge Natur und reizvolle Wanderwege.«

»So zahlreich und lang können die Wanderwege wohl nicht sein«, meinte Lisa schmunzelnd, »ich habe gelesen, dass das ganze Fürstentum keine 25 Kilometer lang ist.«

»Das stimmt. Es würde mehr als dreimal auf die Oberfläche des Bodensees passen. Aber wirklich bewohnt ist lediglich der Teil, der sich im Rheintal entlang des Flusses erstreckt. Der weitaus größte Teil des Landes liegt in den Alpen und besteht aus Bergen, Wald und Wiesen.«

Grünwald setzte den Blinker und bog auf die Autobahn ab. Nach wenigen Minuten erreichten sie Österreich und fuhren durch den Pfändertunnel in Richtung Süden.

Das Verkehrsaufkommen nahm noch zu, nachdem sie den Tunnel verlassen hatten. Die Autobahneinfahrten lagen hier dicht beieinander, und ständig reihten sich weitere Fahrzeuge von rechts in den Verkehrsfluss ein. Der Himmel bewölkte sich, als sie schließlich in Feldkirch die Autobahn verließen und am Rand der Stadt an die Grenze des Fürstentums gelangten. Während sie sich im Schritttempo der Grenzstation näherten, las Lisa den großen beleuchteten Schriftzug, der über dem Dach der Zollstation angebracht war:

SCHWEIZERISCHES ZOLLAMT
IM FÜRSTENTUM LIECHTENSTEIN

Sie identifizierte die rote Flagge mit dem weißen Kreuz auf der einen Seite des Schriftzugs als die der Schweiz, das Wappen auf der anderen Seite musste zu Liechtenstein gehören. Es war in der oberen Hälfte gelb, in der unteren rot und trug oben eine Krone, die aussah wie ein kleines Törtchen.

Nach dem Passieren der Grenze führte die Straße sie zunächst durch ein Wohngebiet. Auf der linken Seite erhoben sich hinter den Häuserdächern bewaldete Bergwände. Anschließend öffnete sich rechts der Blick auf das Rheintal und die schweizerischen Alpen gegenüber. Die kantigen Gipfel und Bergkämme hoben sich eigenwillig gegen den Abendhimmel ab. Es war ein beeindruckendes Panorama.

»Wir werden bald in Vaduz sein«, sagte Grünwald.

»Die Hauptstadt«, bemerkte Lisa.

»Vermutlich haben Sie andere Erwartungen an eine Hauptstadt«, sagte der alte Archivar lächelnd. »Aber Sie werden ja sehen.«

2

»Hier ist es«, freute sich Grünwald, nachdem er eingehend die Klingeln an der Eingangstür des Wohnblocks studiert hatte. »Youssef Barakat.« Er nahm seine Lesebrille ab. »Bescheiden wie eh und je. Kein ›Prof.‹ und kein ›Dr.‹ vor dem Namen.«

Lisa lächelte in sich hinein. Ihr Vorgänger war selbst niemand, der seinen Doktortitel hinausposaunte. »Wollen Sie nicht klingeln?«, fragte sie.

Grünwald nickte und drückte auf den Klingelknopf. Ein paar Sekunden warteten sie, schließlich summte es, und Grünwald trat mit Lisa ein. Über ihnen im Treppenhaus öffnete sich eine Tür. Sie stiegen zwei Stockwerke hinauf, und dann stand ihnen Youssef Barakat gegenüber. Ein mittelgroßer Mann mit dunklen Augen, schütterem schwarzgrauem Haar und einem ansehnlichen Bauch, der sich unter einer Strickweste wölbte. Er strahlte über das ganze Gesicht, breitete die Arme aus und riss Grünwald an seine Brust. Die beiden drückten sich.

Lisa hatte sich den Professor und Direktor des Landesmuseums anders vorgestellt. Ernster. Gesetzter. Prof. Dr. Barakat schien ein offener und heiterer Mensch zu sein, gemessen an der herzlichen Umarmung und an den vielen Lachfältchen in seinen Augenwinkeln.

»Willkommen, lieber Sebastian, willkommen! Endlich hast du es einmal geschafft, mich zu besuchen. Und Sie müssen Dr. Engels sein. Ich bin Youssef Barakat. Herzlich willkommen!«

»Danke, Professor Barakat, ich freue mich, Sie kennenzulernen.«

»Bitte, kommen Sie herein, ich habe einen Apéro vorbereitet. Einen kleinen Empfang mit etwas zu trinken und einigen Häppchen.«

Barakat ging voraus in ein großes, helles Wohnzimmer mit einer Glasfront am gegenüberliegenden Ende. Lisa war nicht überrascht, dass die drei übrigen Seiten von Bücherregalen eingenommen wurden. Zwischen den Büchern standen hölzerne Statuetten und antike Büsten.

»Bitte, nehmt Platz«, sagte Barakat. Er deutete auf einen Tisch aus dunklem Holz in der Mitte des Zimmers, auf dem eine Champagnerflasche, eine Karaffe mit Orangensaft und drei Gläser standen. »Ich hole nur schnell die belegten Brötchen.«

»Ich helfe Ihnen, Prof. Barakat«, bot sich Lisa an und folgte ihm in die Küche. Beim Blick aus dem Küchenfenster entdeckte sie eine hell beleuchtete Burg, die sich über der Stadt an den dunklen Berg schmiegte.

»Ist das das Schloss Vaduz?«, erkundigte sie sich.

»Das ist Schloss Vaduz«, bestätigte Barakat. »Dort wohnt die fürstliche Familie, wenn sie gerade im Land ist.«

»Kann man das Schloss besichtigen?«

»Leider nein. Und ich kann es der Fürstenfamilie nicht verdenken. Wer möchte schon gern, dass Massen von Touristen durch sein Haus schlurfen und vor den Familienporträts Selfies machen?«

Barakat gab Lisa eine Platte mit Wurst- und Käsebrötchen in die Hand. Zurück im Wohnzimmer hob er die Champagnerflasche aus dem Eiskübel. »Ich kann euch leider nicht sagen, ob es ein guter Tropfen ist oder nicht«, entschuldigte er sich. »Normalerweise trinke ich keinen Champagner. Aber weil ich heute so liebe Gäste habe, dachte ich, es sollte etwas Besonderes sein.«

Grünwald entgegnete gerührt: »Da wir selbst so gut wie nie Champagner trinken, wird er unseren Ansprüchen ganz sicher genügen, Youssef.«

»Es ist mir schon peinlich genug, dass ich euch in meiner neuen Wohnung kein Zimmer anbieten kann«, sagte Barakat. »Nach dem Tod meiner Frau konnte ich nicht mehr in dem Haus wohnen.«

Grünwald sah Tränen in Barakats Augen und wusste nicht gleich, was er sagen sollte.

Lisa sprang ihm bei. »Sagen Sie, Prof. Barakat, werden Sie uns eine Führung durch das Landesmuseum geben?«

Ihr Gastgeber fing sich schnell wieder. »Das möchte ich sehr gern. Wenn es Ihnen recht ist, gleich morgen Vormittag. Dann wird auch die Polizei mit ihrer Arbeit fertig sein.«

»Polizei?«, wunderte sich Grünwald. »Was hat die Polizei in deinem Museum zu tun?«

»Es ist eingebrochen worden«, erklärte Barakat mit einem Schulterzucken. »Nichts Schlimmes. Die Sache ist eher ein bisschen skurril.«

*

Es war bereits dunkel, als Grünwald und Lisa eine Stunde später in ihrem Hotel ankamen. Es lag im Zentrum von Vaduz, in der Fußgängerzone unterhalb des Schlosses. Hinter der Häuserzeile mit dem Hotel stieg der Berg steil an. Die beiden Gäste bezogen ihre Zimmer und verabredeten sich für halb neun im Hotel-Restaurant zum Abendessen.

Als Lisa in den Gastraum kam, saß Grünwald an einem der Tische und winkte ihr zu.

»Sie müssen erlauben, dass ich Sie einlade«, sagte er, als sie die Speisekarte öffnete.

»Wieso? Etwa weil ich es nach drei Jahren endlich geschafft

habe, Urlaub zu nehmen? Oder meinen Sie, dass ich *heute* Geburtstag habe?«, fragte Lisa.

»Das nicht, aber ich habe Sie nach Liechtenstein entführt und Ihnen dabei etwas Wichtiges verschwiegen.«

»Lassen Sie mich raten: Sie sind Millionär und haben hier Konten, die Sie am Finanzamt vorbeigeschleust haben?«

»Nein, nein, Sie wissen ja selbst, dass man als Archivar nicht gerade reich wird. Zumindest nicht an Geld. Die Sache ist die, ich hatte Angst, dass Sie nicht mitkommen, wenn ich Ihnen verrate, wie teuer alles ist. Auch das Essen.«

Lisa überflog die Preise. Als sie die Karte schloss, sagte sie: »Ich verstehe, was Sie meinen.«

»Also erlauben Sie mir, Sie einzuladen?«

»Das ist nicht nötig, Dr. Grünwald.«

»Bitte, ich möchte es wirklich gern. Außerdem habe ich dann ein ruhigeres Gewissen. Sie sehen, eigentlich tun Sie mir einen Gefallen damit.«

»Na schön«, sagte Lisa. »Aber nur heute Abend.« Sie wusste, dass sie Grünwald damit eine Freude machte. »Gebratener Steinbutt mit Eierschwämmli-Spinat-Lasagne klingt gut, aber was sind Schwämmli?«

»Schwämmli sind Pilze. Ich empfehle dazu einen regionalen Wein, einen weißen. Einen Maienfelder vielleicht?«

»Ich verlasse mich da wie immer auf Sie.«

Nachdem sie bestellt hatten, fragte Grünwald: »Was denken Sie über Prof. Barakat?«

»Er ist ein sehr sympathischer Mann. Und die Titel, die seine Bibliothek enthält, verraten, dass er vielseitig interessiert und gebildet ist. Erstaunlich, so jemanden in einem verhältnismäßig kleinen Museum zu finden.«

»Die Bezahlung in Liechtenstein ist alles andere als schlecht.«

»Das sollte sie auch sein – bei den Preisen! Prof. Barakat

scheint mir allerdings kein Mensch zu sein, der dem Ruf des Geldes folgt.«

»Sie schätzen ihn richtig ein. Es war ja auch die Liebe, die ihn nach Liechtenstein geführt hat.«

»Wieso ist seine Frau nicht mit ihm ins Ausland gegangen? Nach England oder wohin auch immer?«

Grünwald hob sein Glas und besah sich den Wein. »Eine weitere Besonderheit der Menschen hier ist, dass sie zwar gern die Welt erkunden, viel in ihr herumfahren und -fliegen, doch sie leben nirgendwo so gern wie in Liechtenstein. Zum Wohl!«

»Zum Wohl.«

»Wann, sagten Sie, kommt Markus Weinberg nach?«

»Übermorgen, gegen Mittag«, antwortete Lisa. »Ab da hat er eine Woche frei.«

Sie nahm noch einmal einen großen Schluck Weißwein und räusperte sich. »Da ist noch etwas, das ich Ihnen mitteilen wollte, Dr. Grünwald. Mit Markus, meine ich, also …«

»Einmal den Steinbutt für die Dame, und der Rehrücken für den Herrn. Guten Appetit zusammen!« Die Bedienung stellte die Teller vor sie auf den Tisch.

»Das sieht ja toll aus«, kommentierte Grünwald mit leuchtenden Augen. Nachdem er den ersten Bissen genommen hatte, hielt er inne. »Was wollten Sie erzählen, Lisa? Wir wurden unterbrochen.«

»Es hat Zeit«, antwortete sie. »Genießen wir erst einmal das Essen.«

*

Eine Stunde später hatte sich Grünwald zurückgezogen. Lisa entschloss sich, einen kleinen Verdauungsspaziergang zu unternehmen. Draußen war es kühler geworden. Sie knöpfte ihre Jacke über dem Schal zu und ging die Fußgängerzone hinunter. In einigen Restaurants und Cafés brannte noch Licht, aber es waren nur wenige Menschen zu sehen. Zu ihrer Rechten präsentierten sich zwei futuristisch aussehende Gebäudewürfel, der eine schwarz, der andere weiß. »Kunstmuseum Liechtenstein«, las sie über dem gläsernen Eingang.

Lisa zog ihr Mobiltelefon aus der Tasche und wählte Weinbergs Nummer. Er meldete sich nach dem ersten Klingelton.

»Hallo, Liebling.«

»Hallo, Schatz.«

»Seid ihr gut angekommen?«

»Ja, es hat alles geklappt. Wir haben schon Prof. Barakat getroffen und zu Abend gegessen. Jetzt mache ich mir einen gemütlichen Abend im Hotel.«

»Für diese Gelegenheit hast du dir ja auch genügend Bücher mitgenommen«, sagte Weinberg lachend. »Wie viele stecken in deiner Tasche? Sechs?«

»Acht. Wie war dein Tag?«

»Ein mittelschwerer Autounfall, zweimal häusliche Gewalt, ein paar Sachbeschädigungen. Nichts Besonderes – aus meiner Sicht, für die Betroffenen sieht das natürlich anders aus. Ich werde mir jetzt eine Kleinigkeit zu essen machen. Übrigens, du fehlst mir.«

»Weil du dir selber was zu essen machen musst?«

»Natürlich nicht. Ich freue mich, wenn ich übermorgen nachkommen kann.«

»Ich freue mich auch.«

Zu ihrer Linken entdeckte Lisa ein historisches Gebäude. Sie las den Schriftzug über dem Eingang. Es war das Landesmuseum. Der imposante Bau schmiegte sich mit seiner Rückseite an den Berghang.

»Morgen Vormittag werden wir das Museum besuchen«, erzählte Lisa. »Ich stehe gerade davor. Prof. Barakat hat erzählt, dass es dort einen Einbruch gegeben hat. Deine fürstlichen Kollegen waren wohl heute schon da.«

»Ein Einbruch?« Weinberg klang überrascht. »Was wurde denn gestohlen? Die Kronjuwelen?«

»Keine Ahnung«, antwortete Lisa. »Vielleicht erfahren wir es morgen.«

Vor ihr öffnete sich beim Weitergehen ein Platz, der mit hellen Klinkersteinen gepflastert war. Sie betrachtete den modernen, in Form einer Bergspitze erbauten Landtag und daneben das Regierungsgebäude. Letzteres schätzte sie auf gut hundert Jahre. Ein Mosaik der Justitia oben an der Front verriet ihr, dass es auch als Gericht diente oder zumindest einmal gedient hatte. Vor ihr, am gegenüberliegenden Ende des Platzes, ragte eine kleine Kirche im neogotischen Stil auf.

Weinbergs Stimme an ihrem Ohr sagte: »Na ja, egal, was die Einbrecher gestohlen haben, solange sie ihre Beute nicht über den Bodensee schaffen, braucht es mich beruflich nicht zu kümmern. Und warum sollten sie das tun? Ich würde mich auch lieber von fürstlichen Gendarmen verhaften lassen. Schlaf nachher gut, Liebling. Ich liebe dich.«

»Ich liebe dich auch. Gute Nacht.«

*

Um Punkt zehn trafen Grünwald und Lisa am nächsten Morgen vor dem Eingang des Museums ein. Youssef Barakat erwartete sie bereits.

»Liebe Frau Dr. Engels, schön, dass Sie da sind. Dasselbe gilt auch für dich, lieber Sebastian. Die Spurensicherung hat ihre Arbeit vor einer Viertelstunde beendet. Das Museum bleibt heute geschlossen, aber für euch beide gibt es eine Sonderführung.«

»Danke, Youssef«, sagte Grünwald und folgte ihm mit Lisa in das Gebäude. »Wir haben beim Frühstück über den Einbruch in der Zeitung gelesen. Da war jedoch nur mehr oder weniger eloquent beschrieben, dass man noch nichts weiß.«

»Sagen Sie, Prof. Barakat, was wurde bei dem Einbruch eigentlich gestohlen?«, fragte Lisa. »Ist der Schaden groß?«

»Nein«, antwortete der Museumsdirektor, »das ist ja das Eigenartige. Aus der Ausstellung fehlt nichts. Der Dieb ist in das unterirdische Magazin eingebrochen und hat aus einem Lagerraum 260 Gulden entwendet.«

»260 Gulden? Wie viel sind die heute wert?«

»Das hat mich die Polizei natürlich auch gefragt. Und die Versicherungsgesellschaft. Ich schätze, dass man pro Münze auf dem Fachmarkt 50 bis 100 Franken beziehungsweise Euro bekommen kann.«

»Das ist dann schon eine ganze Menge Geld, oder nicht?«

»Nun ja, natürlich. Im Museum und im Magazin lagern jedoch viel größere Bestände antiker Münzen. Viele sind wesentlich wertvoller als diese Gulden.«

»Vielleicht versteht der Dieb nicht allzu viel von Numismatik«, rätselte Grünwald.

»Gegen diese Vermutung spricht allerdings, dass der Dieb gezielt in das Magazin eingebrochen ist«, sagte Lisa.

»Und dass er aus einer Sammlung von über 600 solcher Münzen nur genau 260 mitgenommen hat«, ergänzte Barakat. »Genau 260, nicht mehr.«

*

Beim Gang durch das Museum blühte dessen Direktor merklich auf. Grünwald und Lisa folgten ihm zunächst eine Treppe hinab. Der Rundgang begann im Kellergeschoss. Sie begutachteten den Oberschenkelknochen eines Dinosauriers, steinzeitliche Werkzeuge und Waffen, einen 6.000 Jahre alten Henkelkrug, römische Soldatenhelme und Schmuck aus dem frühen Mittelalter.

Die Ausstellungsräume des Museums erstreckten sich über drei weitere Etagen. Der Weg führte sie vorbei an Porträts ehemaliger Fürsten und Landschaftsmalereien, historischen Karten und Wappenschilden, hölzernen Madonnen, Vitrinen mit Messkelchen und einer ziemlich harmlos wirkenden Sammlung von Militaria aus vergangenen Zeiten. Ein Raum beherbergte die Nachbildung einer Bauernstube aus dem 16. Jahrhundert und Gebrauchsgegenstände aus der bukolischen Lebenswelt des Rheintals. Im obersten Stockwerk wurden neben der ersten Telefonanlage des Landes frühe Zeugnisse der beeindruckenden liechtensteinischen Industrie gezeigt.

Am Ende führte Barakat die Besucher in ein Treppenhaus, an dessen Wänden Tafeln angebracht waren.

»Auf den Tafeln dieser Installation sind die Namen und Schicksale von zwölf Frauen dargestellt, die als Hexen hingerichtet wurden«, erklärte der Museumsdirektor.

»Gab es in Liechtenstein auch Hexenprozesse?«, fragte Lisa.

»In Liechtenstein streng genommen nicht«, antwortete Barakat, »da es zu jener Zeit noch kein Land Liechtenstein gab. Das gibt es erst seit 1719. Es fanden aber Hexenprozesse auf dem Gebiet des heutigen Fürstentums statt. Damals regierte über die Herrschaft Schellenberg und die Grafschaft Vaduz der Graf von Hohenems. Er steckte bis zum Hals in Schulden. Er warf das Geld nur so hinaus, doch es kam nicht genug nach. Was sollte er tun?«

Grünwald sagte: »Wahrscheinlich tat er das, wodurch noch fast jede Adelsfamilie irgendwann in ihrer Geschichte reich geworden ist: Er plünderte seine Untertanen aus.«

»Genauso ist es, lieber Sebastian, genauso ist es. Und dann eröffnete sich ihm durch den Aberglauben seiner Zeit eine weitere Einnahmequelle. Das Vermögen beinahe jeder ›Hexe‹, die verurteilt wurde, fiel nämlich seiner Kasse zu. Es lag also im eigenen Interesse des Grafen, dass möglichst viele ›Hexen‹ aufgespürt und verurteilt wurden. Seine Beamten lebten davon ebenfalls nicht schlecht. Sie zweigten sich von der konfiszierten Beute ab, was sie nur konnten. Wenn es auch alles in allem nicht allzu viel war.«

»Das ist widerlich.« Lisa schüttelte sich. »Wie viele Menschen mussten dafür sterben?«

»Bei einer Bevölkerung von etwa 3.000 waren es um die 200. Die meisten davon Frauen.«

Lisa deutete auf eine Stelle an der Wand. »Dort scheint eine Tafel zu fehlen.«

Barakat trat näher. An der Wand war deutlich eine helle Stelle zu sehen, die die Tafel hinterlassen hatte. »Tatsächlich«, sagte er. »Ich werde abklären, ob die Tafel aus Reinigungs- oder Restaurationsgründen abgenommen wurde. Oder ob man sie ebenfalls gestohlen hat.«

»Warum sollte jemand eine solche Tafel stehlen?«, überlegte Lisa laut.

»Vielleicht erfahren wir es, wenn wir wissen, was darauf steht«, schlug Grünwald vor.

3

Barakat führte seine Gäste in eine Straße in der Nähe zu einem mit wildem Wein bewachsenen Haus. »Städtle-Café« stand über dem Eingang.

»Hierher komme ich jeden Tag«, erklärte er. »Manchmal sogar mehrmals.«

Eine Frau um die 40 trocknete hinter einem Tresen Tassen ab. Als sie Barakat eintreten sah, warf sie das Geschirrtuch über ihre Schulter und trat auf die drei zu. Ihre großen, hellen Augen leuchteten freundlich.

»Hoi, Youssef, heute mit Gästen?«

»Hoi, Aurelia. Das sind Frau Dr. Engels und Herr Dr. Grünwald aus Deutschland. Mit Herrn Dr. Grünwald verbindet mich eine lange Freundschaft. Frau Dr. Engels ist seine Nachfolgerin als Stadtarchivarin. Sebastian«, er deutete auf Grünwald, »ist im verdienten Ruhestand. Und das hier ist Aurelia Büchel, die Besitzerin des Städtle-Cafés.«

»Angenehm«, sagte Grünwald.

»Freut mich«, schloss sich Lisa an.

»Willkommen in Liechtenstein«, sagte Aurelia. »Bitte, nehmen Sie Platz. Was darf ich Ihnen bringen?«

Das Lokal war menschenleer. Alle drei bestellten Kaffee, Lisa darüber hinaus noch einen Zwetschgenkuchen.

»Aurelia ist eine gute Freundin«, erklärte der Professor, »und ihr Café eine Oase, in der ich etwas Ruhe finde und auftanke.«

Die Wirtin nahm sich einen Stuhl und setzte sich zu ihren

Gästen an den Tisch. »Sind Sie das erste Mal in Liechtenstein? Hoffentlich gefällt es Ihnen hier.«

Ein Telefon begann zu läuten. Barakat griff in sein Jackett und warf einen Blick auf das Display. »Einen Augenblick, bitte. Ich bin gleich wieder da.«

Aurelia sah ihm nach und schüttelte den Kopf. »Youssef kann einfach nicht abschalten. Im wörtlichen und übertragenen Sinn des Wortes.«

»Es stellt sich immer wieder heraus«, sagte Grünwald, »dass eine der schwierigsten Körperbewegungen ein leichter Druck auf einen Knopf ist, um ein Telefon oder einen Fernseher auszuschalten. Für viele weit schwieriger als Klimmzüge.«

»Für manche schwieriger als ein Salto Mortale«, ergänzte Aurelia.

Barakat kehrte nach einer Minute zurück. Er wirkte aufgeregt und ratlos.

»Ist alles in Ordnung, Youssef?«, fragte Aurelia besorgt.

»Das war die Polizei«, antwortete Barakat. »Sie haben mir Fragen zu Franz Kaiser gestellt.«

»Deinem wissenschaftlichen Mitarbeiter? Wieso?«

Der Direktor sah mit einem hilflosen Gesichtsausdruck in die Runde. »Er wurde von der Polizei aufgegriffen. Offensichtlich hat er den Verstand verloren.«

»Den Verstand verloren? Was soll das heißen?«

Barakat zuckte mit den Schultern. »Er scheint komplett durchgedreht zu sein. Jetzt ist er ruhiggestellt. Ich muss ihn im Spital besuchen.«

Aurelia legte ihre Hand auf seinen Arm. »Ich würde dich gern begleiten, Youssef, aber ich kann das Café nicht zumachen. Ich habe für heute eine große Reservierung.«

Grünwald wechselte einen einvernehmlichen Blick mit Lisa und sagte: »Wir begleiten dich, mein Freund.«

»Das kann ich nicht verlangen, Sebastian.«

»Wir tun es gern. Nicht wahr?«

»Ja«, bestätigte Lisa. »Wir kommen gern mit.«

*

Am Empfangsschalter des Landesspitals ließ eine freundliche Dame ihre manikürten Finger über die Tastatur fliegen und verkündete, Kaiser liege in Zimmer 224.

Youssef Barakat bedankte sich und ging mit seinen Gästen zum Fahrstuhl. Während sie auf den Lift warteten, lösten sich von der gegenüberliegenden Wand ein Mann sowie eine Frau und traten von hinten an die drei heran.

»Herr Barakat?«

Barakat wandte sich um. »Ja?«

»Professor Barakat?«

»Auch das.«

Die beiden klappten jeweils eine kleine lederne Ausweistasche auf und hielten sie dem Museumsdirektor hin.

Die Frau sagte: »Das ist Timo Vogt, mein Name ist Alice Marxer. Wir sind von der Kriminalpolizei. Dürfen wir Sie kurz sprechen, bevor Sie Franz Kaiser besuchen?«

»Natürlich.« Barakat sah die Polizisten verwirrt an. »Natürlich.«

Er folgte ihnen zu einer Sitzgruppe, die verloren an einer Wand gegenüber dem Empfang stand. Grünwald und Lisa setzten sich diskret in eine andere.

»Prof. Barakat«, begann Alice Marxer das Gespräch, »Franz Kaiser wurde heute Vormittag von der Landespolizei aufgegriffen und ins Landesspital gebracht.«

»Besorgte Bürger hatten die Polizei verständigt«, ergänzte ihr Kollege. »Kaiser kroch auf allen vieren durch Gärten und über Straßen in der Nähe seines Hauses beziehungsweise seines Elternhauses. Er wohnt ja bei seiner Mutter.«

Barakat schüttelte fassungslos den Kopf. »Das ist ganz und gar entsetzlich. Entsetzlich. Und unglaublich. Was ihm zugestoßen ist, meine ich, nicht dass er bei seiner Mutter wohnt. Letzteres ist gar nicht so unüblich hier im Land. Und spart auch Geld.«

Die Beamten warfen sich einen irritierten Blick zu.

Der männliche Kriminalist fand als Erster den Faden wieder. »Kaiser brabbelte unverständliche Worte. Wir möchten Sie bitten, dass Sie versuchen, etwas aus ihm herauszubekommen.«

»Was könnte ich denn herausbekommen? Inwiefern beschäftigt ein geistig-körperlicher Zusammenbruch überhaupt die Kriminalpolizei?«

»Na ja«, erklärte Timo Vogt, »immerhin wurde in das Landesmuseum eingebrochen. Noch ist unklar, wie der Täter in das Museum gelangt ist. Keine Tür und kein Fenster wurden aufgebrochen, nur die Tür zum Magazin. Franz Kaiser ist Mitarbeiter des Museums. Seit zwei Tagen ist er nicht mehr zu Hause aufgetaucht. Das wissen wir von seiner Mutter. Sie werden verstehen, dass wir uns fragen, ob da nicht ein Zusammenhang besteht, und dass wir uns für den Grund dieses ›geistig-körperlichen Zusammenbruchs‹ interessieren.«

Barakat nickte stumm, verabschiedete sich und stand auf. Grünwald und Lisa hatten ihn nicht aus den Augen gelassen und folgten ihm zum Fahrstuhl. Nachdem sich dessen Türen hinter ihnen geschlossen hatten, sagte der Museumsdirektor: »Stellt euch vor, die Polizei hält es für möglich, dass ein Zusammenhang bestehen könnte zwischen Franz Kaisers Zusammenbruch und dem Einbruch! Das ist doch unglaublich!« Er schüttelte unglücklich den Kopf. »Ganz und gar unglaublich.«

Lisa legte mitfühlend ihre Hand auf seinen Arm und Grünwald sagte: »Denk jetzt nur an deinen Mitarbeiter, Youssef. Alles andere ist vorerst nicht wichtig.«

Die Aufzugtüren öffneten sich und gaben den Blick auf einen sterilen Gang frei. Hinter einer der unzähligen Türen lag sein Mitarbeiter Franz Kaiser.

*

Keine 100 Kilometer Luftlinie entfernt stand die tiefe herbstliche Sonne über der Stadt Überlingen und ließ deren Häuser und Türme leuchten, als wären sie vergoldet. Matt glänzend lag eine dünne Nebelschicht auf dem unbewegten Wasser. Es war ein herrlicher Spätherbsttag gewesen. Markus Weinberg spürte noch die Sonne auf seiner Haut, die nicht mehr brannte wie noch vor Kurzem. Bald, wenn sie versank, würde es kühl werden.

Der Fußweg nach der Arbeit tat gut. Er diente weniger der körperlichen Entspannung, Weinberg hatte bei seinem Dienst genügend Bewegung. Der Weg nach Hause half ihm, den Kopf freizubekommen. Jeden Tag hatte er mit zahlreichen Menschen zu tun. Viele von ihnen befanden sich in einer Notlage und suchten Hilfe. Sie hatten Stress zu Hause oder einen Unfall, sie fühlten sich bedroht oder belästigt, ihnen war der Geldbeutel abhandengekommen oder sie suchten ihre verwirrte Oma, die ausgebüxt war. Und außerdem waren da noch die »Stammkunden«, wie sie unter Kollegen genannt wurden: Schläger, Betrunkene, Raser, Einbrecher und Diebe, Zuhälter und Dealer, Junkies und alle möglichen Sorten von braven Bürgern, die eben hin und wieder ausrasteten.

Viele Beziehungen und Ehen von Polizistinnen und Polizisten scheiterten daran, dass einige von ihnen keinen Weg fanden, um die zahlreichen Probleme und Konflikte, mit denen sie täglich umgehen mussten, zu verarbeiten. Dann kam man nach Hause, den Kopf voller Bilder von verletzten, hilflosen und aggressiven Menschen und einem Soundtrack von Schreien und Flüchen, provozierenden Worten und höhnischem Gelächter. Auch mit den Enttäuschungen des Berufs war es nicht immer leicht umzugehen. Zu oft fühlte man sich wie Cervantes' »Ritter von der traurigen Gestalt« im Kampf gegen Windmühlen.

Sprechen durfte man über die Fälle nicht. Man konnte sie aber auch nicht einfach ablegen wie Aktenordner, um sie am nächsten Tag wieder aufzuschlagen. Man trug die Gedanken, Gefühle und den Stress zu seiner Familie und ließ den Druck dort ab. Das hielten die wenigsten Beziehungen auf Dauer aus.

Weinberg hatte für sich drei Kanäle gefunden, die ihm halfen, seine Beziehung mit Lisa vor diesem zersetzenden Stress zu schützen. Zum einen nahm er sich Zeit für Sport. Es gab für ihn kaum etwas Besseres, um Aggressionen abzubauen. Zum anderen legte er Wert auf regelmäßige Treffen mit befreundeten Kollegen in gemütlicher Runde, wo sie offen über ihre Arbeit reden konnten. Und nicht zuletzt hatte sich der etwa zwei Kilometer lange Fußweg vom Revier nach Hause als wertvoll erwiesen. Eine Art Pufferzone zwischen seiner Arbeit und seinem Privatleben. Markus Weinberg liebte es, Polizist zu sein. Aber noch mehr liebte er Lisa.

Die Sonne war gerade hinter den waldigen Hügeln im Westen verschwunden. Es war auf einen Schlag kühl geworden. Weinberg beschleunigte seine Schritte. Er wollte auf jeden Fall zu Hause sein, wenn Lisa anrief.

*

Franz Kaiser sah erbärmlich aus. Der Museumsdirektor musste näher an das Bett treten, um sich zu vergewissern, dass es tatsächlich sein wissenschaftlicher Mitarbeiter war, der dort lag. Kaiser war schweißnass und wurde immer wieder wie von einem heftigen Fieber geschüttelt. Man hatte ihn an den Handgelenken am Bettgitter fixiert, damit er sich nicht aus Versehen selbst verletzte. Sein Gesicht war totenbleich, er hatte einen Dreitagebart, die Haare klebten ihm wirr am Kopf und auf der Stirn. Seine Haare waren der Hauptgrund dafür, dass der Direktor seinen Mitarbeiter fast nicht erkannt hätte. Barakat wusste nicht genau, wie alt Kaiser war. Er schätzte ihn auf Mitte, Ende 30. Sein Mitarbeiter hatte volles rötliches Haar besessen. Haar, um das sein Chef ihn insgeheim beneidet hatte. Ein großer Teil davon schien ausgefallen zu sein, der Rest war heller, als Barakat es in Erinnerung hatte. Beinahe weiß.

Doch das Erschreckendste waren Kaisers Augen. Sie waren weit aufgerissen, und der Blick irrte unstet an der Zimmerdecke umher. Es flackerte ein wahnsinniges Licht in ihnen. Dann fiel Kaisers Blick auf Barakat und seine Begleitung. Barakat musste sich zwingen, nicht zurückzuschrecken.

Franz Kaiser bäumte sich in seinen Fesseln auf. »Ich konnte es nicht drei Tage aushalten«, faselte er. Es war, als spuckte er die Worte regelrecht aus. »Keine drei Tage, es war nicht möglich, es war nicht möglich …«

»Lieber Franz, wie geht es dir?« Barakat versuchte, seiner Stimme einen warmen Ton zu geben. »Was ist passiert? Erinnerst du dich daran?«

Franz Kaiser starrte ihn mit aufgerissenem Mund an. Sein Gesicht verzerrte sich zu einer Fratze der Angst. »Grausam … Die Felsen … Das Gewicht …«

»Beruhige dich, Franz, es ist alles gut, alles gut. Sag mir, was geschehen ist.«

Doch Franz Kaiser schien ihn nicht zu hören. Er wälzte sich brabbelnd in seinem Bett hin und her und zerrte an den Fesseln. Plötzlich begann er zu heulen, es klang wie ein Hund, der vor Schmerzen jaulte. Oder wie ein Wolf, dachte

Barakat erschüttert. Auch Grünwald und Lisa konnten sich eines Schauers nicht erwehren.

Unvermittelt wurde die Tür aufgerissen und eine Schwester stürmte herein. »Bitte, lassen Sie den Patienten jetzt allein!«, forderte sie die Besucher mit Nachdruck auf. »Sie sehen, dass er leidet.«

Die Schwester zog hektisch eine Spritze auf. Barakat wandte sich mit seinen Begleitern Richtung Tür. Da bäumte sich Kaiser wie von einer unsichtbaren Macht gezogen noch einmal auf, sein Rücken wölbte sich, und er schrie heiser: »Ich konnte ihn nicht aufhalten! Ich konnte es nicht aushalten! Und jetzt ist er los! Er ist frei!«

Dann setzte die Schwester die Spritze, und Kaiser fiel mit einem langen, ersterbenden Seufzen in sich zusammen. Betreten verließen Barakat, Grünwald und Lisa den Raum. Im Gang stießen sie auf eine zierliche Frau mit roten Haaren, die streng nach hinten zu einem kurzen Pferdeschwanz gebunden waren. Sie trug ein langes grünblaues Kleid, um ihren Hals hing eine doppelt geschlungene Perlenkette. Die grünen Augen der Frau musterten Barakat, Grünwald und Lisa scharf und herausfordernd.

»Wer sind Sie?«

»Wir sind Besucher«, antwortete Grünwald. »Dürfen wir fragen, wer Sie sind?«

Die Frau sagte: »Ich bin Dr. Baumann. Franz Kaiser ist mein Patient. Er wird nun verlegt.«

»Verlegt?«, echote Barakat betroffen. »Wohin?«

Die grünen Augen musterten den Museumsdirektor, als hätte er etwas Unanständiges gesagt, für das er sich gründlich schämen musste. »Wenn Sie keine Verwandten des Patienten sind, bin ich nicht befugt, Ihnen darüber Auskunft zu erteilen. Außerdem halte ich Besuche zu diesem Zeitpunkt ohnehin für nicht angezeigt. Sie entschuldigen mich.«

Mit diesen Worten schob sie sich an den überraschten Besuchern vorbei in das Zimmer, aus dem sie eben gekommen waren.

*

Schweigend legten die Gäste aus Deutschland die kurze Strecke zu ihrem Hotel zurück. Sie hatten verabredet, sich zum Abendessen wieder zu treffen. Grünwald war erschöpft und wollte sich ein wenig ausruhen. Lisa hatte Verständnis dafür. Sie fühlte sich selbst nicht sonderlich gut seit dem Besuch im Krankenhaus und beschloss, einen Spaziergang zu unternehmen.

Ein paar Schritte vom Hotel entfernt führte ein Weg den Hang hinauf. Ein Schild wies ihn als Wanderweg zum fürstlichen Schloss aus. Lisa spazierte an villenartigen Häusern, modernen und traditionellen, vorbei. Nach einer Weile ging die geteerte Straße in einen schmalen Wanderweg über. Er schlängelte sich in Serpentinen steil bergan. Auf dem Boden lag buntes Laub. Lisa genoss die frische Luft. Nach einigen Minuten gelangte sie an eine Tafel. In deutscher, englischer und französischer Sprache präsentierte sie dem Wanderer Informationen über Vaduz. Vaduz, las Lisa, sei der Hauptort des Landes mit etwa 5.500 Einwohnern, Residenz des Landesfürsten und Sitz der Landesbehörden. Der Ort beherberge Kunstsammlungen, die Landesbibliothek, das Landesmuseum, ein Post- und Briefmarkenmuseum sowie Privatgalerien. Darüber hinaus fänden sich am Ort ein Gymnasium, eine Fachhochschule und eine Musikschule, diverse Natur-, Erholungs- sowie Sportanlagen und ein Freibad. Mit einem amüsierten Lächeln las Lisa, dass es in Vaduz sogar Gelegenheit zum Minigolf- und Tennisspielen gab.

An einem Aussichtspunkt machte sie Halt. Zwischen dem

bunten Laubwerk der Bäume am Wegrand bot sich ihr ein weiter Blick über Vaduz und das Rheintal. Gegenüber erhoben sich Berge. Links am Rand der Fußgängerzone sah sie den Turm der Kirche, die Grünwald zuvor »die Kathedrale« genannt hatte. Rechts lagen Weinberge inmitten der Häuser. Vor ihr, dem Rhein zu, entdeckte sie ein Stadion.

Lisa zog ihr Telefon aus der Tasche und rief Markus an. Es tat ihr gut, seine Stimme zu hören.

»Hallo, Schatz. Na, wie geht es dir?«

»Mir geht es gut. Und dir?«

»Was meinst du? Ich habe sturmfrei. Füße auf dem Tisch, Sportschau, Bier aus Dosen. Mir geht es großartig!«

Lisa lachte. »Du hast das Feinripp-Unterhemd vergessen.« Dann wurde sie ernst. »Ich habe dir doch erzählt, dass in das Museum eingebrochen worden ist.«

»Ja, ich erinnere mich.«

»Wir haben heute einen Mitarbeiter von Prof. Barakat im Krankenhaus besucht. Es scheint, dass die Polizei ihn im Verdacht hat, mit der Sache etwas zu tun zu haben. Der Mann macht einen furchtbaren Eindruck. Er ist völlig verwirrt und sieht aus, als hätte er einiges durchgemacht. Ich habe den Eindruck, dass da etwas faul ist.«

»Spielst du etwa wieder Detektiv – zusammen mit Dr. Grünwald? Das ist nicht euer Job! Geplant waren ein paar Tage Urlaub, wenn ich mich recht erinnere. Ganz entspannt. Keine Aufregung, kein Stress.«

»Natürlich«, sagte Lisa. »Du kennst mich doch.«

Weinberg seufzte. »Eben drum«, sagte er.

*

Mit einem leisen Summen öffnete sich die moderne Glastür mit dem eingravierten Schriftzug »Wanger & Sommer«

für zwei Herren in Nadelstreifen. Die Anzüge waren nach der neuesten Mode geschnitten und offensichtlich sehr teuer. Die Art und Weise, wie die beiden Männer das Büro betraten, verriet, dass zur Schau gestellter Reichtum für sie eine Selbstverständlichkeit bedeutete. Sie bewegten sich mit der Nonchalance von Menschen, die aus Erfahrung wussten, dass sie aufgrund ihres Geldes überall zuvorkommend und mit erlesener Freundlichkeit behandelt wurden.

In dem Raum, in den sie traten, stand vor einer Glasfront ein Schreibtisch mit einer Marmorplatte auf Bronzefüßen. Florin Wanger erhob sich dahinter und kam den Gästen mit ausgestreckter Hand entgegen. »Grüß Gott, meine Herren, willkommen in Vaduz!«, sagte er und schüttelte erst dem einen und dann dem anderen verbindlich die Hand.

»Herr Gerber, Herr Kälin, bitte nehmen Sie Platz. Wie war die Anreise?«

»Unproblematisch. So weit ist Zürich ja nicht entfernt.«

Wanger nickte. »Darf ich Ihnen eine Erfrischung bringen lassen? Ein Wasser, einen Kaffee oder …«, sein Augenzwinkern sollte Vertraulichkeit und komplizenhafte Verschwiegenheit ausdrücken, »… vielleicht etwas Stärkeres?«

Kälin hob in einer unbestimmten Geste die Hände. »Wenn Sie uns etwas Gutes tun wollen, Herr Wanger, vertrauen wir auf Ihren Geschmack.«

Florin Wanger goss drei Gläser voll. »Zum Wohl, meine Herren.«

»Zum Wohl.«

Nachdem sie den ersten Schluck genossen hatten, fragte Gerber: »Wie weit sind unsere Angelegenheiten gekommen, Herr Wanger?«

Wanger lächelte selbstbewusst. Auf diese Frage hatte er gewartet. »Sie stehen kurz vor dem Abschluss«, sagte er. »Ich darf ohne Übertreibung sagen, dass wir sie beinahe als erledigt ansehen dürfen. Das betreffende Ministerium in unserem Zielland ist praktisch einverstanden.«

»Was heißt ›praktisch einverstanden‹?«, hakte Herr Gerber nach.

Wanger sagte: »Es ist den Zuständigen klar, dass wir mit Ihrer Firma alle Sicherheiten für eine umfassende Trinkwasserversorgung bieten können. Das liegt selbstverständlich auch in deren Interesse. In den vergangenen Jahren wurden rund 4.500 Fälle von Cholera-Erkrankungen aufgrund verunreinigten Trinkwassers registriert, Tausende weitere Krankheitsfälle wegen anderer unappetitlicher Erreger. Man kann sich vorstellen, was gereinigtes Trinkwasser für diese Region bedeuten würde.«

»Das ist uns schon klar«, sagte Kälin mit einem säuerlichen Gesichtsausdruck. »Aber wie klar ist es den zuständigen Politikern dort?«

»Oder, um es anders zu sagen: Wie viel müssen wir in ihre Zustimmung investieren?«, präzisierte Gerber.

Florin Wanger fühlte sich nie so sicher wie in den Momenten, wenn es offen um Geld ging. Er nippte an seinem Glas. »Wir sind in der komfortablen Situation, dass wir keine Rücksicht auf die Bevölkerung nehmen müssen. Das ist der Vorteil von Ländern, die keine Demokratie haben. Oder nur dem Namen nach. Wir haben es allein mit der Regierung zu tun. Und glauben Sie mir, meine Herren, mit solchen Regierungen kenne ich mich aus. Die sind mein Spezialgebiet. Die Sache ist so sicher, als hätten Sie die Rechte für die Trinkwasserquellen bereits in Ihrer Tasche.«

*

Um kurz nach halb acht saßen Grünwald und Lisa in dem Gasthof, in dem sie sich mit Barakat verabredet hatten. Das

Restaurant lag inmitten des fürstlichen Weinbergs. Der Raum wurde von einem gewaltigen alten Torkelbaum beherrscht. Lisa erkannte an der Wand ein Porträt des Landesfürsten Hans Adam II., der ein wenig verträumt und doch auch visionär über den linken Bilderrahmen hinausblickte.

Ohne wirkliche Begeisterung blätterten sie in der Karte. Der Besuch im Krankenhaus steckte ihnen noch in den Knochen. Schließlich bestellten sie alle ein Menü mit Orkney-Lachs, Wolfsbarsch und schwarzem Seehecht, dazu eine Flasche Merlot aus der Hofkellerei.

»Ich habe eine interessante Information, die ich Ihnen nicht vorenthalten möchte«, sagte Barakat schließlich mit Aufregung in seiner Stimme. »Ich habe, nachdem wir uns getrennt hatten, keine Ruhe gefunden. Also habe ich im Museum nach der Tafel geforscht, die verschwunden ist. Sie erinnern sich, eine der Tafeln in der Installation über die Frauen, die als Hexen verbrannt worden sind.«

»Ja, eine fehlte«, bestätigte Grünwald. »Was hat es damit auf sich?«

»Die Tafel muss tatsächlich gestohlen worden sein«, berichtete Barakat. »Im Archiv fand sich aber eine Kopie.« Er nestelte eine Lesebrille aus der Brusttasche seines Jacketts, setzte sie auf und las vor: »Katharina Rebbergerin. Sie stammte aus Balzers, der südlichsten Gemeinde des Landes. Sie wurde denunziert und gefangen genommen. Unter der Folter gestand sie, einen Pakt mit dem Teufel mit ihrem eigenen Blut unterzeichnet, mit einem Stecken zu Hexentänzen geflogen und Schäden durch Unwetter und Hagel angerichtet zu haben.«

»Schrecklich«, flüsterte Lisa.

Barakat machte eine Pause und las dann langsam und bedeutungsvoll weiter: »Aus ihrem Besitz wurden 260 Gulden konfisziert. 1679 wurde sie hingerichtet.«

Grünwald und Lisa blickten ihn stumm an.

»Dreimal der Fischteller.«

Alle drei sahen auf und starrten die Bedienung an.

Lisa fing sich als Erste. »Ja, danke«, sagte sie und lächelte.

Als die Kellnerin weg war, rief Grünwald aus: »260 Gulden! Genau dieselbe Anzahl wie die, die aus dem Magazin gestohlen wurde.«

»Und die Tafel, auf der das steht, wurde ebenfalls gestohlen«, ergänzte Lisa.

»Der Zusammenhang scheint offensichtlich«, stellte Grünwald fest. »Wer hat eigentlich bei euch im Museum an der Geschichte der Hexenverfolgung gearbeitet und die Installation mit den Tafeln gestaltet? Warst du das, Youssef?«

Barakat schüttelte den Kopf. »Nein«, sagte er und fasste sich in einer plötzlichen Erkenntnis an die Stirn. »Das war Franz Kaiser.«

4

Das Heulen in Zimmer 13 wurde immer lauter. Seit über einer Stunde zerrte der Patient an seinen Fesseln und gab furchtbare Laute von sich. Es war kein Schreien. Er heulte wie ein Wolf. Nach und nach wurden auch die weiteren Patienten auf diesem Gang in ihren Zimmern unruhig. Zwei oder drei stimmten in das Heulen ein. Andere hämmerten gegen ihre Türen und schrien. Ein muskulöser Pfleger in einem weißen Kasack eilte herbei. Er nestelte nervös an seinem Schlüsselbund und schloss eine Sicherheitstür auf. Beinahe hätte er vergessen, sie hinter sich abzuschließen. Schnellen Schrittes ging er zu einer Tür mit der Aufschrift »Dr. Cornelia Baumann«.

Der Pfleger klopfte an und trat nach einer kurzen Pause ein. Die Ärztin saß an ihrem Schreibtisch. Sie trug ihren weißen Kittel offen, darunter waren ein grünblaues Kleid und eine Perlenkette zu sehen. Ihre roten Haare waren wie üblich streng zurückgekämmt und zu einem Pferdeschwanz gebunden. Nur die Falten auf ihrer Stirn und an ihren Augenwinkeln verrieten, dass sie nicht so jung war, wie ihr zierlicher Körper glauben machen konnte.

Der Pfleger schätzte die Ärztin. Sie war zwar etwas kühl, manchmal sogar schroff, aber immer korrekt und dabei äußerst kompetent. Unwillkürlich nahm er eine respektvolle Haltung ein.

Dr. Baumann setzte ihre Lesebrille ab. »Was gibt es, Gian?«

»Frau Dr. Baumann, in Zimmer 13 ist wieder die Hölle los. Bitte, kommen Sie.«

Die Ärztin sah den Pfleger einen Moment mit gerunzelter Stirn an. Dann griff sie nach ihrer Tasche und folgte dem Mann.

Im Zimmer holte Dr. Baumann eine Ampulle und eine Spritze hervor. Unter dem tierischen Heulen des Patienten, der sich unbändig in seiner Fixierung wand, zog sie sie auf. Der Pfleger hielt mit beiden Händen den Arm des Rasenden fest und die Ärztin setzte die Injektion. Nach wenigen Sekunden sank der Patient auf sein Bett zurück und schlief ein.

Nachdenklich ging Dr. Baumann langsam zurück in ihr Büro. Sie setzte sich an ihren Schreibtisch und zog die Tastatur zu sich heran. Eine Weile sah sie vor sich hin, dann tippte sie in den Computer: »17:53. Patient Kaiser wieder auffällig«. Sie setzte den Namen und die Dosis des Sedativums hinzu, das sie Kaiser verabreicht hatte. Anschließend scrollte sie nach oben und las in ihren bisherigen Aufzeichnungen. Seit Franz Kaiser eingeliefert worden war, hatte sie ihn eingehend beobachtet. Zu Beginn war Franz Kaiser apathisch gewesen, hatte zusammengekauert auf dem Boden gesessen, die Arme um die Knie geschlungen. Doch das hatte sich schnell geändert. Gegen 16.30 Uhr hatte das Zittern am ganzen Körper begonnen, es war stärker und stärker geworden, bis es schließlich zum lautstarken Ausbruch gekommen war. Lautes Schreien gefolgt von ununterbrochenem Heulen.

Dr. Baumann scrollte weiter. Was waren das für Dinge, die der Patient immer wieder von sich gab?

Unmöglich. Das Gewicht. Das Gewicht der Berge. Er hat mich betrogen. Es ist unmöglich. Ich konnte es nicht.

Immer wieder das unerträgliche Gewicht. Und ständig: *Ich konnte es nicht.*

Waren das bloße Fantasien, Phobien ohne Bezug zur Wirklichkeit, ohne eine Verwurzelung in einem realen Ereignis? Oder was hatte dem Mann eine solche Angst eingeflößt, ein solches Grauen bereitet, dass er buchstäblich darüber den Verstand verloren hatte?

Ich konnte es nicht.

Was konnte er nicht?

Die Augen der Ärztin brannten vor Müdigkeit. Nachtruhe kam bei ihr regelmäßig ebenso zu kurz wie das Essen. Seufzend lehnte sie sich in ihrem Bürostuhl zurück und schreckte sofort wieder hoch, weil Gian in ihr Büro stürmte. Was er ihr zu sagen hatte, ließ sie hellwach werden.

*

Die Straße war dunkel, als Silvia Schedler von ihrem Einkauf im kleinen Dorfsupermarkt gegen acht nach Hause ging. Obwohl sie diesen Weg schon unzählige Male gegangen war, seit sie geheiratet hatte und nach Triesenberg gezogen war, faszinierte sie die Aussicht jedes Mal aufs Neue. Von hier oben konnte sie weit in das Rheintal blicken. Unter ihr funkelten die Lichter von mehreren Liechtensteiner Orten und den Städten auf der schweizerischen Seite gegenüber. In der Mitte verlief eine leuchtende Spur von Weiß und Rot – die Autobahn, die um diese Zeit am frühen Abend stark befahren war.

Silvias Haus war ein modernes Gebäude, das sich wie viele andere in dieser Berggemeinde an den Hang schmiegte. Fröstelnd schloss sie die Haustür auf und schaltete das Licht im Gang an.

»Toni? Bist du da?«, rief sie aus Gewohnheit, obwohl sie wusste, dass ihr Mann nicht zu Hause war. Um diese Zeit trainierte er in seinem Fitnessclub.

In der Küche stellte sie die Einkaufstüten ab und hängte anschließend ihren Mantel in die Garderobe im Flur. Als sie in die Küche zurückging, um die Tüten auszupacken, hatte sie zum ersten Mal das Gefühl, nicht allein im Haus zu sein.

Silvia konnte nicht anders, sie rief noch einmal nach ihrem Mann. Vielleicht war er doch schon zurückgekommen?

Keine Antwort.

Sie schüttelte den Kopf über sich selbst und wandte sich wieder den Einkaufstüten in der Küche zu. Sie verstaute Butter, Wurst und Joghurt im Kühlschrank und die übrigen Artikel in verschiedenen Schränken. Dann stieg sie die Treppe zum Schlafzimmer hinauf. Das Knarren der Holzstiegen kam ihr plötzlich unangenehm laut vor.

Im oberen Stock war es dunkel. Silvia machte Licht, ging auf das Schlafzimmer zu. Die Türen zu den anderen Zimmern waren nur angelehnt. Erneut hatte sie das Gefühl, als beobachte sie jemand. Silvia versuchte, ihrer aufsteigenden Angst nicht nachzugeben. Mit unsicherer Entschlossenheit näherte sie sich einer Tür, der zum Büro ihres Mannes, öffnete sie und schaltete die Deckenbeleuchtung ein. Niemand da. Sie löschte das Licht und trat auf die nächste Tür zu. Dahinter verbarg sich ihr Allzweckzimmer, wie sie es nannte. Ursprünglich waren diese Räume als Kinderzimmer konzipiert gewesen, als sie mit ihrem Mann und der tatkräftigen Unterstützung ihres Schwiegervaters das alte Haus ausgebaut hatte. Doch sie hatten keine Kinder bekommen. Der unerfüllte Wunsch nagte schmerzhaft an ihr. Manchmal hatte sie den Eindruck, als schaute ihr Mann sie mit einem nur oberflächlich verborgenen Vorwurf an.

In dem Allzweckzimmer hatte sie ihr Fitnessrad aufgestellt und eine Staffelei. Vor Jahren hatte sie sich als Malerin versucht, aber es war nie etwas daraus geworden. Ebenso wenig wie aus der Hoffnung auf eine schlankere Figur, die sie mit dem verstaubten Trainingsgerät verbunden hatte.

Wie mit der Hoffnung auf Kinder, dachte Silvia.

In dem Raum war ebenfalls niemand. Natürlich nicht! Während sie auf das Badezimmer am Ende des Ganges zuschlich, hörte sie ein Geräusch in ihrem Rücken. Silvia zuckte zusammen. Die alte Holztreppe knackte und knarzte manchmal. Angestrengt lauschte die Frau in die Dunkelheit. Sie ging in die Knie und hielt sich am Treppengeländer fest. Waren da leise Schritte im Erdgeschoss?

Bewegungslos verharrte sie im Flur. Wenn jemand im Haus war, konnte jeder Schritt auf dem knorrigen Holzfußboden sie verraten. Eine quälende Minute blieb sie still in der Hocke sitzen. Wartete jemand darauf, dass sie sich zuerst bewegte? Ihr Herz schlug beinahe schmerzhaft in ihrer Brust.

Etwas stimmte nicht. Silvia wusste nicht, was es war, aber etwas im Haus fühlte sich nicht richtig an. Da knarrte es wieder. Auf einmal wusste sie es! Es roch nach Wald. Der Modergeruch von welken Blättern lag in der Luft.

Silvia fuhr hoch und eilte auf Zehenspitzen zum Schlafzimmer zurück. Ihr Blick war über die Schulter auf die Treppe gerichtet, so als müsste von dort jeden Augenblick ein Einbrecher auftauchen. Doch nichts geschah. Sie erreichte das Zimmer und schloss möglichst leise die Tür hinter sich. Dann drehte sie vorsichtig den Schlüssel im Schloss um und lauschte in den Gang. Nur die Fenster und die Balkontür hoben sich leicht in der Dunkelheit ab. Den Lichtschalter ließ sie unberührt. Wenn sich wirklich jemand im Haus befand, wollte sie nicht durch Licht auf ihr Versteck aufmerksam machen.

Sie hörte nichts.

Wahrscheinlich hatte sie sich geirrt. Natürlich hatte sie sich geirrt. Schon wollte sie das Licht anknipsen und über ihre Ängstlichkeit lachen, als sich alles in ihr verkrampfte. Instinktiv spürte sie, dass sich ihr jemand von hinten aus der Dunkelheit des Zimmers näherte.

*

In seiner Wohnung in Vaduz saß Youssef Barakat auf dem Sofa im Wohnzimmer. Er hielt Aurelia in seinem Arm. Sie hatte den Kopf an seine Schulter gelegt. Über ihre Beine war eine warme Decke gebreitet. Vor ihnen auf dem Tischchen standen zwei Gläser mit Rotwein. Es war eine der ruhigen Stunden, die sie üblicherweise beide genossen. Einfach miteinander auf dem Sofa zu sitzen und sich nah zu sein. Eine Tischlampe neben ihnen spendete sanftes Licht. Draußen vor der Glasfront lag eine friedliche Dunkelheit.

Ihre Freundschaft war ein Geschenk, dessen waren sie sich beide bewusst. Jeder von ihnen hatte seine Geschichte, und beide hatten ihre Erfahrungen im Leben gemacht. Einen Menschen kennenzulernen, mit dem man vieles teilen und dem man vertrauen konnte, war nichts Selbstverständliches für sie. Und anders als in der Jugend wussten sie, dass sie nichts überstürzen mussten. Ihre Freundschaft folgte dem Tempo der Jahreszeiten, dem Tauen des Schnees, dem Frühlingserwachen der Bäume, dem Reifen der Felder.

Doch heute zerfurchten Sorgenfalten Youssefs Stirn. Aurelia streichelte sanft über seinen Arm. »An was denkst du?«, fragte sie leise.

Barakat lehnte sich nach vorne und griff nach seinem Glas, dann reichte er Aurelia ihres. Er bewegte sich behutsam, er wollte nicht, dass sie ihren Kopf von seiner Schulter nahm. Nachdem sie getrunken hatten, sagte er: »Diese Einbruchsgeschichte beschäftigt mich mehr, als ich dachte.«

»Es ist vor allem wegen Franz Kaiser, nicht?«

»Ja. Der Besuch im Spital war verstörend. Was kann ihm nur zugestoßen sein?«

»Du glaubst auch, dass er etwas mit dem Einbruch zu tun hat?«

»Unter anderen Umständen hätte ich es für unmöglich gehalten. Franz ist ein absolut zuverlässiger Mitarbeiter.

Bodenständig. Nicht sehr gesprächig, aber jemand, dem man gerne sein Vertrauen schenkt. Andererseits …«

»Andererseits?«, hakte Aurelia nach.

»Andererseits kenne ich ihn nicht näher. In was für Kreisen bewegt er sich, wenn er das Museum verlässt? Was tut er in seiner Freizeit? Mir wird erst jetzt bewusst, wie wenig ich über ihn weiß.«

Eine Weile schwiegen sie. Ab und zu drang das gedämpfte Geräusch eines Fahrzeugs, das zu schnell durch den Ort fuhr, zu ihnen herein. Dann wie von fern der Stundenschlag der Kirche.

»Youssef«, sagte Aurelia leise.

»Ja?«

»Ich kenne dich nun schon eine ganze Weile. Lass nicht alles so nah an dich heran. Du bist viel sensibler, als die meisten ahnen. Du übernimmst gerne Verantwortung für andere. Du bist für deine Mitmenschen da. Aber du bist nicht für alles verantwortlich. In diesem Fall ist der Einbruch Sache der Landespolizei, und Franz Kaiser befindet sich bestimmt in bester medizinischer Betreuung.«

»Du hast recht«, seufzte Barakat. »Es ist nicht meine Sache.«

»Ach, Youssef«, sagte Aurelia und schlug ihm mit der flachen Hand sanft auf den Oberschenkel, »du kannst mir nichts vormachen. Ich weiß genau, dass meine Worte nichts nützen. Du bist, wie du bist.«

Sie nippte an ihrem Glas. Danach richtete sie sich auf und sah ihn an. »Du wirst dich mit dieser Sache beschäftigen, oder? Du kannst es nicht lassen.«

Barakat lächelte. »Wahrscheinlich hast du auch damit wieder recht«, antwortete er.

*

Vor den Fenstern des Frühstücksraums flog ein schwerer Regen beinahe waagerecht vorüber und trieb welkes Laub in gelben und roten Wirbeln vor sich her. Die Straßenlaternen spiegelten sich flackernd in den Pfützen, die die Fußgängerzone wie eine aufgewühlte Seenlandschaft bedeckten.

Lisa wandte ihren Blick von den Fenstern ab und ließ ihn durch den Saal schweifen. Wie sie erwartet hatte, saß Grünwald bereits an einem der Tische.

Als Lisa sich zu ihm setzte, sah er von seiner Zeitung auf und sagte: »Guten Morgen. Youssef ist heute am Nachmittag leider ausgebucht. Eine Sitzung mit dem Museumsvorstand und danach ein Treffen mit dem Gemeinderat. Aber wir können jetzt am Vormittag etwas mit ihm unternehmen.«

»Der Arme«, entgegnete Lisa und griff nach einem Croissant. »Für mich sind Sitzungen immer das Schlimmste.«

»Wir haben also heute einen Nachmittag zur freien Verfügung«, erinnerte Grünwald. »Das Wetter lädt allerdings nicht gerade zum Wandern oder Spazierengehen ein.«

»Da haben Sie recht«, stimmte Lisa zu. »Gibt es irgendwelche sonstigen Sehenswürdigkeiten in der Nähe?«

Der alte Archivar wiegte den Kopf hin und her. »Nicht wirklich. Das heißt, es gäbe schon etwas, das einen Besuch wert wäre, und wir müssten dazu praktisch nur über die Straße gehen.«

Lisa dachte nach. »Natürlich, das Kunstmuseum! Es soll sogar eine recht ansehnliche Sammlung moderner Kunst beherbergen.«

Grünwald runzelte die Stirn. »Sie wissen ja, ich bin kein allzu großer Freund moderner Kunst. Schade, dass Markus nicht da ist, sonst könnten Sie mit ihm hingehen.«

»Markus sagt moderne Kunst noch viel weniger zu als Ihnen, Dr. Grünwald«, stellte Lisa lachend fest. »Allerdings müssen Sie sich in keiner Weise verpflichtet fühlen, mich zu begleiten.

Wenn Sie wollen, können wir auch woanders hingehen oder Professor Barakat um einen Tipp bitten, wenn er kommt.«

»Nein, nein. Ich weiß ja, wie gerne Sie moderne Kunst mögen. Wissen Sie, es ist nicht so, dass ich moderne Kunstwerke nicht zu würdigen wüsste. Sie sprechen nur meistens nicht zu mir.«

Lisa griff den scherzhaften Ton auf. »Geben Sie ihnen noch eine Chance.«

»Das macht mir die moderne Kunst ja so verdächtig: Dass ich ihr eine Chance geben muss«, klagte Grünwald. »Bei der modernen Kunst muss ich selber aktiv werden und etwas in ihr erkennen.«

»Interessanter Gedanke«, sagte Lisa. »Aber aktiv werden müssen Sie nur, wenn Sie das Kunstwerk etikettieren wollen. Kunstwerke sind vielmehr wie Bekanntschaften, manche sind flüchtig, andere vertiefen sich.«

Grünwald faltete seine Serviette zusammen. »Nun«, schmunzelte er, »schauen wir mal, was wir heute für Bekanntschaften machen. Ah, da ist Youssef!« Er winkte dem Museumsdirektor zu. »Komm, setz dich für ein paar Minuten zu uns. Wir sind gleich fertig, dann kann es losgehen.«

Barakat nahm Platz. Er wirkte angespannt. »Leider muss ich euch vertrösten«, entschuldigte er sich, »ein wichtiger Termin.«

»Oh.« Dem Archivar war die gedrückte Stimmung seines Freundes nicht entgangen. »Es ist hoffentlich nichts Unangenehmes?«

Barakat hob in einer hilflosen Geste die Hände und antwortete flüsternd, so als wollte er sicherstellen, dass niemand an den Nachbartischen sie hören konnte: »Wenn ich das wüsste! Ich habe einen Anruf von der Polizei erhalten. Sie wollen mich schon wieder sprechen.«

*

Das Polizeigebäude lag in der Nähe der Hauptstraße, die durch Vaduz führte. Der Morgen war grau und kalt und passte nur zu gut zu dem mulmigen Gefühl, das der Museumsdirektor verspürte, als er die gläserne Eingangstür öffnete.

Timo Vogt, den er von seinem Besuch im Landesspital her kannte, kam auf ihn zu. »Bitte verzeihen Sie, dass wir Sie hergebeten haben, Herr Professor Barakat. Wir haben im Zusammenhang mit dem Einbruch im Museum noch ein paar weitere Fragen.«

Der Beamte führte ihn in ein helles, geräumiges Zimmer. Der Museumsdirektor setzte sich auf den Rand des Stuhls, den ihm der Beamte anwies. Es war ihm anzusehen, dass er sich in dem karg eingerichteten Zimmer nicht sonderlich wohlfühlte.

Der Polizist fragte: »Darf ich Ihnen etwas zu trinken anbieten?«

»Nein, danke.« Barakat rutschte nervös auf seinem Stuhl hin und her.

Timo Vogt setzte sich hinter den nüchternen Metalltisch. »Nun denn«, sagte er. »Es haben sich neue Tatsachen ergeben, die mit dem Einbruch im Museum im Zusammenhang stehen. Kennen Sie eine Silvia Schedler aus Triesenberg?«

Barakat durchsuchte gewissenhaft sein Namensgedächtnis. »Nein«, sagte er schließlich. »Ist mir unbekannt.«

»Dann wissen Sie auch nicht, ob sie eine Bekannte Ihres Mitarbeiters Franz Kaiser ist?«

»Vielleicht ein Glas Wasser.«

Der Beamte betrachtete ihn irritiert. »Wie bitte?«, fragte er.

Barakat sagte: »Ich hätte jetzt doch gerne ein Glas Wasser.«

»Natürlich.« Vogt holte eine Flasche Mineralwasser aus einem kleinen Kühlschrank in der Ecke des Zimmers. Er stellte ein Glas auf den Tisch, goss Barakat ein und setzte sich.

»Danke.« Der Museumsdirektor nahm einen Schluck. »Sie haben recht.«

»Womit?«, wollte der Polizist wissen.

»Ich vermag nicht zu sagen, ob Silvia Schedler mit Franz Kaiser bekannt ist. Weshalb stellen Sie mir diese Fragen? Wenn ich das fragen darf.«

»Wir haben eine gute und eine schlechte Nachricht«, klärte ihn Vogt auf. »Ein Teil der gestohlenen antiken Münzen ist wiederaufgetaucht.«

»Tatsächlich?«

Vogt lehnte sich nach vorne und legte die gefalteten Hände vor sich auf den Tisch. »Ja. Neben einer Leiche. Silvia Schedler. Sie ist tot.«

»Tot? Wieso …? Und wie?«, stotterte Barakat.

»Jemand hat sie vom Balkon ihres Hauses gestürzt.«

»Das ist ja schrecklich! Ist es denn sicher, dass sie gestürzt wurde und nicht gestürzt ist?«

Der Polizist lächelte schief. »Ganz sicher, Herr Professor, das können Sie mir glauben. Unter anderem hatte sie deutliche Spuren eines Abwehrkampfes am Körper.«

Barakat sah vor sich auf den Boden und schüttelte den Kopf. »Schrecklich«, wiederholte er.

»Neben dem Leichnam der Frau wurden eben Münzen gefunden, die aller Wahrscheinlichkeit nach aus dem Einbruch im Museum stammen«, erklärte der Beamte.

Barakat blickte ihn stumm an und versuchte, sich einen Reim auf das Gehörte zu machen. Nach einer Weile fragte er: »Sind Sie sicher, dass es die Gulden sind, die aus dem Landesmuseum entwendet wurden?«

Vogt erhob sich. »Das sollen Sie uns sagen, Herr Professor Barakat.« Er trat an einen geschmacklosen grauen Schrank, entnahm ihm einen Plastikbeutel, in dem es metallen klimperte, und legte ihn vor Barakat auf den Schreibtisch. »Nun?«

Barakat streckte die Hand nach dem Beutel aus, hielt dann aber in seiner Bewegung inne. »Darf ich?«

»Bitte«, sagte der Polizist. »Am liebsten wäre es uns allerdings, Sie würden die Münzen nicht aus der Tüte nehmen, wenn Sie sie auch so identifizieren können. Es sind 52 Geldstücke.«

Der Museumsdirektor nestelte aus der Brusttasche seines Jacketts eine Brille heraus und setzte sie auf. Mit zitternden Händen griff er nach der Plastiktüte und drehte sie langsam vor seinen Augen. Schließlich legte er sie zurück auf den Schreibtisch, nahm die Brille wieder ab und konstatierte: »Kein Zweifel. Ich meine, kein Zweifel, dass diese Münzen aus dem Museumsbestand stammen.«

»Das haben wir uns gedacht«, erklärte Vogt zufrieden. »Sie werden verstehen, dass wir uns fragen, in welchem Zusammenhang dieser Todesfall mit dem Einbruch und den Gulden steht.«

»Das verstehe ich sehr gut«, sagte Barakat offenherzig. »Ich weiß nur nicht, wie ich Ihnen dabei helfen kann.«

Tim Vogt lehnte sich zurück und fragte wie beiläufig: »Aber dass Franz Kaiser aus der Psychiatrie geflohen ist, das wissen Sie?«

5

Nebeneinander schlenderten Grünwald und Lisa durch die großzügig geschnittenen hellen Räume des Kunstmuseums. Eine Tafel informierte sie, dass die Auswahl von Werken alter Künstler aus der privaten Sammlung des Fürsten stammte. Hier zeigte sich der Archivar als Kenner. Anschließend ließ sich Grünwald von Lisa in die Abteilung moderner und zeitgenössischer Skulpturen, Grafiken und Installationen führen, doch auch nach einer Dreiviertelstunde hatte er sich noch für kein Kunstwerk erwärmen können. Bevor seine Begleiterin einen weiteren Saal betrat, nahm er sie beim Arm und sagte: »Lisa, bitte entschuldigen Sie mich für ein paar Minuten. Ich bin gleich zurück und treffe Sie dann hier.«

»Haben Sie schon genug, Dr. Grünwald?«, fragte Lisa.

»Nein, nein«, gab der Archivar augenzwinkernd zurück. »Ich hoffe immer noch, eine tiefergehende Bekanntschaft mit einem der Kunstwerke zu machen.«

»Bestens«, sagte sie. »Bis gleich.«

Grünwald durchquerte die Räume, durch die sie gekommen waren, stieg die breite Treppe hinab und bestellte sich an der Theke des Museumscafés einen Espresso. Mit geschlossenen Augen sog er den Duft des Kaffees ein und lächelte selig.

Lisa war inzwischen im nächsten Saal stehen geblieben und ging langsam auf ein expressionistisches Gemälde zu, das an der Wand gegenüber hing.

Das Bild war in düsteren Farben gehalten. Der Hintergrund deutete einen dunklen Wald an. Undurchdringlich. Wie ein finsteres Gefängnis. Hinter einem Baumstamm trat eine Person in das Blickfeld des Betrachters. Lisa zuckte unwillkürlich zurück. Es war ein Wolfsmensch, beinahe ebenso dunkel wie der ihn umgebende Wald. Er wäre zunächst kaum aufgefallen, wären da nicht seine Augen gewesen. Sie schienen den Betrachter zu fixieren. Der Künstler hatte die geheimnisvolle Technik angewendet, dass der Blick aus dem Bild dem Betrachter überallhin folgte. Lisa wusste, dass für dieses beunruhigende Phänomen vor allem das Gehirn des Betrachters verantwortlich war. Dennoch konnte sie sich der schwarzen Magie des Gemäldes nicht entziehen.

Die Augen des Ungeheuers bohrten sich geradezu gewaltsam in die ihren. Sie schimmerten in einem fiebrigen Rot, so als loderte im Innern der Kreatur ein höllisches Feuer.

Lisa löste sich aus dem hypnotischen Blick und suchte die Legende. Auf der kleinen weißen Tafel erfuhr sie, dass das Gemälde von einem einheimischen Künstler stammte. Die Jahreszahl war mit 1921 angegeben.

»Bild wurde in Irrenhaus gemalt.«

Erschrocken fuhr Lisa herum. Hinter ihr stand eine junge Museumsaufsicht und lächelte sie an. »Olga Petrova« las sie auf deren Namensschild.

»Habe ich gehört, dass Kunstler Bild in Irrenhaus gemalt hat«, wiederholte sie.

»Tatsächlich?«, murmelte Lisa wenig geistreich. Dann wandte sie sich erneut dem Gemälde zu. Aufrecht nach Menschenart stand der Wolf an dem Stamm und doch hatte seine gekrümmte Haltung etwas Tierisches. Er schien innerlich angespannt, als könnte er jeden Moment den Betrachter anspringen und ihn mit sich in den nächtlichen Wald zerren. Sein Maul war halb geöffnet und ließ große gelbliche Reißzähne sehen. Noch einmal richtete Lisa ihren Blick auf die erklärende Tafel. Der Titel des Gemäldes lautete »Wolfsbrut«.

»Sagen Sie …«, fing sie an und drehte sich um. Doch die Museumsaufsicht mit dem interessanten Akzent war nicht mehr da. Lisa entdeckte sie, als sie gerade in einem angrenzenden Saal verschwand, und ging ihr nach.

»Sagen Sie«, begann Lisa und sah unauffällig auf das Namensschild, »Olga, woher wissen Sie, dass das Bild in einem ›Irrenhaus‹ gemalt worden ist?«

Olga freute sich offensichtlich, dass sie Gelegenheit fand, sich zu unterhalten. »Das war seltsam«, sagte sie und senkte verschwörerisch ihre Stimme. »Vor ein paar Wochen war Mann hier und schaut Bild an. Stunde um Stunde. Immer das Bild. Macht auch Notizen. Ich frage ihn irgendwann, wieso schaut er immer das Bild an, immer das gleiche. Der Mann sagt, das Bild ist sehr interessant. Ist gemalt in Irrenhaus. Mehr hat nicht gesagt. Mann arbeitet in Landesmuseum.«

Lisa horchte auf. »Im Landesmuseum?«, fragte sie nach. »Hat er gesagt, wie er heißt?«

»Heiß? Nicht heiß.«

»Nein, sein Name.«

»Hat Name nicht gesagt. War nicht alt. Rote Haare.«

»Danke«, sagte Lisa und ging nachdenklich zu dem Gemälde mit dem Wolfsmenschen zurück.

Sollte Franz Kaiser sich dafür interessiert haben? Stand das Gemälde vielleicht in irgendeinem Zusammenhang mit seiner schweren Erkrankung?

Sie betrachtete das Bild erneut. Ließ es auf sich wirken. Es konnte einem Angst einjagen, möglicherweise sogar Alpträume bereiten. Diese Augen! Aber direkt den Verstand zu verlieren, dazu gehörte doch noch ein wenig mehr als ein gruseliger Wolfsmensch auf einer Leinwand.

»Lisa, hier sind Sie!« Grünwald war zu ihr getreten. Er blickte an ihr vorbei auf das Gemälde und meinte: »Schaurig! Und doch auch irgendwie eindrucksvoll, die Bekanntschaft, die Sie da gemacht haben.«

»Nicht wahr?«

»Ja. Gefällt Ihnen das Bild?«

Lisa schüttelte langsam den Kopf. »Nicht wirklich«, sagte sie. »Aber ein Bekannter von uns hat sich sehr dafür interessiert.«

*

Die Klinik, in der Dr. Baumann arbeitete, lag inmitten eines weitläufigen gepflegten Gartens. Die Mitte des Klinikkomplexes stammte offensichtlich aus früheren Zeiten, die Anbauten aus Glas und Beton rechts und links wirkten hingegen sehr modern.

Timo Vogt und Alice Marxer hatten ihren Dienstwagen auf dem Parkplatz vor dem schmiedeeisernen Tor abgestellt und gingen zu Fuß durch die parkähnliche Anlage.

»Richtig nobel hier«, sagte Alice und pfiff anerkennend.

»Stimmt schon«, sagte ihr Kollege, »mir ist mein bescheidenes Heim trotzdem lieber.«

»Definitiv«, stimmte Alice zu. »Aber wenn man schon Hilfe benötigt, ist es sicher schöner, sie in so einer Atmosphäre zu kriegen. Weißt du, das kann schneller gehen, als man denkt.«

»Manchmal glaube ich selbst, dass ich bald den Seelenklempner brauche.«

Alice boxte ihn mit der Faust auf den Arm. »Red nicht so!«, sagte sie. »Darüber macht man keine Witze. Das kann wirklich jedem passieren. Probleme bei der Arbeit, vielleicht noch Beziehungsstress dazu, und schon kann es so weit sein.«

»Ich weiß ja«, lenkte Vogt ein. »War nur ein Scherz.«

Sie waren am Eingangsportal angekommen, und der Beamte suchte auf der Klingelanlage nach Dr. Baumanns Namen. Als er ihn nicht fand, drückte er die Taste, auf der »Anmeldung« stand. Ein Summton erklang, und die Polizisten schoben die schwere hölzerne Tür auf. Am Empfang saß ein in Weiß gekleideter Mann Mitte 30, der ihnen mit einem einladenden Lächeln entgegensah und sie mit sanfter Stimme fragte: »Was kann ich für Sie tun?«

Alice Marxer zeigte ihren Dienstausweis. »Marxer und Vogt von der Landespolizei Liechtenstein. Wir haben einen Termin bei Dr. Baumann.«

»Einen Augenblick, bitte.« Der Mann studierte den Bildschirm des Computers, der vor ihm auf dem Tisch stand, und verkündete schließlich freudestrahlend: »Hier haben wir es! Frau Marxer und Herr Vogt, 14.00 Uhr bei Dr. Baumann.«

»Großartig«, imitierte Vogt die euphorische Art des Weißkittels. »Wo müssen wir hin?«

Wenn der Mann am Empfang die Ironie in der Stimme des Beamten bemerkt hatte, ließ er sich nichts anmerken. Mit leuchtenden Augen erklärte er den Gästen: »Sie müssen kurz bei mir warten. Moment.«

Er betätigte eine Taste des Telefons und sprach hinein: »Gäste am Empfang für Dr. Baumann.« Und an Vogt und Marxer gewandt sagte er: »Unser Pfleger Martin wird Sie gleich abholen und zu Dr. Baumann geleiten.«

Alice Marxer flüsterte ihrem Kollegen zu: »Warten, bis man abgeholt wird, hat im Zusammenhang mit einer solchen Einrichtung einen eigenartigen Klang.«

Timo Vogt hob irritiert die Brauen. Und nickte dann, als er verstand.

Pfleger Martin war klein und schmächtig und das genaue Gegenteil des freundlichen Empfangschefs. Ohne ein Wort zu sprechen, führte er die beiden Polizisten mit finsterer

Miene durch mehrere Korridore und wies schließlich auf ein Türschild, auf dem der Name der Ärztin stand. Anschließend trottete er stumm davon. Vogt sah ihm stirnrunzelnd nach, ehe er klopfte.

Von innen erklang ein »Herein«, und die Beamten traten in das Büro von Dr. Baumann.

Die Ärztin musterte sie über den Rand ihrer Brille und bedeutete ihnen mit einer Handbewegung, auf zwei stählernen Stühlen vor dem Schreibtisch Platz zu nehmen. Da sie nichts sagte, begann Alice Marxer nach einem Blick zu ihrem Kollegen das Gespräch. »Dr. Baumann, danke, dass Sie sich für uns Zeit nehmen. Wir wollen Sie nicht lange aufhalten.«

»Das weiß ich zu schätzen«, sagte Dr. Baumann.

Alice fuhr fort: »Unsere erste Frage: Wie war es möglich, dass Franz Kaiser aus dieser Anstalt entfliehen konnte?«

»Da bin ich überfragt.«

»Das ist alles, was Ihnen dazu einfällt?«

»Ich bin nicht für die Sicherheit im Haus zuständig, aber es werden bereits Nachforschungen angestellt.«

Jetzt sprang Timo Vogt ein. »Für wie gefährlich halten Sie Franz Kaiser?«

»Gefährlich? Inwiefern?«, fragte die Ärztin.

»Halten Sie ihn für gewalttätig?«

»Ich halte jeden Menschen für gewalttätig, unter gewissen Umständen.«

»Dr. Baumann«, insistierte Alice Marxer, »wir wollen wissen, ob Sie Franz Kaiser zutrauen, einen Mord begangen zu haben.«

Eine Weile fixierte die Ärztin ihre Gäste mit kühlem Blick. Dann nahm sie die Brille ab und lehnte sich zurück. »Frau Marxer, Herr Vogt, ich untersuche Menschen und versuche, ihnen zu helfen. Ich lege keine Karten.«

Die Polizistin öffnete mit einem genervten Gesichtsausdruck den Mund, doch Dr. Baumann sprach bereits weiter: »Franz Kaiser ist in meinen Augen zu keiner solchen Tat fähig.«

»Ist das Ihre professionelle Meinung?«, fragte Timo Vogt.

Alice Marxer hakte nach: »Franz Kaiser ist kein Mörder?«

»Das ist meine persönliche Ansicht. Aber wie oft haben Sie das schon von Angehörigen, Freunden und Bekannten eines Mörders gehört?«

*

Grünwald führte Lisa zum Museumscafé und setzte sich mit ihr an die blank polierte Theke. Die Bardame trocknete gerade Gläser ab. »Hallo«, begrüßte sie den Archivar, »schmeckt Ihnen der Kaffee hier so gut?«

»Zwei Espressi, bitte.«

Lisa sah Grünwald verwundert an. »Sie kennen sich? Ich dachte, Sie waren nur kurz auf der Toilette.«

»Ja, wissen Sie …« Grünwald lächelte verlegen und wechselte das Thema: »Was sagten Sie vorhin über Franz Kaiser?«

Lisa ließ sich bereitwillig ablenken. »Sie haben das Gemälde auch gesehen. Das mit dem Wolf. Eine Frau von der Museumsaufsicht hat mir davon berichtet, dass vor ein paar Wochen ein Mann dieses Bild sehr lange betrachtet hat. Ein Mann mit roten Haaren. So wie Franz Kaiser, bevor er verwirrt wiederaufgetaucht ist, wie Youssef Barakat uns erzählt hat.«

»Männer mit roten Haaren dürfte es selbst im kleinen Liechtenstein mehrere geben«, gab Grünwald zu bedenken.

»Das schon«, sagte Lisa. »Aber wie viele Rothaarige arbeiten im Landesmuseum?«

»Das ist ein Argument«, gab Grünwald zu und nippte an seinem Espresso. Sein Blick wanderte durch die großen Fenstern hinaus in die trostlose, regnerische Gasse.

Lisa kannte dieses Verhalten. Es bedeutete, dass ihr väterlicher Freund einem oder mehreren Gedanken nachhing und dass es keinen Sinn hatte, ihn jetzt anzusprechen. Er würde von selbst beginnen, sobald er den Gedankengang zu Ende verfolgt hatte. Dieses Mal dauerte es nicht lange.

Grünwald wandte sich ihr zu und sagte: »Wieso könnte dieses Bild Franz Kaiser so fasziniert haben? Es ist das Bild eines Wolfsmenschen, nicht wahr?«

»Ja«, bestätigte Lisa, »Lykanthropie, der Mythos vom Werwolf.«

»Lykanthropie ist eine äußerst seltene Geisteskrankheit, bei der der Betroffene sich in ein Tier, vorzugsweise einen Wolf, verwandelt glaubt. Aber das meine ich nicht. Die Vorstellung, dass Menschen sich in wilde, gefährliche Tiere verwandeln können, ist uralt und über die ganze Welt verbreitet«, fuhr der Archivar fort. »Wenn ich mich recht erinnere, kommt der Werwolf oder Wolfsmensch bereits im Gilgamesch-Epos, etwa 2000 Jahre vor unserer Zeitrechnung, vor.«

»Das wusste ich nicht. Nur dass die Verwandlung von Menschen in Tiere in griechischen und römischen Schriften erwähnt wird.«

»In einem gewissen Sinn können wir diese Vorstellung sogar noch viel früher festmachen. Denken Sie an den berühmten Löwenmenschen vom Hohlenstein im Lonetal.«

»Ich glaube, ich habe einmal ein Bild gesehen«, warf Lisa ein.

»Der Löwenmensch ist eine der ältesten Skulpturen der Menschheit. Ein Mischwesen aus Mann und Löwe. Um die 40.000 Jahre alt.«

»Was sahen die Menschen der Steinzeit in dieser Figur?«, fragte Lisa nachdenklich.

»Das werden wir nie wissen«, antwortete Grünwald. »Auf jeden Fall gehört ein ›modernes‹ Gehirn dazu, um nicht nur nach der Natur zu zeichnen und zu gestalten, sondern darüber hinaus eine Idee, eine Fantasie darzustellen.«

»Liegt die bis heute ungebrochene Faszination solcher Wesen in dem Gedanken, dass ein Körper zwei Welten verbindet? Das Reich des Menschen und das Reich der Tiere?«

»Möglich.«

»Möglicherweise liegt ein Ursprung dieses Phänomens aber auch in Erfahrungen mit tollwütigen Tieren und tollwütigen Menschen. Die Tollwut ist bei uns heute praktisch ausgestorben, doch für die Menschen früherer Zeiten mussten die Symptome eines Infizierten beängstigend gewesen sein.«

»Das waren sie bestimmt.«

Lisa sah ihn an. »Was meinen Sie?«, fragte sie ernst.

Grünwald zuckte mit den Achseln. »Ich weiß nicht«, murmelte er. »Vielleicht geht es beim Glauben an Werwölfe ganz einfach um Angst.«

»Angst?«, fragte Lisa. »Wovor?«

Der Blick des alten Archivars wanderte wieder aus dem Fenster. Draußen schien alles grau in grau, als ob der kalte Regen jede Farbe von den Häusern und aus der Straße gewaschen hätte. Leise sagte er: »Die Angst vor dem Dunkeln. Den dunklen Tiefen der menschlichen Seele. Menschen, die sich urplötzlich in reißende Raubtiere verwandeln, unaussprechliche Dinge tun, die ihnen niemand zugetraut hätte. Die Oberfläche aus guter Erziehung und Kultur ist beunruhigend dünn. Und unter dieser dünnen Decke verbirgt sich etwas, das jederzeit ausbrechen kann.«

Lisa sah im Geiste das Bild vor sich. Der geöffnete Rachen

mit den mörderischen Zähnen. Die rot leuchtenden Augen. Sie nickte betreten.

*

Etwas war anders. Gudrun Öhri konnte nicht sagen, woran es lag, aber ihr Mann benahm sich seltsam.

»Ist alles in Ordnung, Helmut?«, fragte sie gereizt.

»Natürlich«, antwortete er gleichmütig. »Was soll denn sein?«

Sie legten sich schlafen. Wie jeden Abend. Wie immer. Und doch war etwas anders.

In der Nacht wachte Gudrun auf. Unwillkürlich drehte sie sich zu ihrem Mann, doch der Platz neben ihr im Bett war leer. Vielleicht war er auf die Toilette gegangen, dachte sie. Männer ab einem gewissen Alter standen oft mehrere Male in der Nacht auf. Die Prostata, man kannte das. Ob sie sich einmal nach einem jüngeren Exemplar umsehen sollte? Geld genug hatte sie. Das Juweliergeschäft gehörte ihr. Und attraktiv war sie auch noch, dachte Gudrun selbstbewusst.

Aber der Aufwand! Einen Mann aufzureißen war nicht schwer, doch ihn sich so zu ziehen, wie man ihn brauchte, das war harte Arbeit. Was hatte sie nicht an Geduld, Kritik und Ermahnungen in Helmut investiert. Und das alles ein zweites Mal? Nein. Da wollte sie lieber bei dem Altvertrauten bleiben.

Wo steckte Helmut so lange? Was waren das für Anwandlungen mitten in der Nacht? Als er nach einigen Minuten noch immer nicht zurückgekommen war, erhob Gudrun sich und trat aus dem Schlafzimmer in den Flur. Die Tür zum Bad stand halb offen. Es brannte kein Licht. Gudrun Öhri ging in das Wohnzimmer. Auch dort keine Spur von ihrem Mann.

Da drang aus der Küche ein Geräusch an ihr Ohr. Erbost stieß sie die Tür auf. In dem Raum war es dunkel. Lediglich das Licht einer Straßenlaterne erhellte ihn notdürftig durch die Vorhänge. Helmut stand vor einem Schrank. Er hatte eine Schublade aufgezogen. Als sie eintrat, schloss er sie schnell.

»Was ist denn los?«, zeterte Gudrun ungehalten. »Was machst du hier mitten in der Nacht?«

Den Blick, den er ihr zuwarf, konnte sie nicht deuten. Helmut wirkte, als wäre er gerade aus einem bösen Traum erwacht. Oder war da noch etwas anderes? Gudrun Öhri war zu erzürnt und zu müde, um sich jetzt darüber den Kopf zu zerbrechen.

»Komm gefälligst zurück ins Bett«, drängte sie ungeduldig. »Sonst bist du morgen im Laden zu nichts zu gebrauchen.«

Helmut nickte und folgte seiner Frau gehorsam in das Schlafzimmer. Schweigend legte er sich neben sie in das Ehebett. Nach wenigen Augenblicken war Gudrun wieder eingeschlafen.

Vielleicht wäre sie wach geblieben, wenn sie sich vorhin in der Küche eines Details bewusst geworden wäre. Aber sie hielt sich nicht oft genug in der Küche auf, als dass es ihr aufgefallen wäre. Die Schublade, die ihr Mann geöffnet und bei ihrem Eintreten hastig geschlossen hatte, war die mit dem Besteck gewesen. Und mit den großen Küchenmessern.

*

Auf dem Tisch in seinem Hotelzimmer, an dem Sebastian Grünwald saß, brannte eine Lampe mit grünem Schirm, die ein schwaches Licht auf den Folianten warf, den der Archivar aufgeschlagen vor sich liegen hatte. Barakat war so freundlich gewesen, ihm das Buch, das eigentlich zum Präsenzbestand des Museums gehörte, über Nacht auszuleihen. Grünwald rückte seine Lesebrille zurecht und kniff angestrengt die Augen zusammen. Eine Weile las er still, dann lehnte er sich in seinem Stuhl zurück und nahm die Brille ab.

»Ein bankrotter Graf braucht Geld und hat Land«, murmelte er. »Ein anderer hat Geld, braucht aber Land, damit er einen Sitz im Reichsfürstenrat bekommt. Der geschäftstüchtige Fürst hat freilich das Land, das er so günstig erstanden hatte, nie gesehen. Es bestand ja auch nur aus einigen Bauerndörfern. Da hatte er es in Wien in seinem Palais besser. Wer wollte es ihm verdenken?«

Ein Klopfen an der Tür ließ Grünwald aufhorchen. Er erhob sich und öffnete. Vor ihm stand sein Freund Youssef Barakat.

»Sebastian, entschuldige, ich weiß, es ist spät.«

»Das macht nichts«, sagte Grünwald und ließ ihn eintreten. »Ich habe gerade in der Landesgeschichte gelesen, die du mir mitgegeben hast.«

Der Museumsdirektor hielt ihm eine Flasche Scotch hin. »Ein wenig Gemütlichkeit kann nie schaden«, sagte er.

Nachdem die Gläser gefüllt waren, die Grünwald aus dem Badezimmer geholt hatte, setzten sie sich, und der Archivar sah seinen Freund erwartungsvoll an. Barakat hielt sich nicht mit langen Vorreden auf. »Heute ist etwas Schreckliches passiert. Wie du weißt, musste ich noch einmal zur Polizei.«

»Youssef, du übertreibst wirklich. So schrecklich wird die Polizei in Liechtenstein schon nicht sein.«

»Nein, nein, das Schreckliche ist, was ich dort erfahren habe. Eine Frau wurde ermordet.«

»Eine Frau wurde ermordet? Und was …?«

»Du fragst dich natürlich, was das mit mir zu tun hat«, unterbrach Barakat. Er trank seinen Whisky aus und schenkte sich nach. »Neben der Leiche wurden Gulden aus dem Museumsdiebstahl deponiert«, sagte er heiser.

Grünwald setzte sich mit einem Ruck auf. »Was hat die ermordete Frau mit dem Einbruch zu tun?«, fragte er.

»Das weiß ich nicht«, antwortete Barakat. »Bislang ist das Ganze völlig undurchsichtig.« Der Museumsdirektor machte eine Pause. »Das ist nicht alles, Sebastian.«

»Nein?«

»Franz Kaiser ist geflohen.«

»Nein!«

»Untergetaucht.«

Einen Moment lang war Grünwald sprachlos, dann fragte er: »Was für ein Mensch ist Franz Kaiser eigentlich?«

»Franz ist ein sehr freundlicher Mann. Ein guter Mitarbeiter. Klug. Ehrgeizig. Soweit ich weiß, hatte er keine Freundin. Ich könnte mir auch gar nicht vorstellen, wie er neben seinen vielen Überstunden eine Beziehung hätte bewerkstelligen wollen.« Er dachte nach. »Das heißt, Beziehungen können ja im strengen Sinn nicht bewerkstelligt werden, oder? Sie sind nichts, das man machen kann. Eher mit Organischem vergleichbar.«

»Youssef!«

»Was?«

»Franz Kaiser?«

»Richtig, richtig. Ich schweife ab. Es ist die Wissenschaft, die ihm über alles geht.«

»Geht sie ihm wirklich über *alles*?«, fragte Grünwald. »Also ginge er für sie auch über Leichen?«

Barakat rieb sich nachdenklich das Kinn. Schließlich schüttelte er entschieden den Kopf. »Ein libanesisches Sprichwort sagt: ›Im Kopf des Müßigen hausen tausend Teufel.‹«

»Und?«

»Müßig habe ich Franz Kaiser niemals erlebt.«

6

Weinberg schloss die Tür zu einem der Vernehmungsräume im Polizeirevier hinter sich und hielt sich das Mobiltelefon ans Ohr. »Jetzt kann ich reden, Schatz. Was gibt es Neues in eurem kleinen Herzogtum?«

»Fürstentum.«

»Fürstentum, meine ich.«

»Alles bestens bei uns. Kannst du mir meine Winterjacke mitbringen?«, fragte Lisa.

»Winterjacke? Wie ist denn das Wetter bei euch? Wir hatten einen sonnigen Tag.«

»Von Sonne ist hier nichts zu sehen, und es ist wirklich kalt. Wenn du so lieb bist, könntest du noch meine Wollmütze einpacken? Abends kann ich sie gebrauchen.«

»Mach ich gern. Ich soll dich übrigens von Gwendoline grüßen.«

»Wo hast du sie getroffen?«

»Heute Morgen am See. Ich war auf dem Weg zur Dienststelle. Sie war gerade joggen.«

»Und bei der Arbeit? Viel zu tun?«

»Dienst nach Vorschrift. Die Touristensaison ist endgültig für dieses Jahr vorbei. Jetzt kann man als Einheimischer wieder in Ruhe an der Seepromenade spazieren gehen.«

»Da freu ich mich schon drauf!«

»Zuerst komm ich aber erst mal zu dir hinter die sieben Berge, Schneewittchen. Also, was gibt es bei euch Neues?«

»Ich kann es kaum erwarten.« Weinberg hörte die Aufregung in ihrer Stimme, als Lisa erzählte: »Dr. Grünwald hat mich gerade angerufen. Du wirst es nicht glauben! Eine Frau ist gestorben, wahrscheinlich ermordet worden.«

»Ermordet? Wer?«

»Eine gewisse Silvia Schedler aus einer Berggemeinde im Land. Sie ist von ihrem Balkon gestürzt. Oder besser: gestürzt worden.«

»Und was hat das mit euch zu tun?«

»Pass auf: Prof. Barakat hat die gleiche Frage gestellt, als die Polizei mit der Nachricht zu ihm kam. Er kenne keine Silvia Schedler. Sie sei ihm völlig unbekannt. Die Antwort ist: Neben der Leiche lagen ein paar von den aus dem Museum gestohlenen Gulden.«

Weinberg dachte einen Augenblick nach. Dann sagte er: »Der Todesfall hat also wahrscheinlich etwas mit dem Einbruch zu tun?«

Lisa nickte, obwohl Weinberg sie natürlich nicht sehen konnte. »Irgendeinen Zusammenhang muss es geben. Wie wären die Gulden aus dem Museum sonst neben die Leiche gekommen?«

»Ja«, stimmte Weinberg zu, »entweder ist die Frau die Diebin …«

»Ausgeschlossen!«

»… oder der Einbrecher war am Tatort. Oder er hatte Kontakt zum Dieb. Ob er auch der Mörder ist, steht freilich nicht fest.«

»Wieso sollte er sonst etwas von der Beute neben die Tote legen?«, fragte Lisa.

»Wer weiß schon, was in so einem Menschen vorgeht«, antwortete Weinberg.

»Was sind das nur für Menschen, die eine solche Tat begehen?«, fragte Lisa.

Weinberg seufzte. Er sah aus dem Fenster des Vernehmungsraums auf den dunklen See hinaus. »Menschen wie du und ich«, sagte er.

*

Hoch über dem fürstlichen Schloss im Wald saß eine dunkle Gestalt und sah von einem Felsvorsprung auf die Stadt nieder, die sich wie ein Lichterteppich zwischen der Bergwand und dem Fluss in der Mitte des Tals ausbreitete. Mit aufrechtem Rücken saß sie da, den Kopf leicht gesenkt, die Arme hingen an den Seiten herunter. Die Fäuste waren geballt wie in stummer, ohnmächtiger Wut. Der kalte Abendwind, der die wirren Haare zerzauste, schien ihr nichts anzuhaben. An ihrem Körper bewegte sich nichts. Nach einer Weile liefen Waldameisen über ihre Füße und die Beine hinauf.

Die Nacht senkte sich herab, und die Dunkelheit wurde immer dichter. Stunde um Stunde saß die Gestalt da wie aus Stein gemeißelt, wie ein Schatten, den Blick starr auf das Land zu ihren Füßen gerichtet.

Dann öffnete der Schatten langsam die Lippen. Es schien, als wollte er sprechen. Doch es war nichts zu hören. Er hob die Fäuste. Es sah aus, als schrie er vor Schmerzen, als bräche das Leid der ganzen Welt aus seinem Innern hervor. Aber kein Laut kam aus seinem Mund.

Schließlich sank die dunkle Gestalt entkräftet in sich zusammen. Das Gesicht auf dem Erdboden, lag sie da wie ein totes Tier. Leichter Regen fiel wie ein Schleier über den zusammengekauerten, unbeweglichen Körper. Nach einer Weile erhob sich der Schatten langsam auf Hände und Knie und zog sich in den nachtschwarzen Wald zurück.

Unterdessen gab Thomas im Wald Gas. Er kannte seinen getunten Honda, und er kannte die Strecke durch den Wald hinunter nach Vaduz wie seine Westentasche. Wer wie er in der höchstgelegenen Gemeinde des Landes lebte, musste sehr oft hinunter ins Tal und wieder hinauffahren. Die Route nach Vaduz war eine schmale Straße mit einer Bergwand auf der einen und einem Abgrund auf der anderen Seite, eine Straße mit gefährlichen Kurven, aber der junge Mann kannte sie alle. Dass die Straße auch von entgegenkommenden Fahrzeugen befahren wurde, die er erst spät wahrnehmen konnte, zog er nicht in Betracht. Wie vielen jungen Menschen kam ihm in seinem Übermut gar nicht in den Sinn, dass ihm etwas zustoßen könnte.

Jetzt saß seine Freundin Nadja neben ihm, und er hatte etwas zu beweisen. Mit Genugtuung bemerkte er, dass sich das Mädchen neben ihm verkrampfte. Er genoss Nadjas Unsicherheit. Sie ließ ihn sich stärker fühlen. Laut auflachend steuerte er den Honda in eine Linkskurve, danach in eine Rechtskurve. Im Wald war es stockdunkel, nur die Lichtkegel der Scheinwerfer tanzten vor dem Wagen auf dem Asphalt. Thomas drehte sich zu seiner Freundin. »Keine Angst, Baby, ich habe die Karre im Griff«, sagte er grinsend.

Da bemerkte er, dass Nadja die Augen weit aufriss. Instinktiv folgte er ihrem Blick und sah nach vorn. Sein Grinsen verschwand. »Verdammt!«

Vor ihnen stand ein Wolf im Licht der Scheinwerfer.

Nein, ein Mensch.

Ein Mensch mit einem Wolfskopf.

»Das gibt's doch nicht!«

Thomas trat mit aller Kraft auf die Bremse. Nadja schrie auf. Der Wagen geriet ins Schleudern und schoss scharf an dem Wolfsmenschen vorbei, der sich keinen Millimeter bewegt hatte. Im nächsten Augenblick schlug der Honda mit der Beifahrerseite gegen die Felsen, die die Fahrbahn auf der rechten Seite begrenzten, und prallte ab. Schlitterte auf den Abgrund zu. Nadja schrie nun ununterbrochen. Sie rasten von der Straße mitten ins Grün des Waldes, der an dieser Stelle steil ins Tal abfiel. Für einen Augenblick befanden sie sich im freien Fall. Nadja verstummte. Ihr Mund stand offen, aber kein Laut kam mehr aus ihrer Kehle. Dann flog der Wagen rückwärts gegen die Bäume. Es knackte und krachte, doch die Wand aus Holz hielt stand.

Vorerst.

Thomas hatte sich am Lenkrad festgekrallt. Das Blut rauschte in seinen Ohren. Neben ihm wimmerte Nadja leise. Vor sich sah er noch immer den Wolfsmenschen unbeweglich mitten auf der Straße stehen.

Ein Werwolf, so etwas gibt es gar nicht, dachte er – vernünftiger als sonst.

Das Licht der Scheinwerfer war durch die Schräglage des Autos genau auf den Kopf mit der geöffneten Schnauze gerichtet. Das Wesen sah zu ihnen herüber. Dann wandte es sich ab und verschwand in der Dunkelheit.

Es gibt keine Werwölfe, wiederholte Thomas innerlich wie ein Mantra. Für einen Moment vergaß er die gefährliche Situation, in der er sich mit seiner Freundin befand.

Plötzlich knackte es hinter ihnen, Thomas löste sich aus seiner Starre, etwas brach mit einem hässlichen berstenden Geräusch. Nadja kreischte, und der Honda rutschte, Heckspoiler voran, in die Tiefe.

*

Lisa gähnte und rieb sich die Augen. Ein Blick auf die Uhr ihres Fernsehers verriet ihr, dass es kurz vor halb zwölf war. Sie legte ihr Buch weg und löschte das Licht. Durch die Gardinen der beiden Fenster fiel Licht von der menschenleeren Fußgängerzone in den dunklen Raum und warf gemusterte

Schatten auf die Wände und das Bett. Es dauerte nicht lange, bis Lisa eingeschlafen war.

Hinter dem Hotel erhob sich jäh die Bergwand, rau und abweisend, mit dunklem Wald bestanden. Riesen von gepresstem Gestein, die bis über 2.000 Meter aufstiegen. Uralte Gesteine, im Erdaltertum verformt, waren bedeckt von 250 Millionen Jahre altem Sediment und von Basalt aus ehemaligen Ozeanböden.

Sie erschienen ewig, aber sie waren es nicht. Auch Stein veränderte sich, durchlief Metamorphosen, war ein Erzeugnis von Druck und unendlich scheinender Zeit. Im Vergleich zu dem flüchtigen Menschenleben wirkten sie unveränderlich, doch auch die Berge waren eines Tages durch die Mächte gezeugt worden, die den Planeten bewegten. Die Berge durchliefen Jugend und Alter, und auch sie vergingen.

Mit kaum messbarer Langsamkeit veränderten sich die Berge. Die Entstehung der Alpen, an deren Rand Lisa friedlich schlief, reichte bis in die Kreidezeit zurück. Als die Welt mit den Alpen schwanger war, dominierten Dinosaurier die belebte Erde, doch die Herrschaft der Riesenechsen bildete nur eine lächerlich kurze Episode in der endlosen Geschichte der Berge.

Einst erstreckte sich zwischen der afrikanischen und der eurasischen Erdplatte die Tethyssee, seicht und warm, mit Inselketten und Lagunen im azurblauen Wasser, eine Art Ur-Mittelmeer, das sich bis in das heutige Asien ausdehnte. Aus diesem Meer erhoben sich die Alpen, als vor mehr als 60 Millionen Jahren die von Afrika abgespaltene adriatische Platte mit dem voralpinen Europa kollidierte und einmal mehr das Angesicht der Erde veränderte. Die Ozeansedimente falteten sich zu Gipfeln auf, eine Kette von Gebirgen, die sich über den halben Planeten zog und zu der das Atlasgebirge, die Pyrenäen und Karpaten, der Balkan, der Hindukusch und der Himalaja gehörten sowie weitere Bergformationen bis hin nach Malaysia im südchinesischen Meer.

Aber das war nur die Kindheit der Alpen. Vor 23 Millionen Jahren setzte eine vielschichtige Verfaltung des jungen Grundgebirges ein. Ältere Gesteinsschichten schoben sich über jüngere und drückten diese mit ihrem Gewicht nach unten. Erst in den Eiszeiten des Pleistozäns, vor zwei Millionen Jahren, wurde das Aussehen der heutigen Alpen geformt.

Ihre Spitzen schoben sich immer noch jedes Jahr um Millimeter nach oben, wurden durch Wind und Wetter abgeschliffen, unbarmherzig zermahlen zu Sand.

100 Millionen Jahre hatte die Entstehung dieser Berge gedauert, und bis heute bewegten sie sich und veränderten ihre Form. Denn Zeit war härter als Granit. In Jahrmillionen ließ die Zeit Gestein fließen wie in einem ewigen Rhythmus von Ebbe und Flut.

*

Am nächsten Morgen kam der Museumsdirektor früher als gewohnt in das Städtle-Café.

»Guten Morgen, Youssef. Schön, dich zu sehen.« Aurelia stellte eine Tasse vor ihn hin. »Kaffee mit viel Milch, wie du ihn magst.«

»Danke. Und es ist übrigens schön, dich zu sehen.«

»Gibt es etwas Neues in dem Einbruchsfall? Oder von Franz Kaiser?«

»Nicht wirklich. Irgendwie hängt alles zusammen, aber ich blicke nicht durch.«

»Das musst du auch nicht, Youssef. Das ist die Sache der Polizei, erinnerst du dich?«

»Ja, ja, ich weiß. Ich kann die Aufklärung dieser Geschichte getrost der Polizei überlassen. Aber …«

»O nein, nicht der schon wieder!«, rief Aurelia unvermittelt.

Barakat folgte ihrem Blick und entdeckte draußen einen bulligen Mann, der mit großen Schritten auf das Café zukam. Im nächsten Moment stürmte der Mann durch die Tür. Ohne zu grüßen, baute er sich vor Aurelia auf und polterte: »Frau Büchel, wenn Sie glauben, nur weil Sie nicht auf meine Briefe reagieren, würde sich alles von selbst in Wohlgefallen auflösen, liegen Sie falsch!«

»Erst einmal einen guten Morgen, Herr Hofer«, erwiderte Aurelia ruhig.

Balduin Hofer holte tief Luft, dann kläffte er weiter: »Es ist mein Recht, die Miete zu erhöhen! Und es ist auch an der Zeit!«

»Sie haben die Miete bereits letztes Jahr erhöht«, erinnerte Aurelia.

»Läuft Ihr Café etwa nicht gut?«, fragte Hofer. »So wie ich das sehe, haben Sie sehr hohe Einnahmen. Und Sie wussten von Anfang an, dass ein Café im Zentrum von Vaduz nicht billig ist. Fragen Sie rundum, alle zahlen höhere Mieten als Sie.« Er donnerte eine Mappe auf den Tisch. »Ich gebe Ihnen genau eine Woche, um den geänderten Mietvertrag zu unterschreiben. Ansonsten muss ich die Kündigung aussprechen. Sie lassen mir keine andere Wahl.«

»Man hat immer eine Wahl, Herr Hofer«, sagte Aurelia.

Hofer lief purpurrot an und stürmte mit vor Wut verzerrter Miene aus dem Lokal.

Aurelia schüttelte den Kopf und seufzte.

Der Museumsdirektor betrachtete Aurelia mit gerunzelter Stirn. »Hast du Probleme mit dem Café?«, fragte er.

»Nicht wirklich«, antwortete Aurelia. »Herr Hofer scheint allerdings zu glauben, dass mein Café eine reine Goldgrube ist, aus der er sich nach Belieben bedienen kann. Oder eine

Kuh, die unendlich viel Milch gibt. Er will jedes Jahr die Miete erhöhen. Wenn das so weitergeht, kann ich bald nicht mehr mithalten.«

»Ich dachte, er hat eine Gewinnbeteiligung?«

»Die hat er. Aber das ist ihm nicht genug. Er ist gierig.«

»Gier ist etwas Furchtbares«, murmelte Barakat. »Wir werden jedenfalls dein Städtle-Café nicht einfach kampflos aufgeben.«

Aurelia schenkte ihm einen warmen Blick. »Danke«, sagte sie. »Dein Kaffee geht aufs Haus.«

*

Im Büro des Polizeichefs roch es nach Kaffee. Karl Felder hatte sich gerade mit seiner privaten Maschine eine Tasse aufgebrüht. Die Kaffeemaschine war der einzige Luxus, den der rüstige Mann sich in seinem Büro erlaubte, denn er war süchtig nach dem koffeinhaltigen Getränk. Felder war ein Mann von Ende 50, mit schütterem Haar und ungesunder Gesichtsfarbe, die auf einen zu hohen Blutdruck schließen ließ.

Im Haus nannte man ihn halb spöttisch, halb ehrfürchtig den Häuptling. Und wie ein Häuptling für seinen Stamm lebte und kämpfte, trat der Polizeichef für seine Leute ein. Von seinen Untergebenen wurde er wegen seiner ruppigen Art gefürchtet, genauso wie er aufgrund der Entschiedenheit, mit der er sich in der Öffentlichkeit vor seine Beamtinnen und Beamten stellte, geschätzt wurde. Kompromisslos verteidigte er seine Mitarbeiterinnen und Mitarbeiter gegenüber der Presse – und, wenn es sein musste, gegen kritisierende Politiker. »Die sollen erst mal den Dienst übernehmen, den wir Tag und Nacht auf den Straßen machen«, pflegte er in einem solchen Fall zu sagen.

Karl Felder stellte die dampfende Tasse auf seinen Schreibtisch und ließ sich schwer in seinen Sessel fallen. Mit strenger Miene wandte er sich an Alice Marxer und Timo Vogt, die vor ihm standen, und fragte: »Was muss ich vom Todesfall Silvia Schedler wissen?«

Timo Vogt antwortete: »Sie wurde vorgestern Abend vom Balkon ihrer Wohnung gestürzt.«

»Beziehungstat?«

»Ich glaube nicht. Ihr Mann hat zwar nur ein schwaches Alibi, aber da ist noch etwas anderes.«

»Gut. Mit Otto, dem Vater des Ehemannes, spiele ich nämlich manchmal Karten. Wäre mir unangenehm, seinen Sohn verhaften lassen zu müssen. Was gibt es also anderes?«

»Neben der Leiche von Silvia Schedler wurden Münzen aus dem Einbruch im Landesmuseum gefunden.«

»Ach?«

»Sie wurden vom Museumsdirektor eindeutig identifiziert.«

»Von diesem Barakat? Eigenartiger Typ, aber sympathisch. Nun, das ändert alles. Zwischen dem Einbruch und dem Mord besteht also ein Zusammenhang.«

»Sehr wahrscheinlich. Wie kämen sonst die Münzen an den Tatort?«

»Ja, wie kämen die sonst dahin?« Felder kratzte sich nachdenklich am Kinn. »Wegen des Einbruchs haben wir doch diesen Museumsangestellten aufgegriffen, wie heißt der noch?«

»Franz Kaiser«, assistierte Vogt.

»Franz Kaiser. Was ist mit seinem Alibi? Der war doch irgendwie durchgeknallt, oder?«

Der Beamte brummte zustimmend. »Inzwischen ist er deshalb in die Psychiatrie überwiesen worden.«

»Mist!«, schimpfte Felder. »Da sitzt er natürlich fest. Die Klapse ist als Alibi praktisch unschlagbar.«

»Nein«, widersprach Vogt. »Er ist vorgestern ausgebüxt.«

»Aha! Also kein Alibi! Wo ist er jetzt?«

Vogt blickte verlegen zu Boden. »Wissen wir nicht«, sagte er kleinlaut.

»Der Kerl ist vorgestern abgehauen, und ihr habt ihn noch nicht wieder gefasst?«, echauffierte sich Felder. »Wo kann sich denn ein geistig Verwirrter in unserem kleinen Land verstecken, hä?«

»Die Fahndung läuft, Chef«, beeilte sich Vogt zu versichern.

»Allerdings«, warf seine Kollegin ein, »glaubt Dr. Baumann, seine behandelnde Ärztin, nicht an seine Schuld.«

Der Häuptling sah sie mit großen Augen an. »Dr. Baumann? Und was ist die? Das Orakel von Delphi? Die kann ihren Psycho-Senf bei der Gerichtsverhandlung dazugeben, wenn die Verteidigung sie aufruft. Die Ermittlungsarbeit muss sie schon uns überlassen. Oder seht ihr das anders?«

Die zwei Beamten schüttelten wie erwartet die Köpfe.

»Dann bringt mir Kaiser!«, forderte Felder. »Ich muss jetzt erst einmal unserer Gerichtsmedizinerin Dampf machen. Ich will meinem Freund Otto möglichst bald sagen können, dass der Leichnam seiner Schwiegertochter zum Begräbnis freigegeben ist. Es ist ja schrecklich, was die Familie gerade durchstehen muss.«

Marxer und Vogt nickten.

»Ich will über alles auf dem Laufenden gehalten werden, verstanden?«

»Verstanden«, sagten beide gleichzeitig.

»Moment«, rief sie Felder zurück, als sich die Beamten zur Tür wandten. »Was ist das für eine Sache mit dem tödlichen Autounfall gestern Abend?«

»Den bearbeiten die uniformierten Kollegen«, sagte Alice Marxer. »Soviel ich mitbekommen habe, ist ein junger Raser von der Straße abgekommen. Tragischer Fall von Selbstüberschätzung.«

»Tragisch vor allem für das Mädchen, das mit im Auto saß«, kommentierte Vogt.

Felder nickte. »Verstehe, und nun wieder ran an die Arbeit! Wie gesagt: Haltet mich auf dem Laufenden!«

7

»Hallo, Schatz.« Markus Weinberg stellte seine Tasche ab und nahm Lisa in die Arme.

»Da bist du ja«, sagte Lisa. »Ich freu mich, dich zu sehen.«

»Ich mich auch. Bist du allein? Wo ist Dr. Grünwald?«

»Er unternimmt mit Prof. Barakat einen Spaziergang«, antwortete Lisa. »Wir treffen ihn später zum Abendessen.«

»Toll, dann haben wir ja erst mal ein bisschen Zeit für uns.«

»Was möchtest du machen?«

»Werfen wir uns ins Großstadtleben?«

Lisa lachte. »Das würde kein großer Wurf werden. Machen wir es uns lieber erst einmal in unserem Zimmer gemütlich.«

Als die Archivarin Weinberg Richtung Rezeption begleitete, trat eine Gruppe von fünf Personen ein, die ihre Aufmerksamkeit auf sich zog. Auch Weinberg hielt inne und betrachtete die Neuankömmlinge.

Es waren vier Männer und eine Frau. Die Frau hatte einen langen, dunklen Mantel an, unter dem ein noch längerer Rock zu sehen war. Die Männer waren in schlecht sitzende schwarze oder dunkelblaue Anzüge gekleidet. Zwei von ihnen trugen Koffer, in jeder Hand zwei. Sie sahen aus wie Leibwächter aus einem schlechten Kinofilm. Nicht einmal die Sonnenbrillen fehlten, die sie trotz des tristen Wetters nicht abgenommen hatten.

Weinberg entdeckte bei einem der Bodyguards ein Pistolenhalfter unter dem Jackett, als der stiernackige Mann sich vorbeugte, um die Koffer abzustellen, und sich anschließend wieder aufrichtete.

Alle aus der Gruppe hatten einen dunklen Teint und schwarze Haare. Die Köpfe der beiden vermeintlichen Leibwächter waren kurz geschoren.

Lisa und Weinberg ließen die Gruppe vor sich an die Rezeption gehen und hörten, wie die Frau sich und ihre Reisegruppe vorstellte. Die Namen klangen arabisch. Nachdem die Empfangsdame ihnen die Zimmerschlüssel ausgehändigt hatte, bewegten sich die Neuankömmlinge zum Lift. Einer der bulligen Leibwächter kam dabei nahe an Weinberg vorbei und ihre Blicke trafen sich kurz. Danach verschwanden sie im Aufzug.

»Mit denen will man keinen Ärger bekommen«, scherzte Lisa, als sie nun mit Weinberg an den Empfangstresen trat.

»Nicht wenn es nicht sein muss«, stimmte Weinberg ihr nachdenklich zu.

*

Sebastian Grünwald schlenderte neben Youssef Barakat auf dem Rheindamm entlang. Der Rhein bildete die natürliche Grenze zwischen Liechtenstein und der Schweiz. Beide Männer waren in Gedanken versunken und nahmen den Fluss in seinem Kiesbett kaum wahr. Um sie herum breitete sich das Bergpanorama mit seinen weiß gezuckerten, markanten Rücken und Gipfeln aus. Von der liechtensteinischen Seite sah aus der Ferne das fürstliche Schloss auf sie nieder. Die beiden Männer hatten jedoch keinen Blick dafür.

Schließlich brach der Museumsdirektor das Schweigen. »Wer hätte ahnen können, dass ein an und für sich harmloser Einbruch in unser Museum anscheinend mit einem Todesfall in Zusammenhang steht? Die arme Frau.«

»Ich kann dich gut verstehen, Youssef«, sagte Grünwald. »Die Polizei fragt sich sicherlich, was die Tote mit dem Einbruch im Museum zu tun hatte und welche Rolle dein Mitarbeiter Franz Kaiser bei dem Ganzen spielt.«

»Ganz richtig, lieber Freund«, bestätigte Barakat, »ganz richtig.«

»Du kannst dir nach wie vor nicht vorstellen, dass Franz Kaiser den Einbruch verübt und die Frau ermordet hat?«

Barakat schüttelte den Kopf. »Nein, beim besten Willen nicht.«

»Es muss aber einen Zusammenhang geben zwischen dem Einbruch, den entwendeten Gulden, dem Zusammenbruch Kaisers und dem Mordopfer. Und vergessen wir nicht die gestohlene Tafel aus dem Museum. Auf ihr ist von genau der Anzahl Gulden die Rede, die der Dieb mitgenommen hat. Er hätte mehr, viel mehr stehlen können, doch er hat genau 260 entwendet. Das weist auch in die Richtung Kaisers. Er hat sich schließlich mit dem Fall der Katharina Rebbergerin beschäftigt und die Tafel verfasst.

Der Wind frischte auf und ließ die Männer frösteln. Ohne sich abzusprechen, schlugen sie eine schnellere Gangart ein. Ihr Weg führte sie entlang kleinerer Industrieanlagen und grauer Wohnblöcke zurück in das Städtchen. Schon bald konnten sie wieder den Kirchturm der Kathedrale sehen. Barakat begleitete seinen deutschen Freund bis an den Eingang des Hotels. Als sie dort ankamen, traten gerade zwei muskulöse Männer in dunklen Anzügen und mit kurz geschorenen Köpfen aus der Eingangstür und bewegten sich nach rechts in die Fußgängerzone. Sie unterhielten sich dabei in einer Sprache, die Grünwald nicht verstand.

Barakat horchte auf und sah ihnen aufmerksam nach.

»Landsleute aus dem Libanon?«, fragte Grünwald.

»Nein«, sagte Barakat nachdenklich. »Aber nicht weit davon entfernt.«

»Vaduz ist eben doch eine Weltstadt«, meinte Grünwald freundlich scherzend.

»Zumindest wenn es um Geldgeschäfte geht«, stimmte Barakat zu. »Bis morgen, Sebastian. Ich komme morgen früh zu euch ins Hotel zum Frühstück. Heute Abend werde ich mir unser Gespräch noch einmal durch den Kopf gehen lassen«, sagte er.

Grünwald gab ihm die Hand. »Dann denke vor allem über diese eine Frage nach: Was hat die getötete Frau mit der damals in Liechtenstein verbrannten ›Hexe‹ zu tun?«

*

Das Hotelzimmer war geräumig und geschmackvoll eingerichtet, vielleicht ein wenig altmodisch. Auf dem Bett verstreut lagen eine Hose, eine Bluse und zwei Paar Socken. Andere Kleidungsstücke waren über einen Sessel in der gegenüberliegenden Ecke geworfen. Der Tisch und die Schränkchen neben dem Bett waren zur Ablage von Büchern geworden. Das Zimmer sah nicht nur nach Lisa aus, es roch auch nach ihr. Weinberg fühlte sich sofort zu Hause. Er stellte seine Tasche auf einen Stuhl neben der Tür und nahm Lisa in den Arm.

»Ich bin so froh, dass ich wieder bei dir bin«, sagte er.

»Ich freue mich auch!«, sagte Lisa. »Es war eine lange Zeit ohne dich. Zwei ganze Tage.«

»Viel zu lange.«

»Für dich auch?«

»Für mich noch viel mehr.«

Eine Stunde später saßen sie als einzige Gäste im Wintergarten des Hotels. Lisa hatte sich einen Kaffee bestellt und Weinberg ein Bier.

»Manchmal wünsche ich mir, wir hätten uns schon früher kennengelernt«, sagte er.

»Wie meinst du das?«, fragte Lisa lächelnd.

»Ich meine, am liebsten hätte ich dich schon immer gekannt. Es gab so viele Jahre ohne dich. Ich kann mir gar nicht mehr vorstellen, wie ich ohne dich so lange gelebt habe.«

»Wahrscheinlich brauchte es diese Zeit, damit wir uns begegnen konnten. Vor zehn Jahren zum Beispiel wären wir vielleicht gar nicht füreinander bereit gewesen.«

Weinberg dachte nach. »Denkst du, dass es so bestimmt war?«, fragte er. »Ich meine, dass Menschen füreinander bestimmt sind?«

»Nein«, sagte Lisa. »Ich glaube nicht, dass etwas einfach bestimmt ist. Ich denke, dass sich uns immer wieder im Leben Möglichkeiten eröffnen und dass es an uns ist, sie zu ergreifen – oder eben auch nicht. Wir entscheiden, was wir tun.«

»Dann glaubst du nicht, dass wir füreinander bestimmt sind?«

»Ich glaube, dass wir uns füreinander entschieden haben«, sagte Lisa sanft. »Und das bedeutet viel mehr, als wenn irgendein Schicksal das für uns entschieden hätte. Das Leben hat uns die Chance gegeben, aber wir waren es, die sie genutzt haben. Es war kein Schicksal, das dich zu mir geführt hat, sondern du hast mich angesprochen.«

»Und du hast geantwortet.«

»Genau«, sagte Lisa. »Weil ich es so wollte. Es war keine Bestimmung – wir haben es so bestimmt.«

»Glaubst du wirklich, dass der Mensch so frei ist in seinen Entscheidungen?«

»Ja«, sagte Lisa überzeugt. »Unsere Entscheidungen sind von vielen Faktoren beeinflusst, doch ich glaube fest, dass der Mensch frei ist, Ja zu sagen oder Nein. Ich glaube, dass der

Mensch die Freiheit hat zu entscheiden, welchen der Wege, die sich ihm bieten, er einschlägt.«

*

»Sie hat sich eben gegen mich entschieden, *what can you say?*« Hansrudi Meier versuchte zu lächeln. Es wollte ihm nicht recht gelingen. Um seine Bitterkeit und seinen Schmerz zu verbergen, öffnete er die Balkontür und trat hinaus. Draußen zog er ein Päckchen aus seiner Jacketttasche und zündete eine Zigarette an.

Fidel Meier kam ihm hinterher und warf ihm einen strengen und gleichzeitig resignierten Blick zu. Er mochte es nicht, wenn sein Sohn rauchte. Aber jetzt war nicht der richtige Zeitpunkt, darüber zu streiten. Darum lud er mit ruhiger Stimme ein: »Erzähl mal. Susanne war doch deine große Flamme.«

Hansrudi zog an der Zigarette und wandte sich ab. Sein Vater sollte die Tränen nicht sehen, die ihm in die Augen schossen. Er schluckte und setzte an: »Ach, halb so schlimm.« Die Stimme versagte ihm. Er schluckte wieder. »Es ist vorbei. *Case closed.* Basta. Gibt nicht viel zu sagen.«

Fidel Meier sah verlegen zur Seite. Wie dumm von ihm, dieses Thema anzusprechen, solange die Wunde noch so frisch war! Er wusste selbst gut genug, dass Reden keine Erleichterung brachte, solange das Herz blutete. Erst wenn man den ersten Schmerz überstanden hatte, tat es gut, sich auszusprechen. Vorausgesetzt, dass man den ersten Schmerz überlebte. Enttäuschte Liebe konnte einen Menschen so verletzen, dass er wie gelähmt zurückblieb. Innerlich gebrochen. Oder tot.

Das Haus Meiers lag am Hang, und man konnte von dort oben auf mehrere Ortschaften des Liechtensteiner Unterlandes herabblicken. Das Zimmer seines Sohnes war seit dessen Auszug unverändert geblieben, obwohl Hansrudi schon seit drei Jahren in Zürich studierte. Fidel Meier wünschte, dass Hansrudi sich zu Hause fühlte, wann immer er ihn besuchte. Außerdem benötigte Fidel das Zimmer nicht. Das Haus war eigentlich zu groß für ihn. Es war sein Elternhaus. Er hatte davon geträumt, hier einmal selbst mit Frau und Kindern zu leben. Dazu war es nicht gekommen. Hansrudis Mutter hatte nie hier gewohnt, nur er mit seinem Sohn. Seit Hansrudi zum Studieren gegangen war, lebte er ganz alleine in dem großen Haus, alleine mit den Erinnerungen an die Menschen seiner Kindheit und Jugend. Und mit der Erinnerung an die Kindheit und Jugend seines Sohnes.

Der Wind blies empfindlich kalt auf dem kleinen Balkon. Mit Rücksicht auf Hansrudi unterließ es Fidel Meier, auf die Rückkehr ins Zimmer zu drängen. Die Zigarette tat seinem Sohn gut. Irgendwann würde er das Rauchen schon von selbst aufgeben. Intelligent genug war er ja. Zumindest hoffte Fidel das.

Von unten schwebte aus einem der Dörfer der Glockenschlag einer Kirchturmuhr zu ihnen herauf. In Fidels Ohren war es ein dünner, beinahe klagender Ton, passend zu dem schneidenden Wind und der feuchten Kälte. Und dem inneren Schmerz.

Sein Sohn tat ihm unendlich leid. Susanne war ihm sympathisch gewesen. Hansrudi und sie schienen gut zusammenzupassen. Wieso nur hatte das Mädchen Schluss gemacht? Nicht dass er sich in das Leben seines Sohnes einzumischen pflegte, aber er hatte sich für ihn gefreut. Und jetzt litt er mit ihm. Mitfühlend legte er die Hand auf Hansrudis Schulter. »Versuch, dich abzulenken. Den Schmerz kann dir leider niemand abnehmen, aber wenn du was unternimmst, wenn du ein wenig ausgehst oder so, tut es vielleicht nicht ganz so weh.«

»Schon gut, Papa.«

»Was meinst du, ich bin heute Abend mit Barakat und ein paar Freunden aus Deutschland essen. Komm doch mit!«

Hansrudi sah seinen Vater dankbar an, trotzdem schüttelte er den Kopf. »Ich glaube, das ist gerade nichts für mich. Noch etwas *too much.* Ein anderes Mal vielleicht, okay?«

»Okay.«

Fidel klopfte seinem Sohn aufmunternd auf die Schulter. »Wenn du reden willst«, sagte er, »ich bin jederzeit für dich da.«

»Danke«, sagte Hansrudi und drückte die Zigarette aus. »Habt einen schönen Abend.«

*

Als Barakat mit Grünwald, Lisa und Weinberg ins Städtle-Café eintrat, war das Lokal nahezu voll besetzt. Aurelia kam ihnen entgegen.

»Schön, dass ihr da seid«, sagte sie. »Heute ist einiges los. Hier, bitte, ich habe euch einen Tisch reserviert.«

Die Gäste nahmen Platz. Aurelia stellte vor jeden eine Tasse Kaffee und in die Mitte ein Körbchen mit frischen Croissants.

Um den Tisch neben ihnen drängte sich eine Gruppe von drei Männern und zwei Frauen. Ihre lauten Stimmen und das ungehemmte Gelächter ließen den kleinen Raum beengt wirken.

»Schwaben«, sagte die Wirtin leise mit einem verschmitzten Lächeln. »Gleich erkennbar an ihrer Lautstärke.« Mit einem Blick auf Lisa, Weinberg und Grünwald fügte sie hinzu: »Nichts für ungut. Ihr seid ja auch Schwaben.«

»Schon gut«, sagte Lisa. »Ich bin keine Schwäbin, ich bin Westfälin. Und die Gäste nebenan scheinen mir ihrem Dialekt nach ebenfalls keine Schwaben zu sein, sondern eher Bayern.«

»Lisa«, sagte Grünwald, »in Liechtenstein und in der Schweiz heißen alle Deutschen einfach Schwaben.«

»Ach wirklich?« Lisa sah von ihm zu Aurelia. »Wieso das?«

»Ich weiß es selbst nicht«, gab Aurelia offen zu. »Aber Dr. Grünwald hat recht.«

»Also, ich bin kein Schwabe, sondern Badener«, meldete sich Weinberg zu Wort.

»Erst seit Anfang des 19. Jahrhunderts, Schatz«, belehrte ihn Lisa. »Von Napoleons Gnaden gewissermaßen.«

»Moment mal«, widersprach Weinberg, »jeder weiß: Über Baden lacht die Sonne, über Schwaben die ganze Welt!«

Alle grinsten. Doch dieses Mal schonte Lisa ihren Freund wegen dessen Lokalpatriotismus nicht: »Ich glaube nicht, dass in der Geschichte jemand Grund hatte, über Schwaben zu lachen. Und wenn über Baden niemand gelacht hat, dann wahrscheinlich deshalb, weil es keiner kannte.«

Weinberg sah sie mit offenem Mund an. Lisa lachte und streichelte ihm über die Wange. »Aber ihr habt es wirklich sehr sonnig im Südwesten, das muss man zugeben.«

Barakat war der lockeren Unterhaltung amüsiert gefolgt. Er spürte, wie gut es tat, wieder einmal über andere Dinge zu reden. Seit dem Diebstahl im Museum und besonders seit dem mysteriösen Todesfall drehten sich seine Gedanken fast nur noch darum. Der Museumsdirektor betrachtete nacheinander seine Freundin und seine deutschen Gäste, und er dankte insgeheim dem Himmel, dass er in dieser schwierigen Situation nicht alleine war. Er empfand es als eine glückliche Fügung, diese Menschen gerade jetzt an seiner Seite zu wissen.

Grünwald bemerkte den ergriffenen Gesichtsausdruck des Freundes, und er sprach Barakat aus der Seele, als er sagte:

»Es ist gut, dass wir hier sind. Ein Team aus Liechtenstein, dem Libanon und aus Schwaben.«

Am Nebentisch wurde es noch lauter. Eine tiefe Männerstimme rief nach einer weiteren Runde Bier, was von beifälligem Gegröle beantwortet wurde. Aurelia erhob sich mit einem gespielten Seufzen und ging hinter den Tresen, um die Gläser zu füllen.

Lisa betrachtete währenddessen Grünwald, der mit gerunzelter Stirn aus dem Fenster sah und nachdenklich etwas zu beobachten schien. »Was gibt es denn so Interessantes da draußen, Dr. Grünwald?«, wollte sie wissen.

»Sehen Sie sich das an«, antwortete der Archivar und zeigte auf einen Mann mit gelber Signalweste und großen Ohrenschützern, der vor dem Fenster mit einem Laubbläser ein paar welke Blätter vor sich hertrieb.

»Laut, umweltbelastend und völlig sinnlos«, sagte Grünwald mit einem Kopfschütteln.

»Vielleicht wird ja demnächst der Besen erfunden«, witzelte Weinberg.

»Mit einem Besen wäre diese Aufgabe viel leichter und für die Nerven der Anwohner viel schonender zu bewältigen. Stattdessen bläst der Mann mit dem lauten, benzinschluckenden Gerät das Laub einfach vor sich her. Ein trauriges Bild dafür, dass technischer Fortschritt nicht immer auch ein menschlicher Fortschritt ist.«

Lisa sagte: »Ich habe die Erfahrung gemacht, dass Männer unter einem gewissen IQ einfach Maschinen lieben, die laut sind und nach Benzin stinken. Ob das Sinn ergibt oder nicht.«

»So bildungsarrogant kenne ich dich gar nicht, Schatz«, warf Weinberg ein.

»Entschuldigung«, sagte Lisa und errötete. »So war es nicht gemeint.« Um ihre Verlegenheit zu überspielen, griff sie den Faden von vorhin wieder auf. »Die Spur mit den Gulden, ich meine, die Spur der Rebbergerin ist ja schon rund 400 Jahre alt.«

Weinberg nickte. »Bei der Polizei würden wir das eine ›kalte Spur‹ nennen.«

»Und wir Archivare würden wohl sagen, dass so etwas genau in unseren Bereich fällt«, sagte Lisa fröhlich und stieß Grünwald spielerisch mit dem Ellenbogen an.

»Was meinen Sie, Lisa?«, fragte er abwesend.

Die junge Frau folgte seinem Blick. Vor dem Fenster ging der Mann in der gelben Signalweste immer noch mit der umgeschnallten Maschine jedem einzelnen am nassen Boden klebenden Blatt nach und verursachte dabei einen Heidenlärm. Gedämpft durch die Fensterscheiben drang das unangenehme Wüten des Laubbläsers bis in den Frühstücksraum des Hotels.

»Wie sinnlos«, murmelte der Archivar traurig. »Mit all dem teuren Gerät doch nur auf der Jagd nach einigen welken Blättern.«

*

Die alten Geldstücke glänzten matt im Schein der Deckenbeleuchtung. In ihrem Büro im Haus der Landespolizei stand Alice Marxer mit verschränkten Armen vor einem Metalltisch. Stumm betrachtete sie die Gulden, die in einem durchsichtigen Plastikbeutel verschlossen vor ihr lagen. Daneben befand sich der braune Lederbeutel, in dem die Gulden bei dem zerschmetterten Leichnam von Silvia Schedler gefunden worden waren.

Wer war auf die Jagd nach diesen antiken Münzen gegangen, und wer war einen Teil davon jetzt auf diese grausame Weise wieder losgeworden?

Die bisherigen Untersuchungen hatten keine relevanten Erkenntnisse gebracht. Keine Fingerabdrücke, keine organischen Abreibungen, nichts.

Die Beamtin stand bereits seit einer Viertelstunde vor den alten Münzen, so als bräuchte es nur genügend Geduld, bis diese ihre Geheimnisse preisgaben. Und ganz abwegig war das nicht. Alice Marxer wusste, dass die geduldige Betrachtung von Beweismitteln tatsächlich oft zu überraschenden Ergebnissen führen konnte. Sie war es gewohnt, sich nicht mit einem oberflächlichen Blick zufriedenzugeben. Manchmal musste man sich Zeit nehmen, musste man versuchen, die Dinge neu zu sehen und eine andere Perspektive zu erhalten. Die Kriminaltechnik konnte ermitteln, ob ein Gegenstand die Tatwaffe war, aber die Größe des Gegenstands, seine Beschaffenheit, die Tatsache, ob er mitgebracht oder am Tatort zufällig gerade zur Hand gewesen war, waren die Dinge, die Hinweise auf den Täter lieferten. Man konnte anhand solcher Betrachtungen ein Täterprofil erstellen. Leidenschaft griff zu anderen Waffen als kühle Berechnung, ein Schlagring ließ einen anderen Tätertypen vermuten als eine Nagelfeile.

Bei den Münzen in der Plastiktüte handelte es sich freilich nicht um eine Tatwaffe. Silvia Schedler war zum Balkon ihres Schlafzimmers gezerrt und von dort hinabgestoßen worden.

Anschließend hatte jemand die Münzen neben der Leiche platziert. Mit an Sicherheit grenzender Wahrscheinlichkeit der Mörder. Aber wieso? Was hatten diese alten Münzen mit Silvia Schedler zu tun? Sollten sie eine Botschaft übermitteln? Und wenn ja, an wen war diese Botschaft gerichtet?

Alice Marxer wusste, dass Mafiaclans und Gangs manchmal etwas am Tatort zurückließen, um anderen damit eine Warnung zukommen zu lassen. Natürlich hatte sie davon nur gelesen. In Liechtenstein war so etwas zum Glück noch nie vorgekommen. Außerdem wussten lediglich die Einsatzkräfte sowie die Museumsmitarbeiter von den Gulden. Umso mysteriöser war der Fund.

Die Beamtin schüttelte nachdenklich den Kopf. Das Ganze ergab überhaupt keinen Sinn.

»Ich habe ja schon erlebt, dass jemand Münzen stiehlt. Aber dass er sie zurückbringt?«

Alice Marxer zuckte zusammen. Sie hatte ihren Kollegen nicht hereinkommen hören.

Timo Vogt nahm die Tüte mit den Gulden vom Tisch und wog sie in seiner Hand. »Alles weist klar auf den verrückten Museumsmitarbeiter hin. Wer sonst wusste überhaupt, dass die Teile im Museum lagern?«

Alice Marxer antwortete: »Vielleicht derjenige, der ihn mit dem Diebstahl beauftragt hat.«

»Gibt es den überhaupt?« Timo Vogt rieb sich nachdenklich das Kinn. »Bis jetzt existiert so jemand nur in deinem Kopf. Wir müssen Franz Kaiser finden. Ich denke, dann haben wir auch den Täter.«

»Und Silvia Schedlers Ehemann? Sein Alibi ist ebenfalls dürftig.«

»Was sollte er für ein Motiv haben?«

»Und was für ein Motiv sollte Kaiser haben?«, fragte Alice beinahe aggressiv. »Vergiss nicht, die meisten Tötungsdelikte geschehen aus Beziehungsgründen. Außerdem …« Die Beamtin nahm ihrem Kollegen die Tüte mit den Gulden aus der Hand und warf sie zurück auf den Tisch. »Außerdem weist überhaupt gar nichts auf eine Verbindung zwischen Franz Kaiser und Silvia Schedler hin.«

»Tatsache bleibt, dass der Mord geschehen ist, kurz nachdem Kaiser aus der Psychiatrie entflohen war«, stellte Vogt fest. »Hältst du das für einen Zufall?«

Alice schüttelte wieder den Kopf. »Ich habe keine Ahnung, was ich von der Sache halten soll«, sagte sie resigniert.

8

Nach einem erholsamen Mittagsschlaf klopften Lisa und Weinberg an Grünwalds Zimmer. Sie hörten Schritte, wenig später öffnete der Archivar.

»Kommt herein, ihr zwei«, sagte er und ging voraus. Der Fernsehapparat lief. Grünwald griff nach der Fernbedienung und schaltete das Gerät aus. »Ich hole nur noch eben meine Jacke. Wussten Sie eigentlich, dass es in Liechtenstein einen eigenen Fernsehsender gibt? Mit Nachrichten aus dem Ländle?«

»Nein. Irgendetwas Interessantes?«

»Zwei Sachbeschädigungen an Bushaltestellen und eine Warnung vor Trickbetrügern an Haustüren.«

Lisa fragte: »Gab es im Fernsehen etwas Neues über die tote Frau?«

»Bislang nicht«, antwortete Grünwald. »So wie ich das einschätze, werden wir auf der Straße mehr darüber erfahren als aus dem Fernsehen. Lassen Sie uns gehen. Youssef und Aurelia warten bestimmt bereits im Café.«

Tatsächlich saßen Barakat und Aurelia an einem Tisch, als die drei eintrafen. Nachdem sie sich begrüßt und Kaffee bestellt hatten, sagte Lisa: »Ich denke, wir sollten einer Spur nachgehen, die die Polizei mit ziemlicher Sicherheit nicht verfolgen wird.«

»Du meinst die 400 Jahre alte Spur?«, fragte Weinberg.

»Genau«, antwortete Lisa. »Prof. Barakat, haben Sie inzwischen eine Idee, wo wir mehr über Katharina Rebbergerin in Erfahrung bringen könnten?«

»Wenn überhaupt noch Unterlagen aus jener Zeit vorhanden sind, lagern sie wohl im Landesarchiv«, sagte Barakat. »Ich kann uns dort jederzeit Zugang verschaffen.«

»Das ist gut«, sagte Grünwald. »Was für Unterlagen könnten wir dort finden?«

»Ich habe mich bisher nur wenig mit dieser Materie befasst«, räumte der Professor ein. »Es könnten Prozessakten sein oder die Petitionen, die zur Aufhebung der Hexenprozesse geführt haben. Der Vorkämpfer gegen den Hexenwahn im Land war ein Pfarrer. Sein Name war, glaube ich, Valentin von Kriss.«

»Interessant«, bemerkte Lisa. »Im Gebiet des Heiligen Römischen Reiches war es damals ebenfalls ein Priester, der gegen die Hexenverfolgungen aufstand, der Jesuit Friedrich Spee.«

»Den Namen habe ich noch nie gehört«, sagte Aurelia.

»Aber Sie werden bereits etwas, was aus seiner Feder stammt, gehört und vielleicht auch schon gesungen haben«, entgegnete Lisa. »Friedrich Spee hat die Texte der bekannten Weihnachtslieder ›O Heiland, reiß die Himmel auf‹ und ›Zu Bethlehem geboren‹ verfasst.«

»Die kenne ich natürlich!«, rief Aurelia überrascht und schlug mit der flachen Hand auf den Tisch. »Jetzt, wo ich weiß, dass sie von einem Mann geschrieben wurden, der gegen die Hexenverfolgungen gekämpft hat, werde ich sie noch lieber singen.«

»Kommen wir zurück zu dem Pfarrer, der hier gegen die Hexenverfolgungen gekämpft hat«, sagte Grünwald. »Wie war sein Name?«

»Kriss«, antwortete Barakat. »Valentin von Kriss.«

»Valentin von Kriss. Wann hat er gelebt beziehungsweise wann hat er in dieser Gegend gewirkt?«

»Das muss ich nachsehen, Sebastian. Wie gesagt, Franz

Kaiser hat an dieser Installation gearbeitet. Ich weiß jedoch, dass Kriss bis zum Kaiser in Wien hinauf Beschwerdebriefe geschrieben hat, was schließlich dazu führte, dass der Kaiser einen Kommissar einsetzte, um die Fälle zu prüfen. Dieser Kommissar, ebenfalls ein geistlicher Herr, wenn ich mich nicht irre, untersagte endlich die Prozesse, und alle bisherigen Urteile wurden aufgehoben.«

»Für viele kam diese Maßnahme freilich zu spät«, sagte Aurelia.

»Aber vielen anderen rettete sie wohl das Leben«, ergänzte Barakat. In diesem Moment klingelte sein Mobiltelefon. Mit entschuldigender Miene nahm der Museumsdirektor den Anruf entgegen. »Einen Moment bitte. Das ist ein Chorbruder von mir, Fidel Meier.« Mit den Worten »Hoi, Fidel« nahm er den Anruf an und entfernte sich ein paar Schritte.

»Youssef singt in einem Chor?«, wiederholte Grünwald interessiert.

»Er *leitet* den Chor«, berichtigte Aurelia. »Die Musik ist eine seiner Leidenschaften.«

Barakat kehrte zurück. »Vor nunmehr sieben Jahren suchte der Männerchor einen Präsidenten, und keiner der Sänger wollte sich bereit erklären«, sagte er, als müsste er sich rechtfertigen. »Da bin ich eingesprungen. Provisorisch.«

»Ich verstehe. Und aus dem Provisorium ist eine Dauereinrichtung geworden«, mutmaßte Grünwald.

»So ist es, ja. Heute steht mir der Kopf nun freilich überhaupt nicht nach Gesang, aber darum ging es Fidel auch gar nicht. Er wollte mir bestätigen, dass es dabei bleibt, uns heute Abend zum Essen zu begleiten. Fidel ist ein langjähriger Freund, und er ist immer interessiert an neuen Kontakten. Er freut sich darauf, euch kennenzulernen.«

»Ich werde mich noch ein wenig zurückziehen«, sagte Grünwald. »Wann sollen wir bereit sein?«

»Um sechs«, antwortete Barakat. »Meier holt euch ab und bringt euch ins Restaurant.«

»Und morgen besuchen wir das Landesarchiv?«, fragte Lisa.

»Das tun wir«, bestätigte Barakat.

Die Archivarin nickte zufrieden. Dann sah sie Weinberg an: »Was machen wir beide jetzt?«

Weinberg zwinkerte ihr zu. »Uns fällt schon was ein«, sagte er.

*

Langsam bewegte sich der Lauf des Gewehrs und blieb schließlich stehen. Durch das Zielfernrohr skurril vergrößert, fixierte ein rot geädertes Auge das Ziel. Ein Zeigefinger legte sich wie in Zeitlupe an den Abzug. Stille. Dann zog der Finger den Abzug durch. Ein Schuss löste sich mit einem ohrenbetäubenden Knall.

Hansrudi ließ die Waffe sinken und nahm den Gehörschutz ab. Mit grimmiger Befriedigung betrachtete er den Scheibenspiegel. Er hatte zum zweiten Mal die Neun getroffen, beim ersten Versuch war es die Acht gewesen. Das Halbautomatik-Gewehr fühlte sich gut an. Die Schmeisser AR15 sah so martialisch aus, wie der junge Mann sich gerade fühlen wollte. Ein *Fighter*. Einer, den das Leben nicht unterkriegen konnte. Leben hieß kämpfen. Da musste man auch manchmal was einstecken.

Dass Susanne sich von ihm getrennt hatte, war ein schwerer Schlag gewesen. Er hatte die Trennung nicht kommen sehen, umso härter hatte sie ihn getroffen. Trotzdem stand er noch aufrecht! Ein echter Kämpfer eben. Verwundet vielleicht, aber nicht besiegt.

Hansrudi schob sich mit der Linken umständlich den Gehörschutz auf die Ohren zurück und legte wieder an. Er kniff ein Auge zu und fixierte mit dem anderen die Scheibe durch das Zielfernrohr. Sieben Patronen hatte er noch im Magazin.

Der erste Schuss brach.

Sechs.

Verdammt. Normalerweise lag er nie außerhalb der Acht.

Hansrudi zielte angestrengt. Peng!

Acht.

Nicht gut genug. Er spürte, dass sich sein Oberkörper verkrampfte. So würde er nie die Zehn treffen.

Die nächsten Treffer bewegten sich nur noch zwischen Sechs und Acht. Einmal war es die Neun.

Zufall, das wusste er. Sein linker Arm begann, leicht zu zittern. Es hatte keinen Sinn mehr, sich konzentrieren zu wollen.

Das Gesicht von Susanne drängte sich in seine Gedanken. Vergeblich versuchte er, das Bild zu vertreiben. Sobald er die Erinnerungen an sie zuließ, sich vorstellte, wie sie lachte, sich bewegte, ihn ansah, sobald er sich den Geruch ihrer Haut vergegenwärtigte, stieß ein glühendes Messer durch seine Brust und raubte ihm den Atem. Der Schmerz war kaum auszuhalten. Erfüllt vom Gefühl der Ohnmacht musste er ihn erdulden, während er sich krümmte wie ein Wurm.

Doch wenn es ihm gelang, die Erinnerung an Susanne zu verdrängen, dann wich der Schmerz einer Wut, über die er beinahe erschrak. Dann stand er wieder aufrecht, ein tapferer Krieger.

Dieses Aas hatte ihn abserviert! Sie wolle nichts mehr mit ihm zu tun haben, hatte sie gesagt. Es sei besser, sich zu trennen und sich gegenseitig in guter Erinnerung zu behalten.

Gute Erinnerung!

Hansrudi ließ das leere Magazin aus dem Gewehr in seine Hand fallen, steckte es ein und schob ein volles nach. Der satte metallische Klang, mit dem das Magazin einrastete, befriedigte ihn. Er hob die Waffe an die Schulter, richtete sie auf die Zielscheibe und verschoss in schneller Folge alle zehn Kugeln.

Die wenigen anderen Gäste des Schießkellers, allesamt Männer, schauten neugierig aus ihren Boxen, nachdem das Lärmgewitter verklungen war.

»*Make my day, punk!*«, murmelte er vor sich hin. Er hätte es gerne laut geschrien, aber dazu fehlte ihm der Mut. Mit trotziger Verlegenheit sicherte er die Schmeisser und legte sie vor sich auf die Ablage. Er zog den Gehörschutz ab und begab sich zum Ausgabeschalter. Der Angestellte nahm die Waffe entgegen, vergewisserte sich kurz, dass alles in Ordnung war, und gab Hansrudi seinen hinterlegten Personalausweis zurück.

»Wünsche dir noch einen schönen Tag«, sagte er zum Abschied.

Hansrudi nickte nur und trat ins Freie. Einen schönen Tag! Was sollte an diesem Tag schön werden? Normalerweise wäre er nun zu Susanne gefahren, und sie hätten etwas unternommen.

Da war er wieder, der Schmerz! Rot glühend und spitz. Hansrudi stöhnte leise. Gewaltsam drängte er den Gedanken an Susanne aus seinem Kopf. Nein und noch mal nein! Er war kein Wurm, er war ein Kämpfer! Ein Krieger!

Damn it all!

Die Wut kam zurück. Wie Lava stieg sie in ihm auf. Hansrudi bedauerte in diesem Moment, dass er das Gewehr nicht mitnehmen durfte. Er hätte jetzt jemanden erschießen können.

*

Das Telefon auf Alice Marxers Schreibtisch begann, neben ihren hochgelegten Füßen in kurzen, melodischen Intervallen zu läuten. Die Beamtin blieb noch einige Sekunden in ihrem Bürostuhl liegen. Dann seufzte sie, schwang die Beine hinunter und nahm den Hörer ab. »Marxer.«

Sie lauschte einige Sekunden.

»Das ist doch nicht wahr!«

Ihr Kollege Timo Vogt sah interessiert zu ihr herüber.

»Großartig! … In Ordnung … Bis gleich.« Sie legte auf. Der Blick Vogts lag neugierig auf ihr. »Das war Hubert von der Wache. Es hat sich eine Person gemeldet, die Angaben zum Tod von Silvia Schedler machen kann.«

»Was, ein Augenzeuge?« Timo Vogt richtete sich kerzengerade auf. »Das wäre ja der Hammer!«

Alice nickte. »Hubert bringt den Mann gerade hoch.«

Wie aufs Stichwort klopfte es an der Tür und ein Uniformierter trat ein. »Alice, Timo. Das ist Manfred Gerster.«

»Danke, Hubert.«

Timo schloss die Tür hinter ihm, und Alice Marxer bot Gerster einen Stuhl an. Der Mann war mittleren Alters, ziemlich groß, schlaksig und hatte eine hohe Stirnglatze. Timo Vogt blieb in Gersters Rücken an die Wand gelehnt stehen.

Alice Marxer stellte eine kleine Kamera auf den Tisch. »Haben Sie etwas dagegen, wenn wir das Gespräch aufzeichnen?«

Gerster schüttelte den Kopf.

»Herr Gerster«, begann Alice, »Sie haben unserem Kollegen gesagt, dass Sie etwas über das Tötungsdelikt vorgestern Abend wissen. Würden Sie Ihre Angabe bitte noch einmal wiederholen?«

Der Mann hob abwehrend die Hände. »Über den Mord weiß ich gar nichts!«, versicherte er hastig.

»Das wollte ich auch gar nicht sagen, Herr Gerster«, beruhigte ihn die Beamtin. »Erzählen Sie einfach, was Sie gesehen haben.«

»Na ja, das war so: Ich lief die Zufahrt zu unserem Haus hinauf. Wir wohnen nämlich nur zwei Häuser weiter als die Schedlers. Da hörte ich einen Schrei.«

»Wer hat geschrien?«

»Ich denke, es war Silvia Schedler.«

»Sie denken?«

»Also, das habe ich erst später gedacht, als ich erfahren habe, was passiert ist.«

»Ich verstehe.« Alice Marxer wartete. Als Gerster nichts mehr sagte, fragte sie: »Und weiter?«

»Dann hörte ich …«, meinte Gerster händereibend, »dann hörte ich …« Er sah gequält und wie hilfesuchend zu der Polizistin. Leise, beinahe flüsternd fuhr er fort: »Dann hörte ich den Aufschlag.«

Eine Weile starrte er nur auf seine Hände, die er in einer zwanghaften Weise unaufhörlich rieb. Schließlich sagte er: »Es war schrecklich. Ich werde dieses Geräusch nie vergessen.«

»Was passierte danach?« Die Beamtin stellte die Frage nicht in erster Linie, weil sie dachte, sie könnte noch Entscheidendes von Gerster erfahren, sondern aus dem mitmenschlichen Wunsch heraus, Manfred Gerster aus seinen bedrückenden Gedanken zu führen. Doch Gerster überraschte sie. Er legte seine Hände auf die Oberschenkel und sagte: »Ein Mann kam aus der Richtung von Silvias Haus gerannt.«

Alice Marxer tauschte einen kurzen Blick mit ihrem Kollegen.

»Er lief in meine Richtung. Weil es ziemlich dunkel war, hat er mich wohl nicht gesehen. Er hat mich angerempelt und rannte weg.«

»Und was haben Sie getan?«, fragte Alice.

»Gar nichts«, antwortete Gerster weinerlich und begann von Neuem seine Hände zu reiben, als müsste er sich von einer geheimen Schuld reinwaschen. »Ich war so erschrocken, dass ich wie … wie gelähmt war.«

»Das verstehe ich«, sagte die Beamtin. »Und der Mann? Haben Sie ihn erkannt?«

Gerster schüttelte den Kopf. »Nein. Aber er kam mir bekannt vor.«

»Wie sah er aus?«

»Er wirkte zerzaust, irgendwie gehetzt, er keuchte stark. Je mehr ich darüber nachdenke, desto mehr glaube ich, dass er genauso erschrocken war wie ich. Wenn nicht noch mehr.«

»Ist Ihnen an seinem Äußeren etwas aufgefallen? Beschreiben Sie den Mann bitte.«

Gerade als Gerster zu einer Antwort ansetzen wollte, trat Timo Vogt von hinten an ihn heran und reichte ihm über die Schulter ein Foto. »Ist er das?«, fragte er.

Manfred Gerster griff nach dem Bild und sprang auf. »Das ist der Mann!«, schrie er. »Das ist er, ohne Zweifel!«

Vogt nahm ihm das Foto wieder ab und hielt es mit sichtlicher Genugtuung vor die Kamera. Dazu sagte er: »Der Zeuge hat eindeutig Franz Kaiser identifiziert.« Er wandte sich an Gerster: »Eine letzte Frage: Warum haben Sie sich erst heute gemeldet? Sie wussten doch bestimmt schon gestern, was passiert ist.«

»Ich wusste es sogar schon in derselben Nacht. Das musste man ja mitkriegen, mit so viel Blaulicht ums Haus. Das gibt es sonst nie bei uns, Gott sei Dank.«

»Also? Warum erst heute?«

Die Frage war dem Zeugen offensichtlich unangenehm. Er wand sich auf seinem Stuhl. »Ich hatte … Verstehen Sie, weil … Ich konnte nicht wissen …«

Alice Marxer lehnte sich nach vorne. »Sie hatten Angst«, sagte sie. »Dafür müssen Sie sich nicht schämen.«

Gerster nickte. »Was, wenn dieser Mann sich an mir rächen will, wenn ich ihn verrate? Doch meine Frau hat darauf bestanden, dass ich mit Ihnen spreche. Sie hat mir sogar gedroht, wenn ich nicht zur Polizei gehe, redet sie kein Wort mehr mit mir.«

Die Polizistin unterdrückte ein Grinsen. »Ihre Frau hatte recht. Wir sind Ihnen dankbar, dass Sie zu uns gekommen sind. Bitte folgen Sie mir, ich begleite Sie nach unten.«

Während sie die Treppe hinabstiegen, erklärte ihm Alice: »Wir werden uns noch mal bei Ihnen melden wegen des Protokolls.«

»Bitte.«

»Auf Wiedersehen, Herr Gerster.«

»Auf Wiedersehen.«

»Ach, Herr Gerster!«, rief ihm die Beamtin nach. »Eine letzte Frage bitte! Wie viel Zeit verging zwischen dem … dem Aufschlag und Ihrem Zusammenstoß mit dem Mann?«

Ohne nachzudenken, sagte Gerster: »Ein paar Sekunden vielleicht. Das war unmittelbar danach.«

»Danke«, sagte Alice und schloss hinter dem Zeugen die Tür.

*

Lisa saß mit Weinberg hinten im Fond des Wagens und fühlte sich wie ein Staatsgast.

Fidel Meier fuhr sie zügig und nach Weinbergs Geschmack mit ein wenig zu viel Druck auf das Gaspedal zur Brücke, die sie über den Rhein und die Autobahn brachte. Auf deren anderer Seite befand sich die Schweiz.

»Herr Meier, ich habe gehört, Sie und Prof. Barakat kennen sich aus dem Chor?«, fragte Grünwald, der auf dem Beifahrersitz saß.

»Schon viele Jahre«, antwortete Meier bereitwillig und schnitt halsbrecherisch eine Kurve. »Wir sind ein ganz bunter Haufen und unternehmen auch einiges in unserer Freizeit zusammen. Da lernt man sich ganz gut kennen. Youssef ist ein großartiger Mensch.«

»Das kann ich nur bestätigen«, pflichtete Grünwald bei.

»Woher kennen Sie sich?«, fragte Meier.

»Aus dem Studium. Zwar sind wir immer in Kontakt geblieben, aber es hat doch einige Jahre gedauert, bis ich es jetzt endlich geschafft habe, ihn mal wieder zu besuchen.«

Meier sagte: »Das hat ihn sicher gefreut. Youssef hatte in den letzten Jahren eine ziemlich schwere Zeit.«

Grünwald wusste, wovon der Mann sprach. Er dachte an die Krankheit von Barakats Frau, die quälenden Monate, in denen sein Freund ihren körperlichen und geistigen Verfall mitansehen musste, ohne helfen zu können. Ein langes, qualvolles Sterben. Der Archivar fühlte sich schuldig, dass er in dieser Zeit nie da gewesen war. Besonders schmerzte ihn der Gedanke, dass er vielleicht, ohne es sich bislang selbst einzugestehen, seinen Freund gerade deshalb nicht besucht hatte, weil er sich ebenso hilflos gefühlt hatte wie er. Weil er sich diesem Schmerz nicht aussetzen wollte. Weil er Angst gehabt hatte vor der Traurigkeit und Verzweiflung in Youssefs Gesicht.

Die Stimme Meiers riss ihn aus seinen Gedanken. »Jetzt beginnen wir mit dem Aufstieg.«

»Aufstieg?«, fragte Lisa.

»Das Restaurant, das Youssef ausgesucht hat, liegt ziemlich weit oben«, erklärte Meier. »Weiter als bis zu dem Gasthaus kann man mit dem PW nicht fahren.«

»PW?«

»In Deutschland sagt ihr, glaube ich, PKW.«

»Ach so.«

»Es wird kurvig. Ich hoffe, das macht Ihnen nichts aus.«

Grünwald und Weinberg verneinten. Lisa blieb still. Sie hoffte einfach, dass ihr nicht übel werden würde.

Die Straße wand sich in engen Kurven durch dunklen Wald den Berg empor. Der Mercedes hatte offensichtlich einige Pferdestärken unter der Haube, und Meier holte heraus, was der Motor hergab. Lisa hielt sich krampfhaft am Handgriff der Tür fest und versuchte, an etwas anderes zu denken. Es funktionierte nicht wirklich. Die Frage, die Weinberg an den Fahrer richtete, machte es nicht besser: »Was, wenn wir Gegenverkehr kriegen? Sie gehen ganz schön schnittig in die Kurven, Herr Meier.«

Meier lachte. »Ach, wissen Sie«, sagte er, »ich kenne die Strecke ganz gut.«

Weinberg ersparte sich die logische Nachfrage, was das mit dem zu erwartenden Gegenverkehr zu tun hatte.

Nach einer Viertelstunde kamen sie wieder auf eine gerade Straße. Meier bremste den Wagen herunter. Vor ihnen lag, hell beleuchtet, ein holzgetäfeltes Gasthaus.

»Wir sind da«, sagte er und sah freudestrahlend in den Rückspiegel. »Hunger?«

*

Das Bergrestaurant bot einen beeindruckenden Ausblick auf das gegenüberliegende Liechtenstein. Über das Tal zogen zwar tiefe Wolken, aber sie gaben dazwischen die Sicht auf die Lichterteppiche einzelner Ortschaften frei. Barakat und Aurelia hatten bereits an einem der Panoramafenster Platz genommen, als die deutschen Gäste mit Fidel Meier eintrafen. Jetzt blickten sie gemeinsam hinunter auf die beinah unwirklich anmutende Landschaft.

Aurelia sagte: »Schade, dass es schon dunkel ist. Sonst könntet ihr bis weit nach Graubünden hineinsehen.«

Lisa nickte. »Abgesehen von den Bergen, die von unten so majestätisch wirken, scheint mir gerade das den Reiz einer gebirgigen Landschaft auszumachen, dass sich dem Auge von oben immer wieder neue Perspektiven eröffnen.«

»Das ist so, Dr. Engels«, stimmte Fidel Meier zu. »Von jedem Kamm, von jeder Spitze aus bietet sich ein neues Bild.«

Eine Frau mittleren Alters in alpenländischer Tracht trat an den Tisch und reichte ihnen die Speisekarten. »Darf ich den Herrschaften schon etwas zu trinken bringen?«, fragte sie. »Vielleicht zuerst einen Aperitif?«

Barakat sah in die Runde. »Ich denke, ich nehme einen Blauburgunder. In Deutschland sagt man Spätburgunder dazu, glaube ich. Der einheimische ist sehr zu empfehlen.«

»Dem schließe ich mich an«, antwortete Grünwald.

Die anderen stimmten ebenfalls zu.

»Dann für alle einen Blauburgunder«, stellte die Wirtin fest, »sehr gerne.«

»Sagen Sie bitte«, wandte sich Lisa an Fidel Meier, während sie die Karte studierte, »was muss man sich unter Pizokel vorstellen?«

»Pizokel sind so etwas Ähnliches wie Spätzle«, erklärte Meier bereitwillig. »Man isst sie mit Speck und Zwiebeln. Ein typisch bündnerisches Gericht. Sehr fein.«

»Das probiere ich.« Lisa schlug die Karte zu.

»Ich werde Capuns nehmen«, sagte Grünwald.

»Capuns?«

»Das ist Spätzleteig, eingewickelt in Mangoldblätter mit einer Fleischfüllung, wenn ich mich recht erinnere.«

»Richtig«, bestätigte Meier. »Das werde ich auch bestellen.«

Lisa wandte sich an Weinberg. »Und du, Schatz?«

Weinberg antwortete: »Seid mir nicht böse, wenn ich nicht ebenso offen für Neues bin. Ich gehe auf Nummer sicher und habe mich für ein Cordon bleu entschieden.«

»Sagen Sie aber dazu, dass man Ihnen einen milden Käse in das Cordon bleu gibt, sonst sind Sie als Deutscher gar nicht mehr auf der sicheren Seite, wenn Sie keine Abwechslung vom Gewohnten wollen«, riet Barakat lächelnd.

Nachdem sie bestellt hatten, blickten sie alle wieder aus dem großen Fenster. Die Wolken hatten sich zerfasert, und man konnte jetzt deutlich die Lichter der gegenüber im Tal liegenden Dörfer sehen. Weiter hinten leuchteten wie aus einem Nebel größere schweizerische Ortschaften.

»Wir sollten nicht nur die Landschaft von oben betrachten«, sagte Grünwald leise in die Stille. »Wir sollten versuchen, einen Blick hinein in die Geschichte zu tun.«

Weinberg sah ihn verwundert an. »Wir können doch nicht die Zeit zurückdrehen, Dr. Grünwald«, sagte er.

»Wir können es immerhin versuchen«, entgegnete der Archivar. »Stellen Sie sich vor, wie es da unten vor 400 Jahren ausgesehen hat«, fuhr Grünwald fort. »Die Berge waren dieselben. Der Rhein floss damals schon durch das Tal, wenn auch nicht begradigt und eingedämmt wie heute. Mit etwas Fantasie können Sie sich vorstellen, dass dort unten kleine Dörfer liegen, noch nicht beleuchtet, sie liegen im nächtlichen Dunkel. Es ist alles ruhig. Kein Klingeln von Telefonen. Keine Fernseher. Kein Verkehrslärm.«

Vor dem geistigen Auge aller erloschen die Straßenlaternen, die beleuchteten Fenster und die Autoscheinwerfer.

Grünwald fuhr fort: »Und jetzt stellen Sie sich vor, dass zwischen den Nebelschwaden im Dunkeln Lichter auflodern. Es brennen Scheiterhaufen.«

Lisa zog fröstelnd mit beiden Händen ihr Weinglas an sich heran. »Was meinen Sie, Dr. Grünwald?«

Der Archivar wandte sich vom Fenster ab. »Die Wurzeln der aktuellen Geschehnisse liegen im Nebel der Geschichte. Um das Heute zu verstehen, muss man wissen, wie dieses

Heute im Gestern gewachsen ist. Das ist nicht nur ganz allgemein so, sondern auch in unserem konkreten Fall. Irgendeine uns bisher verborgene Verbindung besteht zwischen den schrecklichen Geschehnissen von 1679 und dem Einbruch im Museum. Und dem Mord. Werfen wir also einen Blick hinab in die Geschichte dieses Tals.«

Alle sahen unwillkürlich erneut aus dem Fenster auf das kleine Land, das sich unter den wieder dichter werdenden Wolken unter ihnen ausbreitete.

»Die Menschen waren arm«, sprach Grünwald weiter. »Sie kannten nichts als Arbeit vom frühen Morgen bis in den Abend. Die Kindersterblichkeit war hoch. Ein langer Winter konnte Hunger bringen und die Kälte den Tod. Ihre Nahrung war einfach und eintönig. Das Kirchenjahr mit seinen Festen und Fasttagen prägte den Lebensrhythmus. Die meisten sahen nie mehr von der Welt als dieses Tal. Jahrein und jahraus. Man kannte sich, und man war aufeinander angewiesen. Und dann gab es natürlich auch Habgier und Neid wie überall und zu allen Zeiten. Es ist kein Geheimnis, dass das Phänomen der Hexenverfolgungen ein äußerst vielschichtiges war. Zu dem tief wurzelnden Aberglauben kamen weitere Aspekte hinzu. Nicht zuletzt bildete die Anklage einer missliebigen Person eine bequeme Gelegenheit, sich zu rächen oder seinen Neid auszuleben.«

»Und eine Anklage konnte darüber hinaus finanziell lohnend sein«, warf Barakat ein.

»Wie das?«, fragte Aurelia.

»Wenn eine Person der Hexerei angeklagt und ›überführt‹ wurde, zog der Graf das Vermögen der verurteilten Person ein«, erklärte der Museumsdirektor. »Er hatte also ein vitales Interesse daran, dass möglichst viele Schuldsprüche erfolgten.«

»Wenn ich das richtig sehe, bestand ja kein Zweifel daran, dass ein Schuldspruch erfolgen würde«, sagte Lisa. »Spätestens unter der Folter gestanden schließlich alle. Jede Anzeige führte also zu einer Verurteilung und damit zu einem wohltuenden Geldfluss in die gräfliche Kasse.«

Barakat nickte zustimmend. »Der Denunziant bekam in gewissen Fällen ebenfalls seinen Anteil. Eine Art Lohn, wenn Sie so wollen.«

»Das ist so widerlich«, stöhnte Aurelia. »Die Gier erschuf die Hexen, und jede Hexe, die gestand, rechtfertigte die Suche nach neuen.«

»Ein Teufelskreis«, sagte Meier mit belegter Stimme.

»An der Rebbergerin hat sich der Graf jedenfalls ganz schön bereichert«, sagte Lisa. »Ich habe mich ein wenig eingelesen. 260 Gulden bedeutete für die damalige Zeit ein kleines Vermögen. Wenn wir bedenken, dass der Stundenlohn eines Handwerkers nur etwa 3 Kreuzer betrug, dann waren 260 Gulden beinahe ein Jahresgehalt.«

»Der Aberglaube bildete also gewissermaßen den Boden, auf dem Missgunst, Neid und Gier gedeihen konnten«, sagte Barakat.

»Oder Missgunst, Neid und Gier schufen sich den Aberglauben, durch den sie ihre größte Wirkung entfalten konnten«, flüsterte Lisa.

»Und so lodert ein Scheiterhaufen nach dem anderen auf in diesem Tal«, sagte Weinberg mit heiserer Stimme.

Grünwald sah Weinberg an. »Verstehen Sie jetzt, Markus, wie man, wenn auch nur durch Nebelfelder, in die Geschichte hinabblicken kann?«, fragte er.

9

Draußen war es noch dunkel, als Weinberg am nächsten Morgen erwachte. Er rieb sich müde die Augen und richtete sich im Bett auf. Unter der Tür des Badezimmers leuchtete ein schmaler Lichtstreifen. Lisa war bereits aufgestanden. Ein Blick durch die altmodischen Vorhänge vor den Fenstern überzeugte Weinberg, dass es heute gar nicht richtig hell werden würde. Er legte sich zurück auf sein Kissen und sah an die Decke. Nach einigen Minuten kam Lisa ins Zimmer. Um den Kopf hatte sie ein Handtuch gewickelt.

»Guten Morgen«, sagte sie. »Hast du gut geschlafen?«

»Ich glaube schon«, antwortete Weinberg und gähnte. »Ich kann mich nicht erinnern. Und du?«

Lisa rubbelte mit dem Handtuch ihre Haare trocken, holte sich einen Pullover aus dem Schrank und zog ihn an. »Ich habe geschlafen wie ein Stein«, sagte sie. »Steh auf, du Schlafmütze. Dr. Grünwald wartet bestimmt längst auf uns.«

Weinberg setzte sich auf den Bettrand, streckte sich und ging ins Bad. »Werden Prof. Barakat und Aurelia auch dabei sein?«, fragte er durch die offene Tür.

»Ich denke, ja«, antwortete Lisa, während sie in einem Buch blätterte. »Wenn ich es richtig mitbekommen habe, hat Dr. Grünwald sie beide zum Frühstück eingeladen.« Dann schlug sie das Buch zu. »Warum bist du eigentlich mit Aurelia per Du?«

Weinberg lachte. »In Liechtenstein scheint ja jeder mit jedem per Du zu sein. Jedenfalls hat sich Aurelia mir gleich mit ihrem Vornamen vorgestellt.«

Er putzte sich die Zähne, stellte die Bürste in ein Glas und kehrte zurück ins Zimmer. Während er sich anzog, sagte er: »Außer dir und Dr. Grünwald habe ich überhaupt noch keinen Menschen getroffen, den man hier mit Sie angesprochen hat. Ein sympathischer Brauch.«

»Ich weiß nicht«, meinte Lisa nachdenklich. »Dann bedeutet das Du doch gar nichts mehr.«

»Im Englischen sagt man ja auch zu jedem Du, und das funktioniert gut«, argumentierte Weinberg.

»Das ist nicht richtig«, belehrte ihn Lisa. »Im Englischen hat man das Du abgeschafft und sagt nun zu jedem Sie. Beziehungsweise ihr. ›You‹ heißt ›ihr‹. Es gab mal im Englischen das Wort ›du‹: ›thou‹.«

»Interessant, das wusste ich nicht«, sagte Weinberg. »Aber du kannst zufrieden sein: Dich und Dr. Grünwald siezt jeder.«

»Stimmt«, sagte Lisa und öffnete die Zimmertür. »Wieso eigentlich?«

»Wahrscheinlich schüchtert sie euer Doktortitel ein«, stichelte Weinberg. »Jetzt lass uns gehen, ich habe Hunger. Hoffentlich ist das Frühstück reichhaltig.«

Sie stiegen die Treppen hinunter und entdeckten im Frühstücksraum Grünwald, der bereits mit Barakat und Aurelia an einem Tisch saß. Vor dem Archivar stand wie immer nur eine Tasse Kaffee, die anderen hatten sich am Buffet bedient und schmierten sich Brötchen.

»Guten Morgen, ihr beiden«, begrüßte sie Grünwald. »Wir haben schon angefangen. Aber es ist noch genug für Sie da.«

Lisa setzte sich. »Da wird Markus froh sein. Er hatte nämlich Angst, dass er nicht genügend abbekommt.«

Während sie hingebungsvoll Brombeerkonfitüre auf ein warmes Croissant strich, blätterte Weinberg durch die Landeszeitung. Ein Artikel fesselte seine Aufmerksamkeit.

»Hier, schau mal«, sagte er zu Lisa, »solche Nachrichten bekommt man bei uns nicht zu lesen.« Er schob die Zeitung über den Tisch und deutete mit dem Zeigefinger auf eine Stelle des Blatts. »Ich meine, zumindest nicht die letzte Randbemerkung«, sagte er schmunzelnd.

Lisa beugte sich über die Zeitung und las:

Wölfe jetzt auch in Liechtenstein?

Vaduz. Nachdem vor vier Wochen im schweizerischen Rheintal mehrere Schafe mutmaßlich von einem Wolf gerissen worden waren, berichteten zwei Zeugen unabhängig voneinander der Landespolizei, vorgestern einen Wolf im Wald über Vaduz gesehen zu haben. Sie waren sich ihrer Beobachtung jedoch nicht zu hundert Prozent sicher. Auf Nachfrage erklärte der zuständige Jagdaufseher Hermann Frick, es lägen noch keine gesicherten Erkenntnisse oder verwertbaren Beweise für ein tatsächliches Vorkommen eines Wolfes oder gar eines Rudels vor. Falls die Zeugen sich nicht geirrt haben, meint Frick, ist es wohl am wahrscheinlichsten, dass allenfalls ein einzelner Wolf einen kleinen Ausflug nach Liechtenstein gemacht hat.

Auf die Frage, ob das Tier für die Bevölkerung eine Gefahr darstellen könnte, antwortet Frick mit einem klaren Nein. Wölfe seien sehr scheu und mieden den Menschen üblicherweise. Bei einer möglichen Sichtung gelten laut Amt für Lebensmittelkontrolle und Veterinärwesen (ALKVW) folgende Regeln:

Den Wolf auf sich aufmerksam machen, falls er Sie noch nicht bemerkt hat.
Sollte sich der Wolf nähern, Lärm machen durch Händeklatschen und lautes Rufen. Wenn das nicht ausreicht, das Tier mit ungefährlichen Gegenständen wie kleinen Steinen, Tannenzapfen o. Ä. bewerfen.
Dem Wolf Gelegenheit geben, sich zurückzuziehen.
Nicht verfolgen!
Auf keinen Fall füttern!
Sich möglichst viele Einzelheiten des Wolfes einprägen (Größe, Farbe des Fells, Verhalten, etc.). Wenn sich die Gelegenheit bietet, das Tier fotografieren. Diese Informationen bitte an den Jagdaufseher oder die Landespolizei weiterleiten.
Als kuriose Randbemerkung kann gelten, dass eine der beiden Personen, die den Wolf beobachtet haben wollen, angab, nicht direkt einen Wolf, sondern einen »Wolfsmenschen« gesehen zu haben. Der Wolf habe aufrecht im Wald gestanden und sich auf Menschenart fortbewegt.

Die Archivarin hatte beim Lesen des letzten Abschnitts unbewusst die Augen weit aufgerissen und erschrocken eine Hand auf den Mund gelegt. Das Bild aus dem Kunstmuseum drängte sich in ihre Erinnerung.

Grünwald trank seinen Kaffee aus und fragte: »Wollen wir? Das Landesarchiv wartet!«

»Ich bin so weit«, murmelte Lisa.

»Viel Erfolg«, sagte Weinberg, obwohl er nicht so recht wusste, was das konkret bedeuten sollte. Als Polizist gab er einer 400 Jahre alten Spur wenig Chancen. Er ging an das Buffet und lud sich noch einmal Rührei und Speck auf den Teller. Als er sich wieder an seinen Platz gesetzt hatte, bemerkte er, dass zwischenzeitlich auch die orientalisch anmutenden Gäste den Frühstücksraum betreten und den letzten freien Tisch in Beschlag genommen hatten.

»Entschuldigen Sie, ist hier noch frei?«

Weinberg sah auf. Eine attraktive Frau in einem schicken Hosenanzug stand vor ihm. Sie hielt eine Tasse Kaffee in ihren gepflegten Händen.

»Ich warte auf einen Kunden, und alle Tische sind besetzt«, sagte die Frau in bemühtem Hochdeutsch. »Wenn es Ihnen also nichts ausmacht, würde ich mich kurz zu Ihnen setzen.«

»Sie können auch länger hier sitzen, wenn Sie möchten«, antwortete Weinberg und stellte sich vor.

»Heidi Sommer.«

Keinem von beiden fiel auf, dass sie während ihres Gesprächs unauffällig, aber scharf von einem der Männer am Nebentisch beobachtet wurden.

*

Helmut Öhri kauerte in eine Decke gewickelt auf dem Sofa und hatte eine Tasse Tee in seinen Händen. Timo Vogt bemerkte, dass die Hände des Mannes zitterten. Er warf seiner Kollegin Alice Marxer einen vielsagenden Blick zu und setzte sich Öhri gegenüber in einen Sessel. Neben dem Juwelier saß dessen Schwester und sah die Beamten besorgt an.

Der Kommissar versuchte, einen mitfühlenden Ton zu treffen: »Wie geht es Ihnen, Herr Öhri?«

Der Mann klammerte sich an seine dampfende Tasse und antwortete leise: »Es geht schon, danke.«

»Fühlen Sie sich in der Lage, uns ein paar Fragen zu beantworten?«, fragte Vogt.

»Ich will es versuchen«, sagte Herr Öhri und richtete sich ein wenig in seiner Decke auf. »Es ist nur alles noch so frisch. Es war schrecklich!«

Seine Schwester wandte sich an den Beamten. »Bitte fassen Sie sich so kurz wie möglich. Sie sehen ja, wie es ihm geht. Nachdem er vom Arzt gestern die Beruhigungsspritze bekommen hat, hat er sehr unruhig geschlafen. Er ist erst vor zwei Stunden wieder zu sich gekommen und sehr erschöpft.«

»Natürlich«, beeilte sich Vogt zu versichern, »wir werden es so kurz wie möglich halten. Aber Sie werden verstehen, dass wir einige Informationen benötigen, um dieses Verbrechen aufzuklären. Wir finden es übrigens sehr freundlich von Ihnen, dass Sie Ihren Bruder bei sich aufgenommen haben.« An Helmut Öhri gewandt sagte er: »Herr Öhri, bitte erzählen Sie uns noch einmal, was gestern in Ihrem Haus passiert ist.«

Der Juwelier starrte in seine Teetasse. Langsam und stockend erzählte er: »Meine Frau und ich waren ganz normal zu Bett gegangen. Mitten in der Nacht wachte ich auf, weil meine Frau schrie. Das Licht war aus, deshalb brauchte ich eine Weile, um zu begreifen, was los war. Als sich meine Augen an die Dunkelheit gewöhnt hatten, sah ich einen Mann, der neben dem Bett stand und auf meine Frau … Er stach auf sie ein, mit einem Messer. Er … Er muss wohl durch das offene Schlafzimmerfenster geklettert sein.« Seine Hände begannen so sehr zu zittern, dass er Tee aus seiner Tasse verschüttete. Seine Schwester nahm sie ihm ab und stellte sie auf den Wohnzimmertisch.

»Herr Öhri«, begann Vogt erneut, »haben Sie den Einbrecher erkannt? Können Sie uns etwas über ihn sagen?«

Helmut Öhri rieb seine nassen Hände an der Decke ab. »Blut, es war alles voller Blut, das Messer, er stach immer wieder zu, alles war voller Blut …« Dann verbarg er sein Gesicht in den Händen und schluchzte.

»Muss das sein?«, fragte seine Schwester mit vorwurfsvoller Miene. »Er hat gerade seine Frau verloren. Und das unter diesen Umständen. Ich kann mir gar nicht vorstellen, wie er sich fühlen muss. Er steht unter Schock, das sehen Sie doch.«

Timo Vogt nickte verständnisvoll, dennoch fragte er weiter: »War der Mann maskiert? Oder konnten Sie ihn erkennen?«

»Der Mann trug keine Maske. Er war etwa so groß wie Sie. Er hatte wirre rötliche Haare und einen irren Gesichtsausdruck.«

»Bitte nehmen Sie Rücksicht, mein Bruder braucht Ruhe!«

»Wie konnten Sie bei der Dunkelheit feststellen, dass der Einbrecher einen irren Gesichtsausdruck hatte, Herr Öhri?«, schaltete sich Alice Marxer ein.

»Das Fenster stand offen, die Straßenbeleuchtung ... Ich schildere nur, was ich gesehen habe.«

Vogt warf seiner Kollegin einen fragenden und zugleich tadelnden Blick zu und sagte zu dem verstörten Mann: »Das machen Sie gut, Herr Öhri. Erzählen Sie uns, was Sie erlebt haben, ganz in Ruhe. Wie hat der Einbrecher reagiert, als er bemerkte, dass Sie wach waren? Ist er da sofort geflohen?

»Ich war wie gelähmt. Ich glaube nicht, dass ich mich auch nur einen Millimeter gerührt habe. Mehr kann ich Ihnen nicht sagen, Herr Kommissar, wirklich nicht. Bitte verzeihen Sie mir, ich fühle mich jetzt sehr erschöpft.«

Bevor Öhris Schwester etwas sagen konnte, stand der Beamte auf. »Selbstverständlich. Wir können uns ein anderes Mal weiter unterhalten. Vielen Dank, dass Sie mit uns gesprochen haben.«

Als sich ihr Kollege zur Tür wandte, fragte Alice Marxer: »Herr Öhri, können Sie sich vorstellen, weshalb der Täter nicht auch Sie attackiert hat?«

Seine Schwester sprang auf und rief erbost: »Das geht zu weit! Stört es Sie etwa, dass Helmut mit dem Leben davongekommen ist? Hat er in Ihren Augen nicht genug durchgemacht?«

»Entschuldigen Sie uns«, sagte Timo Vogt eilig und zog seine Kollegin energisch aus der Tür. »Noch einmal vielen Dank für Ihre Zeit.«

*

Professor Barakat, Grünwald und Lisa traten aus dem Landesarchiv in den feucht-nebligen Tag. Die Nachforschungen hatten nichts oder fast nichts ergeben. Auf dem kurzen Fußweg zum Hotel sagte Lisa: »Das war wohl nichts. Wo könnten wir sonst an brauchbare Informationen kommen?«

»Ich kann mir nicht vorstellen, dass wir im Land sonst irgendwo fündig werden«, antwortete Barakat. »Es sei denn …«

Grünwald und Lisa sahen ihn erwartungsvoll an.

»Es sei denn, in der Gemeinde, in der Valentin von Kriss gewirkt hat, sind noch vergessene Unterlagen vorhanden«, vervollständigte der Museumsdirektor seinen Satz.

In einem beleuchteten Fenster der Gaststube des Hotels entdeckten sie Aurelia und Weinberg, die ihnen zuwinkten. Die drei winkten zurück.

»Nehmen wir auch einen Trunk? Den haben wir uns verdient«, sagte Grünwald.

Gemeinsam betraten sie das Restaurant. Der offene Kamin verströmte eine wohlige Wärme. Als der feine Geruch von Bratensoße in ihre Nasen drang, bemerkten sie, dass das stundenlange Sichten der Akten sie hungrig gemacht hatte.

Bei ihrem Eintreten erhoben sich an einem anderen Tisch zwei Männer in gestreiften Anzügen, die Lisa als die mutmaßlichen Leibwächter der Gruppe erkannte, die sie in der Lobby gesehen hatten, als Weinberg angekommen war. Die

Männer warfen kritische Blicke auf den deutschen Polizisten und verließen dann das Lokal in Richtung der Aufzüge.

»Na«, begrüßte Aurelia die drei Freunde. »Wart ihr erfolgreich?«

Niemand reagierte. Die müden Gesichter der Ankömmlinge waren jedoch Antwort genug. Weinberg zog den Stuhl neben sich zurück, damit Lisa sich setzen konnte.

»Und was hast du den Vormittag über gemacht?«, fragte sie ihn.

»Noch eine Weile gefrühstückt und anschließend ein wenig Vaduz erkundet. Ach ja, ich habe auch richtig lange geduscht. Ich bin herrlich entspannt. Und wie war es bei euch?«

Lisa seufzte. »Im Landesarchiv sind wir auf nichts gestoßen, was uns weiterhilft. Ein Reinfall. Jetzt haben wir den ganzen Vormittag im Archiv verbracht, und alles, was wir mitbringen, ist Hunger. Ich jedenfalls.«

Weinberg sagte: »Dann empfehle ich dir die Käsespätzle. Ich habe sie schon gegessen, und sie waren echt lecker.«

»Das ist eine gute Idee«, ließ sich Grünwald hören. »Das ist ja gewissermaßen auch für uns eine heimatliche Spezialität.«

»Für Sie vielleicht«, schmunzelte Lisa. »Bei uns im Münsterland isst das kein Mensch.«

»Aber in den Jahren, in denen Sie nun schon an Deutschlands Südküste wohnen, haben sie sich doch an Käsespätzle gewöhnt, Lisa, oder nicht?«, fragte Grünwald.

»Machen Sie Witze?«, antwortete die Archivarin. »Ich liebe sie!«

Alle lachten.

»Noch einmal zu unserem Thema: Wollen wir in der Gemeinde von Pfarrer Kriss nachforschen oder nicht?«

»Selbstverständlich«, sagte Lisa. Mit einem Blick auf Professor Barakat fügte sie hinzu: »Wenn Sie das auch wollen, meine ich natürlich.«

Barakat nickte. »Wenn wir doch noch etwas Licht in diese Angelegenheit bringen wollen, sollten wir es versuchen.«

»Verlieren können wir nichts«, bestätigte Lisa. »Wo ist die Gemeinde, in der Pfarrer Kriss gewirkt hat?«

Barakat antwortete: »Es ist das südliche Nachbardorf. Eigentlich ist Triesen nur durch das Ortsschild von Vaduz getrennt, denn die Gemeinden im Norden und in der Mitte des Landes sind in den letzten Jahrzehnten zusammengewachsen. Wir werden wenige Minuten dorthin brauchen.«

»Ausgezeichnet. Fahren wir nach dem Essen?«

»Ja. Ich bin dabei«, sagte Barakat.

»Ich auch«, sagte Grünwald.

»Ich sowieso«, schloss sich Weinberg an.

Keiner der fünf bemerkte, dass draußen vor dem Fenster eine schwarze Gestalt stand, die ihren Blick starr auf eine Person unter ihnen gerichtet hielt. Das Licht des Restaurants und die Flammen des Kamins spiegelten sich in ihren Augen. Es sah aus, als loderte hinter den Pupillen tief in ihrem Innern ein Feuer.

*

»Was war denn mit dir los?«, fragte Timo Vogt seine Kollegin, während sie zum Auto gingen. »Du warst ja richtig aggressiv drauf. So kenne ich dich gar nicht.« Während er den BMW öffnete, sagte er: »Außerdem hatten wir ausgemacht, dass ich die Befragung führe und du beobachtest.«

Er setzte sich ans Steuer, Alice Marxer nahm schweigend auf dem Beifahrersitz Platz. Vogt legte den Sicherheitsgurt an und betonte: »Franz Kaiser hat so wirre rötliche Haare, wie Helmut Öhri sie beschrieben hat.«

Als seine Kollegin immer noch keine Antwort gab, ließ

er die Hand mit dem Zündschlüssel wieder sinken. »Was? Siehst du das anders?«

Alice Marxer hatte ihren Ellbogen auf der Seitentür abgestützt und rieb ihre Stirn. Ohne Vogt anzusehen, antwortete sie: »Viele Leute haben wirre Haare. Oder rötliche. Irgendetwas kommt mir da merkwürdig vor. Du nimmst Öhri die Geschichte vom Einbrecher ab? Statistisch gesehen ist beim Mord an einer Ehefrau in den allermeisten Fällen der Ehemann der Täter.«

»Ich weiß nicht. Helmut Öhri scheint mir sehr glaubwürdig zu sein.«

»Mir erscheint er eben nicht so glaubwürdig wie dir.«

»Wieso?«

»Fassen wir mal zusammen, was uns Helmut Öhri vom Tathergang erzählt hat. Er lag neben seiner Frau im Bett und schlief. Er wachte auf, als sie schrie, und sah, wie ein Mann mit einem Messer auf sie einstach. Er selbst war durch den Schock wie erstarrt.«

»Was ist daran unglaubwürdig?«

»Zum einen: Wo kam der Mörder her?«

»Herr Öhri hat doch erklärt, das Fenster habe offen gestanden.«

»Bei der Kälte? Ein Fenster, das die ganze Nacht über sperrangelweit offen steht?«

Vogt öffnete den Mund zu einer Entgegnung, doch seine Kollegin war schneller: »Okay, lassen wir das mal weg. Vielleicht war es ja so. Aber wir haben keine Spuren gefunden, die auf einen Einbruch hinweisen.«

»Weil eben gar kein Einbrechen nötig war. Zumindest ging nichts zu Bruch. Das Fenster stand offen, vergessen?«

»Trotzdem müsste es an der Wand Einstiegsspuren geben. Fußabdrücke. Irgendwas. Eindeutige Spuren gibt es jedoch keine.«

Timo Vogt betrachtete seine Kollegin mit zweifelnder Miene. »Und deshalb ist Helmut Öhris Geschichte nicht glaubwürdig?«

»Denk an die Blutspuren auf seinem Schlafanzug. Passen die zu seiner Geschichte? Sie sind überall, so als hätte er nicht neben seiner Frau im Bett gelegen, sondern vor ihr gestanden.«

»Vor ihr am Bett stand aber der Mörder.«

»So ist es«, sagte Alice Marxer.

»Du glaubst, Helmut Öhri hat seine Frau ermordet? Mit einem Messer abgeschlachtet? Und dann die Fingerabdrücke abgewischt?«

»Genau. Es bleiben die Fragen mit den Einstiegsspuren und den Blutspritzern.«

»Ist das alles?«, fragte der Kommissar und startete den Wagen.

»Nein«, antwortete Marxer, »es gibt noch etwas anderes.«

Timo Vogt lenkte den BMW auf die Hauptstraße in Richtung Vaduz. Nach einer Weile fragte er: »Also, was ist es? Die Spuren allein sind es nicht, oder? Sie sind interpretierbar, das gebe ich zu, aber sie können sehr wohl zur Aussage Helmut Öhris passen. Es war wirklich überall Blut. Es kann sehr wohl auf ihn gespritzt sein, während er neben seiner Frau lag. Und die Gulden aus dem Museum, hast du die vergessen? Neben dem Bett lagen 52 Gulden. Hat Helmut Öhri also auch den Diebstahl im Museum begangen? Was bringt dich dazu, ihm zu misstrauen?«

Seine Kollegin sah vor sich auf die Fußmatte und schien nachzudenken. Schließlich sagte sie: »Es war sein Blick. Sein Blick passte nicht zu seiner Geschichte.«

Vogt runzelte die Stirn. »Sein Blick?«, fragte er. »Was meinst du damit?«

Die Polizistin wandte sich ihrem Kollegen zu. »Ist dir das nicht aufgefallen? Der Mann sah aus wie ein Häufchen Elend, zusammengekauert, die Haare ungekämmt, seine Stimme weinerlich, er wirkte verunsichert und erschöpft.«

»Ja, und seine Hände haben gezittert. Das scheint mir normal zu sein nach dem, was er durchgemacht hat«, warf Timo Vogt ein.

»Aber sein Blick.«

»Was war mit seinem Blick?«

»Sein Blick war nicht der eines verunsicherten und verstörten Mannes. Sein Blick …« Sie suchte nach dem richtigen Wort. »In seinem Blick lag Erleichterung.«

10

Hinter der Glasfront des edel eingerichteten Büros schimmerten die Lichter von Vaduz. Florin Wanger lag lässig in seinem Bürostuhl und hatte sein verbindlichstes Lächeln aufgesetzt. Vor ihm auf der Marmorplatte seines Schreibtischs stand ein aufgeklappter Laptop. Ein Mann mit einem mächtigen Schnurrbart und blitzenden dunklen Augen war ihm per Videokonferenz zugeschaltet. Der Mann trug ein bis auf die behaarte Brust aufgeknöpftes Hemd und führte einen rasanten Monolog. Im Büro von Florin Wanger war davon nichts zu hören. Der Treuhänder hatte ein Headset aufgesetzt. Er nickte zu den Worten des anderen. Schließlich nutzte er eine Atempause seines Gegenübers, um sich in das Gespräch einzuschalten.

»Bei uns in Europa wird immer mehr Menschen bewusst, dass alles, was über den Grundbedarf des Menschen an Wasser hinausgeht, nicht einfach ein Luxus ist, den man verschwenden kann, sondern dass Wasser eine Ressource ist, mit der man achtsam umgehen sollte. Und das bei uns, hier, verstehen Sie, Herr Minister? In Europa, wo es genug Wasser gibt. Hier werden die Menschen einsichtig, wenn es um die Ressource Wasser geht. Wie viel mehr muss das bei Ihnen der Fall sein? Was hatten Sie heute für Temperaturen? 40 Grad? Mehr? Wasser ist Leben, Herr Minister, und Leben hat nun einmal seinen Preis.«

Der Mann auf dem Bildschirm wiegte den Kopf hin und her. Schließlich sprach er wieder. Wanger hörte verständnisvoll lächelnd zu. Als der Dunkeläugige seine Arme verschränkte und schwieg, legte Wanger erneut los: »Die Firma, die wir vertreten, ist bereit, Ihrem Land sehr viel Geld zu bezahlen für die Rechte an den Wasserquellen. Natürlich kostet das Wasser dann etwas für Ihre Bevölkerung. Aber lassen Sie mich noch einmal unsere Überzeugung darlegen: Was so kostbar ist wie Wasser, sollte auch einen angemessenen Preis haben, ganz besonders wenn der Verbrauch über den Grundbedarf hinausgeht. Es wird viel zu viel Wasser verschwendet. Sogar bei Ihnen in Ihrem wasserarmen Land. Was nichts kostet, ist einfach nichts wert. Darum sollte es was kosten. Die Firma sorgt ja schließlich für gutes, keimfreies Wasser. Bessere Erschließung, effektivere Ausschöpfung, weniger Wasserverschwendung, mehr Umweltschutz. Und die Firma reichert das Wasser außerdem mit Mineralien an. Kostenlos, versteht sich. Alle gewinnen.«

Ein Zwischenruf seines Verhandlungspartners elektrisierte Wanger. Er beugte sich nach vorn und legte die Arme vor dem Laptop auf die Marmorplatte. Der Mann aus Nahost hatte endlich seine Maske fallen lassen. Kurz und mürrisch hatte er in Wangers Ohr die Worte gespuckt: »Schluss mit dem Sozialmist und Naturschutzblödsinn! Was zahlen Sie mir, dass Sie die Lizenz bekommen?«

Florin Wanger musste sich ein triumphierendes Grinsen mit Gewalt verkneifen. Er kannte diese Sorte von Beamten. Wenn man sie schmierte, mussten sie sich dabei als Gönner fühlen können. Sie wollten, dass man es als Gnade betrachtete, sie bestechen zu dürfen. Er sagte mit ernster Miene: »Ihr Entgegenkommen wird großzügig anerkannt, das hat mir mein Klient versichert. Er sprach von einem zweistelligen Millionenbetrag in Schweizer Franken. Und noch etwas, Herr Minister. Wir wissen, was wir den maßgebenden Persönlichkeiten schuldig sind. Sie und Ihre Familie beziehen das Wasser kostenlos auf Lebenszeit. Das ist in einem vertraulichen Zusatzvertrag garantiert.«

»Ich will das Geld auf einem Konto in Ihrem Land. In Liechtenstein.«

»Selbstverständlich.«

»Lassen Sie mir die Verträge zukommen.«

»Es ist eine Freude, nein, eine Ehre, mit Ihnen Geschäfte zu machen, Herr Minister.«

Die Verbindung wurde beendet. Wanger lehnte sich zurück und verschränkte die Hände zufrieden hinter seinem Kopf.

Die Tür öffnete sich, und Heidi Sommer trat ein. Attraktiv war sie ja, dachte Wanger, das musste man ihr lassen. Hochgewachsen und schlank. Die blonden Haare kunstvoll hochgesteckt. Ungeniert betrachtete Florin Wanger die langen Beine seiner Partnerin und pfiff leise. Er wusste, dass er sie damit auf die Palme brachte. Heidi Sommer ließ sich jedoch nichts anmerken. Sie setzte sich in einen Sessel, schlug die Beine aufreizend übereinander und sagte: »Du siehst zufrieden aus.«

»Das bin ich auch«, antwortete Wanger, ohne seine Haltung zu verändern. »Ich habe den Minister am Haken.«

»Wie das?«

»Jetzt geht es endlich offen ums Geld.«

»Ist der Herr Minister teuer?«

»Er liegt in der mittleren Preisklasse. Ich hatte schon Bürgermeister, die teurer waren.«

»Ich gratuliere.« Heidi nickte anerkennend. »Wenn du den Deal an Land ziehst, ist das ein großer Sieg für unser Büro.«

»Du sagst es, meine Hübsche. Darauf müssen wir anstoßen. Nur wir beide, was meinst du?«

»Klar«, sagte Heidi Sommer und stand auf. »Das machen wir.« Sie lächelte Florin an und ging zur Tür. Als sie das Büro verließ, dachte der Treuhänder einen Moment lang darüber nach, ob das Lächeln seiner Geschäftspartnerin vielleicht mehr zu bedeuten hatte.

Florin Wanger schüttelte den Kopf. Er hatte definitiv zu lange wegen der Videokonferenz auf seinen Bildschirm gestarrt. Aber es hatte sich gelohnt. Seine Auftraggeber würden sehr zufrieden sein. Kurz entschlossen schnappte er seinen Mantel, der auf einem Bügel neben der Tür hing, und verließ das Büro. Es war zwar erst Mittag, trotzdem machte er für heute Feierabend. Wohlverdient.

*

Das Pfarrhaus von Triesen lag neben der Kirche. Barakat parkte den Wagen direkt davor und klingelte. Nach einigen Augenblicken wurde ihnen von einem schwarz gekleideten Mann mit weißem Kragen geöffnet.

»Ja bitte?«

Der Pfarrer war überraschend jung, fand Grünwald. Er schätzte ihn auf Mitte 30.

Barakat sagte: »Bitte verzeihen Sie die Störung. Ich bin Professor Barakat vom Landesmuseum in Vaduz.« Er stellte auch seine Begleiter vor.

»Grüß Gott. Mein Name ist Paul Wyss. Was kann ich für Sie tun?«, entgegnete der Pfarrer mit einem einladenden Lächeln.

»Wir interessieren uns für die Hexenprozesse, die im 17. Jahrhundert an diesem Ort stattfanden.«

Der Geistliche trat zur Seite. »Kommen Sie doch herein«, sagte er.

Die Gäste folgten ihm in ein antik möbliertes Zimmer und nahmen auf eine Geste des Pfarrers hin in großen ledernen Sesseln Platz.

»Es wäre uns eine große Hilfe, wenn Sie uns Zutritt in das Pfarrarchiv gewähren würden«, nannte Barakat ihr Anliegen.

»Selbstverständlich«, entgegnete der Pfarrer. »Das historische Pfarrarchiv befindet sich unter der Kirche. Es wurde erst vor etwa zehn Jahren bei Umbauarbeiten unter meinem Vorgänger mehr oder weniger zufällig wiederentdeckt. Ich befürchte, dass es in keinem sonderlich guten Zustand ist. Bisher ist man noch nicht dazu gekommen, es professionell zu sichten und neu zu ordnen. Wenn Sie es dennoch sehen wollen, werde ich den Schlüssel holen.«

»Wir wären Ihnen sehr verbunden«, antwortete der Museumsdirektor.

Barakat, Grünwald, Weinberg und Lisa folgten dem jungen Geistlichen in die Kirche. Das Gotteshaus hatte offensichtlich bei den Umbauarbeiten eine neue Ausstattung erhalten. Der Innenraum präsentierte sich hell und modern. Der Pfarrer schloss die Tür zur Sakristei auf und nahm einen Schlüssel aus einem Wandschrank.

»Der Zugang zu dem unterirdischen Archiv liegt an der Außenseite des Gebäudes«, erklärte er.

Der Weg führte über den Friedhof an der Kirche entlang. In der Chorwand gab es eine niedrige eisenbeschlagene Tür. Paul Wyss wollte den Schlüssel in das Schloss stecken und stutzte. »Es ist ja offen«, sagte er überrascht. »Der Mesner muss vergessen haben, abzuschließen.«

»Sonst hat niemand Zugang zu dem Archiv?«, fragte Grünwald.

»Nicht dass ich wüsste«, antwortete der Pfarrer. »Allerdings scheint das Schloss beschädigt zu sein.«

Er zog an dem verrosteten Griff, und die Tür öffnete sich mit einem schnarrenden Geräusch. Ein modriger Geruch schlug ihnen entgegen. Der Pfarrer tastete links an der Wand nach einem Lichtschalter. Eine Glühbirne an der Decke leuchtete auf und warf ihr schummriges Licht auf eine Steintreppe, die nach unten führte.

Lisa verkrampfte sich. »Ich hasse Treppen, die in die Tiefe führen«, murmelte sie.

Weinberg hakte sich bei ihr ein, um sie zu beruhigen. Er wusste genau, dass Lisa auf ein Erlebnis rund um eine Mordserie anspielte, das sie vor drei Jahren zusammen durchgestanden hatten, aber nicht jeder aus ihrer Gruppe überlebt hatte.

»Unten befindet sich das Archiv oder vielmehr das, was davon übrig ist«, sagte der Pfarrer. »Bitte seien Sie mir nicht böse, wenn ich Sie allein lasse, aber ich habe zu tun.«

»Natürlich«, sagte Barakat. »Wir sind Ihnen sehr zu Dank verpflichtet.«

»Na, dann mal los«, sagte Weinberg und ging voran. Die anderen folgten ihm die Treppe hinab.

*

Fidel Meier öffnete die Tür. Als er seinen Sohn sah, erschrak er. Hansrudi wirkte krank. Seine Gesichtsfarbe war gelblich grau, seine Haare fettig, und unter den Augen lagen dunkle Ringe. Seine Kleidung machte den Eindruck, als habe er im Freien geschlafen. Wenn er denn überhaupt geschlafen hatte.

Fidel versuchte, sich sein Erschrecken nicht anmerken zu lassen, und forderte seinen Sohn mit einem gespielten Lächeln auf, ins Haus zu kommen. Als Hansrudi an ihm vorbeiging, nahm der Vater einen unangenehmen Geruch von Schweiß und Zigarettenrauch wahr. Oder war das Pulverdampf? Besorgt folgte er ihm in die Küche.

»Hast du Hunger?«, fragte er. »Ich könnte dir etwas kochen. Wie wäre es mit Nudeln?«

Hansrudi schüttelte müde den Kopf. »Nicht nötig«, sagte er. »*No need to worry.* Aber einen Kaffee würde ich nehmen. Einen starken.«

Fidel Meier holte zwei Tassen aus dem Wandschrank über der Spüle. Dabei musste er dicht an seinem Sohn vorüber, und es stieg ihm noch ein anderer Geruch in die Nase. Der Geruch von welken Blättern. Sein Sohn musste definitiv im Freien geschlafen haben.

Der Kaffee war schnell gekocht. Fidel besaß einen sündhaft teuren italienischen Kaffeeautomaten. Das auf Hochglanz polierte Gerät bereitete mit vielversprechendem Zischen das heiße Getränk zu. Fidel stellte die dampfenden Tassen auf den Tisch und die beiden setzten sich. Hansrudi kratzte sich an seinem ungepflegten Dreitagebart. So saßen sie eine Weile schweigend da. Die Stille wurde nur unterbrochen, wenn einer von ihnen schlürfend einen Schluck aus seiner Tasse nahm.

In der Küche herrschte ein deprimierendes Dämmerlicht. Es war mitten am Tag, doch der Himmel war bedeckt. Fidel Meier überlegte, ob er die Deckenbeleuchtung einschalten sollte. Sein Sohn würde jedoch vielleicht das Halbdunkel vorziehen. Wenn man übermüdet und eventuell verkatert war, schätzte man Helligkeit für gewöhnlich nicht. Doch das deprimierende Grau in Grau schien ihm noch schlimmer, schließlich befand sich Hansrudi ohnehin in einer trüben Stimmung. Fidel Meier stand auf und betätigte den Schalter. Im selben Moment bereute er seine Entscheidung. Das Licht wirkte grell und kalt. Hansrudi kniff die Augen zusammen, als bereitete es ihm Schmerzen. Fidel schaltete das Licht wieder aus, und nun erschien die Küche noch dunkler und deprimierender als zuvor. Er seufzte und setzte sich zurück an den Tisch.

»Mach dir nicht so viele Gedanken«, durchbrach Hansrudi die Stille. »Ich komm schon drüber hinweg. Ist nicht die einzige Frau auf der Welt, oder?«

Sein Vater lächelte gequält. Natürlich war der Junge alt genug, er war erwachsen und musste mit seinem Leben allein klarkommen. Doch Fidel konnte nicht anders, er fühlte mit ihm und er machte sich wirklich Sorgen. Hansrudi war von klein auf sehr sensibel gewesen. Er neigte dazu, Dinge schwerzunehmen.

Früher hatte er alles mit seinem Vater besprochen. Vielleicht fehlte dem Jungen so ein Gespräch, wie sie es damals oft geführt hatten. Oder, fragte sich Fidel, fehlte es vielleicht nur ihm selbst? Er hatte sich der wachsenden Selbstständigkeit seines Sohnes nie in den Weg gestellt, aber er musste sich eingestehen, dass ihm das Loslassen wehtat. So glücklich und stolz ihn die Studienerfolge Hansrudis auch machten, etwas in ihm wünschte sich, er könnte seinen Sohn immer noch von der Schule abholen und ihm Essen kochen.

»Hansrudi, was ist passiert? Warum ist es aus mit Susanne?«, fragte er auf einmal geradeheraus. Wenn er seinem Sohn helfen wollte, musste er die Dinge ansprechen, auch wenn sie wehtaten.

Sein Sohn starrte in seine leere Kaffeetasse. Mit gespielter Leichtigkeit sagte er: »Wie es eben manchmal so geht. *That's life.* Nicht so wichtig.«

Als sein Vater ihn unbeirrt weiter fragend ansah, erklärte er heiser: »Verdammt. Du willst es gar nicht wissen.«

Die Miene Fidel Meiers versteinerte. Warum hatte er nur gefragt? Sein Sohn hatte recht: Er wollte es nicht wissen. Und in Wahrheit kannte er auch den Grund.

Schon sehr lange.

*

Der Raum war eng und die Luft stickig. Es war eigentlich mehr ein langer, schmaler Gang mit einem niedrigen gemauerten Gewölbe. Weinberg erinnerte sich unwillkürlich an den

Nachbau des U-Bootes U-96 in der Bavaria Filmstadt und an die Beklemmung, die er bei der Besichtigung der engen stählernen Röhre empfunden hatte. Bis unter das Gewölbe ragten die groben hölzernen Regale und ließen in der Mitte kaum einen halben Meter Durchgang frei. Weinbergs Schultern streiften beinahe rechts und links die Bücher, die dicht an dicht auf den krummen Brettern standen. Barakat war mit Rücksicht auf seine Leibesfülle am Absatz der Treppe stehen geblieben und sah mit einem hilflosen und verlegenen Ausdruck Grünwald, Lisa und Weinberg zu, die sich durch den engen Gang zwängten und dabei die Bücher in den Regalen beim schwachen Schein der nackten Glühbirnen begutachteten, die von der Decke baumelten. Lisa hielt sich ein Taschentuch vor Mund und Nase. Sie ließ ihre Fingerspitzen über die Buchrücken einer Chronikreihe streifen und überflog konzentriert die Jahreszahlen.

Weinberg hatte sich gebückt und vom Fußboden unter einem Regal ein vergilbtes Papier hervorgezogen. »Schaut mal«, sagte er. »Das wirkt alt.«

Grünwald nahm ihm das Papier aus den Händen und hielt es sich nahe vors Gesicht. Er brauchte einige Augenblicke, um die verblasste Handschrift zu entziffern, dann sagte er: »Alt ist relativ. Das Schreiben stammt von 1809, und es scheint eine Schenkung zu sein. Irgendein paar Klafter Feld an die Pfarrei. Legen Sie es zurück, Markus.«

»Hier!«, rief Lisa halblaut. »Das sind die Aufzeichnungen der Pfarrherren. Und ab dort«, dabei wies sie auf einen etwa handhohen, in Leder gebundenen Buchrücken, »beginnt die Amtszeit von Pfarrer Kriss.«

Grünwald und Weinberg folgten ihr in den hinteren Bereich des Gewölbes. Die gesuchten Bände standen in der zweituntersten Reihe. Die drei gingen in die Hocke. »Seht mal da«, sagte Lisa. »Es fehlt ein Band.«

Sie strich mit ihrem Zeigefinger über den Kopfschnitt eines der Bücher und blies dann eine Wolke Staub von ihrer Fingerspitze in die Luft. Danach legte sie ihren Zeigefinger in die Lücke und fuhr damit über das Holz des Regals. Mit einem zufriedenen Gesichtsausdruck zeigte sie den Finger Grünwald und Weinberg. Es war kein Staub daran.

»Das Buch fehlt erst seit Kurzem«, stellte Weinberg fest und streckte sich.

»Ohne Zweifel«, stimmte Grünwald zu und erhob sich ebenfalls. »Welcher Band ist es?«

Lisa entzifferte die handgeschriebenen Jahreszahlen auf den benachbarten Buchrücken. Sie sah zu den Männern auf. »Es fehlen die Jahre 1678 bis 1690.«

Grünwald rief Barakat zu: »Youssef, wann wurde Katharina Rebbergerin hingerichtet?«

»1679.«

»Und wann endeten die Hexenprozesse? 1681?«

»1681«, bestätigte Barakat.

»Es ist uns wohl allen klar, wer das Buch gestohlen hat, oder?«, fragte Grünwald.

»Franz Kaiser«, sagte Weinberg.

*

Man merkte Youssef Barakat nicht nur an, dass er nicht gern selbst Auto fuhr, er war zudem ein unsicherer Fahrer, der meistens deutlich unter dem vorgeschriebenen Tempolimit blieb. Dafür war er äußerst sparsam mit dem Betätigen des Blinkers. Während sie mit Tempo 35 über die Straße zurück nach Vaduz krochen, bildete sich hinter ihnen eine Schlange von ungeduldigen Autofahrern, die im Stadtverkehr nicht überholen konnten und deshalb gezwungen waren, sich der gemächlichen Geschwindigkeit Barakats anzupassen.

Weinberg saß schwitzend neben dem Museumsdirektor. Lisa, die hinter dem Fahrer ihren Platz hatte und das Gesicht Weinbergs im Profil sah, musste unwillkürlich grinsen. Ihr Freund war ein schrecklicher Beifahrer. Es fiel ihm furchtbar schwer, nicht immer und überall den Fahrlehrer zu spielen, wenn er nicht selbst das Lenkrad in der Hand hielt. Doch Weinberg verkniff sich tapfer jeden Kommentar. Er versuchte, sich mit mehr oder weniger Erfolg auf das Radio zu konzentrieren. Auf einmal aber war er ganz Ohr. Nicht nur er, sondern alle im Wagen hielten den Atem an und hörten der Nachrichtensprecherin zu:

»*Wie die Landespolizei mitteilte, hat es gestern in Vaduz ein Tötungsdelikt gegeben. In der Nacht wurde eine Frau in ihrem Schlafzimmer durch zahlreiche Messerstiche getötet. Über die Täterschaft ist noch nichts bekannt, wahrscheinlich handelt es sich um einen Einbrecher. Der Ehemann der Getöteten kam mit dem Schrecken davon. Die Polizei schließt nicht aus, dass es sich um denselben Täter handelt wie bei dem Tötungsdelikt vor drei Tagen in Triesenberg, bei dem ebenfalls eine Frau das Opfer war. Wer sachdienliche Hinweise geben kann oder Beobachtungen gemacht hat, die mit einem der Verbrechen in Zusammenhang stehen könnten, wird gebeten, sich an die Landespolizei zu wenden.*

Barakat war während des Zuhörens noch langsamer geworden. Ein kurzer Blick zeigte Weinberg, dass sie sich nun mit knapp 30 Kilometern pro Stunde fortbewegten. Ein Fahrer in einem roten Porsche überholte sie wild hupend. Als er halsbrecherisch an ihnen vorbeischoss, zeigte er Barakat den Vogel. Weinberg rieb sich mit verkniffenem Gesicht die Nasenwurzel.

»Schon wieder ein Mord«, sagte Grünwald vom Rücksitz aus nachdenklich. »Das gibt zu denken, meint ihr nicht?«

Lisa fragte: »Prof. Barakat, wie oft passieren hier im Land solche Sachen? Ich meine, wie oft kommt es rein statistisch zu einem Mord?«

»Ich würde sagen, vielleicht alle paar Jahre bis Jahrzehnte einmal«, antwortete Barakat und wurde zum Entsetzen Weinbergs noch langsamer.

»Also kommt es nicht von ungefähr, wenn man einen Zusammenhang zwischen den beiden Morden vermutet. So kurz hintereinander geschieht so etwas normalerweise hier nicht«, fasste Grünwald zusammen.

»Wenn wir nur wüssten, ob ebenfalls Münzen aus dem Museumsdiebstahl aufgetaucht sind«, dachte Lisa laut nach. »Aber wie kommen wir an solche Informationen?«

Barakat sagte: »Vielleicht meldet sich die Polizei ja bei mir, damit ich die Münzen identifiziere. Falls es wieder welche gegeben hat, meine ich.«

*

Helmut Öhri saß in eine Decke gewickelt auf dem Sofa. Sein Blick schien nach innen gerichtet zu sein. Er nahm kaum Anteil an der Unterhaltung um ihn herum.

Als seine Schwester Heike ihn verstohlen durch die Küchentür beobachtete, fragte sie sich, ob es eine gute Idee gewesen war, für den Abend Gäste einzuladen. Sie hatte gehofft, dass es Helmut auf andere Gedanken bringen würde, ihn zumindest für einen Abend ablenken könnte von dem Schrecklichen, das er durchgemacht hatte.

Sie hatte mit Helmut seit einigen Jahren keinen sehr engen Kontakt mehr gehabt. Sie wusste selbst nicht, wieso. Vielleicht hatte es daran gelegen, dass ihr die Frau ihres Bruders von Anfang an nicht besonders sympathisch gewesen war. Sie liebte ihren Bruder, sie hatten immer einen guten Draht zueinander gehabt, und doch hatten sie sich in den letzten Jahren auseinandergelebt. Als sie von der furchtbaren Tragödie erfahren hatte, war es selbstverständlich für sie gewesen, für Helmut da zu sein. Sie hätte es niemals zugelassen, dass ihr kleiner Bruder in der Psychiatrie landete. Und dass er in dem Mordhaus blieb, war völlig ausgeschlossen gewesen.

Helmut hatte fast nichts erzählt. Er war still und in sich gekehrt. Heike kam sich hilflos vor. Sie fühlte sich überfordert. Nicht dass sie es bereut hätte, Helmut aufgenommen zu haben, das nicht. Was hätten die Leute im Dorf gesagt, wenn sie ihrem Bruder kein Asyl gewährt und sich nicht um ihn gekümmert hätte? Heute Morgen war ihr der Gedanke gekommen, Helmut unter die Leute zu bringen. Sie hatte ein paar Freunde zu einem gemütlichen Abend mit Häppchen eingeladen. Alle hatten sofort zugesagt. Heike wusste, dass es nicht nur Freundschaft war, die ihre Bekannten bewegt hatte, an diesem Abend zu erscheinen, sondern auch ein gehöriges Maß an Neugier. Sie wollten den Mann sehen, dessen Frau grausam ermordet worden war. Dann konnten sie später aus erster Hand ihren Freunden und Freundinnen davon erzählen. So war das nun einmal in einem Dorf. Man achtete aufeinander, aber natürlich ergab sich daraus auch, dass man übereinander tratschte.

Zu Beginn waren die Gäste spürbar betreten gewesen. Keiner hatte gewusst, wie er sich angemessen verhalten sollte. Doch schon nach kurzer Zeit hatte sich die Stimmung bei Wein und Sekt gelockert, und jetzt war eine lebhafte und ziemlich laute Unterhaltung im Gange.

Heike kam aus der Küche und schenkte ihren Gästen Wein nach. Als sie die Flasche abstellte, warf sie wieder einen Blick auf ihren Bruder – und erstarrte. Helmut hatte den Kopf in den Nacken gelegt und die Arme weit von sich gestreckt. Sein Mund war geöffnet, doch es war kein Laut zu hören.

Sein Körper begann zu zucken. Die ersten Gäste folgten Heikes Blick, und nach einigen Sekunden war die Unterhaltung erstorben. Alle sahen bestürzt auf den Mann auf dem Sofa, der offensichtlich so etwas wie einen Anfall erlitt.

Heike ging auf ihren Bruder zu, blieb aber hilflos vor ihm stehen, als sie bemerkte, dass das Zucken stärker wurde und sich nun auch sein Kopf immer schneller hin und her bewegte.

Jemand fragte: »Was hat er?«

»Wir sollten den Notarzt rufen«, rief ein anderer.

Doch das hörte Helmut Öhri schon nicht mehr. Er befand sich in seinem Haus, es war Nacht, er konnte die staubige Luft des Schlafzimmers riechen. Und einen Geruch wie feuchtes Laub, der sich daruntermischte. Im fahlen Schein der Straßenlaterne, der in den Raum fiel, erkannte er einen dunklen Schatten. Eine Klinge glänzte matt im schwachen Licht. Eine Weile drehte sich das lange Messer langsam vor Helmut hin und her, sein Blick hing wie hypnotisiert an der schimmernden Klinge.

Die Brust seiner Frau hob und senkte sich im Schlaf. Eine Faust erschien über ihr, die das abwärts gerichtete Messer umschloss.

Da stockte Gudruns Atem für einen Moment.

Das Messer hielt inne.

Dann atmete sie weiter.

Die lange Klinge fiel. Und fiel. Wie Blitze schlug sie mehrmals in Gudruns Brust ein. Die Szenen der Schreckensnacht schoben sich in Helmuts Erinnerung ineinander, sie verschmolzen zu einem blutroten Reigen von verstörenden Bildern. Hand, Klinge, geweitete Pupillen, Brust, Schatten. Böse Augen streiften ihn kurz und heftig wie ein Peitschenhieb. Dann war das Gesicht fort.

Wem gehörte die Hand, die das Heft des Messers mit weißen Knöcheln umschlossen hielt?

War es seine eigene?

Stimmen drangen an Helmuts Ohr. Irritiert sah er sich um.

»Legt ihn auf das Sofa, die Beine hoch.«

»Lasst ihn, der Notarzt muss gleich da sein.«

»Hoffentlich ist es nichts Schlimmes.«

Heike hatte sich über ihn gebeugt, sie wirkte besorgt. Helmuts linke Hand krallte sich in das Sofa, seine rechte fasste mit einer blitzartigen Bewegung nach Heike und packte sie am Kragen. Heike verkrampfte sich am ganzen Körper. Alle Gäste standen um sie herum und waren verstummt. Helmut zog sich an seiner Schwester nach oben, bis sein vor Angst verzerrtes Gesicht dicht vor dem Heikes war. Plötzlich richtete er ruckartig seinen Blick auf die Umstehenden. Einer nach dem anderen zuckte erschrocken zurück.

Speichel lief aus seinem Mund, als er auf einmal hervorstieß: »Ich habe Gudrun umgebracht! Ich habe sie erstochen, ich habe sie getötet!«

11

»Habt ihr schon das Neueste gehört?«, fragte Aurelia aufgeregt, als Barakat und die deutschen Gäste ihr Café betraten.

»Ja, gerade eben im Radio«, antwortete Barakat. »Außerdem hat mich die Landespolizei angerufen. Neben der ermordeten Gudrun Öhri wurden wieder Münzen aus dem Museumseinbruch gefunden. Leider hat uns das Kirchenarchiv überhaupt nichts gebracht«, antwortete Barakat niedergeschlagen. »Verlorene Zeit.«

Grünwald widersprach: »Youssef, du müsstest eigentlich wissen, dass ein unterirdisches Archiv mit alten Büchern für mich niemals eine verlorene Zeit sein kann.«

Weinberg sagte: »Es war auch aus einem anderen Grund keine verlorene Zeit. Denkt an das fehlende Buch.«

Der Museumsdirektor sah ihn unsicher an. »Ja, aber es fehlt doch.«

»Das stimmt«, entgegnete Weinberg, »aber auch etwas, das fehlt, gibt Hinweise.«

»Was meinst du?«, fragte Lisa.

»Na, die 260 Gulden im Museum fehlen schließlich ebenfalls«, erklärte er. »Und weil sie neben den Mordopfern auftauchen, wissen wir, dass der Diebstahl im Museum etwas mit den Morden zu tun hat.«

»Da hast du recht«, sagte Lisa nachdenklich.

Weinberg fuhr fort: »Und vergessen wir nicht, dass nicht nur die Gulden gestohlen worden sind. Etwas anderes ist außerdem verschwunden: die Tafel mit den Angaben zu Katharina Rebbergerin.«

»Richtig.«

»Das Buch, die Gulden, die Tafel. Drei Dinge, die fehlen. Drei Dinge, die uns sagen, dass wir es wohl nicht mit einem Zufall zu tun haben.«

Eine Weile blieb es still. Barakat hatte sich in seinem Stuhl zurückgelehnt und starrte zur Decke. Aurelia saß ihm gegenüber. Sie hatte die Augen geschlossen. Grünwald hatte sein Kinn in eine Hand gestützt. Neben dem schwergewichtigen Museumsdirektor wirkte seine Gestalt noch schmaler als sonst. Lisa und Weinberg saßen nebeneinander und hatten den Blick zu Boden gerichtet. Jeder hing seinen Gedanken nach.

Aurelia seufzte und murmelte: »Aber wann hört er auf? Wie viele müssen diesem Irren noch zum Opfer fallen?«

»Weiß eigentlich jemand, wie viele Münzen jeweils neben den Opfern gefunden wurden?«, fragte Weinberg auf einmal aufgeregt.

»Inwiefern ist das von Bedeutung?«, fragte Lisa.

»Wenn ich mich recht erinnere, waren es bei Silvia Schedler 52 Gulden«, sagte Barakat. »Das habe ich von der Polizei gehört. Wie viele es bei Gudrun Öhri waren, weiß ich nicht.«

»52«, murmelte Weinberg. Er schien etwas im Kopf zu rechnen.

»Ich verstehe immer noch nicht«, sagte Lisa.

»Ganz einfach, Schatz. Wenn bei der zweiten Leiche ebenfalls 52 Gulden gefunden wurden, können wir eine Rechnung anstellen«, erläuterte Weinberg. »260 geteilt durch 52 ergibt fünf.«

»Ah!« Grünwald schlug sich mit der flachen Hand auf die Stirn. »Natürlich!«, rief er. »Wenn bei zwei Mordopfern jeweils 52 Gulden gefunden wurden, könnte das bedeuten, dass noch drei Opfer zu erwarten sind!« Er wandte sich Weinberg zu. »Richtig?«

»Richtig«, bestätigte der Polizist. »Der Täter hätte dann noch 156 Gulden für drei Opfer. Wenn unsere Annahme stimmt.«

*

Timo Vogt sah zu seiner Kollegin, die ihm im Büro an ihrem Schreibtisch gegenübersaß. Alice Marxer legte soeben den Telefonhörer auf. »Du wirst nicht glauben, was passiert ist!«

»Nun mach es nicht so spannend«, sagte er.

»Das war ein Herr Hermann. Er ist zu Besuch bei der Schwester von Helmut Öhri. Er sagt, dass dein glaubwürdiger Freund gerade zugegeben hat, seine Frau ermordet zu haben. Es gebe weitere Zeugen für das Geständnis.«

»Das ist ein Ding!«, rief Timo Vogt und sprang auf. Er griff nach seiner Jacke, die über dem Stuhl hing, und eilte zur Tür. »Worauf wartest du?«, fragte er seine Kollegin.

Alice Marxer folgte ihm hastig. Gemeinsam liefen sie die Treppen hinab und zum Wagen.

»Ich fahre«, bestimmte sie. »Habe ich dir nicht gesagt, dass ich bei dem Typen ein komisches Gefühl habe?«

»Jaja, das hast du. Aber noch wissen wir nicht, was an der Sache dran ist. Öhri war doch völlig verwirrt. Ich setze immer noch auf Franz Kaiser.«

Der Wagen kam in einem Stau in der Innenstadt zum Stehen. Ungeduldig trommelte Alice Marxer auf das Lenkrad. »Verdammt«, fluchte sie. »Wieso musste Öhri sein Geständnis auch während des Berufsverkehrs ablegen?«

Lähmend langsam ging es vorwärts. Stop-and-go.

»Bieg hier ab«, sagte Vogt, »das ist eine Abkürzung.«

Die Beamtin schlug das Lenkrad ein und steuerte den BMW in eine Seitenstraße. Jetzt hatten sie freie Fahrt. Nach wenigen Minuten hielten sie direkt vor dem Haus von Heike Öhri.

»Diesmal lässt du mich reden«, sagte Alice Marxer, als sie ausstiegen. Sie sah ihren Kollegen ernst an. »Helmut Öhri gehört mir!«

*

Weinberg fuhr gern Auto. Besonders gern, wenn er Lisa neben sich sitzen hatte. Nicht ganz so gern, wenn er auf dem Beifahrersitz Platz nehmen musste. Aber das behielt er für sich.

Er steuerte seinen Wagen Serpentinen folgend bergan. Lisa hatte gesagt, wenn sie schon von Bergen umgeben seien, sollten sie auch einmal in die Höhe hinauf. Weinberg war ebenfalls neugierig auf die Aussicht. Wenn es denn eine Aussicht geben würde. Das Wetter erschien nicht allzu vielversprechend.

Oben am Hang lag Triesenberg. Ein Schild, das sie passierten, begrüßte sie in der »Walsergemeinde«. Aurelia hatte ihnen erklärt, die Ursprünge dieser Siedlung lägen im hohen Mittelalter, als Menschen aus dem Süden der heutigen Schweiz, dem Wallis, hierhergezogen waren, um sich auf diesen Bergen niederzulassen.

Weinberg parkte den Wagen auf dem Parkplatz eines Restaurants. In den Räumen brannte kein Licht, es war geschlossen. Als sie aus dem Auto stiegen, rückte Weinberg seine Mütze zurecht und schlug den Kragen seiner Jacke hoch.

»Es ist wirklich kalt«, sagte er.

»Ich habe es dir gesagt«, antwortete Lisa. »Aber Aurelia hatte recht, von hier oben hat man eine imposante Aussicht.«

Sie ließen ihre Blicke über das Rheintal schweifen, das sich unter ihnen ausbreitete. Wolkenfetzen zogen vom Wind getrieben darüber. Sie waren grau und dunkel.

Weinberg nahm Lisas Hand. »Komm, wir gehen ein Stück«, sagte er.

Gemeinsam schlenderten sie eine Straße entlang, die sie zu einem kleinen Platz führte, an dem eine aus Naturstein gebaute Kirche einem modernen Gebäude gegenüberstand. Ein Café, ein Supermarkt und ein Parkplatz teilten sich den übrigen Raum.

Lisa zeigte auf eine Straße, die bergan führte. »Da lang? Was meinst du?«

Weinberg nickte. Sie folgten der Straße und bogen dann auf einen kleinen Weg ein, der aus der Mitte der Ortschaft hinauszuführen schien. Nur vereinzelt waren jetzt noch Häuser zu sehen. Wiesen und steil aufsteigende Wälder, die sich bereits bunt gefärbt hatten, prägten die Landschaft. In den Wipfeln der Tannen hingen zähe Nebelschwaden.

»Wenn wir abends telefoniert haben«, sagte Weinberg leise, »habe ich zu Hause am See den Mond angeschaut und gedacht, du siehst gerade denselben Mond.«

Lisa lächelte ihn gerührt an. »Wirklich?«, fragte sie. »Leider konnte ich den Mond gar nicht sehen. Zu viele Wolken.« Lisa blieb stehen und schob ihre Arme unter seine Jacke. Ganz nah vor seinem Gesicht flüsterte sie: »Du bist ein Romantiker.«

»Sag das bloß niemandem«, gab Weinberg zurück.

Lisa sah ihm verträumt in die Augen. »Weißt du, wie du deine romantische Ader noch beweisen könntest?«

»Wie denn?«, fragte Weinberg und gab ihr einen Kuss auf die Stirn.

»Bring mich zurück zum Auto«, sagte Lisa verschmitzt und löste sich von ihm. »Mir frieren die Füße ein.«

Weinberg lachte. »Gern! Mir ist auch eiskalt. Ich wollte es nur nicht zugeben. Gehen wir.«

»Mein Retter«, scherzte Lisa fröhlich und hakte sich bei ihm ein.

Als sie das Auto erreichten, bot sich ihnen ein beeindruckendes Bild. Der kalte Nebel war ins Rheintal gesunken und bedeckte es völlig. Wie ein schäumender weißer See lagen die Wolken zwischen den Bergkämmen und breiteten sich über die Landschaft unter ihnen aus.

Lisa und Weinberg standen für einige Minuten still am Ufer dieses Wolkensees, fasziniert von dem ungewohnten Anblick.

Dann stiegen sie in den Wagen und fuhren hinunter ins Tal. Etwas weiter unten tauchte das Auto in den Nebelsee ein.

»Es kommt einem beinahe so vor, als bräuchte man ein Amphibienfahrzeug«, kommentierte Weinberg. »Man sieht ja kaum mehr was.«

»Aber in mir wird gerade etwas hell«, verkündete Lisa. »Vielleicht machen wir uns unnötige Arbeit, wenn wir nach Quellen suchen, die die Rebbergerin betreffen.«

Weinberg warf einen schnellen Seitenblick auf Lisa. »Was meinst du damit?«

»Ich denke, dass jemand anderes sich diese Arbeit vielleicht schon gemacht hat. Und damit auch für uns.«

»Du redest von Franz Kaiser, habe ich recht?«

Lisa nickte. »Kaiser ist Wissenschaftler. Besteht da nicht eine große Wahrscheinlichkeit, dass wir bei ihm zu Hause Aufzeichnungen finden, wenn es keine in seinem Büro im Museum gibt? Es würde uns ja auch nicht überraschen, wenn er das Buch hat, das im Kirchenarchiv in Triesen fehlt.«

Sie passierten das Ortsschild von Vaduz.

»Allerdings wissen wir nicht, ob die Landespolizei nicht bereits alle seine Unterlagen mitgenommen hat«, fügte Lisa nachdenklich hinzu. »Auf der anderen Seite ist es unwahrscheinlich, dass sie sich für diese Art von Unterlagen überhaupt interessieren, oder?«

Weinberg lenkte das Fahrzeug durch den Feierabendverkehr des Städtchens zur Tiefgarage des Hotels. »So wie ich das sehe, gibt es nur einen Weg, das herauszufinden«, sagte er.

*

Grünwald öffnete erst nach wiederholtem Klopfen. Lisa und Weinberg sahen ihm sofort an, dass er geschlafen hatte. Verlegen entschuldigte sich die Archivarin, aber Grünwald bat sie herein.

»Wie viel Uhr ist es?«, fragte er.

»Kurz nach drei«, antwortete Weinberg.

»Ich habe mich nach dem Mittagessen hingelegt und muss richtig eingeschlafen sein. Wo seid ihr gewesen?«

Lisa sagte: »Wir sind in die Gemeinde oben in den Bergen gefahren. Dabei hatten wir einen Einfall. Um an den Täter heranzukommen, müssen wir in Erfahrung bringen, was ihn an Katharina Rebbergerin interessiert. Vielleicht hat sich das auch der Mann gefragt, der die Gulden und das Buch aus dem Archiv gestohlen hat. Und sehr wahrscheinlich hat er dazu bereits Nachforschungen angestellt. Vorausgesetzt, die Annahme ist richtig, dass es sich nicht um ein und dieselbe Person handelt. Wir müssen zu Franz Kaiser. Wollen Sie Prof. Barakat anrufen?«

»Ja«, antwortete der Archivar und griff zum Hörer. »Das mache ich sofort.« Er sah auf einen Zettel, der neben dem Telefon lag, und wählte. Das Gespräch dauerte nicht lange. »Youssef hat bestätigt, dass Kaisers Büro im Museum uns nicht weiterhelfen wird. Sowohl die Polizei als auch er selber haben dort bereits alles durchsucht. Wenn, dann kann sich nur bei Kaiser zu Hause etwas finden. Da war die Polizei zwar auch schon, Youssef aber kann nicht sagen, ob sie erfolgreich war.«

»Und wann geht es los?«, wollte Lisa wissen.

»Gleich«, gab Grünwald zur Antwort. »Noch ein klein wenig Geduld. Unser Freund befindet sich auf dem Weg zum Hotel.«

»Ich fahre!«, sagte Weinberg bestimmt.

*

Sie mussten nicht lange fahren. Balzers, wo Franz Kaiser zusammen mit seiner Mutter lebte, lag nur wenige Kilometer entfernt.

»Praktisch, wenn alles nur einen Katzensprung entfernt ist«, stellte Weinberg fest.

Als sie die ersten Häuser von Balzers erreichten, schlug Lisa vor: »Wenn wir zu viert bei Franz Kaisers Mutter auftauchen, kriegt sie wahrscheinlich einen Schock. Ich meine, sie kennt uns ja nicht. Es ist besser, wenn nur einer von uns Prof. Barakat begleitet.«

»Oder eine«, fügte Grünwald hinzu. »Es ist wohl am besten, wenn Sie mit Youssef gehen, Lisa.«

Lisa sah den Museumsdirektor an und fragte: »Wenn Ihnen das recht ist, Prof. Barakat?«

»Natürlich, Dr. Engels, natürlich.«

Sie fuhren an einem alten Gebäude vorbei, das als Gasthaus zu erkennen war. »Hier können Sie parkieren, Herr Weinberg«, sagte Barakat. »Das Elternhaus von Franz Kaiser erreichen wir von hier aus zu Fuß in etwa fünf Minuten. Vielleicht wollen Sie in dem Gasthaus bei einer Tasse Kaffee mit Dr. Grünwald auf uns warten?«

Weinberg lenkte den Wagen auf den Parkplatz. Die Reifen knirschten auf dem Kies. Alle stiegen aus. Ein unerwartet starker Wind griff in ihre Haare und Kleider.

»Junge, Junge«, meinte Weinberg. »Das ist ja eine ganz schön steife Brise.«

»Das ist der Föhn«, erklärte Barakat. »Ein aggressiver Fallwind aus den Bergen. In dieser Ecke des Landes tobt er bekannterweise besonders.«

Grünwald brachte sich mit dem Polizisten über die Stufen in das Lokal in Sicherheit. »Ihr findet uns dann hier«, rief er Barakat und Lisa hinterher.

Der Museumsdirektor und Lisa gingen zusammen in die andere Richtung davon. Der Wind zerzauste ihre Haare, und es bedurfte einiger Anstrengung, sich gegen die Böen nach vorne zu kämpfen. Nach etwa 500 Metern bog Barakat in eine Seitenstraße ein, die offensichtlich zum historischen Teil des Dorfes gehörte, vorbei an einem Brunnen aus grauem Stein, der kein Wasser mehr führte. Vor einem alten Haus mit kleinen Fenstern blieb er stehen.

»Das ist es«, sagte er.

Wie viele Häuser aus der Zeit der Jahrhundertwende besaß auch dieses einen steinernen Treppenaufgang. Die Stufen waren ausgetreten. Hölzerne Fensterläden mit abgeblätterter grüner Farbe hingen schief in ihren Angeln. Neben der Eingangstreppe beschattete eine große Kiefer die Fassade des Hauses und einen Schuppen, der sich altersschwach seitlich an die Hauswand lehnte.

Lisa konnte nicht sagen, wieso, aber sie empfand beim Anblick dieses Hauses ein unbestimmtes mulmiges Gefühl, ein Unbehagen, wie ein leises, dumpf pochendes Geräusch tief in ihrem Innern. Sie stieg hinter Barakat die schiefen Stufen zur Eingangstür hinauf. An der Wand hing ein Metallstab mit einem gezwirbelten Handgriff herab. Barakat zog daran, und drinnen erklang ein schriller Glockenton.

Nach einer gefühlten Ewigkeit waren schlurfende Schritte zu hören, und die Tür öffnete sich knarrend einen schmalen Spalt. Eine grauhaarige Frau lugte misstrauisch aus wässrigen Augen auf die Besucher.

»Prof. Barakat«, sagte die Frau, und der Spalt wurde ein wenig größer. »Es ist sehr freundlich, dass Sie vorbeikommen.«

Dann erst erblickte sie Lisa. »Wer ist das da?«

»Das ist Dr. Engels. Wir arbeiten gerade gemeinsam … an so einer Sache.«

Mit misstrauischer Miene ließ Frau Kaiser ihre Besucher eintreten, und Barakat und Lisa folgten ihr durch eine schmale Diele in ein niedriges Wohnzimmer mit einem großen Kachelofen. In der Mitte des Raumes stand ein Tisch mit vier Stühlen. Frau Kaiser lud die Gäste mit einer Handbewegung ein, Platz zu nehmen. Als Barakat sich setzte, ächzte der Stuhl unter ihm besorgniserregend. Seine massige Gestalt wirkte in dem niedrigen, kleinen Zimmer noch imposanter als sonst. Er erschien Lisa einmal mehr wie ein gutmütiger Riese. Verlegen hatte er die Hände im Schoß gefaltet und schien nicht zu wissen, wie er das Gespräch beginnen sollte. Da meldete sich Frau Kaiser zu Wort: »Es ist furchtbar, Prof. Barakat. Ich traue mich kaum mehr auf die Straße. Was ist nur mit meinem Jungen passiert? Halten Sie ihn auch für einen … für einen Mörder, Prof. Barakat?«

Ihre Augen richteten sich mit einem flehenden Ausdruck auf den Museumsdirektor.

»Nein, das tue ich nicht«, beeilte sich Barakat zu versichern. »Natürlich nicht.«

Frau Kaiser nickte ihm dankbar zu. »Er war doch immer ein so lieber Junge«, sprach sie weiter, »und jetzt war die Polizei bei uns im Haus. Sie wissen ja, wie es in einem Dorf ist. Dabei hatten wir noch nie mit der Polizei zu tun.«

Lisa verspürte tiefes Mitleid mit der alten Frau. Sie hatte bislang nicht darüber nachgedacht, was für Auswirkungen die Affäre um Franz Kaiser auf seine Familie, besonders auf seine Mutter, haben musste.

Ein knarrendes Geräusch riss sie aus ihren Gedanken. Es hörte sich an, als ob im Nebenzimmer jemand über einen alten Dielenboden ginge. Ob sich noch jemand im Haus befand? Frau Kaiser schien das Knarren nicht bemerkt zu haben, und Lisa schob ihren Verdacht mit dem Gedanken beiseite, dass es in einem alten Haus immer irgendwelche Geräusche gab.

»Frau Kaiser«, sagte Barakat behutsam, wäre es möglich, dass wir, Dr. Engels und ich, uns einmal das Zimmer von Franz ansehen dürften? Wir wüssten gerne, woran Ihr Sohn gearbeitet hat.«

Die alte Frau erhob sich, und auch Barakat und Lisa standen auf.

»Wenn Sie wollen, Prof. Barakat«, entschied die alte Frau mit einem argwöhnischen Seitenblick auf Lisa. »Es geht dort hinauf, es ist das hinterste Zimmer.«

»Danke, Frau Kaiser. Wir werden nicht lange brauchen.«

Lisa folgte Barakat über eine gewendelte Holztreppe in das Obergeschoss. Die Stufen der Treppe knarrten unter ihren Schritten, es war das gleiche Geräusch, das Lisa vorher im Wohnzimmer gehört hatte. Sie wurde das Gefühl nicht los, dass sie nicht allein im Haus waren.

*

Im ersten Stock des hochmodern ausgestatteten Landespolizei-Gebäudes lagen die Büroräume der uniformierten Polizei. In den Büros gab es nicht weniger Arbeit als draußen auf der Straße. In Krimis redeten Polizisten mit Verdächtigen und besuchten Tatorte, sie lieferten sich Schießereien und Verfolgungsjagden, sie konnten alles Mögliche machen, nur eines blieb den Fernsehpolizisten meistens erspart: die Büroarbeit. Von den Bergen an Formularen und Akten, der Flut von Berichten und Protokollen blieben sie auf wundersame Weise verschont.

Alice schüttelte den Kopf, als sie die Treppe zum nächsten Stockwerk hinaufstieg. Der zweite Stock beherbergte die Räume der Kriminalpolizei und der Spurensicherung. Neben einigen der Türen stapelten sich Kartons mit unbearbeitetem Beweismaterial. Sie machten das Gehen in dem schmalen Gang beinahe zu einer Art Hindernislauf. Die meisten standen neben den Türen, die zu den Büros der Kollegen von der Wirtschaftskriminalität gehörten. Die Abteilung für Wirtschaftskriminalität war mit Abstand die größte der liechtensteinischen Kriminalpolizei. Hier gab es immer genug zu tun.

Die Beamtin schlängelte sich zwischen den Kartons zu dem Büro, das sie sich mit ihrem Kollegen Timo Vogt teilte. Ihr Kollege saß an seinem Schreibtisch und starrte angestrengt auf seinen Bildschirm. Zwischen den Schreibtischen hatte Vogt einen Zimmerbambus platziert. Bestimmt war die Begrünung gut gemeint gewesen, inzwischen sprengte das exotische Gewächs jedoch den Rahmen und bildete eine beinahe undurchdringliche Mauer zwischen ihren Arbeitsplätzen. Hinter Vogt leuchtete an der Wand ein roter Fan-Schal von Bayern München.

»Hoi«, begrüßte sie ihren Kollegen. »Sitzt du an der Aussage von Helmut Öhri?«

»Hoi«, gab Vogt zurück, ohne vom Bildschirm aufzublicken. »Ja. Vielleicht hattest du doch nicht den richtigen Riecher.«

»Wie meinst du das?«, fragte die Polizistin. Neugierig trat sie zu Timo Vogt und sah ihm über die Schulter.

»Gerade ist ein vorläufiger Bericht aus der Gerichtsmedizin gekommen. Die Experten haben die Befunde mit der neuen Aussage von Helmut verglichen. Es gibt da Unstimmigkeiten.«

»Ich habe von Anfang an gesagt, dass es in seiner Aussage Unstimmigkeiten gibt.«

»Nicht so, wie du es meinst. Der Tathergang kann nicht so gewesen sein, wie Öhri ausgesagt hat. Entweder hat er Erinnerungslücken, Aussetzer und alles ein wenig anders beschrieben, als es war, oder …«

»Oder was?«, fragte Alice.

»Oder es *war* tatsächlich anders«, vervollständigte Timo Vogt den Satz. Er drehte sich auf seinem Bürostuhl um und sah seine Kollegin von unten her an. »Wir brauchen Franz Kaiser. Ich wette, er kann Licht in die Sache bringen. Wenn wir nur wüssten, wo sich der Kerl herumtreibt!«

*

Franz Kaiser stand bewegungslos in totaler Dunkelheit. Er drückte sich so eng wie möglich an die Rückwand des Kleiderschranks und hatte die Bügel mit den Hemden und Hosen vor sich zusammengezogen. Der Schrank war nicht besonders hoch, er musste den Kopf einziehen. Der Geruch der frisch gewaschenen Kleidungsstücke biss ihn in der Nase. Krampfhaft unterdrückte er einen Niesreiz.

Bangen Herzens hörte er Barakat und die fremde Frau die Treppe heraufkommen. Gleich mussten sie da sein. Seine Hand schloss sich fester um den langen, spitzen Brieföffner, den er sich hektisch vom Schreibtisch gegriffen hatte. Schweiß rann ihm über die Stirn und brannte in seinen Augen. Mit Mühe widerstand er dem Drang, sich mit der freien Hand die Augen zu reiben. Er hatte Angst, ein Geräusch zu verursachen.

Lisa und Barakat waren oben angekommen. Das Zimmer von Franz Kaiser am Ende des kurzen, schmalen Ganges stand offen. Es war nicht groß und erinnerte Lisa an das Zimmer eines Jugendlichen mit dem Unterschied, dass an den Wänden keine Poster angebracht waren, sondern ausschließlich Bücherregale. An einer Seite befand sich ein Schreibtisch, an einer anderen das Bett, daneben ein Schrank. Das Bett war ordentlich gemacht. Lisa fiel auf, dass die altmodischen Gardinen sich bewegten. Sie ging auf das Fenster zu und bemerkte, dass es nicht verschlossen, sondern nur angelehnt war. Sie öffnete einen Fensterflügel und sah hinaus in einen Gemüsegarten. Eine Tanne stieß mit ihren Ästen beinahe bis an die Hauswand. Wieder beschlich sie das Gefühl einer unbestimmten Bedrohung. Sie schloss das Fenster und wandte sich zu Barakat.

»Lassen Sie uns schnell machen«, bat sie ihn. »Mir ist es hier unheimlich.«

Barakat hatte inzwischen mit der Untersuchung des Schreibtischs begonnen. »Sehen Sie mal«, sagte er zu Lisa.

Er hielt Lisa ein Buch entgegen. Lisa erkannte auf den ersten Blick, dass es das Buch war, das im Kirchenarchiv von Triesen fehlte. Sie nickte Barakat bestätigend zu. »Wir nehmen es mit.«

Barakat stieß noch auf etwas anderes. In einer Schublade entdeckte er Kopien von lateinisch und deutsch verfassten Urkunden. Er konstatierte anerkennend: »Franz Kaiser hat gut recherchiert. Ich glaube, das sind Dokumente von Pfarrer Kriss und vom kaiserlichen Hof in Wien. Vielleicht finden sich darin Aufschlüsse, die uns weiterhelfen. Das sind bemerkenswerte Dokumente. Wenn ich es recht verstehe, wird hierin die Untersuchung der Hexenprozesse angeordnet.«

»Und sehen Sie sich das einmal an!«, rief Lisa. »Es macht den Eindruck, als ob Valentin von Kriss der kaiserlichen Kanzlei mitteilte, dass er weitere Unterlagen dem vom Kaiser eingesetzten Kommissar anvertraut hat. Einem gewissen Rupert von Bodman, Fürstabt von Kempten.«

Barakat nahm das Papier in die Hand. »Das müssen wir nachprüfen«, meinte er. »Alles in allem scheinen diese Dokumente zu bestätigen, dass Franz Kaiser sich eingehend mit den Hexenprozessen beschäftigt hat – auch über die Arbeit hinaus.«

»Das hat er ganz bestimmt«, bestätigte Lisa. Sie suchte weiter die Schriftstücke auf dem Schreibtisch durch. »Hier ist ein Zettel, auf dem er eine Landschaft skizziert hat, wenn ich mich nicht irre.«

Barakat warf einen Blick auf das Papier und sagte verblüfft: »Ich weiß, wo das ist. Und das dort könnte das Zeichen für Vollmond sein.« Er richtete sich auf und nahm seine Brille ab. Dann sagte er mehr zu sich selbst als zu Lisa: »Er ist tatsächlich bei Vollmond in die Schlucht gegangen! Zu den Tobelhockern.«

Die Archivarin hob verständnislos die Augenbrauen: »Tobel was? Und wieso Vollmond?«

»Das ist eine längere Geschichte, fürchte ich«, antwortete Barakat. »Trotzdem muss ich Sie Ihnen erzählen, denn mir dämmert gerade etwas. Aber bitte gedulden Sie sich, bis wir bei den anderen sind. Schauen wir jetzt noch einmal, dass wir nichts übersehen haben.«

Schritte näherten sich dem Schrank, in dem Franz Kaiser versteckt war. Langsam öffneten sich die Schranktüren. Kaiser hielt den Atem an, den Brieföffner in seiner schwitzenden Hand. Er wusste selbst nicht, ob er wirklich dazu bereit wäre, zuzustoßen. Einen schmerzlichen Augenblick lang war er überzeugt, dass er entdeckt worden war. Dann schloss sich die Öffnung vor ihm, und es wurde wieder dunkel. Durch die Schranktür hindurch hörte er die Worte: »Nur Klamotten, sonst nichts.«

»Gehen wir. Ich nehme die Unterlagen.«

Die beiden Besucher stiegen die knarrende Treppe hinab, danach war es still. Franz Kaiser zog die Kleidungsstücke an den Bügeln auseinander und stieß die Schranktür auf. Benommen trat er zum Fenster, das Barakat oder die fremde Frau geschlossen haben musste, und öffnete es weit. Er holte tief Luft und legte den Brieföffner zitternd auf den Schreibtisch. Barakat und seine Begleitung hatten seine Unterlagen mitgenommen, die er so lange und mühsam zusammengesucht hatte. Er musste sie wiederhaben!

Sein Blick fiel auf einen Gegenstand, der nicht auf den Schreibtisch gehörte. Eine Lesebrille. Ob Barakat sie vergessen hatte? Nachdenklich ging Franz Kaiser in das Badezimmer. Er drehte den Wasserhahn über der Badewanne auf und hielt den Kopf darunter. Die Kühle tat ihm wohl. Ein Gedanke blitzte in ihm auf. Er zog den Kopf mit den tropfenden Haaren ruckartig zurück. Was war er für ein Idiot! Wenn Barakat merkte, dass seine Brille fehlte, würde er zurückkommen. Hastig verließ der junge Mann das Bad und eilte in sein Zimmer zurück. Er musste das Haus sofort verlassen, nichts wie raus!

*

Draußen hatte bereits die Dämmerung begonnen. Frau Kaiser hatte nichts dagegen einzuwenden gehabt, dass Prof. Barakat die Unterlagen ihres Sohnes mitnehmen wollte. Schweigend stiegen sie die Treppe zur Straße hinab, als Barakat einer Eingebung folgend in die Brusttasche seines Jacketts fasste und das Fehlen seiner Lesebrille bemerkte. Er blieb stehen und bat Lisa, die Unterlagen und das Buch zu halten. Suchend tastete er seine Kleidung ab und griff in die Taschen.

»Meine Brille«, sagte er zu Lisa, »ich muss meine Brille liegen lassen haben.«

Lisa gab ihm den Stoß mit den Unterlagen zurück. »Lassen Sie nur, ich hole sie Ihnen, Prof. Barakat.«

Sie zog an der Klingelschnur und wartete. Frau Kaiser öffnete die Tür und sah Lisa überrascht an. »Haben Sie etwas vergessen?«, fragte sie.

»In der Tat, so ist es«, antwortete Lisa. »Wir haben eine Brille liegen lassen. Darf ich sie schnell holen, Frau Kaiser?«

»Bitte«, brummte Frau Kaiser und trat zur Seite, um Lisa hereinzulassen.

Lisa stieg die knarrenden Stufen hinauf, immer zwei Stufen auf einmal nehmend. Sie huschte über den Gang und betrat das Zimmer des wissenschaftlichen Mitarbeiters. Oder wohl eher das Zimmer des *ehemaligen* wissenschaftlichen Mitarbeiters. Die Karriere Franz Kaisers war vermutlich kaum zu retten, wenn sich herausstellen sollte, dass er tatsächlich mit dem Einbruch in das Museum in Verbindung gebracht werden konnte. Und wie es schien, stand es mit seinem Verstand auch nicht mehr zum Besten.

Lisa nahm die Lesebrille Prof. Barakats vom Schreibtisch und steckte sie in ihre Jackentasche. Etwas in dem Zimmer war anders. Sie brauchte einen Augenblick, bis sie erkannte, was es war.

Das Fenster.

Es stand offen.

Lisa war sich sicher, dass sie es vorhin geschlossen hatte. Ob Frau Kaiser inzwischen hier oben gewesen war? Kaum. Barakat und sie waren gerade erst gegangen, als ihm das Fehlen der Brille aufgefallen war. Und die alte Frau hatte die Tür sehr schnell geöffnet. Sie konnte nicht hier oben gewesen sein.

Aber wer dann?

Lisa spürte ein brennendes Gefühl in ihrem Bauch. Sie wollte das Haus so schnell wie möglich verlassen. Gerade als sie aus dem Zimmer trat, prallte sie mit einem Mann zusammen.

Lisa schrie auf, mehr vor Schreck als vor Schmerz. Sie taumelte zurück, und ihr Verstand setzte wieder ein. Sie erkannte den Mann mit den wirren Haaren und dem irrlichternden Blick.

»Franz Kaiser«, stammelte sie.

Er machte einen unbeholfenen Schritt zur Seite und sah sich gehetzt in alle Richtungen um. Dann warf er den Oberkörper nach vorne und sprang wie ein Rugby-Spieler mit der Schulter voran auf Lisa zu. Der Aufprall war stärker, als Lisa erwartet hatte. Sie schlug hart gegen den Türrahmen. Der Schmerz explodierte in ihrem Rücken. Lisa ging zu Boden. Einen kurzen Moment flimmerte es vor ihren Augen. Wie durch einen rauschenden Nebel nahm sie wahr, dass Franz Kaiser an ihr vorbei in sein Zimmer rannte.

Lisa wandte den Kopf. Kaiser war verschwunden. Sie versuchte aufzustehen, doch der Schmerz in ihrem Rücken raubte ihr den Atem. Es fühlte sich an, als würde ihr ein Messer zwischen die Schulterblätter gestoßen. Mühevoll setzte sie sich auf. Tränen schossen ihr in die Augen. Da knarrte es auf der Treppe. Lisa fuhr erschreckt auf. Es war Frau Kaiser, die langsam die Stufen heraufstieg. Als sie Lisa an der Tür sitzen sah, stutzte sie und fragte: »Ist bei Ihnen alles gut, Fräulein?«

»Ja, es ist alles in Ordnung«, log sie. »Ich bin gestolpert und etwas unglücklich gefallen.« Trotz des Schmerzes gelang es ihr, klar zu denken. Ein gutes Zeichen. Frau Kaiser wusste offenbar nichts davon, dass sich ihr Sohn im Haus befunden hatte. Lisa beschloss, dieses Geheimnis für sich zu behalten.

Sie biss die Zähne zusammen und erhob sich langsam. Dabei konnte sie ein leises Stöhnen nicht unterdrücken. Das Messer in ihrem Rücken war noch da, aber sie konnte atmen. Mit hochgezogenen Schultern machte sie ein paar Schritte. Sie schaffte es sogar, Frau Kaiser ein gepresstes »Auf Wiedersehen« und ein gezwungenes Lächeln zu schenken, als sie an ihr vorbei zur Treppe wankte.

12

Vor der Bergwand, die in undurchdringlicher Finsternis lag, wirkte die beleuchtete Fußgängerzone wie eine schmale, helle Insel inmitten eines dunklen Ozeans. Die meisten Geschäfte hatten bereits geschlossen und warfen ihr Licht durch die Rollgitter in symmetrischen Mustern auf die nasskalte Straße. Nur wenige Fußgänger waren um diese Zeit unterwegs. In den Cafés und Restaurants saßen einzelne Gäste.

Gegenüber einem Bürogebäude, das im Erdgeschoss eine Pizzeria beherbergte, stand im Schatten eine dunkel gekleidete Gestalt und starrte zu den Fenstern des zweiten Stocks hinauf. Eine goldfarbene Metalltafel am Eingang des Bürogebäudes informierte, dass sich dort das Treuhandbüro Wanger & Sommer befand. Die Büroräume waren noch hell erleuchtet. Hin und wieder beobachtete der Mann, wie Mitarbeiter an einem der Fenster vorübergingen. Verlassen hatte das Gebäude bislang niemand.

Durchgefroren trat der Mann von einem Bein auf das andere. Da, wo er herkam, wurde es nie so kalt. Er schob den linken Ärmel seines Mantels ein Stück nach oben und sah auf das Ziffernblatt einer schlechten Rolex-Imitation.

Es war Zeit.

In diesem Moment näherte sich von der Seite, wo das Hotel lag, ein weiterer Mann. Er hatte eine Frau an seiner Seite. Sein glatt rasierter Schädel glänzte im Licht der Straßenlaterne. Mit hochgezogenen Brauen musterte der dunkle Beobachter die Frau. Sie trug einen engen Hosenanzug und einen halblangen Mantel, einen modischen Schal und kurze Stiefeletten mit hohen Absätzen. Als die Frau ihre dunklen Augen auf ihn richtete, wandte er den Blick respektvoll ab.

Ohne etwas zu sagen, nickte sie ihm zu und ging zum Eingang des Bürogebäudes. Im Gegenlicht konnte er ihre schlanke Figur trotz der winterlichen Kleidung erkennen. Die Männer sahen sich an. Der neu hinzugekommene schüttelte den kahlen Kopf. Dieser westliche, figurbetonte Stil passte nicht zu der Frau, wie er sie kannte. Bahira war keine Traditionalistin, aber sie kleidete sich immer anständig.

Doch dieser Einsatz verlangte nun einmal eine solche Verkleidung. Mit langem Rock oder gar einem Kopftuch wäre Bahira sofort aufgefallen. Sie musste wie eine westliche Geschäftsfrau wirken.

Zusammen mit Bahira und dem Kahlköpfigen betrat er das Gebäude und drückte auf den Knopf für den Aufzug. Oben angekommen, betraten sie die Kanzlei Wanger & Sommer. Eine junge Frau kam auf sie zu und fragte, ob sie ihr helfen könne. Bahira wollte wissen, ob hier Florin Wanger arbeitete. Ihr Deutsch war fließend, wenn auch nicht akzentfrei.

Die junge Frau bejahte und meinte bedauernd, dass Herr Wanger sich jetzt allerdings keine Zeit nehmen könne, wenn die Dame keinen Termin habe. Wenn sie ihren Namen hinterlassen wolle, werde Herr Wanger sich bei ihr melden.

Bahira wiegelte ab, bedankte sich und sagte, sie komme ein anderes Mal wieder. Dann begaben sie sich zur Tür.

Unten rieb sich der eine Mann seinen kalten, rasierten Schädel. Der andere zündete sich eine Zigarette an. Nach einem Blick auf ihre Begleiter wandte sich Bahira in Richtung des Hotels.

Die Männer folgten ihr in einigen Metern Abstand.

*

Barakat erwartete Lisa draußen an der Straße. Als er hörte, dass die Tür ins Schloss fiel, drehte er sich um. Sofort bemerkte er Lisas gequälte Körperhaltung. Die junge Frau schien sich in Zeitlupe zu bewegen.

»Ist alles in Ordnung?«, erkundigte er sich unsicher. Ihr Gesichtsausdruck wirkte verbissen. Barakat bemerkte Tränen in ihren Augen. »Was ist passiert, Dr. Engels?«

»Ich habe die Brille gefunden«, sagte Lisa. »Lassen Sie uns zu den anderen zurückgehen.«

Barakat wollte sie nicht bedrängen. Besorgt begleitete er Lisa die kurze Strecke zum Gasthaus.

»Was ist denn mit dir passiert?«, rief Weinberg, als sie den Schankraum betraten. Er sprang auf und griff Lisa unter die Arme. Behutsam führte er sie zu dem Tisch, an dem Grünwald saß. Der Archivar beobachtete mit gerunzelter Stirn, wie Lisa Platz nahm. Er warf einen fragenden Blick auf Barakat, doch der zuckte nur hilflos mit den Schultern und setzte sich dazu.

»Was ist los, Lisa?«, fragte Weinberg wieder und legte seinen Arm um ihre Schultern.

Lisa griff nach seinem Bierglas und nahm einen großen Schluck. Mit schmerzverzerrtem Gesicht setzte sie das Glas ab. Schließlich sagte sie: »Ich habe Franz Kaiser getroffen. Besser gesagt, er hat mich getroffen.«

»Franz Kaiser?«, wunderte sich Barakat. »Wo? Und wie?«

»Er war im Haus. Als ich die Brille holte, stieß ich mit ihm zusammen.«

»Brille? Was für eine Brille?«, fragte Grünwald irritiert.

»Ich hatte meine Lesebrille im Zimmer von Franz Kaiser liegen lassen«, erklärte Barakat. »Dr. Engels ging noch einmal zurück, um sie zu holen.«

»Und dann war da plötzlich Franz Kaiser«, fuhr Lisa fort. »Er schien ebenso erschrocken zu sein wie ich. Er stieß mich um und floh durch das Fenster.«

»Hast du dir wehgetan?«, fragte Weinberg besorgt.

»Es geht schon wieder. Wir sind ihm wohl zuvorgekommen. Wahrscheinlich wollte er seine Unterlagen holen.«

Grünwald sagte: »Folglich müssen diese Unterlagen also von Wert sein. Wir werden sie genau studieren – aber nicht hier. Lasst uns bezahlen und zurückfahren.«

»Ich erledige das«, sagte Barakat und stand auf.

»Vielen Dank für die Einladung«, sagte Grünwald, als er sich erhob.

Lisa presste ihre Lippen zusammen, als sie sich nach oben stemmte. Sosehr sie sich auch bemühte, sich nichts anmerken zu lassen, sie konnte nicht aufrecht stehen.

Weinberg fasste sie am Arm. »Wo tut es weh?«

»Ich bin mit dem Rücken gegen den Türrahmen geprallt. Es schmerzt, aber es ist wohl nichts Ernstes.«

»Du musst das von einem Arzt ansehen lassen.«

»Ich weiß nicht mal, ob ich fürs Ausland krankenversichert bin«, versuchte Lisa sich herauszureden.

Grünwald meinte: »Ich habe eine Idee, wo wir vielleicht einen Arzt finden, der nicht danach fragen wird. Oder, besser gesagt, eine Ärztin.«

Weinberg öffnete die Wagentür für Lisa und ließ sie einsteigen. »Sie meinen Dr. Baumann, wenn ich Sie richtig verstehe. Ist die nicht eher auf die Psyche spezialisiert?«

»Das stimmt, trotzdem kann es nicht schaden, wenn sie sich Lisas Rücken ansieht«, sagte der Archivar, als er hinten im Wagen Platz nahm.

»Wenn mir der Rücken morgen noch wehtut, verspreche ich, dass ich zu Dr. Baumann gehe. Aber vorher«, wandte Lisa sich an den Museumsdirektor, »möchte ich wissen, was es mit den Tobelhockern und dem Vollmond auf sich hat.«

*

Das Büro des Museumsdirektors war gut geheizt. Draußen hatte ein kalter Wind die Straßen leer gefegt. Stürmische Böen warfen schwere Regentropfen an das dunkle Fenster. Aurelia ließ sich auf einem Stuhl nieder, der dem Schreibtisch gegenüberstand und als einziger nicht als Ablage für Bücher oder Papierstapel diente. Grünwald und Lisa nahmen auf einem antiken Sofa an der Wand Platz. Weinberg setzte sich auf die Armlehne. Alle blickten erwartungsvoll auf Youssef Barakat hinter seinem wuchtigen Schreibtisch.

Grünwald begann: »Youssef, Lisa hat erzählt, ihr seid bei Franz Kaiser auf Aufzeichnungen gestoßen, die etwas mit den Vorkommnissen zu tun haben könnten. Aufzeichnungen über die Tobelhocker. Was ist das?«

»Jedes Schulkind in Liechtenstein kennt die Sage von den Tobelhockern«, warf Aurelia ein.

Barakat räusperte sich. »Es ist mehr als eine Sage. Bei den Tobelhockern verbindet sich Geschichte mit Geschichten, traurige Wahrheit mit Legenden.«

»Inwiefern?«, fragte Lisa nach.

»Wie ihr bereits wisst, gab es im Land Hexenverbrennungen – wie in so vielen anderen Regionen. Übrigens wurden auch Männer wegen Hexerei verbrannt, nicht ausschließlich Frauen. Die meisten Leute denken bei Hexenverfolgungen ausschließlich an Frauen. Dabei ist das Phänomen viel komplexer.« Barakat bemerkte die irritierten Blicke der Anwesenden. »Das nur nebenbei«, sagte er. Dann nahm er den Faden wieder auf: »Die Menschen, die wegen Hexerei oder Teufelsbuhlschaft angeklagt wurden, waren zuvor von Denunzianten angezeigt worden. Meistens waren das Menschen aus demselben Dorf wie die Beschuldigten. Natürlich waren die Denunzianten zutiefst verhasst bei der Bevölkerung. Weil die perfiden Anzeigen fast immer zur Hinrichtung, also meistens zur Verbrennung, der Angeklagten führten, nannte man die Denunzianten auch Brenner.«

»Oder Wölfe«, ergänzte Aurelia.

Vor Lisas innerem Auge tauchte das Bild aus dem Landesmuseum auf. Der Wolfsmensch im Wald.

Barakat nickte seiner Freundin zu. »Das ist richtig. Während der Zeit der Verfolgung wurden die Wölfe gemieden, danach wurden sie geächtet, sie und ihre Familien. Bis weit ins 20. Jahrhundert sprach man noch von ›Brennersippen‹ oder ›Wolfsbrut‹, und niemand heiratete ein Mitglied einer so belasteten Familie.«

»Das ist ja schrecklich«, kommentierte Lisa. »Die Nachkommen der Denunzianten konnten doch nichts dafür.«

»Das stimmt natürlich«, bestätigte Barakat.

Grünwald sagte: »In dieser unbarmherzigen Haltung spiegelt sich wahrscheinlich die schwer traumatisierende Erfahrung des Ausgeliefertseins wider.«

»Das ist so, lieber Sebastian, genauso ist es wohl«, bestätigte Barakat.

»Wo verwebt sich nun die Geschichte mit der Sage?«, warf Lisa ein. »Bisher handelt es sich doch um historische Fakten, richtig?«

»Absolut«, stimmte Barakat zu. »Die Ächtung der Wölfe und ihrer Familien genügte der Bevölkerung, die so viel gelitten hatte, nicht. Nachdem sich alle Anstrengungen, wenigstens eine finanzielle Entschädigung zu erhalten, als vergebens erwiesen hatten und die Denunzianten auch nicht von einem weltlichen Gericht bestraft wurden, musste ein anderes Gericht bemüht werden, um den Volkszorn wenigstens einigermaßen zu besänftigen.«

»Das göttliche Gericht«, mutmaßte Grünwald.

»Das göttliche Gericht«, bestätigte Barakat. »Es entstand die Sage, dass die Wolfsbrut nach ihrem Tod zur Strafe in einer Schlucht – oder, wie man hier sagt, in einem Tobel – sitzen muss, zerdrückt unter dem Gewicht der Berge, um sie die Schwere ihrer Schuld erleiden zu lassen. Ihr Mund, der andere verleumdet und so ins Verderben gestürzt hatte, war verschlossen, sodass sie ihr Leid niemandem klagen und keinen Helfer finden konnten. Das Volk nannte sie nun die Tobelhocker.«

Einen Moment waren nur der Wind und die Regentropfen zu hören, die mit einem monotonen Geräusch an das Fenster prasselten. Als die Wanduhr im Büro einen silberhellen Stundenschlag hören ließ, zuckten alle zusammen.

Dann fragte Lisa: »Und die Schlucht, in der die Tobelhocker ihre Strafe absitzen, ist die Schlucht, die Franz Kaiser auf dem Papier skizziert hat, das wir gefunden haben?«

Barakat nickte ernst. »Ja, das ist wahr.«

»Sie haben erzählt, Prof. Barakat, dass die Verbitterung über die sogenannten Wölfe bis weit in das 20. Jahrhundert weitergewirkt hat. Es ist also möglich, dass jemand eine alte Rechnung begleichen will. Eine sehr alte Rechnung sozusagen.«

»Das ist doch Unsinn!«, sagte Aurelia eine Spur zu laut, wie sie selbst fand. »Ein Tobelhocker ist eine Sagengestalt, kein reales Wesen! Die Brenner von damals sind seit Jahrhunderten tot! Ihr wollt ja wohl nicht behaupten, dass in Liechtenstein ein Untoter umgeht?« Sie lachte unsicher.

»Natürlich will das niemand sagen«, beruhigte sie Grünwald. »Es ist allerdings denkbar, dass jemand in die Rolle des Tobelhockers geschlüpft ist.«

»Richtig«, sagte Barakat. »Und dieser Mensch ist auf Franz Kaiser zugekommen, damit er für ihn die Goldmünzen stiehlt. Die betreffende Person muss sich völlig mit ihrer Rolle identifizieren.«

»Eines verstehe ich nicht«, gab Lisa zu bedenken. »Ich

denke, den Tobelhockern ist der Mund verschlossen. Sie müssen doch stumm ihre Strafe absitzen.«

Aurelia warf einen resignierten Blick auf Barakat. Sie seufzte und sagte: »Die Sage weiß auch zu berichten, dass die Tobelhocker zu bestimmten Zeiten ihr Schweigen brechen dürfen. An Vollmond und in den auf den Vollmond folgenden Nächten streifen sie als Wölfe durch das Land, und dann kann man sie heulen hören.«

»Und in der Nacht, in der Kaiser seinen Verstand verloren hat …«, begann Lisa.

»… war Vollmond«, beendete Barakat den Satz.

*

Die Nachttischuhr zeigte Viertel nach zwölf. Lisa rieb sich die Augen. Sie griff nach einer Postkarte, die sie als Lesezeichen benutzte, und legte sie in das Buch, in dem sie gelesen hatte. Eine englische Monografie über den 30-jährigen Krieg. Für heute war es genug. Die letzten zwei Stunden hatte sie unter kampierenden Söldnern und auf Schlachtfeldern verbracht, stolze Städte in Rauch aufgehen sehen und das Weinen hungernder Kinder gehört. Deutschland war ein einziges Durchmarschlager marodierender Armeen aus verschiedenen Teilen Europas geworden. Eine ganze Generation von jungen Menschen wusste bereits nicht mehr, was Frieden bedeutete. Alles, was sie kannten, war Krieg, waren Hunger und Trümmer und die Verrohung aller Sitten. Und dazwischen wucherten bizarre Blüten des Aberglaubens. Judenpogrome. Hexenwahn.

Lisa hielt das geschlossene Buch in ihren Händen und sah vor sich auf die Bettdecke. Was für eine Zeit. Niemand wusste mehr, wofür man eigentlich noch kämpfte. Es war, als ob der Krieg ein gespenstisches Eigenleben führte, als wäre er ein eigenständiges grausames Wesen. Und war das nicht bei jedem Krieg so? Einmal begonnen, konnte ihn niemand mehr beherrschen. War diese Büchse der Pandora erst geöffnet, vermochte keiner mehr ihren Deckel wieder zu schließen. Es war, als hätte man Bluthunde losgelassen, die sich nicht zurückrufen ließen und erst zu jagen aufhörten, wenn sie selbst müde geworden waren von ihrem grausamen Wüten.

Lisa legte das Buch auf den Nachttisch. Ihr war plötzlich kalt geworden. Sie zog die Decke an ihr Kinn und drehte sich zur Seite. Neben ihr schlief Markus Weinberg. Er schlief meistens schon ein, während sie noch las. Er lag auf dem Rücken, das Gesicht halb abgewendet. Lisa sah ihn an. Sie genoss es, ihn im Schlaf zu beobachten. In seinen Armen, die auf der Bettdecke lagen, fühlte sie sich geborgen wie sonst nirgendwo auf der Welt. Seine Augen, die jetzt im Schlaf geschlossen waren, konnten in ihre Seele blicken wie die keines anderen Menschen.

Was für ein wunderbares Gefühl war es, wenn man geliebt wurde. Was für ein wunderbares Gefühl, wenn man liebte. Sie musste sich beherrschen, um nicht ihre Arme um ihn zu schlingen und ihn zu küssen, denn sie wollte ihn nicht wecken. Morgen würde er sie wieder ansehen und ihr zulächeln. Morgen würde er sie wieder küssen und in die Arme nehmen.

Sie löschte das Licht und schloss die Augen. Nach einigen Minuten war sie eingeschlafen. Doch in dieser Nacht schlief sie unruhig. Sie träumte von Königen und Präsidenten, die ihre Völker dazu antrieben, ein gewaltiges, berghohes Rad in eine bestimmte Richtung zu drehen, um es auf befeindete Völker zu wälzen. Doch als das Rad sich zu bewegen begann, nahm es an Fahrt auf und zermalmte alles unter sich. Niemand konnte es aufhalten, keiner es mehr zum Stehen bringen. Wahllos zerdrückte es die Menschen und ihre

Städte und Felder. Die Könige und Präsidenten, die es in Bewegung gesetzt hatten, waren nun selbst auf der Flucht vor dem immer schneller rollenden Rad, das die Sonne verdunkelte und über ganze Länder seinen Schatten warf. Lisa sah Weinberg weit entfernt von ihr in einer Menschenmenge stehen. Sie winkte ihm zu, versuchte, zu ihm zu kommen, doch da schob sich das riesige Rad zwischen sie und entzog ihn ihrem Blick.

*

Florin Wanger war kein Morgenmensch, schon gar nicht in der kalten Jahreszeit. Aufzustehen, wenn es draußen noch dunkel war, vermieste dem Treuhänder den Tag. Dagegen kam es öfter vor, dass er erst ins Bett ging, wenn es draußen bereits wieder hell wurde. Schlafen wurde überschätzt, davon war der Mittdreißiger überzeugt. Er selbst war schließlich der beste Beweis dafür. Manchmal bekam ihn sein Bett zwei bis drei Tage lang nicht zu sehen. Das Nachtleben im Fürstentum lockte zwar nicht mit allzu vielen Angeboten, aber mit einem PS-starken Sportwagen war man schnell in Zürich oder auch in München. In den angesagtesten Clubs und den teuersten Bars kannte man den Mann aus Liechtenstein. Florin Wanger war an den richtigen Stellen äußerst spendabel. Nicht zuletzt die Höhe der Trinkgelder trug in den Etablissements beim Personal zum Wiedererkennungseffekt bei.

Meistens hatte er seine Freundin dabei, eine sonnenstudiogebräunte Blondine, die geradezu dafür gemacht schien, Maßanfertigungen und hochkarätigen Schmuck zur Schau zu tragen. Ansonsten sah sie meistens gelangweilt in die Runde und lächelte pflichtschuldig, wenn Wanger einen Scherz machte. Wie sie hieß, wusste außer Wanger niemand. Der Treuhänder sprach sie ausschließlich mit Kosenamen an, vorzugsweise englischen. Das hinderte ihn allerdings nicht daran, hin und wieder mit einer anderen Schönheit in den Clubs auf- und zu später Stunde abzutauchen.

Auch in dieser Nacht war es wieder spät beziehungsweise früh geworden. Florin Wanger hatte keine gute Laune. Es war kurz vor neun, als er die Kanzlei in der Mitte von Vaduz betrat. Die Angestellten sahen sich verblüfft an, als er zu dieser frühen Stunde in sein Büro stolperte und die Tür hinter sich zuschlug. Eine Praktikantin, die in den wenigen Wochen, in denen sie in der Kanzlei arbeitete, bereits Erfahrungen mit Wanger gemacht hatte, füllte vorsorglich neues Wasser in die teure Kaffeemaschine.

Müde warf sich Florin Wanger auf seinen Stuhl. Was er jetzt brauchte, war ein koffeinhaltiges Heißgetränk. Er betätigte die Sprechanlage und rief hinein: »Macht mir mal jemand einen Kaffee! Schwarz! Stark!«

Keine zehn Sekunden später brachte ihm die Praktikantin das gewünschte Getränk.

»Alle Achtung«, sagte Wanger erstaunt. »Das ging schnell!«

Das Mädchen war offensichtlich zu gebrauchen. Vom Aussehen her zwar nur so lala, aber jede hatte eben andere Qualitäten. Diese da konnte voraussehen, dass er Kaffee brauchte.

Als die Praktikantin das Büro wieder verlassen hatte, zog Wanger den Ordner mit der Wassersache hervor – der Grund, warum er heute widerwillig für seine Verhältnisse so früh in die Kanzlei gekommen war. Es gab da noch einigen Papierkram zu erledigen. Seine Klienten verließen sich auf ihn. Und Gerber und Kälin waren Klienten mit Einfluss und Geld. Wobei Einfluss und Geld ja im Prinzip dasselbe waren, dachte Wanger. Wer Geld besaß, besaß Einfluss.

Dieser Auftrag würde Florin Wanger, dem jungen, aufstrebenden Treuhänder in Vaduz, nicht nur ein märchenhaftes Honorar einbringen, er würde ihm außerdem Türen öffnen in Kreise, von denen er immer geträumt hatte. Durch diesen Deal würde er der wirklichen Oberliga um einiges näher kommen. Den Minister hatte er im Sack, jetzt musste das Ganze noch in trockene Tücher gebracht werden, das hieß: klug und wasserdicht aufgesetzt. Es war vorauszusehen, dass es sowohl in dem betreffenden Land als auch durch international operierende Menschenrechtsgruppen zu Widerstand kommen würde.

Florin trank den Kaffee aus. Mann, die Ökos und die verdammten Menschenrechtler würden Amok laufen! Da musste schon alles hieb- und stichfest sein. Irgendwie konnte er die zu erwartenden Proteste sogar verstehen. Das mit den Wasserrechten, die Gerber und Kälin erwerben wollten, war für die Bewohner des Landes richtig übel. Für die *Eingeborenen,* wie Gerber und Kälin sie spöttisch nannten. Das Wasser sprudelte aus ihrem Boden, und sie sollten ab sofort dafür zahlen, weil ein Politiker es an eine schweizerische Firma verkauft hatte. Ein *Volksvertreter.* Florin musste grinsen. In Wirklichkeit vertrat der Kerl das Volk nicht. Er trat es mit Füßen. Ab sofort hatte allein diese Firma das Recht, aus den Quellen des Landes zu schöpfen.

Buchstäblich.

Mit Wasser war in Zukunft vermutlich genauso viel Geld zu machen wie mit Öl. Und in fernerer Zukunft sogar noch mehr. Die Welt war davon überzeugt, Öl zu brauchen, aber Wasser brauchte sie wirklich. Von Öl hatte der Mensch sich abhängig gemacht. Von Wasser *war* er abhängig.

Ja, es würde sicher jede Menge Ärger geben. Doch das war eben die Sache mit dem Geld. Die, die sich gegen diesen Deal auflehnten, hatten keins, also hatten sie auch keinen Einfluss und konnten nichts machen. Wenn die Verträge gut waren. Er, Florin Wanger, würde sich wie gewohnt als der Mann präsentieren, mit dem man solche Kriege gewann.

Florin Wanger, der Wassermann. Dafür konnte man schon einmal früh aufstehen.

Die Tür öffnete sich und die Praktikantin schielte herein.

»Was gibt es?«, fragte Wanger unwirsch.

»Entschuldigen Sie, Herr Wanger, Ihre Freundin ist da und möchte Sie sprechen.«

»Ich habe keine Zeit!«

»Sie meint, es sei wichtig.«

»Raus!« Florin Wanger konnte jetzt keine Szene brauchen. Nachdem die Praktikantin sich fluchtartig zurückgezogen hatte, öffnete er ein kleines Briefchen und schüttete ein weißes Pulver auf die blanke Oberfläche des Schreibtisches. Während er das Kokain mit einer Kreditkarte zu zwei schlanken Linien formte, murmelte er: »Es ist *wichtig?* Was glaubt die Tussi, wer sie ist? Dreht sich die Welt etwa um sie?« Mit einem gerollten Geldschein zog er sich die erste Line in die Nase. »Oder nicht vielmehr um mich?«

*

Aurelia versorgte Barakat und dessen deutsche Gäste in ihrem Städtle-Café mit Getränken und servierte jedem von ihnen ein Stück ihres selbst gebackenen Kuchens. Da ansonsten wenig los war, nahm sie anschließend neben Barakat Platz. Zufrieden beobachtete sie, wie es den Gästen schmeckte.

Lisa hatte das größte Stück bekommen und war als Erste fertig. Tief durchatmend legte sie die Gabel auf den leeren Teller. »Ihr Kuchen ist wirklich sensationell, Aurelia«, sagte sie.

»Sie können gern noch ein Stück haben«, bot die Wirtin an.

Lisa hob abwehrend die Hände. »Ich bekomme keinen Bissen mehr herunter, Aurelia. Wir haben erst vor einer knappen Stunde gefrühstückt.«

Weinberg hatte ebenfalls fast aufgegessen. »Bei mir ginge höchstens noch ein Obstler rein«, sagte er, während er den letzten Bissen kaute.

»Kommt gleich.« Aurelia nahm die beiden leeren Teller und trug sie zum Tresen. Mit einem Schnapsglas in der Hand kam sie zurück. »Wohl bekomms! Geben die Unterlagen von Franz Kaiser eigentlich etwas her?«

Lisa antwortete: »Mir scheint es erwiesen, dass Kaiser die Gulden gestohlen hat. Auf einem seiner Zettel steht am Rand eine mit Bleistift geschriebene Notiz: ›CCLX‹.«

»260«, murmelte Grünwald. »In römischen Zahlen. Aber wieso?«

»Damit sie nicht jeder gleich lesen und erkennen kann«, vermutete Weinberg.

»Um die Zahl zu chiffrieren?«, zweifelte der Archivar. »Sie römisch zu schreiben, kommt mir nicht sehr sicher vor.«

»Für die Augen Unbeteiligter, wie zum Beispiel die seiner Mutter, schon«, argumentierte Weinberg. »Darüber, dass Kaiser der Münzendieb ist, herrscht wohl bereits Konsens. Gibt es sonst etwas Neues in den Unterlagen?«

»Nicht viel«, gab Lisa zu. »Franz Kaiser hat sich die Aufzeichnungen von Pfarrer Krissaus dem Kirchenarchiv von Triesen besorgt. Ich konnte sie noch nicht durchschauen, aber Kaiser hat das ja bereits für uns getan.«

»Praktisch.«

»In der Tat. Er hat uns damit einige Arbeit erspart, denn laut Kaiser findet sich darin nichts Interessantes. Allerdings sind diese Aufzeichnungen auch nur grobe Zusammenfassungen. Sie geben keinen tieferen Einblick in die Geschehnisse.« Lisa sah in die Runde. »Das Interessante liegt in Wien.«

»In Wien?«, echoten Aurelia, Grünwald und Weinberg synchron.

Barakat hingegen nickte eifrig. »Ja, Kaiser hat vor ein paar

Wochen eine Reise nach Wien unternommen! Jetzt erinnere ich mich.«

»Und womit hat sich dein Assistent beschäftigt?«, wollte Grünwald wissen.

»Er sagte, er wolle einfach mehr wissen«, erinnerte sich der Museumsdirektor. »Zum Beispiel, wer der Mensch war, der die Opfer der Hexenprozesse ans Messer geliefert hat, also auch Katharina Rebbergerin.«

»Der Wolf der Rebbergerin«, flüsterte Lisa.

»Der die 260 Gulden kassiert hat«, ergänzte Barakat.

»Flossen die nicht immer in die Kasse des gierigen Grafen?«, fragte Grünwald.

»In diesem Fall wohl nicht«, erklärte Barakat. »Wir wissen nicht, wieso, aber diese 260 Gulden durfte der Wolf behalten. Erzählen Sie auch noch von der Skizze, Dr. Engels.«

Lisa faltete eine Bleistiftzeichnung auf und legte sie in die Mitte des Tisches.

»Was ist das?«, wollte Aurelia wissen.

»Franz Kaiser hat eine Karte angefertigt«, erläuterte Barakat. »Sie zeigt eine Schlucht im südlichen Teil des Landes. Sie gehört zu der Gemeinde, in der Pfarrer Kriss gewirkt hat.«

Aurelia hob ungläubig die Augenbrauen. »Das ist doch nicht die Schlucht, in der …?«

Barakat nickte nachdrücklich. »Doch. Es ist die Schlucht, in der gemäß der Sage die Tobelhocker sitzen.«

Lisa wies mit ihrem Zeigefinger auf eine Stelle der Karte. Die anderen neigten sich nach vorn und blickten angestrengt auf das Papier.

»Ein Kreuz«, bemerkte Weinberg als Erster. »Hat Kaiser es eingezeichnet?«

»Ja, mit Datum. Er war dort oben, bevor er seinen schlimmen Zusammenbruch erlebte. Die Stelle hat er mit Bleistift markiert, ebenso wie die römische Zahl 260.«

»Und was ist dort?«, wollte Aurelia wissen.

Alle wandten sich Barakat zu. »Was seht ihr mich an?«, fragte er. »Sehe ich aus wie ein Alpinist? Oder ein Bergwanderer?«

Aurelia lächelte süffisant. »Das ist eine rhetorische Frage, oder?«

»Es macht den Eindruck, als müssten wir uns selbst vor Ort ein Bild verschaffen«, stellte Grünwald fest. »Auch wenn das Wetter gerade nicht sehr einladend ist.«

Barakat sagte: »Bitte seid mir nicht böse, aber ich glaube, eine Wanderung in den Tobel hinauf ist mir zu anstrengend. Gerne gebe ich euch eine detaillierte Wanderkarte mit und zeichne euch ein, wo der Legende nach die Tobelhocker sitzen. Zusammen mit der Skizze Kaisers dürftet ihr euch dann nicht verlaufen.«

»Uns nicht zu verlaufen, wäre allerdings nur das Minimalziel«, bemerkte Weinberg scherzhaft.

Aurelia bot sich an, die Gäste mit dem Auto zum Eingang der Schlucht zu bringen. Dann schob sie die nicht ganz ernst gemeinte Warnung nach: »Aber gebt acht: Ich habe gehört, dass einige Leute von einem Wolfsmenschen erzählt haben, den sie in den Wäldern gesehen haben wollen. Das stand sogar in der Zeitung!«

»Es ist ja nicht Vollmond«, witzelte Lisa. Ihr war eigentlich gar nicht zum Scherzen zumute. Doch das ließ sie sich nicht anmerken.

13

Vor einem Mehrfamilienhaus aus den 80er-Jahren am nördlichen Ortsrand von Vaduz stand Hansrudi Meier und sah zu den Fenstern im dritten Stock hinauf. Sie waren mit Gardinen versehen, die ebenfalls aus den 80ern zu stammen schienen.

Hansrudi kannte die Gardinen gut. Oft hatte er von innen durch sie hindurch auf die Straße geschaut. Immer wenn er in den letzten zwei Jahren im Lande gewesen war, hatte er sich in dieser altmodischen Wohnung aufgehalten. Sie gehörte Susannes Eltern. Susi lebte noch zu Hause. Zum Glück waren ihre Alten nicht so altbacken wie die Wohnung und die Gardinen. Sie hatten nichts dagegen gehabt, dass Hansrudi ihre Tochter besuchte und hin und wieder auch über Nacht blieb. Es war sein zweites Zuhause geworden.

Susi war das Beste, was ihm je passiert war. Er hatte nie geglaubt, dass eine so tolle Frau sich für ihn interessieren könnte. Irgendwie hatte sie ihn gemocht, er wusste selbst nicht, wieso.

Who cares anyway? Er hatte eben mal Glück gehabt. Sie war ein wenig mollig mit Rundungen an den richtigen Stellen.

Doch es war nicht in erster Linie ihr Körper, den Hansrudi vermisste, während er dort in der Kälte stand. Es war das Gefühl, nach Hause zu kommen. Jemanden zu haben, der einen erwartete. Eine Person, der man von seinem Tag erzählen konnte. Wenn sie lachte, ging die Sonne auf. Wenn er in ihre Augen sah, hatte sein Leben einen Sinn. Dann hatte er das Gefühl, dass alles gut werden würde.

Dem jungen Mann schossen die Tränen in die Augen. *Damn it!* Was war er für ein Weichei! Aber es tat einfach verflucht weh! Hansrudi stampfte mit dem Fuß auf den gefrorenen Boden. So konnte es nicht weitergehen! Etwas in ihm begehrte auf gegen die schönen Erinnerungen, die ihn folterten, gegen Gefühle, die ihn verletzlich machten.

Oben in einem der Zimmer wurde ein Fenster gekippt. Hansrudi wusste, es war die Küche. Wahrscheinlich begann Susis Mutter damit, das Mittagessen vorzubereiten. Sie kochte gut, da gab es nichts zu meckern. Er hatte sich mehr als einmal in dieser Küche auf der vorsintflutlichen Eckbank ihre Kochkünste schmecken lassen.

Das verdammte Miststück!

Wahrscheinlich war sie es gewesen, die Susi gegen ihn aufgehetzt hatte. Die ihr eingeredet hatte, dass er nicht gut genug für sie war. Dass er nicht infrage kam.

Mit zittrigen Fingern zündete er sich eine Zigarette an und sog den heißen Rauch gierig in seine Lungen.

Zuerst hatten sie ihm ein warmes Willkommen bereitet, ihn als Teil der Familie aufgenommen. Als wäre er ihr eigener Sohn. Und dann, von einem Tag auf den anderen, war alles vorbei gewesen. Susanne hatte geweint, ihre Mutter konnte ihm nicht in die Augen sehen. Sein zweites Zuhause war zur Sperrzone für ihn geworden. Und das Schlimmste war, dass er es nicht verstehen konnte. Er kapierte einfach nicht, was los war. Nur eines wusste er ganz genau: Die Trennung war nicht auf Susis Mist gewachsen. *No way!* Ihre Mutter musste es ihr eingeredet haben.

Deshalb war Susanne aber nicht weniger schuldig. Sie hatte gesagt, dass sie ihn liebe. Sie war mit ihm zusammen gewesen. Und sie hatte trotzdem mit ihm Schluss gemacht. Hatte sich von ihm getrennt, als wäre er aussätzig.

Etwas sagte ihm, dass sie dafür leiden sollte. Sie musste

bezahlen. So viel Schmerz gab es nicht umsonst. Er würde seine Rache nehmen, und sie würde bereuen, dass sie ihn so eiskalt abserviert hatte!

*

Eine knappe Stunde später stiegen Grünwald, Lisa und Weinberg am Eingang der Schlucht aus dem Auto. Neben ihnen lag ein uriges Gasthaus, das noch geschlossen war. In dem kalten weißen Nebel schien das holzverkleidete Haus wie in einen tiefen, totenähnlichen Schlaf versunken. Vor ihnen öffnete sich eine dunkle Bergspalte. Für Lisa sah sie aus wie ein Tor zur Unterwelt.

»Hier geht es nach oben in die Lavenaschlucht«, sagte Aurelia. »Immer weiter, etwa zwei bis drei Stunden lang. Ich würde Sie gerne begleiten, aber ich muss ins Café zurück.«

»Vielen Dank, dass Sie uns gefahren haben«, sagte Grünwald. »Ich denke, wir kommen jetzt allein zurecht.«

»Ruft an, wenn ich euch abholen soll.« Aurelia stieg in den Wagen und fuhr winkend davon.

Zunächst war der Aufstieg beinahe angenehm. Manchmal gerade und dann streckenweise wieder serpentinenartig führte der Weg nach oben. Im ausgebleichten gelben Gras konnten sie mit viel gutem Willen einen Trampelpfad erkennen.

Weinberg ging voran, auf ihn folgte Lisa, Grünwald bildete den Schluss. Die feucht-nasse Schlucht war weit und strahlte so etwas wie eine wilde Romantik aus. Der Boden stieg zwischen hohen Felswänden erst langsam, dann immer steiler an. Trotz der Kälte, die sie bei jedem Atemzug in ihren Lungen spürten und die sich als kleine Wolken vor ihren Mündern zeigten, fingen Lisa und Grünwald an zu schwitzen. Sie gingen gerne spazieren, doch so ein Aufstieg war etwas anderes. Nur Weinberg war die körperliche Anstrengung durch regelmäßiges Training gewohnt.

Schweigend wanderte die Gruppe über eine Stunde zwischen Büschen hindurch und an kantigen Felsbrocken vorbei, die vielleicht vor Urzeiten von den Bergen abgebrochen waren. Wie Gletscher Eisberge ins Meer entließen, stießen Gebirge steinerne Ungetüme in die Täler hinab.

Nach einer halben Stunde führte der Weg in einen dampfenden Wald, der vor allem aus Nadelbäumen bestand. Lisas Rücken schmerzte. Als sie sich vorhin im Hotel alles angezogen hatte, was ihre Reisetasche hergab, hatte sie gesehen, dass sich ein ziemlich großer Bluterguss an der Stelle gebildet hatte, wo sie gegen den Türrahmen gefallen war. Sie hatte sich Mühe gegeben, ihn vor Weinberg zu verbergen und sich nichts anmerken zu lassen, weil sie fürchtete, er hätte sonst versucht, ihr auszureden, mit in die Schlucht zu gehen. Darum biss sie auch jetzt die Zähne zusammen und hielt mit den anderen Schritt.

Über den Wipfeln der Bäume schoben sich die Bergwände näher aneinander. Es wurde dunkler. Lisa fiel auf, dass es in dem Wald eigenartig still war. Außer ihren Schritten und ihrem Atem war nichts zu hören. Als hätte jemand bei einem Film den Ton ausgeschaltet. Sie drehte sich zu Grünwald um und bemerkte an seinem Gesichtsausdruck, dass er dieselbe Beklemmung spürte.

Lisa tippte Weinberg an. »Hast du noch was zu trinken?« Ihre Stimme kam ihr unnatürlich laut vor.

Weinberg blieb stehen, kramte in seinem Rucksack und reichte Lisa eine Wasserflasche. Während sie trank, versuchte sie, mit ihrem Blick den dunklen Wald zu durchdringen. Etwas gefiel ihr nicht, auch wenn sie nicht sagen konnte, was es war.

Sie gab ihrem Freund die Flasche zurück.

Schließlich führte der Pfad aus dem Wald heraus. Insgeheim atmete jeder der drei tief durch. Doch die Aussicht, die sie erwartete, gab dazu keinen Anlass. Sie waren auf eine lange, schmale Lichtung gelangt. Auf allen Seiten stiegen schmutzig graue Bergwände schroff nach oben und schlossen die Lichtung und den Wald ringsum ein.

Bedrückt blickten sich die Wanderer um.

Sie fühlten sich wie Gefangene.

*

Unwillkürlich blieben die Wanderer stehen. Grünwald faltete die Wanderkarte auseinander. Nachdem er sie eine Weile studiert hatte, sagte er: »Wenn ich das richtig lese, muss das der Tobel sein, wo die Tobelhocker sitzen beziehungsweise hocken.«

Weinberg hatte ihm über die Schulter geschaut. »Das sehe ich auch so«, sagte er.

Über ihnen zeigte sich ein düsterer, wolkenverhangener Himmel. Die Wanderer sahen sich beklommen um. Seltsam geformte Felsbrocken lagen verstreut im Gras. Sie waren abgeflacht und wirkten wie überproportionale Tische.

»Wo ist die Stelle, die Kaiser auf der Karte angekreuzt hat?«, fragte Lisa.

Grünwald zog die Skizze des Museumsmitarbeiters aus der Tasche und betrachtete sie eingehend. »Ich bin nicht sicher.«

»Darf ich mal?« Weinberg streckte die Hand nach dem Papier aus. Der alte Archivar reichte es ihm.

Eine Weile betrachtete der Polizist abwechselnd die Zeichnung und das Tal. Dann ging er über die Wiese zu einem der tischähnlichen Felsbrocken und legte die Zeichnung darauf. Schließlich deutete er auf eine Stelle.

»Dort im Wald oder an der dahinter liegenden Felswand«, sagte er bestimmt und ging los. Grünwald und Lisa folgten ihm. Weinberg bahnte sich zielstrebig einen Weg durch das Gesträuch zwischen den Bäumen. Der Waldstreifen war an dieser Stelle nicht breit. Nach weniger als fünf Minuten standen sie am Fuß der Bergwand. Der Wald führte in steilem Winkel nach oben. Ein Weitergehen, ohne zu klettern, war nicht möglich.

Alle sahen sich um.

»Nichts zu entdecken«, sagte Lisa enttäuscht.

»Sind Sie sicher, Markus, dass das die richtige Stelle ist?«, fragte Grünwald.

»Das weiß ich nicht«, antwortete Weinberg. »Aber es ist definitiv die Stelle, die Franz Kaiser eingezeichnet hat. Und hier ist ein kleiner Pfad ausgetreten.«

Er wies mit dem Finger auf den Boden. Tatsächlich waren dort die Spuren von Stiefeln zu sehen. Rechts und links standen Pflanzen dicht an dicht. In der Mitte gab es eine braune Stelle von ungefähr einem halben Meter Breite.

Weinberg untersuchte sie eingehend, doch er konnte nicht erkennen, wohin der schmale Pfad führte. Er schien einfach vor dem ansteigenden Fels zu enden.

Nach einer Weile trat die Gruppe enttäuscht den Rückweg an. Als sie gerade die Lichtung erreichten, hob Weinberg plötzlich die Hand. Er hatte seinen Blick auf den Waldrand gegenüber gerichtet. »Wartet mal«, sagte er mit unterdrückter Stimme. »Da ist jemand.«

»Wo?«, fragte Lisa und versuchte, über Weinbergs Schulter zu sehen.

Weinberg rückte zur Seite, sodass sie und Grünwald freie Sicht hatten.

»Wer ist das?«, hörte er Lisa fragen.

»Ich weiß es nicht«, antwortete er leise. »Ich bin zwar

schon seit drei Tagen in Liechtenstein, aber ich kenne trotzdem noch nicht jeden.«

Die Person trug eine halblange hellbraune Jacke, über die ein gelber Schal geschlungen war. Auf ihrem Kopf leuchtete eine rote Mütze. Jetzt wandte sie sich um.

»Das ist die Ärztin«, flüsterte Lisa und warf Weinberg einen belustigten Blick zu. »Die Ärztin, die wir bei Franz Kaiser im Krankenhaus getroffen haben.«

»Die Ärztin, die dich untersuchen sollte«, ergänzte Weinberg.

Lisa ignorierte den letzten Satz ihres Freundes. Sie beobachtete, wie Dr. Baumann mit gesenktem Kopf am Waldrand entlangging.

»Sie sieht nicht so aus, als ob sie zum Wandern hergekommen wäre«, schaltete sich Grünwald ein. »So elegant, wie sie gekleidet ist. Irgendwie unpassend für diese Gegend.«

Die drei Deutschen beobachteten die Frau eine Weile. Einige Felsbrocken, die am Boden lagen, schienen Dr. Baumanns Aufmerksamkeit geweckt zu haben. Sie bückte sich hinter einem und war für einige Augenblicke der Sicht der Beobachter entzogen. Als sie sich wieder aufrichtete, hielt sie etwas in der Hand und betrachtete es.

»Was hat sie da?«, fragte Lisa.

»Es sieht aus wie eine Wollmütze«, sagte Weinberg. »Sie steckt das Ding in ihre Tasche.«

»Jetzt kommt sie auf uns zu!«

Dr. Baumann hielt die Augen beim Gehen weiter auf den Boden gerichtet. Sie blieb stehen und wandte sich noch einmal um. Forschend ließ sie ihren Blick die Schlucht hinauf und über die angrenzenden Bäume schweifen. Dann bemerkte die Ärztin die drei und stutzte.

»Grüß Gott«, sagte Grünwald leutselig. »Auch auf einer kleinen Wanderung? Wir haben uns vor ein paar Tagen kurz im Krankenhaus vor dem Zimmer von Franz Kaiser getroffen.«

Bei dem Namen Franz Kaiser zuckte es um die Augen der Ärztin. Sie ging jedoch nicht darauf ein, sondern fragte: »Sind Sie Touristen?«

Weinberg lächelte. »Sehen wir so aus?«

Die Ärztin blieb ernst. »Ihr Dialekt verrät, dass Sie nicht von hier sind. Und Sie machen, mit Verlaub, auch nicht den Eindruck, als wären Sie in Liechtenstein, um Ihre Konten zu checken.«

»Da haben Sie allerdings recht«, murmelte Grünwald.

Dr. Baumann fixierte Lisa mit ihren hellen Augen. »Sie haben Schmerzen«, stellte sie fest. »Ich erkenne es an ihren Bewegungen. Wahrscheinlich in der Hüfte. Oder im Rücken. Sie sollten sich untersuchen lassen.« Mit einem »Guten Tag« ließ sie die Gruppe stehen und ging weiter.

Von einer nahen Höhe im Wald aus beobachtete ein Mann mit ungepflegtem Äußeren die Gruppe. Er schlotterte vor Kälte und hielt sich krampfhaft an einem Stamm fest. Dabei murmelte er immer wieder: »Keine drei Tage, keine drei Tage. Ich konnte es nicht. Das Gewicht, das fürchterliche Gewicht!«

Dann stolperte Franz Kaiser zurück in den nebligen Wald.

Doch er war nicht der Einzige, der die Wanderer und die Ärztin vom Wald aus beobachtet hatte.

*

Aurelia war pünktlich. Sie wartete bereits auf die Gäste aus Deutschland, als diese dorthin zurückkamen, von wo sie mehr als vier Stunden zuvor aufgebrochen waren. Besonders Lisa war glücklich, als sie die Wirtin erblickte. Sie war völlig durchgefroren, und ihr Rücken schmerzte bei jedem Schritt.

Nach einer kurzen Begrüßung zwängten sich Grünwald und Weinberg auf die Rückbank und nahmen Lisa in die Mitte. Auf dem Beifahrersitz saß Barakat. Aurelia setzte sich wieder hinters Steuer. »Festhalten«, scherzte sie und startete den Motor.

»Ein nicht unbegründeter Sicherheitshinweis«, kommentierte Barakat.

Die Fahrerin warf ihm einen ungnädigen Blick zu. Anschließend sah sie in den Rückspiegel auf ihre Mitfahrer. »Und«, fragte sie, »habt ihr etwas gefunden?«

»Wir müssen nach Wien in die Nationalbibliothek«, stellte Lisa anstelle einer Antwort fest. »Dort liegen die Briefe von Pfarrer Kriss, dort hat auch Franz Kaiser nach Unterlagen geforscht. Ob man uns allerdings an die Handschriften ranlässt, ist zweifelhaft.«

»Dann muss ich wohl meine Beziehungen spielen lassen«, sagte Barakat.

»Prof. Barakat«, begann Weinberg, »Sie haben gesagt, Kaiser sei für die Installation im Museum verantwortlich gewesen. Wer wusste davon?«

»Wieso? Was meinen Sie?«

»Weil jemand, der davon wusste, auf die Idee kommen konnte, Kaiser für den richtigen Ansprechpartner zu halten, wenn es darum ging, an Informationen über die Hexenprozesse zu gelangen. Und an die 260 Gulden.«

»Da ist was dran«, konstatierte Grünwald.

Der Museumsdirektor dachte nach. »Ich kann es nicht genau sagen. Dass daran gearbeitet wurde, war natürlich den Mitarbeitenden im Museum bekannt. Darüber hinaus habe ich während der Entstehung dieses Projekts vielleicht auch Aurelia, meine Gesangskollegen und alle möglichen anderen Leute damit genervt.«

»Das kannst du laut sagen«, bestätigte Aurelia lächelnd. »Es gab kein anderes Thema mehr!«

Das Auto hielt am Rand der Fußgängerzone. Barakat stieg aus und sagte: »Geht schon mal mit Aurelia ins Café. Ich versuche inzwischen, meinen Kontakt in Wien zu erreichen und ihm die Sache zu erklären, damit Sebastian und Sie, Dr. Engels, schon heute mit dem Nachtzug dorthin fahren können. Wenn ich mehr weiß, komme ich nach.«

Aurelia navigierte das Auto an das andere Ende der Fußgängerzone, wo ihr Café lag, und stellte es dort ab. Ein scharfer Wind blies durch die Gassen. Die Straße war menschenleer. Lisa zog ihren Schal enger und hakte sich bei Weinberg ein.

»Was genau erhofft ihr euch eigentlich von den Unterlagen in Wien?«, fragte der Polizist. »Meint ihr wirklich, dass sie uns helfen können, in Liechtenstein Morde aufzuklären?«

Lisa sagte lächelnd: »Ist das nicht so ein Polizei-Ding, dass man ›in alle Richtungen‹ ermittelt?«

Weinberg drückte zärtlich ihren Arm. »Ja, das ist so ein ›Polizei-Ding‹. Aber wenn mich nicht alles täuscht, bin ich in Liechtenstein nicht bei der Polizei. Und ihr seid überhaupt nirgendwo bei der Polizei! Wir mischen uns da in etwas ein, das ganz schön gefährlich werden kann. Ich meine, wir sollten die ganze Sache abblasen.«

Aurelia stellte ein Tablett mit vier Tassen heißen Tees auf den Tisch.

Grünwald sprach aus, was der Polizist dachte: »Sie haben Angst um Lisa. Das kann Ihnen niemand verübeln, Markus.«

»Markus, ich bin kein Kind, das man beschützen muss«, sagte Lisa. »Wir werden aufpassen, aber ich will das machen. Du nicht?«

Er zog sie an seine Brust. »Natürlich bin ich dabei. Aber du wirst mir schon erlauben müssen, ein wenig auf dich achtzugeben.«

Lisa schloss die Augen und lehnte sich an ihn. »Erlaubnis erteilt«, sagte sie.

*

Im Untersuchungsgefängnis in Vaduz schlug der Justizbeamte Alfons Schwendener insgeheim drei Kreuze. Die Überwachungskamera zeigte ihm, dass die Erlösung nahe war. Ein Mercedes-Transporter mit dunkel getönten Scheiben füllte den schwarz-weißen Bildschirm aus. Schwendener drückte auf eine Taste des modernen Armaturenbretts, und oben auf der Mauer begann eine orangefarbene Warnleuchte zu blinken. Gleichzeitig fuhr das schwere Stahltor langsam zur Seite. Aus dem Fenster der Wachstube sah er einen Gefangenentransporter im Schritttempo in den Hof fahren und vor der Sicherheitsschleuse halten.

Es wurde auch Zeit. Dieser Helmut Öhri gehörte seiner Meinung nach in eine Klapsmühle, aber bei ihnen im Gefängnis konnten die da oben eben alles und jeden abladen. Staatsanwälte, die Zeit brauchten, um ihre Akten zu ordnen. Kriminalpolizisten, die meinten, dass ein Verdächtiger erst einmal weichgekocht werden sollte. »Dem Betreffenden Zeit zum Nachdenken geben« nannten sie das.

Ob es sich um alkoholisierte Unfallfahrer handelte, Typen im Feinrippunterhemd, die ihre Frau verprügelt hatten, oder betrügerische Banker in Armani-Anzügen – alle landeten bei ihnen. So wie man unangenehme Schriftstücke für eine gewisse Zeit in einer Schublade verstauen konnte, so wurden die Beschuldigten in der U-Haft untergebracht.

Dieser Helmut Öhri war allerdings ein besonderer Fall. Nicht allein deshalb, weil er mutmaßlich seine eigene Frau mit einem Messer abgeschlachtet hatte. Der Mann war irgendwie unheimlich.

Frauen wurden zwischen den engen Zellenwänden eher ruhig, manchmal depressiv, Männer neigten zu Zornausbrüchen und Aggressivität in den ersten Stunden ihrer Gefangenschaft.

Helmut Öhri gehörte nicht hierher. Zum Glück hatte Dr. Baumann dessen Verlegung veranlasst. Um zu dieser Entscheidung zu finden, hatte sie nur wenige Augenblicke benötigt. Als die Ärztin Öhris Zelle hatte betreten wollen, war der Gefangene schreiend und heulend auf sie zugesprungen, bevor er wimmernd vor ihr zusammengebrochen war.

Auf dem Gang vor der Tür hörte er Schritte. Seine Kollegen holten den Gefangenen. Schwendener hatte darum gebeten, nicht dabei sein zu müssen, wenn Öhri fortgebracht wurde. Obwohl er genau wusste, dass die Verlegung in eine psychiatrische Klinik das Richtige war, fühlte er sich doch, als hätten sie im Gefängnis versagt.

Als hätte *er* versagt.

Alfons Schwendener sah aus dem vergitterten Fenster. Zwei Beamte führten den Mann zum Transporter. Direkt vor dem Fenster des Kontrollraums blieb der Gefangene stehen. Die Beamten wollten ihn an den Ellenbogen weiterziehen, doch Helmut Öhri stand da, als ob er in der Erde verwurzelt wäre. Er drehte den Kopf zum Fenster und blickte Schwendener direkt in die Augen. Dem betagten Justizbeamten wurde eiskalt. Öhri sprach mit ihm. Schwendener wusste später nicht mehr, ob er die Stimme durch das geschlossene Fenster gehört oder die Worte von Öhris Lippen abgelesen hatte. Aber er wusste genau, was Öhri gesagt hatte. Der Häftling hatte es immer und immer wieder gesagt, seit er eingeliefert worden war. Er hatte es geheult, gewimmert und geschrien.

»Überall war Blut.«

*

Grünwald führte gerade seine Teetasse an die Lippen, als ihm etwas ins Auge fiel. Ohne getrunken zu haben, setzte er die Tasse ab. Die anderen folgten seinem Blick und verstanden sofort.

»Da kommt Dr. Baumann«, sagte Lisa erstaunt.

Die Ärztin setzte sich an einen kleinen Tisch neben dem Eingang von Aurelias Café. Ohne aufzusehen, kramte sie in ihrer bunten Umhängetasche und zog einen schmalen Ordner heraus. Mit einer routinierten Handbewegung schob sie sich eine grellrote Brille auf die Nase und begann zu lesen.

»Wir sollten uns mit der Dame einmal etwas ausführlicher unterhalten«, schlug Grünwald vor. Gemeinsam gingen sie zu ihrem Tisch hinüber.

Weinberg sagte: »Bitte entschuldigen Sie. Mein Name ist Markus Weinberg. Das sind Dr. Engels und Dr. Grünwald. Wir haben uns heute Vormittag in der Schlucht getroffen.«

»Ja«, sagte Dr. Baumann und nahm die Lesebrille ab, »ich weiß. Sie sind die Bekannten von Franz Kaiser.«

Weinberg deutete auf die leeren Stühle am Tisch. »Erlauben Sie?«

»Bitte.«

Nachdem die drei Platz genommen hatten, ergriff der Polizist wieder das Wort: »Wir waren in der Schlucht auf der Suche nach etwas. Verzeihen Sie, wir haben beobachtet, wie Sie sich dort ebenfalls umsahen.«

Die Augen der Frau verengten sich. »Wieso interessiert Sie das?«

»Wir sind …«, begann Weinberg und stockte.

»Wir gehören zum Landesmuseum«, sprang Grünwald ihm bei. »Gewissermaßen. Wir wollen Sie nicht belästigen, und wir haben natürlich nicht das geringste Recht, uns in Ihre Angelegenheiten einzumischen.«

»Wir sind nur für jeden Hinweis dankbar«, ergänzte Lisa.

Dr. Baumann hob misstrauisch ihre Augenbrauen. »Hinweise worauf?«

»Was Franz Kaiser zugestoßen ist«, erklärte Grünwald. »Er war wissenschaftlicher Mitarbeiter im Landesmuseum. Professor Barakat, der Museumsdirektor, ist ein guter Freund von uns.«

»Sie scheinen in der Schlucht einen Gegenstand gefunden zu haben«, schaltete sich Weinberg wieder ein. »Ein Kleidungsstück. Gehörte es Franz Kaiser?«

Es war der Ärztin anzusehen, dass sie unschlüssig war, ob sie mit den ihr nicht näher bekannten Personen sprechen sollte oder nicht. Ihre Augen wanderten von einem zum anderen. Lisa spürte ihren durchdringenden Blick.

»Wie geht es Ihrem Rücken?«, fragte Dr. Baumann unvermittelt.

»Nun ja …«

»Sie sollten wegen Ihrer Beschwerden einen Arzt aufsuchen.«

»Wenn es nicht besser wird, werde ich das bestimmt tun, wenn wir wieder zu Hause in Deutschland sind.«

Ohne die Erwiderung Lisas weiter zu kommentieren, griff Dr. Baumann den Gesprächsfaden wieder auf. »Wie Sie bereits wissen, bin ich die Ärztin von Franz Kaiser – oder zumindest war ich das. Ich darf nicht über Patientenangelegenheiten sprechen.«

»Das ist uns klar«, sagte Weinberg verständnisvoll. »Wir erwarten von Ihnen keine Auskünfte über seinen Gesundheitszustand. Aber ob Sie in der Schlucht etwas gefunden haben, das ihm gehört, dürfen Sie uns sagen, oder? Professor Barakat macht sich große Sorgen um seinen langjährigen Mitarbeiter. Schließlich wird ihm unterstellt, in den Einbruch im Museum und vielleicht sogar noch mehr verwickelt zu sein.«

»Noch mehr?«, fragte Dr. Baumann, hellhörig geworden.

Lisa antwortete: »Es geht da wohl um alte Geschichten.«

»Sehr alte Geschichten«, bestätigte Weinberg.

Dr. Baumann bedachte die drei mit einem Blick an, der deutlich zeigte, dass die Deutschen ihr Vertrauen noch lange nicht gewonnen hatten. Dann zuckte sie mit den Achseln. »Ich habe in der Schlucht eine Mütze gefunden, die Franz Kaiser gehört haben könnte. Das ist leider alles.«

»Wir wissen, dass Kaiser in der Schlucht ein Erlebnis gehabt haben muss, das ihn schrecklich verwirrt hat«, bluffte Weinberg.

»Das wissen Sie?«, fragte Dr. Baumann erstaunt. »Woher?«

»Wie wir schon erwähnten, interessieren wir uns für Franz Kaiser, weil er ein Mitarbeiter unseres Freundes Youssef Barakat ist«, erklärte Grünwald. »Deshalb haben wir ihn im Spital in Vaduz besucht.«

»Und da hat er über die Schlucht gesprochen? Ich meine, konnten Sie etwas verstehen von dem, was er sagte?« Mit offensichtlicher Neugierde lehnte sich Dr. Baumann nach vorne. »Ein Wort oder einen Satz?«

Weinberg wusste, dass er der Ärztin etwas bieten musste, wenn er sie aus der Reserve locken wollte. Vertrauen gegen Vertrauen. Er entschied, etwas von seinem Wissen preiszugeben. »Franz Kaiser sprach von drei Tagen, die er nicht aushalten könne. Und vom Gewicht der Felsen, das unerträglich schwer sei.«

»Genau das hat er auch mir gegenüber ständig wiederholt«, sagte Dr. Baumann. »Haben Sie eine Ahnung, was das bedeutet?«

»Sie denken, dass es etwas bedeutet, Doktor?«, fragte Grünwald. »Sie halten den jungen Mann also nicht einfach für verwirrt?«

»Das fällt unter meine ärztliche Schweigepflicht«, sagte Dr. Baumann.

»Ich weiß, bitte verzeihen Sie die Frage«, sagte der alte Archivar und hob beschwichtigend die Hände.

»Aber da Sie sonst schon alles wissen«, fuhr sie fort, »kann ich Ihnen wohl zumindest sagen, dass ich das nicht denke. Nein, seine Verwirrtheit hat meiner Meinung nach einen konkreten Grund. Irgendetwas hat ihn tief erschüttert, und ich wüsste gerne, was das war.«

In der Tasche der Ärztin piepste ein Mobiltelefon. Nach einem prüfenden Blick auf die Nachricht verstaute sie den Ordner und ihre Brille in der bunten Tasche und erhob sich. Sie reichte Lisa eine Karte und sagte: »18 Uhr. Ich schaue mir Ihren Rücken mal an. Das ist zwar nicht mein Fachgebiet, aber ich war lange genug mit einem Orthopäden zusammen, um zu erkennen, ob es etwas Ernstes ist. In Deutschland gehen Sie dann bitte sofort zu einem Facharzt. Seien Sie pünktlich. Auf Wiedersehen.«

Grünwald pfiff leise durch die Zähne. »Was für eine Frau!«

»Bringen Sie mein Weltbild nicht durcheinander, Dr. Grünwald!«, feixte Weinberg, während sie zu ihrem Tisch zurückgingen. »Sie sind für mich der eingefleischteste Junggeselle, den ich kenne.«

»Beruhigen Sie sich«, entgegnete der Archivar lächelnd. »Ich habe nicht vor, meinen Beziehungsstatus zu ändern. Aber Sie müssen zugeben, dass Dr. Baumann eine besondere Frau ist.«

»Ohne Zweifel«, bestätigte Weinberg. Dann wandte er sich an Lisa und sagte: »Wir sollten zurück ins Hotel gehen, damit du dich für deinen Termin bei Dr. Baumann fertig machen kannst. Wenn ihr heute den Nachtzug nach Wien nehmen wollt, solltest du dich vorher untersuchen lassen.«

»Schon gut«, lenkte Lisa ein. »Apropos Wien: Wir brauchen noch Fahrkarten.«

»Darum kümmere ich mich«, schaltete sich Aurelia ein.

Zusammen verließen sie das Lokal, und die Liechtensteinerin schloss hinter ihnen ab. Wenn die Gäste sie zum Auto begleitet hätten, wäre ihnen vielleicht ein Mann aufgefallen, der Aurelia mit starrem, ausdruckslosem Blick beobachtete. So sahen sie nicht, dass der Mann ebenfalls in ein Auto stieg und sich unmittelbar hinter der Café-Besitzerin in den Verkehr einfädelte.

*

»Sie haben Franz Kaiser getroffen? Wo war das? Und wieso haben Sie das nicht schon vorher erzählt?«

Lisa saß in einem Behandlungsraum der Klinik auf einem stählernen Stuhl vor Dr. Baumanns Schreibtisch. Aurelia hatte die Fahrkarten für den Zug nach Wien gebracht und Lisa trotz ihrer Abneigung gegen Arztbesuche noch einmal ermutigt, sich untersuchen zu lassen. Sicher sei sicher. Lisa hatte sich also entschlossen, das Angebot der Ärztin anzunehmen, zum einen, weil sie nach wie vor Schmerzen hatte, zum anderen, weil auch Dr. Grünwald sie darum gebeten hatte. Der Archivar war überzeugt, dass sie von Dr. Baumann noch mehr über die mysteriösen Vorgänge erfahren konnten. Weinberg hatte Lisa zur Klinik gefahren und wartete vor dem Tor im Auto auf sie.

Lisa berichtete: »Es war bei ihm zu Hause, bei seiner Mutter. Ich war dort mit Prof. Barakat, um nach Unterlagen zu suchen. Kaiser hielt sich versteckt, und als ich ins Haus zurückmusste, weil wir etwas vergessen hatten, rannte er mich um.«

»Wie sah er aus? Was machte er für einen Eindruck? Schien er verwirrt?«

»Es war nur ein kurzer Augenblick«, erklärte Lisa, »und übrigens ein schmerzhafter. Er ist der Grund für meine Rückenschmerzen. Er kam mir verwahrlost vor.«

»Aggressiv?«

»Zusätzlich dazu, dass er mich umgerannt hat, meinen Sie?« Lisa dachte nach. »Nein, eigentlich nicht. Er wirkte eher … ängstlich.«

»Wovor hatte er Angst?«, hakte die Ärztin nach.

Lisa breitete hilflos die Arme aus. »Verzeihen Sie, Dr. Baumann, aber ich konnte mich nicht mit ihm unterhalten. So schnell wie er aufgetaucht war, war er auch schon wieder verschwunden.«

Dr. Baumann betrachtete sie eine Weile nachdenklich, dann kam sie zu dem Schluss: »Sie wissen mehr, als Sie mir sagen. Wieso haben Sie mir jetzt von Ihrer Begegnung mit Franz Kaiser erzählt?«

Lisa schlug die Augen nieder. »Sie wollten wissen, was der Auslöser für meine Schmerzen war, und …«

»Nein, das ist nicht der Grund«, unterbrach sie Dr. Baumann. »Sie hoffen, dass ich Ihnen für diese Information ebenfalls Informationen gebe.«

»Dr. Baumann …«

»Wissen Sie was? Ich bin sogar bereit, Ihnen die Informationen zu geben, die ich habe. Aber dafür müssen Sie mir noch mehr bieten. Information gegen Information. Meinen Sie, ich hätte nicht bemerkt, dass das vorhin im Café die Taktik von Ihrem Freund Herrn Weinberg war?« Die Ärztin stand auf und ging um ihren Schreibtisch herum auf Lisa zu. »Aber jetzt legen Sie erst mal Ihre Bluse ab, damit ich mir Ihre Blessuren ansehen kann«, meinte sie. »Und danach sagen Sie mir, was Sie wissen, und ich werde Ihnen sagen, was ich weiß.«

Während Dr. Baumann sich die blauen Flecken ansah und ihre Schulterblätter betastete, erzählte Lisa: »Wir glauben, dass Franz Kaiser sich mit einer alte Sage beschäftigt hat, die mit der Schlucht zu tun hat, in der wir uns getroffen haben.

Er scheint sich in diese Geschichte geradezu verrannt zu haben. Vermutlich ist er deshalb sogar in das Magazin des Museums eingebrochen.«

Dr. Baumann setzte ein Stethoskop an. »Tief einatmen. Und ausatmen. Noch einmal einatmen. Und ausatmen.«

Sie legte das Instrument zur Seite, kritzelte einige Worte auf einen Rezeptblock und informierte Lisa, dass sie sich ankleiden könne.

»Mir ist diese Sage bekannt«, kam sie auf das ursprüngliche Thema zurück. »Jedes Kind in Liechtenstein kennt sie. Aber was soll die Tobelhocker-Sage mit den mysteriösen Umständen und der Erkrankung Franz Kaisers zu tun haben?«

»In der Nacht, in der er – wie soll ich sagen? – seinen Zusammenbruch erlitt, war er tatsächlich in der Schlucht. Er muss dort ein schreckliches Erlebnis gehabt haben.«

Die Ärztin legte ihre gefalteten Hände auf den Tisch und neigte sich nach vorne. Sie fixierte ihre Besucherin wieder mit dem Blick, der Lisa ein mulmiges Gefühl bescherte.

»Interessant«, sagte sie. »Darüber muss ich nachdenken. Ohne Ihnen ungebührlichen Einblick in die Patientenakte zu geben, kann ich sagen, dass das Krankheitsbild Kaisers durchaus zu einer solchen Obsession passen würde.« Die Ärztin sah auf ihre Armbanduhr. »Leider muss ich mich nun um meine eigentlichen Patienten kümmern.« Sie reichte Lisa das Rezept. »Lassen Sie sich in unserer Hausapotheke diese Salbe geben. Tragen Sie sie dreimal täglich auf. Sie haben sich nichts gebrochen und auch keine inneren Verletzungen. Die Salbe lindert die Schmerzen.«

»Danke«, sagte Lisa und wandte sich zur Tür. »Auf Wiedersehen, Dr. Baumann.«

»Auf Wiedersehen, Dr. Engels. Kommen Sie wieder vorbei, wenn Sie noch etwas brauchen.« Die Ärztin setzte ihre Lesebrille auf und widmete sich den Papieren, die vor ihr auf dem Schreibtisch lagen. Als Lisa schon die Tür geöffnet hatte, hielt sie sie zurück: »Dr. Engels!«

»Ja?«

»Wenn Sie neue Erkenntnisse bezüglich Franz Kaiser haben, werden Sie es mich wissen lassen, nicht? Er muss dringend weiter behandelt werden.«

Lisa nickte und verließ das Zimmer.

*

Die Dunkelheit fiel beinahe unbemerkt in das Tal. Der Übergang zum trüben Zwielicht des Tages war fließend, da in den Häusern seit dem frühen Morgen ohnehin die meisten Stunden Licht gebrannt hatte. Ein beißender Wind zog durch die Straßen und hielt jeden in seinen vier Wänden, der nicht gezwungen war, nach draußen zu gehen.

Mit dem Wind bewegte sich auch eine unförmige menschliche Gestalt durch die Dunkelheit. Sie lief nahe am Waldrand entlang, sprang über Wurzelstöcke und brach durch das dichte Strauchwerk. Dann wurde die Gestalt langsamer und löste sich aus dem langen Schatten der Bäume. Sie näherte sich den Häusern am Rand der Ortschaft, wo nur sehr wenige Straßenlaternen standen. Dort richtete sich die Gestalt auf und hob das übergroße Haupt.

Es war ein Wolfskopf. Die lange Schnauze reckte sich witternd in die Höhe. Die spitzen Ohren waren wachsam aufgerichtet. Die tief liegenden Augen spähten durch die erleuchteten Fenster, während die Gestalt auf Zehenspitzen weiterschlich, als suchte sie etwas.

Oder als wäre sie auf der Jagd.

Bei einigen Scheiben verwehrten dichte Gardinen und Vorhänge den Blick hindurch. Durch andere Fenster konnte man ungehindert ins Innere sehen wie in Schaufenster von

Möbelhäusern. Familien lagen auf Sofas vor Fernsehern, andere saßen am Esstisch. Niemand von ihnen ahnte, dass sie aus dem Schutz der Dunkelheit heraus beobachtet wurden. Sie spürten nicht, wie verletzlich sie waren. Wie Schafe, die von Wölfen umkreist werden und ahnungslos grasen, bis das Untier in ihre Herde einbricht und das schwächste von ihnen reißt. Der Wolf konnte sie sehen, sie sahen ihn nicht. In aller Ruhe studierte er sie, sie wussten nichts davon.

Wer den Wolf bemerkte, für den war es zu spät.

Im gepflegten Garten einer imposanten Villa blieb der Wolfsmensch stehen. Hohe Sprossenfenster gaben Einblick in ein stilvoll eingerichtetes Wohnzimmer mit ledernen Sesseln vor einem offenen Kamin. Großflächige Gemälde in barock anmutenden goldenen Rahmen zierten die Wände. Ein Kristallleuchter hing von der hohen Decke herab und verlieh dem Raum eine festliche Note.

In einem der braunen Chesterfieldsessel saß ein älterer Herr und las Zeitung. Auf der entgegengesetzten Seite des Raumes hatte sich eine junge blonde Frau auf einem anderen Sessel in eine zartrosafarbene wollene Decke gekuschelt. Ihre Lippen bewegten sich. Sie sprach mit dem Mann hinter der Zeitung. Vor den Fenstern konnte man keinen Laut der Unterhaltung hören. Es war, als betrachtete man Fische in einem Aquarium.

Der Wolfsmensch stand vollkommen still, den Kopf schräg gelegt und den Blick in das Zimmer gerichtet. Vielleicht war es das warme Licht in dem Raum und die Wohligkeit des Kaminfeuers, die ihn innehalten ließen. Schließlich riss er sich los und trabte zum Wald zurück. Ohne Mühe fand er sich in der Dunkelheit zurecht. Sie gab ihm Geborgenheit, ebenso wie das Licht den Menschen in ihren Häusern. Er verschwand zwischen den dicht stehenden Nadelbäumen und bahnte sich seinen Weg über die steil ansteigende, bewaldete

Höhe. Nicht zu erkennen in der Nacht, bildete sein hechelnder Atem kleine, dampfende Wolken. Sein Schritt war ausdauernd und stetig. Das strähnige Haar des Kopfes und die grobe, dunkle Kleidung waren durchnässt von der kalten, feuchten Luft, aber das störte ihn nicht.

Nach zweieinhalb Stunden stieg er zu einer Lichtung hinab. Er überquerte sie und trat unter die Bäume, die unmittelbar an der angrenzenden nackten Felswand standen. Seine Hände, klamm in den wollenen Handschuhen, tasteten sich an der nasskalten Wand entlang.

Und dann verschwand er, als wäre er plötzlich unsichtbar geworden oder als hätte ihn der Erdboden verschluckt. Wären Leute da gewesen, um die Szene zu beobachten, hätte das Verschwinden des Wolfsmenschen sicherlich Erstaunen erregt. Doch es war niemand da. In der Kälte der Nacht lagen die bewaldeten Berge und die Lichtung einsam und still da. Nur der Wind strich mit hohlem Pfeifen durch die Baumwipfel.

14

Lisa lag quer über dem Bett auf dem Bauch und blätterte in einem Buch. Neben ihr saß Markus Weinberg und rieb ihren Rücken ein.

»Wenn Dr. Baumanns Salbe so stark wirkt, wie sie riecht, bist du im Handumdrehen schmerzfrei.«

Lisa lächelte angespannt. »Noch ist es nicht so weit«, sagte sie. »Du machst das aber gut. Nicht aufhören!«

»Hab ich nicht vor«, antwortete Weinberg, während er mit kreisförmigen Bewegungen die Salbe auf ihrem Rücken verstrich. »Sag mal, was versprichst du dir eigentlich von eurem Besuch in diesem Wiener Archiv? Du hast mir darauf vorhin nicht wirklich eine Antwort gegeben.«

Lisa schloss die Augen. Sie spürte die Hände ihres Freundes auf ihrem Rücken, die Kühle der Salbe und fühlte sich sehr entspannt. Es war beinahe, wie am heimatlichen Bodenseestrand im Sand zu liegen und jemand cremte einen mit Sonnenmilch ein.

Lisa schnurrte und der Polizist musste lächeln. Mit geschlossenen Augen sagte sie: »Franz Kaiser ist vermutlich derjenige, der die Gulden aus dem Archiv gestohlen hat. Wieso hat er das getan? Er war etwas auf der Spur.«

»Vielleicht ist er ein Mörder«, warf Weinberg ein.

»Vielleicht«, gab Lisa zu. »Auf jeden Fall forschte er nach den Ursprüngen der Tobelhocker-Sage. Irgendetwas hat diese Sage mit dem Einbruch und den Morden zu tun.«

Weinberg verschloss die Salbentube und stand auf, um

sich im Badezimmer die Hände zu waschen. Lisa öffnete die Augen und setzte sich auf den Rand des Bettes. Mit vorsichtigen Bewegungen zog sie sich ihre Bluse an. »Sowohl die Umstände der damaligen Zeit als auch die Tobelhocker-Sage, die daraus entstand, sind erschütternd, aber auch faszinierend«, sagte sie in Richtung Badezimmer. »Franz Kaiser war in Wien. Er hatte ganz bestimmte Unterlagen im Blick, von denen er sich weitere Einblicke versprach, kam aber nicht an sie heran. Zumindest haben wir bei ihm nichts davon gefunden. Vielleicht haben wir mehr Erfolg.«

»Deine Neugier«, kommentierte Weinberg, der gerade aus dem Badezimmer trat, »macht mir manchmal Angst, weißt du das?« Er setzte sich zu ihr auf das Bett und nahm sie in den Arm. »Und sie ist einer der Gründe, weshalb ich dich liebe.«

*

Gegen Mitternacht, als Lisa und Grünwald in das Abteil des Zuges stiegen, der sie nach Wien bringen sollte, war es immer noch kalt und regnerisch. Die beiden Reisenden hatten jeweils nur eine kleine Tasche bei sich, da in Wien keine Übernachtung eingeplant war. Am frühen Vormittag würden sie in der österreichischen Hauptstadt eintreffen und am Nachmittag die Nationalbibliothek besuchen. Für die Rückfahrt hatten sie wieder den Nachtzug reserviert.

Sie bahnten sich suchend ihren Weg durch das Großraumabteil, bis sie ihre Plätze gefunden hatten. Lisa nahm am Fenster Platz, Grünwald neben ihr. Es war ein recht neuer Zug, auffallend sauber und mit modernen Sitzen ausgestattet.

Nach wenigen Minuten setzte sich der Zug in Bewegung. Die Abfahrt war pünktlich auf die Minute, fiel Lisa auf. »Wir sind in der Schweiz«, schmunzelte Grünwald.

»Spätestens jetzt hätte ich es gemerkt«, sagte Lisa. »So eine Pünktlichkeit ist man in Deutschland gar nicht mehr gewohnt.«

»Und wir müssen nicht umsteigen. Eine Direktverbindung, sehr angenehm.«

»Trotzdem sind wir sieben Stunden unterwegs. Man denkt gar nicht, dass Wien so weit im Osten liegt.«

»Das ist so«, stimmte Grünwald zu. »Aber von Wien aus sind es immerhin nur etwas mehr als 50 Kilometer bis Bratislava.«

Lisa blickte aus dem Fenster. Die immer schwereren Wolken, die sich am Himmel zusammenzogen und die Spitzen der schneebedeckten Berge einhüllten, waren für sie unsichtbar. Sie sah lediglich ihr eigenes Spiegelbild in der Scheibe. Die Welt dahinter lag in schwarzem Dunkel, so als flöge der Zug mit seinen Passagieren durch die schwarze Tiefsee.

Aurelia hatte sie mit dem Auto zu einem nahen schweizerischen Bahnhof gebracht. In Liechtenstein selbst hielten an den drei Stationen des Landes lediglich Nahverkehrszüge. Man konnte auch nicht mit dem Flugzeug abheben. Das Land erschien Lisa wie eine kleine grüne Verkehrsinsel auf der großen Kreuzung Europa.

Leichter Regen fiel gegen das Fenster. Die einzelnen Tropfen vereinigten sich und liefen in beinahe waagerechten Bächen an der Scheibe entlang, während der Zug mit hoher Geschwindigkeit Vorarlberg hinter sich ließ und durch Tirol raste. Hin und wieder flackerten ein paar Lichter von nahen Dörfern und Gehöften im Dunkeln vor dem Fenster auf und flogen wie Funken vorüber.

Lisa zog ihre Handtasche, die vor ihren Füßen gelegen hatte, zu sich herauf und fischte ein Buch heraus. Grünwald spähte auf den Titel.

»›History of Switzerland‹. Ein fundiertes Werk, nicht zu sehr in die Tiefe gehend, aber genau richtig, wenn man sich einen Überblick verschaffen will.«

Die Archivarin antwortete: »Darum ging es mir. Gerade lese ich das Kapitel über die Religionskriege im 16. Jahrhundert.«

»Ich beneide Sie.«

Lisa sah ihn verwundert an.

»Ich meine, dass Sie im Zug lesen können«, präzisierte Grünwald. »Mir wird immer unwohl dabei.«

»Ach so«, sagte Lisa. »Ich kann überall lesen, glaube ich. Wahrscheinlich könnte ich auch in einer Achterbahn lesen. Habe ich aber noch nicht ausprobiert.«

Grünwald lächelte. »Wenn es Sie nicht stört, werde ich versuchen, ein wenig zu schlafen. Wecken Sie mich, wenn wir St. Pölten hinter uns haben. Dann können wir das Bord-Restaurant aufsuchen, um zu frühstücken.«

*

Schlaftrunken drehte sich Markus Weinberg zur Mitte des Bettes und streckte seinen Arm nach der anderen Bettseite aus. Erstaunt tastete er mit der Hand umher.

Nichts.

Im nächsten Augenblick war er hellwach. Erst jetzt erinnerte er sich. Lisa war mit Grünwald auf dem Weg nach Wien. Oder waren sie vielleicht inzwischen dort? Weinberg griff nach seiner Armbanduhr, die auf dem Nachttischchen lag. Kurz nach halb acht. Wenn alles nach Plan gelaufen war, mussten sie bereits angekommen sein. Er nahm sein Mobiltelefon und prüfte die eingehenden Nachrichten. Tatsächlich. Lisa hatte sich schon gemeldet: *Guten Morgen, Schatz. Wir sind gut in Wien angekommen. Wünsche dir einen schönen Tag. Liebe dich.*

Auf der Bettkante sitzend schrieb er ihr zurück: *Genieß die Stunden in Wien, Liebling. Ich weiß, dass du das tust, schließlich besuchst du ja eine Bibliothek! Freu mich, dich wiederzusehen, liebe dich auch.*

Draußen vor dem Fenster war noch alles dunkel. Es schien ihm, als könnte er die feuchte Kälte dieses neuen Tages durch die geschlossenen Scheiben spüren. Hoffentlich hatten Lisa und Grünwald besseres Wetter in Wien!

Eine Kirchturmuhr schlug Viertel vor acht. Gähnend ging er ins Badezimmer. Im Glas vor dem Spiegel stand eine einzelne Zahnbürste. Während er sich die Zähne putzte, dachte er darüber nach, wie sehr er sich daran gewöhnt hatte, mit Lisa zusammen zu sein. Er konnte sich gar nicht mehr vorstellen, wie es gewesen war, als er sie noch nicht gekannt hatte. Es kam ihm vor, als wäre die Zeit davor so dunkel und kalt gewesen wie der trübe heutige Tag da draußen. Als hätte er davor nicht wirklich gewusst, was Liebe bedeutete. Oder leben.

Auch nur ein paar Tage von Lisa getrennt zu sein, tat irgendwie weh. Natürlich wusste er, dass das völlig in Ordnung war. Er war niemand, der klammerte. Er wusste, Liebe atmete Freiheit oder sie erstickte. Zu dem Wunderbaren in der Beziehung zwischen Lisa und ihm gehörte, dass sie sich auf Augenhöhe begegneten. Zwei Menschen, die keine Beziehung *brauchten,* sondern die in Freiheit zueinander Ja sagten. Die nicht von einem anderen Menschen erwarteten, dass er sie glücklich machte, sondern die ihr Glück darin fanden, dass sie füreinander da waren.

Der Polizist spülte seinen Mund aus und stellte die Zahnbürste zurück ins Glas.

Lisa war der Glücksfall seines Lebens. Wie sie ihn ansah. Unter ihrem Blick hatte er Räume in seinem Innern entdeckt, die ihm vorher verschlossen gewesen waren. Von denen er gar nicht gewusst hatte, dass es sie gab. Zusammen mit Lisa hatte er sich selbst entdeckt, so verrückt sich das auch anhörte.

Er liebte ihre Art, die Welt zu betrachten, ihre Neugierde und ihren Mut. Er liebte ihr Lachen, dass sie rot werden konnte und wie sie alles andere vergaß, wenn sie sich erst einmal auf eine Sache eingelassen hatte.

Bei der Wahl der Dinge, auf die sie sich einließ, gab es jedoch vielleicht noch Optimierungsmöglichkeiten, dachte Weinberg seufzend.

*

Lisa fühlte sich wie gerädert. Die beinahe schlaflose Nacht im Zug forderte ihren Tribut. Aber das war nichts, das nicht mit gutem Willen und einer starken Tasse Kaffee in den Griff zu bekommen wäre. Sie sah sich neugierig um. Ein Hinweisschild wies auf die Bahnhof City hin. Verschiedene Fast-Food-Ketten versprachen dort neben zahlreichen Geschäften alles, was das Konsumentenherz begehrte.

»Kommen Sie«, meinte Grünwald, »lassen Sie uns in die Innenstadt fahren. Wenn wir schon in Wien sind, wäre es schade, in einem Schnellimbiss zu essen.«

»Das stimmt«, sagte Lisa und schulterte ihre Tasche. »Dort vorne geht es zu den S-Bahnen.«

Mit der U1 waren es nur drei Stationen bis zum Stephansplatz. Sie fuhren die Rolltreppen nach oben und blinzelten im spätherbstlichen Sonnenlicht. Vor ihnen auf dem historischen Platz erhob sich der aus weißem Stein erbaute Dom wie eine Wirklichkeit gewordene Postkarte.

Obwohl sie durstig waren, wollten sie als Erstes der berühmten Kathedrale einen Besuch abstatten. Sie betraten sie durch das romanische Hauptportal auf der westlichen Seite. Trotz der zahlreichen Touristen verströmte der hohe, gotische Raum das Gefühl zeitloser Würde und Sakralität. Lisa spürte den Atem einer alten und immer noch sehr lebendigen Geschichte.

Erst nach diesem Besuch sahen sie sich nach etwas zu trinken um. Lisa hatte ganz in der Nähe einen Buchladen erspäht. Auf einem Schild neben dem Eingang las sie, dass man darin auch Kaffee angeboten bekam. Sie machte ihren Begleiter darauf aufmerksam.

Grünwald schüttelte den Kopf. »Wenn Sie dort einen Kaffee trinken wollen, tun Sie es ruhig«, meinte er freundlich. »Ich werde mich nach einer anderen Gelegenheit umsehen.«

Als Lisa fragend die Augenbrauen hob, erklärte er: »Wahrscheinlich bin ich in dieser Beziehung altmodisch, aber ich finde, Buchläden sollten Bücher verkaufen und Banken Geldgeschäfte tätigen. Essen und Trinken anzubieten ist Sache von Cafés und Restaurants. Dort gehören sie für mich hin. Sonst muss man irgendwann in der Bäckerei seine Medikamente abholen und im Supermarkt seine Post aufgeben.«

»Letzteres ist doch schon so«, warf Lisa lächelnd ein.

»Im Übrigen«, ergänzte Grünwald, »ist Kaffeetrinken in Wien Kultur! Und natürlich Sache eines Kaffeehauses.«

Der Enthusiasmus des alten Archivars war ansteckend.

»Gut«, sagte Lisa. »Dann auf in eines der berühmten Wiener Kaffeehäuser!«

*

In Vaduz lud das Wetter nicht zum Spazierengehen ein. Weinberg hatte seinen ursprünglichen Plan, zu Fuß ein wenig die Gegend um die Landeskapitale zu erkunden, aufgegeben und war den ganzen Vormittag im Hotel geblieben.

Über Mittag hatte Prof. Barakat sich freigenommen, um ihn zum Essen einzuladen. Sie trafen sich um 12 Uhr vor dem Landesmuseum, und der Direktor führte ihn aus der Fußgängerzone hinaus vorbei an der Fürstlichen Bank zu einem Gasthof. Schon als Weinberg die weißen Servietten und die verschiedenen Weingläser auf den Tischen sah, wusste er, dass es sich nicht um ein Restaurant seiner Preisklasse handelte.

Weinberg hatte sich bemüht, der Aufforderung Barakats nachzukommen und bei der Wahl der Speisen die Preise nicht zu beachten, da er eingeladen sei. Hätte er selbst bezahlen müssen, hätte er sich wohl mit einem kleinen grünen Salat begnügt. So aber genoss er ein Rindsfiletsteak mit Pfeffersoße und Rosmarinkartoffeln. Barakat hatte Rochenflügel mit Kapern und Kartoffelpüree bestellt. Zum Nachtisch probierten sie eine Beeren-Lasagne.

Die Konversation verlief unkomplizierter, als Weinberg befürchtet hatte. Barakat war ein großartiger Erzähler. Ob es Geschichten aus seiner alten Heimat waren oder aktuelle Begebenheiten aus Vaduz, es war interessant, ihm zuzuhören. Der Museumsdirektor interessierte sich jedoch auch für seinen deutschen Gast und dessen Leben. Weinberg musste von seiner Arbeit bei der Polizei und von seiner Beziehung mit Lisa berichten, und weil Barakat ein so guter Zuhörer war, tat er es sogar gern, obwohl Weinberg sonst nicht dafür bekannt war, viel von sich preiszugeben.

Nach dem Essen schlenderten sie durch den kalten Nieselregen zurück zum Hotel. Vor einer Bar, die bereits geöffnet hatte, blieb Barakat stehen. Er hatte in dem beleuchteten Raum einen jungen Mann am Fenster entdeckt. Der Mann saß zusammengesunken da und starrte in sein Whiskyglas. Das Gesicht kam Weinberg bekannt vor.

»Ein Jammer«, sagte der Museumsdirektor. »Was ist mit dem Jungen los, dass er schon am Mittag trinkt?«

»Sie kennen den Mann?«, fragte Weinberg.

»Ja«, antwortete Barakat, »das ist Hansrudi, der Sohn meines Freundes Fidel Meier. Sie haben ihn kennengelernt, wir waren am Mittwochabend zusammen essen. Er hat Sie chauffiert.«

»Ach ja«, sagte Weinberg. Jetzt fiel ihm die Familienähnlichkeit zwischen Vater und Sohn auf. Deshalb war ihm der junge Mann bekannt vorgekommen.

»Hat er Probleme?«, erkundigte er sich mehr aus Höflichkeit als aus Interesse.

Der Museumsdirektor antwortete nicht sofort. Er sah weiter durch das große Fenster auf Hansrudi Meier, der wie ein Häuflein Elend dasaß und in seinen Whisky starrte.

»Ich weiß von keinen«, sagte er schließlich. »Aber Hansrudi war immer schon ein schwieriger Charakter.«

Barakat warf Weinberg einen fragenden Blick zu, und als der Polizist zustimmend nickte, betraten sie die Bar.

»What a pleasure!«, begrüßte sie Hansrudi. Seine Stimme erschien dem Polizisten ein wenig unsicher. Seine Körperhaltung sprach ebenfalls dafür, dass das Glas vor ihm nicht sein erstes war.

»Bitte, nehmt Platz. Wollt ihr auch was?«

»Einen Kaffee«, sagte Barakat.

»Für mich ein Bier«, sagte Weinberg.

»Also einen Kaffee, ein Bier und einen *Refill* für mich«, orderte Hansrudi bei der Bedienung, die inzwischen an den Tisch getreten war.

Weinberg entging der besorgte Blick der jungen Frau nicht, den diese bei der Bestellung auf ihren Gast warf. Und auch nicht der Geruch von welkem Laub, der von dem jungen Mann ausging.

»Denk nichts Falsches, Youssef«, sagte Hansrudi, nachdem die Bedienung die Getränke vor ihnen auf den Tisch gestellt hatte. »Ich bin kein Alkoholiker. Ich habe frei und genehmige mir mal einen Drink. Ein bisschen die Lebensgeister wecken, wenn du verstehst, was ich meine.«

Weinberg sah aus dem Fenster. In dem trüben Licht fiel ihm eine Gruppe von Leuten auf, die schräg gegenüber vor dem Eingang zu einem Bürohaus stand. Es waren vier Männer und eine Frau. Die orientalisch anmutenden Hotelgäste, dachte Weinberg.

»Also geht es dir so weit gut?«, fragte der Museumsdirektor Hansrudi mit gespielter guter Laune.

»Das würde ich nicht unbedingt sagen«, antwortete Hansrudi und kippte seinen Whisky hinunter. »Meine Gedanken bewegen sich zurzeit zwischen Strick und Pistole.«

»Mach mir keine Angst, Hansrudi!«, rief Barakat erschrocken. »Was ist denn los?«

Der junge Mann winkte mit einem bitteren Lächeln ab. »Nein, nein, keine Sorge. Mein Studium nervt mich, und meine Freundin hat mich abgeschossen. Das ist alles. Was soll ich sagen? *Shit happens.*« Er entflammte ein Streichholz und zündete sich eine Zigarette an.

Barakat senkte mit betretenem Gesichtsausdruck den Kopf.

Weinberg wandte sich wieder zum Fenster. Die Männer und die Frau waren weg. Er blickte suchend die Fußgängerzone hinauf und hinunter, aber sie waren nirgendwo mehr zu entdecken.

»Was ist passiert?«, fragte er unvermittelt den jungen Mann. »Hat sie einen anderen?«

Hansrudi sah Weinberg für einen Augenblick verblüfft an. Er zog intensiv an seiner Zigarette und entgegnete: »Nein, sie hat keinen anderen. Ich bin ihr nicht gut genug. Hey, Laura! Bring mir noch mal einen Doppelten *on the rocks!*«

»Meinst du wirklich, du solltest …?«, versuchte Barakat zu intervenieren.

Hansrudi beachtete ihn gar nicht. Er beugte sich vor. Seine Augen waren gerötet, sein Atem roch penetrant nach Alkohol. »Hier gelten noch Gesetze aus dem Mittelalter«, raunte er. »Uralte Geschichten, verstehst du?« Dann drehte er sich zu der Theke um. »Wo bleibt mein Whisky, Laura?«

»Kommt schon«, sagte sie und reichte ihm das Gewünschte. »Das ist jetzt aber der letzte.«

»Danke.«

Der junge Mann nahm das Getränk in Empfang und starrte eine Weile wie gebannt hinein. Die Eiswürfel in der goldenen Flüssigkeit blinkten und glitzerten. Ohne aufzublicken, murmelte er: »Aber vielleicht passen Schafe und Wölfe eben einfach nicht zusammen.« Mit zitternden Fingern drückte er die Zigarette im Aschenbecher aus und trank den Whisky in einem Zug aus.

*

Dr. Tilly Profalla erwartete die Besucher vor dem Eingang der Österreichischen Nationalbibliothek am Josefsplatz. Sie war eine schlanke, beinahe knochige Frau mit schulterlangen graublonden Haaren. Lisa schätzte sie auf 60 oder ein paar Jahre mehr. Dr. Profalla trug einen grauen Rock und dazu einen grauen Blazer. Die einzigen Farbflecke an ihr waren die feine goldene Brille und ihre rot geschminkten Lippen.

Sie begrüßte Lisa und Grünwald mit einem höflichen Lächeln und reichte beiden die Hand. »Willkommen in Wien. Prof. Barakat hat mich gebeten, Ihnen behilflich zu sein. Ihr Anliegen ist überaus ungewöhnlich, muss ich sagen.«

»Es ist sehr freundlich von Ihnen, Dr. Profalla, dass Sie sich so spontan bereit erklärt haben, uns zu führen«, sagte Grünwald.

»Ich tue es für Youssef. Den Eintritt müssen Sie allerdings trotzdem bezahlen«, informierte Dr. Profalla. »Dort vorne ist die Kasse.«

»Das werden wir gerne tun«, sagte Grünwald und kramte die Münzen aus der Tasche. Dann folgten sie der Kuratorin, die ihnen mit zügigem Schritt voranging. Der Weg führte sie durch den berühmten barocken Prunksaal. Mehr als 200.000 Bände standen in den hohen Regalen. Über ihnen wölbte sich die helle Kuppel mit den Fresken von Vater und Sohn Fischer von Erlach. Unwillkürlich senkten sie ihre Stimmen.

»Das ist wirklich beeindruckend«, raunte Lisa.

»Eine der bedeutendsten Sammlungen der Welt«, erwiderte Grünwald. »Hoffentlich haben Sie einmal die Gelegenheit, hierher zurückzukommen. Mit etwas mehr Muße.«

Um sie herum spazierten Dutzende von Touristen zwischen den Bücherwänden umher und plauderten ungezwungen in verschiedenen Sprachen. Grünwald und Lisa hingegen war nicht nach Plaudern zumute. Sie empfanden eine Mischung aus Ehrfurcht und Freude, beinahe wie in einem Heiligtum. Immer wieder hörten sie Ausrufe der Begeisterung, wenn eine Besuchergruppe eine neue Perspektive für ein Erinnerungsfoto suchte, und doch fühlten sie sich eigenartig fremd unter all den Menschen, die das Äußere dieser weltberühmten Bibliothek bestaunten.

Es war, als vernähmen sie allein die Klänge eines großartigen Konzerts, das mit immer neuen Variationen und überraschenden Improvisationen ihre Herzen berührte. All diese Bücher klangen zusammen in einer überwältigenden Symphonie der europäischen und globalen Geistesgeschichte. Hinter jedem einzelnen Buchdeckel verbarg sich eine Welt. Die Universen dieser unzähligen Bände, dessen waren sich die beiden Archivare bewusst, waren jedoch keine Parallelwelten neben der realen Welt, in der die Menschen ihr alltägliches Leben lebten. Die Männer und Frauen, die diese Bücher geschrieben hatten, hatten mit ihren Gedanken und Studien die reale Welt mitbegründet und durch ihre Beschreibungen, Überlegungen und Interpretationen so manchem Ereignis der Geschichte erst seine Bedeutung gegeben. Und nicht wenige hatten die großen und kleinen Ereignisse der Geschichte überhaupt erst Wirklichkeit werden lassen. Hier wehte der Geist, der die Welt geformt hatte und sie noch formte. Denn am Anfang jeder Geschichte stand ein Gedanke, und es war das Denken des Menschen, das alles Tun bewirkte. Hier befanden sie sich inmitten einer unermesslichen Sammlung von Forschung und Wissen, von Glauben und Erfahrung, die jeden berühren musste, der danach fragte, was die Welt im Innersten zusammenhielt.

Ohne dass Grünwald und Lisa sich darüber austauschten, wussten sie, dass sie von denselben Gefühlen erfüllt waren.

Dr. Profalla blieb stehen und blickte sich prüfend um. Dann öffnete sie eine Tür, die sich unauffällig zwischen einer hölzernen Bücherwand und einer Säule befand. Sie ließ die Besucher vorangehen und schloss hinter ihnen sorgfältig ab. Sie gelangten in ein enges Treppenhaus, das außer einer Halterung mit einem roten Feuerlöscher völlig kahl war. Der Gegensatz zu dem barocken Saal, aus dem sie gerade gekommen waren, hätte nicht größer sein können. Die Kuratorin wies zur Treppe.

»Darf ich vorangehen?«

Zu Lisas Überraschung führte die Treppe nicht nur ein oder zwei Stockwerke, sondern deutlich weiter hinab. Schließlich endete sie vor einer stählernen Tür. Dr. Profalla steckte einen größeren und danach einen kleineren Schlüssel in die Schlösser und zog anschließend die schwere Tür auf.

»Ich vermute, dass hier wertvolle Handschriften lagern?«

»Das ist richtig, Dr. Grünwald«, antwortete die Kuratorin. »Ihr gesuchter Themenbereich befindet sich allerdings noch eine Tür weiter.«

Mit diesen Worten ging sie den Besuchern voran durch einen langen Gang, an dessen Seiten feuerfeste Schränke angebracht waren. Ganz hinten stand ein Panzerschrank, der bis unter die Decke reichte. Mit einem süffisanten Lächeln ihrer roten Lippen deutete Dr. Profalla auf den Schrank und sagte: »Wir müssen dort hinein.«

»In den Schrank?«, fragte Lisa erstaunt.

»So ist es.«

Dr. Profalla schloss die vermeintliche Schranktür auf und stieg durch die dunkle Öffnung. Innen musste es einen Lichtschalter geben, denn auf einmal wurde es darin hell. Lisa und Grünwald folgten der Kuratorin. Sie gelangten in einen Raum, der von einer altersschwachen Neonröhre notdürftig beleuchtet wurde. Eine niedrige Gewölbedecke spannte sich über hölzerne Schränke mit Glastüren, die mit Büchern, losen Blättersammlungen und verschiedenen weiteren Gegenständen vollgestopft waren.

Ungläubig trat Lisa an eine der Vitrinen. Das Glas war trübe geworden. Lisa erkannte zwischen Schriftrollen ein silbernes Kästchen mit arabischen oder persischen Gravuren und daneben einen deformierten knöchernen Schädel. Erschrocken wandte sie sich einem anderen Schrank zu, in dem antike Fläschchen mit farbigen Flüssigkeiten aufbewahrt wurden. Was mochten sie enthalten?

Die Stimme von Grünwald holte sie aus ihren Betrachtungen. »Sind das die Unterlagen des Pfarrers Kriss?«

Sie trat an den antiken Tisch, der in der Mitte des Raumes stand. Auf ihm lagen mehrere vergilbte Blätter.

»Korrekt«, bestätigte die Kuratorin. »Ich habe mir erlaubt, sie für Sie herauszusuchen.«

»Vielen Dank, Dr. Profalla«, sagte Grünwald. »Darf ich noch fragen, weshalb diese Briefe hier unten unter solchen Sicherheitsmaßnahmen gelagert werden? Ich bin sicher, dass die Bibliothek im Besitz Hunderter Schriftstücke ist, die von wesentlich größerem Wert sind, nicht?«

»Tausende, Dr. Grünwald«, antwortete sie kühl, »Abertausende. Dieser Raum beherbergt nicht die wertvollsten Schriften.«

»Sondern?«, wagte Lisa zu fragen.

»Sondern die gefährlichsten«, antwortete Dr. Profalla und sah sich im Gewölbe um. »Wir nennen diesen Raum das Gruselkabinett. Diese Gewölbe gehören zu den Kellern des Klosters, das sich einst an dieser Stelle über uns erhob. Unter den Habsburgern wurden hier Schriften gesammelt, die – wie soll ich sagen? – mit besonderer Vorsicht zu behandeln waren.«

»Wie sollen wir das verstehen?«

»Es handelt sich samt und sonders um Schriften, die übernatürlichen Inhalts sind.«

»Übernatürlichen Inhalts?«, echote Lisa.

Grünwald sagte: »In all meinen Jahren als Archivar habe ich nie von dieser Sammlung gehört. Wie kommt das?«

Dr. Profalla nickte befriedigt. »Die Sammlung ist geheim. Sie ist weder der Öffentlichkeit zugänglich noch steht ihr Inhalt wissenschaftlichen Kreisen zur Verfügung.«

»Sie meinen, sie ist ein Staatsgeheimnis? Von dem nur die Regierung weiß?«

»Wo denken Sie hin? Politiker kommen und gehen. Außerdem sind Politiker nicht gerade für ihre Diskretion bekannt oder für ihre Kompetenz. Nein, von diesem Ort wissen nur einige handverlesene Gelehrte.«

»Und weshalb haben wir die Ehre, in dieses Geheimnis eingeweiht zu werden?«

Dr. Profalla maß den Archivar mit undurchdringlicher Miene. »Wie ich Ihnen bereits gesagt habe, handelt es sich um einen Gefallen für Prof. Barakat. Ich werde Sie jetzt für eine Stunde mit den Unterlagen von Pfarrer Kriss allein lassen. Sie können sie sich in Ruhe ansehen und auch Notizen machen, wenn Sie wollen. Die Unterlagen dürfen diesen Ort jedoch niemals verlassen.«

15

Über Vaduz lag tiefe Dunkelheit. Der Wind war frisch. Regentropfen mischten sich in die kalte Luft. Auf der gegenüberliegenden Seite eines kahlen betongrauen Platzes erspähte Weinberg die Lichter der Bar, in der er heute Mittag mit Barakat und dem Sohn von Meier gesessen hatte. Er hatte keine Lust, alleine im Hotelzimmer zu sitzen. Mit hochgeschlagenem Kragen schritt Weinberg auf den Eingang zu und trat ein. Es befanden sich nur wenige Menschen darin. Weinberg setzte sich an den Tresen und bestellte ein Bier. Über einen großen Spiegel an der Wand warf er einen unauffälligen Blick auf eine Gruppe, die rechts hinter ihm am Fenster saß. Sie waren ihm gleich beim Betreten aufgefallen. Schon wieder die orientalisch aussehenden Gäste aus dem Hotel, dachte er. Der Polizist sah genauer hin. Konnte es sein, dass auch sie ihn misstrauisch musterten?

»Na, Banker oder Tourist?«

Weinberg wandte sich nach links. Neben ihm am Tresen hatte ein Mann in einem modischen Anzug Platz genommen und betrachtete ihn neugierig.

Als Weinberg nicht gleich antwortete, streckte er ihm die Hand entgegen und sagte: »Wanger ist mein Name, Florin Wanger.«

Weinberg erwiderte den Gruß. »Ich bin Markus Weinberg.«

»Ein Deutscher«, stellte Wanger fest.

»Ja«, bestätigte Weinberg. »Und ich bin tatsächlich Tourist.«

»Ja, es ist schön hier. Ich hoffe, es gefällt Ihnen.«

Bevor Weinberg antworten konnte, rief Wanger nach dem Barkeeper und bestellte einen Scotch. Während er seinen Krawattenknoten lockerte, fuhr er an Weinberg gewandt fort: »Ich leite hier ein Treuhandbüro und habe etwas zu feiern. Leider hatte meine Partnerin keine Zeit – oder keine Lust, wer weiß. Der Neid auf die Erfolgreichen macht selbst vor den eigenen Partnern nicht Halt. Das ist der Preis, wenn man an der Spitze steht. Ich bin das gewohnt. Cheers!«

Weinberg griff nach seinem Bier und stieß mit Wanger an.

Der Treuhänder trank aus und bestellte noch einen Scotch. Dann redete er weiter: »Wenn du an die Spitze willst, musst du nicht nur alles geben, du musst auch bereit für die Einsamkeit sein, denn Erfolg macht einsam. Nicht dass ich ständig einsam wäre, das wollte ich damit nicht ausdrücken, ich schlafe nicht jede Nacht allein.«

Mit diesen Worten zwinkerte er Weinberg komplizenhaft zu. Dieser brachte ein gezwungenes Lächeln zustande. Seinem redseligen Nachbarn schien das zu genügen. Er legte die Hand auf Weinbergs Arm und raunte: »Ich werde mir jetzt die Nase pudern gehen, wenn Sie verstehen, was ich meine. Eine kleine Stärkung zu mir nehmen. Möchten Sie auch? Ich lade Sie ein, weil Sie mir sympathisch sind.«

Weinberg schüttelte halb erstaunt und halb belustigt den Kopf.

»Wer nicht will, der hat schon«, sagte Wanger nicht im Geringsten beleidigt. »Bin gleich zurück.«

Weinberg sah ihm nach, wie er auf der Herrentoilette verschwand. Dann drehte er sich auf seinem Barhocker wieder nach vorne und blickte reflexartig in den großen Spiegel. Die Plätze, an denen die Hotelgäste gesessen hatten, waren leer.

*

Grünwald und Lisa setzten sich an einen Marmortisch des Kaffeehauses in unmittelbarer Nähe zum Rathausplatz. Sie hatten noch Zeit bis zur Abfahrt ihres Zuges. Behaglich lehnte sich der Archivar in seinem Thonet-Stuhl zurück und betrachtete zufrieden die holzgetäfelten Wände und das gediegene Interieur.

Lisa studierte mit einem hilflosen Gesichtsausdruck die Karte. »Ich bin etwas überfordert. Eigentlich wollte ich nur einen Kaffee bestellen und jetzt stehe ich vor der Wahl zwischen einem Einspänner, einem kleinen oder großen Braunen, einem Franziskaner, Kapuziner, Fiaker und so weiter. Wie viele Kaffeearten sind hier überhaupt aufgeführt?«

»Da ich weiß, wie Sie ihn für gewöhnlich gerne trinken, lassen Sie mich bestellen«, bot sich Grünwald an. Er winkte und sagte: »Herr Ober, bitte einen verlängerten Schwarzen für die Dame und eine Melange für mich. Und zwei Apfelstrudel.«

»Sehr wohl, die Herrschaften.«

In diesem Augenblick meldete sich Lisas Mobiltelefon. Sie warf Grünwald einen entschuldigenden Blick zu. »Das ist Markus. Stört es Sie, wenn ich kurz …?«

»Aber nein«, antwortete der Archivar. »Nehmen Sie sich Zeit. Und grüßen Sie ihn recht herzlich von mir.«

Lisa las, was Markus ihr geschrieben hatte. Gerührt beobachtete Grünwald, wie sie lächelte, während sie eine Antwort tippte.

»Wissen Sie«, sagte sie und stieß mit einer kleinen silbernen Gabel in den Apfelstrudel, »ich wollte Ihnen ja noch etwas erzählen von Markus und mir.« Sie schob sich den ersten Bissen in den Mund. »Das ist der beste Apfelstrudel, den ich je gegessen habe!«

Grünwald musste lachen. Er pflichtete ihr bei: »Ja, er ist bemerkenswert gut.« Gerade als der alte Archivar nachfragen wollte, was Lisa ihm erzählen wollte, piepste ihr Telefon wieder. Sie sah nach und sagte: »Entschuldigung. Markus lässt Sie auch grüßen.«

»Danke.«

»Was meinen Sie, was haben wir da in der Nationalbibliothek entdeckt?«, fragte Lisa, während sie nach der Tasse griff.

»Wir haben Stimmen aus der Vergangenheit gehört«, sagte Grünwald leise. »Stimmen, die von großem Unrecht zeugen und von menschlichen Abgründen.«

»Sie meinen das Unrecht der Denunziation und der Hexenverfolgung, Dr. Grünwald?«

»Ja. Zunächst dieses. Und dann das Unrecht, das daraus geboren wurde.«

»Ist nicht verzeihen zu können ein Unrecht?«, fragte sie nachdenklich.

Grünwald erwiderte ihren Blick ernst. »Nein«, sagte er, »es ist kein Unrecht, wenn man nicht verzeihen kann. Aber wenn man nicht verzeihen *will,* führt das zu Leid, das viel weiteres Leid nach sich zieht.«

*

Weinberg hatte sich gerade ein zweites Bier bestellt, als Wanger aus der Toilette zurückkam. Mit einem breiten Grinsen setzte sich der Treuhänder neben ihn und griff nach seinem Whisky. Auf einmal runzelte er die Stirn. Ein Mann und eine Frau hatten die Bar betreten. Wanger zog einen blauen Geldschein aus seiner Hosentasche, legte ihn auf den Tresen und sagte hastig zu Weinberg: »Ich muss los. Habe was vergessen. Sie sind eingeladen, genießen Sie Ihre Ferien.«

Bevor Weinberg antworten konnte, verließ Wanger die Bar. Er sah dem Mann verwundert nach.

Die beiden Neuankömmlinge setzten sich an den Tisch

hinter Weinberg. Sie sprachen nicht laut, dennoch konnte er ihr Gespräch in der halb leeren Bar verstehen.

»Wir haben Feierabend, okay?«, sagte die Frau gerade.

Der Mann entgegnete: »Ja, ich weiß. Trotzdem lässt mich die Sache nicht in Ruhe.«

»Probier's mal mit Yoga. Irgendwas, das dir hilft, abzuschalten. Oder, wenn du weniger Geld ausgeben willst, trink was.«

Der Barkeeper brachte zwei Flaschen Bier an den Tisch, obwohl die beiden nichts bestellt hatten. Sie mussten also Stammgäste sein, kombinierte Weinberg.

»Und immer die verdammten Gulden aus dem Museum neben den Leichen«, setzte der Mann das Gespräch fort. »Ich sag dir was, dieser Barakat weiß mehr, als er uns sagt.«

»Da hast du wahrscheinlich recht«, sagte die Frau. »Wir haben immer noch Kaiser ganz oben auf unserer Liste. Zumindest sieht das der Chef so. Dank dir.«

»Kaiser kann inzwischen überall sein. Wieso gibt es keinen internationalen Haftbefehl, zum Teufel?«

»Du weißt doch: In den oberen Etagen geht es immer mindestens so sehr um die Reputation des Landes wie um die Aufklärung von Verbrechen.«

»Traurig, aber wahr.«

Weinberg wandte sich zu den beiden um. Er hob sein Bier in einer zuprostenden Geste. »Kollegen, wie es scheint.«

Die beiden sahen ihn erstaunt an. Die Frau fing sich als Erste. Sie fragte: »Was meinen Sie damit?«

»Sie sind doch bei der Polizei?«, antwortete Weinberg. »Mein Name ist Markus Weinberg. Ich bin auch Polizeibeamter.«

»Aber offensichtlich nicht von hier?«, fragte der Mann.

»Nein, ich gehöre zur Polizei Baden-Württemberg. Ich mache hier ein paar Tage Urlaub, und zwar als Freund von Prof. Barakat.«

Die Beamten warfen sich einen überraschten Blick zu. Dann zuckte der Mann mit den Schultern und sagte: »Wir können trotzdem nicht mit Ihnen über unsere Arbeit sprechen, das werden Sie verstehen.«

»Andererseits …«, begann die Frau und nickte ihrem Kollegen vielsagend zu, »können wir unter Polizisten offen reden. Setzen Sie sich doch zu uns, Herr Weinberg! Ich bin Alice Marxer. Das ist Timo Vogt. Von wo aus Baden-Württemberg kommen Sie?«

»Vom Bodensee«, antwortete Weinberg.

»Eine schöne Gegend. Woher kennen Sie Prof. Barakat?«

»Wir haben einen gemeinsamen Freund, Dr. Sebastian Grünwald.« Weinberg hatte sofort gemerkt, dass die Beamtin ihn aushorchen wollte. Um schneller zu dem Thema zu kommen, das ihn selbst ebenso interessierte wie die zwei Polizisten, fügte er hinzu: »Kaum waren wir angekommen, erfuhren wir von dem Diebstahl im Museum.«

»Wie lange sind Sie schon im Land, Herr Weinberg?«

»Seit vier Tagen. Und hier ist ganz schön was los, muss ich sagen.«

»Und Sie sind mittendrin, wie es scheint. Wenn Sie unser Gespräch vorhin belauscht haben …«

»Belauscht würde ich es nicht nennen.«

»… dann wissen Sie, dass wir Prof. Barakat verdächtigen, Informationen zurückzuhalten. Was denken Sie darüber? Und keine Angst, wir unterhalten uns ganz ungezwungen und inoffiziell. Was Sie sagen, bleibt selbstverständlich unter uns.«

»Na klar.« Weinberg glaubte ihr kein Wort. Er lächelte und nahm einen Schluck von seinem Bier.

*

Florin Wanger war die Lust zu feiern vergangen. Es hätte gerade noch gefehlt, dass ihn die beiden Bullen filzten und das Kokain bei ihm fanden. Er kannte sie nicht näher, aber er wusste, dass sie Kriminalbeamte waren. In einem so kleinen Land kannte jeder die Polizisten. Da er nicht schon nach Hause gehen wollte, beschloss er, sich in seinem Büro noch einen Schluck zu gönnen. Der Whisky, der dort im Schrank stand, hatte ihm in der Vergangenheit zu guten Geschäftsabschlüssen verholfen.

Wanger goss sich großzügig ein und lehnte sich in seinem Bürosessel zurück. Zufrieden schloss er die Augen und befühlte mit der Hand das Briefchen mit dem weißen Pulver in seiner Jacketttasche. Er überlegte, ob er seine Freundin anrufen sollte, aber er verwarf die Idee sofort. Sie würde zwar sofort aufkreuzen, wenn er sie herpfiff, aber sie wollte dann bestimmt über Nacht bei ihm bleiben, und für Kuscheln und Händchenhalten hatte er heute absolut keinen Nerv. Für so etwas hatte er überhaupt nie einen Nerv.

Wäre Heidi Sommer hier, dachte er, hätte es ein netter Abend werden können. Sie war zwar seine Partnerin, Wanger betrachtete sie jedoch mehr als ein hübsches Accessoire.

Der Treuhänder zog das Briefchen heraus und streute ein wenig von dem Pulver auf die spiegelnde Tischplatte. Mit seiner Kreditkarte formte er zwei Linien, zog sich das Kokain mit einem Hundert-Franken-Schein in die Nase und genoss den bitteren Geschmack an seinem Gaumen. Seine Gedanken wanderten wieder zu Heidi Sommer. Er fühlte sich mehr als stark genug, seiner Geschäftspartnerin alles zu geben, um sie glücklich zu machen. Zumindest für eine Nacht.

Ein leises Geräusch weckte ihn aus seinen Tagträumen. Es hörte sich an, als ob die Tür zu dem Teil des Gebäudes geöffnet würde, in dem sich Wanger & Sommer befand. Außer dem Reinigungspersonal, das erst am frühen Morgen zu erwarten war, besaßen nur zwei Personen einen Schlüssel.

Er selbst und Heidi Sommer. Vielleicht würde es doch noch ein vielversprechender Abend werden? Er legte die Füße auf den Schreibtisch und verschränkte die Hände hinter seinem Kopf. Na dann, komm nur, dachte er grinsend.

Sein Grinsen verschwand schlagartig, als sich die Glastür mit dem eingravierten Schriftzug »Wanger & Sommer« öffnete und zwei muskulöse Männer eintraten. Einer von ihnen trug eine Pistole. Er richtete sie jedoch nicht auf Wanger, sondern ließ die Hand mit der Waffe an seiner Seite baumeln. Der Eindruck, den die beiden Männer machten, war dennoch einschüchternd genug.

Hätte Florin Wanger sich nicht bereits mehrere Linien Kokain durch die Nase gezogen, wäre er wohl ängstlicher gewesen. Und realistischer. So aber überschätzte der Treuhänder seine Chancen. Er sprang auf und schrie die Eindringlinge an: »Was fällt euch ein, hier einzubrechen? Raus, sofort raus, oder ihr könnt was erleben!«

Als die beiden Männer nicht reagierten, ging Wanger angriffslustig auf sie zu und brüllte einem von ihnen entgegen: »Du nicht verstehen? Verschwinden! Raus!«

Dann knickte er mit schmerzverzerrtem Gesicht zusammen. Mit einer fast beiläufigen Bewegung war die große Faust des bulligen Mannes in Wangers Magengrube gelandet. Während der Treuhänder am Boden krampfhaft nach Luft schnappte, betrat eine weitere Person den Raum. Wanger blickte durch die Tränen in seinen Augen auf schwarz glänzende Damenschuhe, schlanke Knöchel in Nylon und den Ansatz eines langen, dunklen Rocks.

Er wurde unter den Achseln gepackt und hochgerissen. Eine dunkelhaarige Frau sah ihm ernst in die Augen. Sie wartete geduldig, bis er wieder einigermaßen normal atmen konnte, dann sagte sie in beinahe akzentfreiem Deutsch: »Sie müssen uns begleiten, Herr Wanger.«

Der Treuhänder wurde auf einmal sehr weinerlich. Als der Mann neben ihm die Hand hob, zuckte er ängstlich zusammen.

»Bitte«, murmelte er, »bitte, wir können über alles reden!«

»Sie haben schon zu viel geredet«, entgegnete die Frau ungerührt.

Wanger stieß mit dem Mut der Verzweiflung den Muskelmann vor ihm zur Seite und stürmte durch die offene Glastür zum Ausgang. Auf der Miene der Frau zeigte sich mehr Erstaunen als Ärger, sie nickte und beide Männer eilten dem Flüchtenden nach. Im Treppenhaus hörten sie, wie Wanger laut mit jemandem sprach.

Ihr Entführungsplan geriet ins Wanken. Sie hatten Wanger in der Bar gesehen und draußen auf ihn gewartet. Als er den Weg zu seinem Büro eingeschlagen hatte, waren sie ihm gefolgt. Die Tür zum Treuhandbüro Wanger & Sommer hatte keine große Herausforderung dargestellt. Jetzt war eine unerwartete Störung eingetreten.

Als die Männer Florin Wanger im Treppenhaus entdeckten, stand eine blonde Frau neben ihm, die ihr Mobiltelefon in der Hand hielt. Es war seine Partnerin. Die Verfolger blieben stehen und drehten sich nach oben zur Treppe um. Dort machte ihre Anführerin ein nachdenkliches Gesicht, bevor sie ihnen mit einer knappen Kopfbewegung den Befehl zum Rückzug erteilte. Ohne Wanger anzusehen, gingen die drei zügig an dem verschüchterten Treuhänder und Heidi Sommer vorbei und verließen das Gebäude.

*

Alice Marxer hatte eben noch eine Runde Bier bestellt. »Wir haben es normalerweise nicht gerade oft mit Tötungsdelikten zu tun. Und jetzt sind in den letzten Tagen gleich zwei Menschen getötet worden. Vaduz ist nicht Berlin, verstehen

Sie? Wenn hier in so kurzer Zeit zwei Morde passieren, dann liegt der Verdacht nahe, dass es einen Zusammenhang gibt.«

»Haben Sie außer diesen Erfahrungswerten noch andere Indizien, die für einen Zusammenhang sprechen?«, fragte Markus Weinberg.

Die Polizistin verbarg ihr Misstrauen und fragte wie beiläufig: »Haben Sie einen besonderen Grund, sich danach zu erkundigen?«

»Nun«, wich er aus, »Sie erwähnten den Einbruch im Museum.«

»Nein«, widersprach ihm Alice Marxer, »den Einbruch haben Sie erwähnt.«

Weinberg erkannte, dass er sich vergaloppiert hatte. Und er erkannte an der Reaktion der Liechtensteinerin, dass sie das ebenso bemerkt hatte. Er wechselte das Thema: »Kennen Sie eigentlich einen Florin Wanger? Der Mann, der gerade rausging, als Sie reinkamen? Er trank mit mir und scheint wegen Ihnen die Bar verlassen zu haben. Vielleicht geschah das aber auch nur, weil er auf dem Klo gekokst hat und wusste, dass Sie von der Polizei sind.«

Die Polizistin ließ sich auf sein Ablenkungsmanöver ein, nicht ohne den festen Vorsatz, danach wieder auf Franz Kaiser und den Museumseinbruch zurückzukommen. »Ich weiß nur, dass Florin Wanger in Vaduz ein Treuhandunternehmen führt. Und so traurig es auch ist, in diesen Kreisen ist der Konsum von Kokain so normal wie … bei Ihnen in Baden-Württemberg die Brotzeit.«

»Brotzeit gibt es nur in Bayern«, erklärte Weinberg. »Bei uns im Südwesten heißt das Vesper.«

»Wie auch immer. Koksen ist in dieser Branche nichts Besonderes.«

»Die Droge der Reichen und Schönen. Muss man sich leisten können.«

Timo Vogt schaltete sich ein: »Was können Sie uns zu den zwei Tötungsdelikten sagen, Herr Kollege?«

Weinberg dachte kurz nach. »Haben Sie die Zahl der Münzen im Kopf, die aus dem Museum gestohlen wurden?«

»Äh, auswendig nicht genau. 250? 260? Wieso?«

»Ein einfaches Rechenspiel, Kollegen. Wie gut sind Sie im Kopfrechnen?«

*

»Du bist gerade zur richtigen Zeit gekommen, Heidi«, sagte Wanger zu seiner Partnerin. Er zitterte am ganzen Leib. Es war ihm peinlich, aber er konnte nichts dagegen tun. »Die drei wollten mich entführen.«

Heidi Sommer fasste ihn am Arm und führte ihn in den Bereich zurück, in dem sich das Treuhandbüro Wanger & Sommer befand. Die Tür fiel hinter ihnen zu. Sie geleitete ihn wie ein Kind in sein Büro. »Komm, setz dich«, sagte sie. Sie ging zum Schrank und holte die Whiskyflasche heraus. Sein Glas stand nach wie vor auf dem Tisch. Sie goss es voll. Wanger nahm einen großen Schluck. Dabei betrachtete er ihre gepflegten Hände. Ihre schlanken Finger mit den roten Fingernägeln, die immer noch die Flasche hielten.

»Wir müssen die Polizei rufen.«

Heidi wiegte den Kopf. »Ich weiß nicht«, sagte sie. »Du hast dir doch wieder was reingezogen? Wir sollten erst mal in Ruhe nachdenken.«

Wanger nickte. »Hast du eigentlich die Tür abgeschlossen? Ich meine, so richtig?«, fragte er mit weinerlicher Stimme.

»Natürlich«, beruhigte ihn die Treuhänderin. Sie hob die Flasche und setzte sie an. Florins Augen weiteten sich. Ihre schlanken Finger mit den rot lackierten Nägeln. Ihr langer Hals, der sich streckte, als sie trank.

In Wanger legte sich ein Schalter um. In seinem Kopf brannte nur noch so etwas wie die Notbeleuchtung, alles andere war abgedunkelt. Seine Sinne waren geschärft, sein Denken auf ein Mindestmaß reduziert. Er roch nun deutlich ihr Parfum. Es duftete nach Frühlingsblumen. Reflexartig versuchte Wanger, sie an der Hüfte zu fassen und an sich zu ziehen. Sie wich nicht zurück. Auf einmal kam er sich wie ein Filmheld vor, der gerade einen gefährlichen Angriff überlebt hat und danach wie selbstverständlich die sexy Nebendarstellerin vernascht.

Für einen kurzen Moment tauchte das Bild seiner Freundin vor ihm auf – und zerplatzte wie eine Seifenblase. Das hier war eine Ausnahmesituation, da musste er kein schlechtes Gewissen haben. Nicht dass er ansonsten eines gehabt hätte. Doch jetzt ganz bestimmt nicht! Endlich eröffnete sich ihm die reale Möglichkeit, seine sonst so unnahbare Partnerin herumzukriegen. Die Gefahrensituation hatte sie nicht unbeeindruckt gelassen, das war ihr anzusehen.

Jetzt oder nie.

Wanger witterte seine Chance. Heidi war vielleicht noch nicht wirklich bereit, sie schien jedoch auch nicht völlig abgeneigt. Es brauchte lediglich noch etwas Überzeugungsarbeit. Sie sollte sein Verlangen spüren, aber nicht denken, er habe es nötig. Wenn sie sich nur einen Schritt von ihm entfernte, wäre der Zauber gebrochen, das sagte ihm sein Instinkt. Berechnend schob er seine Hand über ihren Oberschenkel.

Wie ein Regisseur, der mit verschiedenen Kameraeinstellungen spielte, beobachtete sich Wanger bei seinem plumpen Annäherungsversuch selbst. Die Droge und der Alkohol bewirkten, dass er wie neben sich stand.

In Wirklichkeit war es jemand anderes, der Florin Wanger und Heidi Sommer beobachtete. Im Schatten des dunklen Ganges stand eine schwarze Gestalt und verfolgte das

Geschehen mit scharfem Blick. Diese Person hatte keine voyeuristischen Absichten. Sie hatte auch keinerlei Verlangen, an dem zu erwartenden Liebesspiel teilzunehmen.

Ganz im Gegenteil.

*

Die Nacht war eisig kalt geworden, trotzdem tat ihm die frische Luft gut. Markus Weinberg atmete tief ein. In der nächtlichen Fußgängerzone war kein Mensch zu sehen. Die Hände tief in den Taschen seiner Jacke vergraben, ging er zielstrebig über den ausgestorbenen Platz in Richtung Hotel. Er überlegte, ob er Lisa eine Nachricht schicken sollte, doch er beschloss, das vor dem Schlafengehen im Zimmer zu tun.

Es war eine verrückte Idee von ihr gewesen, nach Wien zu fahren, um in alten Schriften etwas über die aktuellen Mordfälle in Liechtenstein herauszufinden. Aber er kannte Lisa und Grünwald gut genug, um zu wissen, dass sie so etwas nicht ohne Grund taten. Wenn es tatsächlich eine Verbindung zwischen der alten Sage und den rätselhaften Morden gab, würden die beiden sie aufdecken, dessen war er sich sicher. Und morgen, wenn sie aus Wien zurück wären, würden sie mehr wissen.

Weinberg konnte bereits die Lichter des Hotels sehen, als ihn ein Geräusch aufmerksam werden ließ. Es hatte sich so angehört, als wäre jemand mit dem Fuß an einen Stein gestoßen. Der Polizist blieb stehen und sah sich um. Die Straße war nach wie vor menschenleer. Wenn Vaduz ein Nachtleben besaß, tobte es irgendwo anders. Immerhin hatte er in der Bar die Bekanntschaft zweier Kollegen gemacht. Die beiden waren ihm sympathisch.

Weinberg lächelte, als er daran dachte, wie sie versucht hatten, ihm Informationen über Youssef Barakat zu entlocken.

Er fragte sich, ob er ihnen mit dem Hinweis auf die Münzen geholfen hatte. Nach seiner Rechnung gab es noch drei Opfer, die es zu schützen galt.

Doch was sollten die Beamten mit seinem Hinweis schon konkret anfangen? Sie konnten definitiv keinen Bezug herstellen zwischen einer Frau, die im 17. Jahrhundert als Hexe verbrannt worden war, und zwei Morden, die in den letzten Tagen hier im Land geschehen waren. Es fiel ihm selbst schwer, diesen Zusammenhang zu sehen.

Jetzt hörte er Schritte. Er wollte sich umdrehen, doch da wurde ihm von einer kräftigen Hand ein Tuch vor das Gesicht gepresst. Weinberg versuchte, sich mit einer ruckartigen Bewegung zu befreien, da ließen seine Kräfte bereits nach.

»Ein Betäubungsmittel«, schoss es ihm durch den Kopf.

Dann wurde alles schwarz.

16

Der Nachtzug, den Grünwald und Lisa gebucht hatten, verließ Wien ebenso pünktlich, wie sie in der Donaumetropole angekommen waren. Diesmal begaben sich die Reisenden gleich in das Bordrestaurant. Eher ein Bistro, wie Grünwald meinte. Die Werbung versprach saisonale, regionale und frische Speisen. Der Archivar bestellte eine Ungarische Gulaschsuppe und Lisa Frankfurter Würste.

Vor den Fenstern war tiefschwarze Nacht. Sie konnten nur ahnen, wie schnell der Zug durch die Dunkelheit rauschte. Planmäßig würden sie morgens um kurz nach sieben an ihrem Ziel eintreffen.

Keiner von ihnen sprach über die Entdeckung, die sie im Gruselkabinett der Nationalbibliothek gemacht hatten. Sie waren beide noch damit beschäftigt, zu verarbeiten, was die Schriften des Valentin von Kriss offenbart hatten.

Lisa nahm ihr Telefon aus der Jackentasche. Markus hatte sich bislang nicht gemeldet. Sie sah auf die Uhr und fragte sich, ob er wohl schon schlief, dann wählte sie seine Nummer. Nach einigen Augenblicken legte sie das Telefon mit einem Kopfschütteln vor sich auf den Tisch.

»Wieder nichts?«, fragte Grünwald.

»Ich verstehe das nicht«, sagte Lisa. »Normalerweise hat er das Telefon immer an. Er weiß ja, dass ich ihn anrufe.«

»Vielleicht ist sein Akku leer?«, mutmaßte der Archivar und erschöpfte damit sein Wissen über digitale Kommunikationsmittel.

»Ja, vielleicht.« Lisa klang nicht überzeugt. Ohne großen Appetit biss sie in ihr Würstchen.

Grünwald spürte, dass seine junge Freundin besorgt war. »Immerhin ist der Wein an Bord ganz passabel«, sagte er, um sie abzulenken.

»Was ich Ihnen noch erzählen wollte«, begann Lisa wieder, »Markus und ich … Wir haben … Ich meine, wir sind …«

»Guten Abend. Die Fahrkarten, bitte.« Ein Zugbegleiter in einer blauen Uniform mit roter Krawatte war an den Tisch getreten und kontrollierte ihre Tickets. »Ich wünsche den Herrschaften eine gute Fahrt«, sagte er.

Eine weibliche Stimme aus dem Lautsprecher klärte sie darüber auf, dass sie in Kürze St. Pölten erreichen würden.

Grünwald unterdrückte ein Gähnen. »Halten Sie mich für sehr unhöflich, wenn ich versuche, die nächsten sechs Stunden ein wenig zu schlafen? Ich bin nicht mehr der Jüngste, und ich weiß nicht, was der morgige Tag für uns bereithält.«

»Bitte«, antwortete Lisa. »Ich begleite Sie ins Abteil.«

Nachdem sie es sich in den Sitzen so bequem wie möglich gemacht hatten, sagte Grünwald: »Ich bin gespannt, wie unsere Freunde in Liechtenstein aufnehmen werden, was wir ihnen aus Wien mitbringen.«

Lisa nickte. Sie beobachtete, wie die Augenlider Grünwalds immer schwerer wurden. Kurze Zeit später war er eingeschlafen. Sie beneidete ihn um den Schlaf. Sehr wahrscheinlich würde sie kein Auge zutun können. Ihre Uhr zeigte halb zwei. Nach einer Weile stand sie auf und ging aus dem Abteil. Sie drückte auf die Wiederholungstaste ihres Telefons.

»Der gewünschte Gesprächspartner ist zurzeit nicht erreichbar.«

Lisa steckte das Gerät wieder in ihre Tasche. Sorgenvoll starrte sie in die dunkle Nacht, die vor dem Fenster an ihr vorbeiflog.

*

Marxer und Vogt gingen zum Auto, das sie auf einem Parkplatz in der Nähe abgestellt hatten.

»Auf das, worauf uns der Kollege aus Deutschland aufmerksam gemacht hat, hätten wir auch selbst kommen können«, sagte Timo Vogt mürrisch. »260 geteilt durch 52 ergibt fünf. Zweimal 52 bis jetzt, das heißt, dass drei weitere Opfer folgen könnten.«

»Eigentlich eine ganz einfache Rechnung«, stimmte Alice Marxer zu. Wir müssen herausfinden, was die beiden Mordopfer mit dem Museum zu tun haben. So können wir vielleicht die übrigen drei Zielpersonen identifizieren und schützen. Das Problem ist, dass die zwei überhaupt nichts gemeinsam haben! Eine Frau aus der Berggemeinde und eine Juwelierin aus Vaduz. Es ist zum Verzweifeln.«

»Irgendetwas verbindet sie, das ist sicher.«

»So sicher ist das auch wieder nicht. Leider. Es könnte sich ja auch einfach um einen Psychopathen handeln, der seine Opfer wahllos ermordet.«

»Du meinst Franz Kaiser. Ich wette, dass er der Psychopath ist, den wir suchen.«

»Ich möchte nicht dagegen wetten, aber Kaiser müsste eine ungewöhnliche Kreativität entwickelt haben, wenn er in beiden Fällen der Mörder wäre. Die eine Frau stürzt er aus dem Fenster, die nächste metzelt er mit einem Küchenmesser nieder. Vielleicht hat Helmut Öhri schon länger geplant, seine Frau zu ermorden, und damit er nicht als Hauptverdächtiger dasteht, hat er zuvor eine andere Frau umgebracht, um es nach einem Serienkiller aussehen zu lassen.«

»Und um diesen Eindruck zu verfestigen, ist er ins Landesmuseum eingebrochen und hat dort die Gulden gestohlen? Das erscheint mir etwas weit hergeholt.«

»Kann aber sein.«

»Bleibt die Frage, was er mit den restlichen Münzen macht, jetzt, wo er sein eigentliches Ziel erreicht hat.« Timo Vogt drückte auf den Türöffner und setzte sich ans Steuer. »Komm, ich fahr dich nach Hause.«

Als seine Kollegin neben ihm in den Wagen stieg, klingelte ihr Telefon. Sie meldete sich und hörte schweigend zu. Ihr Gesicht nahm einen betroffenen Ausdruck an.

»Verstanden«, sagte sie schließlich. Und an Vogt gewandt: »Es wird noch nichts mit dem Nachhausefahren. Ein Bewohner des Hauses, in dem das Büro von Wanger & Sommer ist, hat die Tür offen vorgefunden, und zu seinem Entsetzen liegt drinnen eine Leiche. Ganz eindeutig Mord. Und du kommst nicht drauf, wer es ist. Florin Wanger.«

»Muss da was bei mir klingeln?«

»Das ist der Mann«, erklärte Alice Marxer, »von dem dieser Markus Weinberg vorhin noch gesprochen hat. Erinnerst du dich? Er fragte uns, ob wir ihn kennen.«

»Verdammt!« Timo Vogt schlug auf das Lenkrad. »Natürlich! Das ist doch wohl kein Zufall!«

»Nein«, sagte seine Kollegin grimmig. »Das kommt mir ganz und gar nicht wie ein Zufall vor. Da ist was faul. Wir fahren jetzt zu Wanger & Sommer und sehen es uns an.«

Vogt startete den BMW. »Und gleich morgen früh knöpfen wir uns diesen Kollegen aus Deutschland vor.«

*

Etwa zur selben Zeit war Cäcilia Jeger, eine elegante Dame Ende 70, kurz davor, auf der anderen Seite von Vaduz den Schrecken ihres Lebens zu erleben. Die rüstige Rentnerin pflegte jeden Samstag ein paar gemütliche Stunden beim Kartenspiel mit drei Freundinnen zu verbringen. In dem gehobenen Restaurant, in dem sie sich trafen, waren sie seit Langem gern gesehene Stammgäste. Der Besitzer, Renato Caminada, reservierte für die Frauen stets einen guten Tisch am Fenster. Das war für einen Samstagabend nicht selbstverständlich, denn zu diesem Zeitpunkt hatte Caminada zahlreiche Gäste, da gab man nicht gerne einen Tisch für kartenspielende ältere Damen her. Doch Cäcilia Jeger und ihre Freundinnen tranken nicht nur Wasser. Eine Flasche guten Champagner bestellten sie immer, manchmal sogar zwei. Auch kleinere Speisen ließen sie sich servieren. Außerdem war Cäcilia die Gattin eines ehemaligen Regierungschefs. Zwei andere Damen waren mit einflussreichen Männern der Wirtschaft verheiratet. Männer, deren Wohlwollen einem Restaurant in Vaduz äußerst nützlich sein konnte.

Renato Caminada hatte also auch an diesem Abend seine Stammgäste mit erlesener Freundlichkeit begrüßt und zu ihrem Tisch geleitet. Eine seiner besten Servicekräfte hatte dort gerade einen mit Eis gefüllten Kübel aufgebaut, in dem die Champagnerflasche lagerte. Diese Gesellschaft ließ der Restaurantbesitzer von keinem Lehrling bedienen. Die Praktikantin durfte nicht einmal in deren Nähe kommen. Caminada wusste, was er solchen Gästen schuldig war. Natürlich kam er selbst auch zweimal zu ihnen, um sich zu erkundigen, ob alles zur Zufriedenheit der Damen war. Das war genug, um Aufmerksamkeit und Wertschätzung zu signalisieren, aber nicht zu oft, um dadurch aufdringlich oder kriecherisch zu wirken.

Cäcilia Jeger hatte den Abend wie jede Woche sehr genossen. Im Grunde ging es ihr um die Neuigkeiten. Der Grundtenor dabei war die Klage, dass alles immer schlechter wurde. Alles. Gott sei es gedankt, sie selbst hatten es noch einigermaßen gut, aber das Land war nicht mehr dasselbe, das es früher gewesen war. Als ihre Männer noch das Ruder in Liechtenstein in der Hand gehalten und den Kurs bestimmt hatten. Als sie selbst zu den ersten Damen des Landes gehört hatten. Inzwischen gab es im Landtag Leute, die nicht einmal mehr ihre Namen kannten. Denen der Name Jeger nichts mehr sagte! Emporkömmlinge und Karrieristen, Grüne und Linke. Menschen, die die Welt retten wollten und keinen Blick hatten für die Zustände im Fürstentum. In der Kartenrunde hießen die Männer und vor allem die Frauen, die aktuell in der Politik Verantwortung trugen, immer »diese Leute«. Die Frauen manchmal auch »diese Weiber«. Es war wirklich ein Jammer, wer heute im Land das Sagen hatte. Eine Schande – mit wenigen Ausnahmen.

Nicht dass Cäcilia wegen der Gespräche das Spiel nicht ernst genommen hätte. Natürlich war sie sehr wohl darauf aus gewesen zu gewinnen. Wieso sollte man sonst auch spielen? Als sie sich nun auf dem Heimweg befand, fühlte sie sich hochgestimmt. Sie war die eindeutige Siegerin der Spielrunde. Der erlesene Champagner trug ebenfalls zu ihrer Fröhlichkeit bei. Man gönnte sich ja sonst kaum etwas.

Wie immer nahm sie das Auto. Es waren zwar nur knapp anderthalb Kilometer zu ihrem Haus, aber ihr Mann hatte den Lexus LS schließlich extra für sie gekauft. Wegen des Alkoholpegels machte sie sich keine Sorgen. Sie war überzeugt, dass es kein Polizist wagen würde, einer Cäcilia Jeger ernsthaft Schwierigkeiten zu bereiten. Bisher war diese Annahme jedoch glücklicherweise noch nicht auf die Probe gestellt worden.

Trotz des leichten Nebels erkannte sie am Ende der Straße bereits den hohen Zaun ihres Anwesens. Die goldfarbenen

Spitzen der Metallstäbe glänzten trüb im gelblichen Licht der Straßenlaternen. Vor dem schmiedeeisernen Tor brachte sie den Lexus zum Stehen. Nachdem sie auf die im Auto liegende Fernbedienung gedrückt hatte, schwangen die Torflügel mit einem dezenten Summen auf und gaben die Zufahrt zur Villa frei.

Cäcilia Jeger kramte gerade in ihrer Chanel-Handtasche nach dem Hausschlüssel, als sie aus den Augenwinkeln eine Bewegung rechts vom Wagen registrierte. Unwillkürlich wandte sie ihren Blick. Im selben Augenblick fing sie an zu schreien. Ihre Handtasche fiel ihr herunter und deren Inhalt ergoss sich in den Fußraum der Limousine: Lippenstift, Schminkspiegel, die Geldbörse, das Telefon, ein Pfefferspray, Taschentücher und verschiedenfarbige Tabletten.

Mit weit aufgerissenen Augen starrte Cäcilia durch das geschlossene Autofenster auf den Mann, der aus dem Dunkel neben ihren Wagen getreten war. Aufrecht stand er vor ihr, völlig in Schwarz gekleidet. Cäcilia war eine resolute Frau, das plötzliche Auftauchen eines Mannes in der nächtlichen Straße hätte sie unter normalen Umständen nicht aus der Fassung gebracht. Doch das hier war ein Monster. Es hatte die Gestalt eines Mannes, aber Cäcilia Jeger blickte schreckensstarr in die tückischen, gelblich leuchtenden Augen eines Wolfes.

*

Nicht weit von dieser nächtlichen Szene entfernt saß Youssef Barakat mit seinem Gesangskollegen Fidel Meier bei einem Glas Wein in Aurelias Städtle-Café. Das Café war eigentlich schon geschlossen, aber Aurelia hatte noch in ihrem Büro zu tun, das sie im Hinterzimmer eingerichtet hatte. Sie hatte die Eingangstür zugesperrt, eine Flasche Roten auf den Tisch gestellt und die beiden Männer in Ruhe sitzen lassen. Das Licht war bis auf eine Stehlampe und die Beleuchtung über dem Tresen ausgeschaltet.

Eine Stunde lang unterhielten sich Barakat und sein Freund angeregt über einige Stücke, die der Männergesangverein für das nächste Konzert einüben wollte. Ob sie sich wieder einmal an ein englisches Lied wagen sollten? Das Stück war sehr schön, auch gut für Chöre zu arrangieren, aber Meier gab zu bedenken, dass die älteren Mitglieder nicht begeistert davon sein würden, »ausländisch« zu singen. Nicht davon zu reden, wie sich ihre Aussprache anhören würde, stimmte Barakat ein. Also vielleicht doch im Großen und Ganzen traditionelle Lieder, eventuell das eine oder andere modernere deutschsprachige Stück.

Darauf stießen sie an.

Danach versandete die Konversation. Die Männer saßen schweigend zusammen und nippten hin und wieder an ihren Gläsern. Es war kein wirklich unangenehmes Schweigen, sie kannten sich lange und mussten nicht ständig reden, um sich zu verstehen. Und dennoch lag in diesem Schweigen eine gewisse Verlegenheit. Barakat beschäftigte die Begegnung mit Hansrudi am Mittag, aber er wusste nicht, wie er das Thema ansprechen sollte. Und ob er es überhaupt ansprechen sollte.

Meier ergriff schließlich die Initiative, indem er fragte: »Was bedrückt dich, Youssef? Du hast doch irgendetwas.«

Barakat wand sich ein wenig, dann sagte er wie beiläufig: »Heute Mittag habe ich Hansrudi getroffen. Geht es ihm eigentlich gut?«

Sein Freund schüttelte den Kopf. Es war rührend, wie wenig Youssef sich verstellen konnte. Youssef machte sich Sorgen. Er machte sich immer Sorgen um seine Freunde, er wollte, dass es allen gut ging, dass alles harmonisch war,

Konflikte machten ihn nervös. Ob das in seiner Geschichte begründet lag? In seiner Kindheit, die mit Kriegs- und Fluchterfahrungen verbunden gewesen war? Oder war das zu weit hergeholt und Youssef Barakat war einfach nur ein ausgesprochen harmoniebedürftiger Mensch?

»Zurzeit hadert er ein wenig mit seinem Schicksal«, antwortete Meier schließlich auf Barakats Frage.

»Ich möchte ihn nicht verpfeifen, er ist ja auch kein Kind mehr. Hansrudi schien mir heute ziemlich unglücklich. Und er hat getrunken.«

Meier seufzte. »Seine Freundin hat ihn verlassen.«

»Liebeskummer«, kommentierte Barakat mit bekümmertem Stirnrunzeln.

Meier nickte und schenkte sich und seinem Freund Rotwein nach. »So etwas tut sehr weh«, sagte er. »Niemand kann einen Menschen mehr verletzen als derjenige, dem man vertraut. Alle anderen können einem wehtun, unter Umständen sogar sehr wehtun, aber letztendlich kratzen sie doch lediglich an der Oberfläche des Herzens. Nur jemand, der den Schlüssel in das Innerste hat, kann auch im Innersten eines Menschen Zerstörung anrichten.«

Barakat versuchte, sich sein Erstaunen nicht anmerken zu lassen. So hatte er seinen Freund noch nie reden hören. Es klang beinahe so, als spräche Fidel aus eigener Erfahrung. Gerade als er überlegte, ob er seinen Freund danach fragen sollte, meinte Meier: »Du, ich breche auf. Ich muss morgen früh raus. Gute Nacht, Youssef.«

»Gute Nacht, Fidel.«

Barakat begleitete ihn zur Tür, um hinter ihm abzuschließen. Dann räumte er den Tisch ab, stellte Flasche und Gläser in die Spüle und ging nach hinten zu Aurelia.

*

Im ersten Licht des winterlichen neuen Tages pirschte Remo Schmid möglichst lautlos voran. Er hatte das Ziel genau im Blick. Jede hastige Bewegung vermeidend setzte er das Fernglas an die Augen. Das Wildschwein scharrte am Boden nach Nahrung. Es war ein ordentlicher Bursche mit braun-schwarzem Fell. Ein Keiler, wie leicht an der Form der Schnauze zu erkennen war. Sie war kürzer als bei einem Weibchen, gedrungener. Die unteren Eckzähne waren gut zu sehen, wenn das Tier horchend den schweren Kopf hob.

Schmid setzte das Glas ab und ließ es am Lederriemen um seinen Hals hängen. Das Tier stand perfekt für einen Kammerschuss. Ohne das Auge von dem Keiler zu wenden, griff er nach seinem Gewehr. Er schätzte die Distanz auf etwa 60 Meter. Ruhig legte er die Büchse an und blickte durch das Zielfernrohr. Der Zeigefinger des Jägers krümmte sich am Abzug. Geduldig wartete Remo Schmid, dass der Keiler seinen Kopf senkte.

Ein Schuss.

Verwirrt ließ Schmid die Waffe sinken. Er hatte nicht geschossen. Das Wildschwein rannte davon. Unwillkürlich sah er dem flüchtenden Tier nach und versuchte auszumachen, ob Schusszeichen zu erkennen waren. Das war bei einem Wildschwein nicht leicht, aber er war sich ziemlich sicher, dass es nicht getroffen worden war. Wer zum Teufel hatte da vorbeigeschossen und ihm den sicheren Schuss verdorben? Mit zusammengekniffenen Augen suchte er die Umgebung ab. Da brach ein zweiter Schuss los. Dieses Mal schlug das Projektil dicht neben ihm in einen Baum ein und fetzte ein Stück der Rinde ab. Der Knall hallte überlaut durch den Wald. Remo Schmid ging erschrocken in die Hocke. Was war das für ein verdammter Idiot?

»Nicht schießen! Hier ist jemand!« Seine Stimme klang nicht so sicher, wie er es sich gewünscht hätte. Er räusperte sich und rief noch einmal: »Aufhören zu schießen! Hier ist jemand!«

Schmid horchte in den Wald hinein. Außer dem Rauschen der Bäume war nichts zu hören. Sein Blick irrte zwischen Stämmen und Büschen hin und her. Er bemerkte, dass er mit einem Mal schweißnass war. 35 Jahre war er jetzt schon Jäger, doch so etwas war ihm noch nie passiert. Welcher Jäger ballerte derart verantwortungslos im Wald herum? Ob es sich um einen Wilderer handelte?

Der nächste Schuss verfehlte ihn nur um wenige Zentimeter. Schmid hörte das Pfeifen der Kugel, noch bevor der Knall schmerzlich in seine Ohren drang. Er bekam es mit der Angst zu tun. Wer auch immer dort in seinem Versteck lag, schoss nicht blind im Wald herum. Der Mistkerl hatte es auf ihn abgesehen!

Aus dem Jäger war urplötzlich der Gejagte geworden.

Remo Schmid kroch auf allen vieren hinter einen nahen Felsen. Der Schütze musste sich etwas oberhalb von ihm zwischen den Bäumen befinden.

»Na warte«, murmelte Schmid und nahm sein Gewehr schussbereit an die Schulter. Vorsichtig lugte er hinter dem Felsen hervor. Da! Jetzt erkannte er eine Gestalt in etwa 50 Meter Entfernung, die sich langsam auf ihn zubewegte. Zwischen dem Unterholz konnte er den Mann mehr erahnen als wirklich sehen. Der Jäger legte das Gewehr an, zielte deutlich über die Person hinaus in die Luft und schoss. Der Rückschlag fuhr schmerzhaft in seine Schulter. In der Aufregung hatte er den Kolben nicht fest angelegt.

»Verdammt!«, fluchte Schmid. Aber der Kerl sollte wissen, dass mit ihm nicht zu spaßen war. Vielleicht verging ihm die Lust, auf Menschen zu schießen, wenn er merkte, dass er selbst Gefahr lief, getroffen zu werden. Doch nach wenigen Sekunden spritzten über seinem Kopf Felsstücke in alle Richtungen. Der Wahnsinnige hatte erneut geschossen.

Remo Schmid griff mit zitternden Händen nach dem Kammerstängel und lud seine Büchse nach. Noch verdrängte er den Gedanken, dass es tatsächlich um Leben und Tod gehen könnte, aber er spürte, dass er hier wegmusste. Irgendjemand machte Jagd auf ihn.

Mit einer schnellen Bewegung wagte er sich aus seiner Deckung hervor und gab einen zweiten Schuss in die Luft ab, in die Richtung, in der er den Irren vermutete. Dann rappelte er sich auf und rannte in die entgegengesetzte Richtung davon, eine Hand vor der Brust, um das Fernrohr festzuhalten, in der anderen das Gewehr. Sein Atem ging stoßweise, schmerzhaft spürte er die kalte Luft in seinen Lungen. Er rannte, so schnell er konnte, und wusste doch mit verzweifelter Klarheit, dass er keiner Gewehrkugel davonlaufen konnte. Sein Vorteil war der dichte Wald, in dem ihn sein Verfolger ebenso schlecht ausmachen konnte wie er ihn.

Panisch registrierte Schmid, dass wieder geschossen worden war. Doch dieses Mal musste ihn der Schuss weit verfehlt haben. Wahrscheinlich schoss der Verrückte jetzt nur noch vage in seine Richtung, er hatte ihn also aus den Augen verloren.

Der Jäger blickte sich gehetzt um und stolperte über eine Wurzel. Schmerzhaft schlug er auf dem Boden auf und kullerte mehr als 20 Meter einen bewaldeten Abhang hinunter, bis er gegen einen Baumstamm prallte.

»Verdammt«, stöhnte er. Er spürte einen stechenden Schmerz in seiner Brust. Der Riemen des Fernglases hatte sich um seinen Hals gewickelt. Die Büchse war weg. Wimmernd richtete er sich auf und erstarrte. Hinter einem Busch, zwei Meter von ihm entfernt, stand ein Mann in Schwarz. Remo konnte sein Gesicht nicht erkennen, er wusste auch nicht, ob er ein Gewehr trug. Doch es schien ihm, als hätte die Gestalt einen unförmigen Kopf, irgendwie zu groß, irgendwie nicht menschlich. Er wusste nicht, ob dieser Mann auf ihn geschossen hatte, aber er wusste instinktiv, dass er ihn nicht um Hilfe bitten konnte.

Schmid versagten die Beine. Er sank zu Boden und hielt die Arme vor seinen Kopf, als könnte er sich so schützen. Am ganzen Leib zitternd blieb er liegen.

Als er nach einer Weile vorsichtig aufsah, war der Fremde verschwunden. Ächzend erhob sich der Jäger und blickte sich um. Er war allein. Jetzt löste sich die Panik, die sein Inneres wie mit einem festgezurrten Knoten umschnürt gehalten hatte, und er begann zu schluchzen. Mit schmerzenden Gliedern machte er sich stolpernd auf den Rückweg, ständig um sich schauend und horchend. Schließlich erreichte er die Wiese, an deren Rand er sein Auto geparkt hatte. Eine Weile blieb er dort versteckt im Gebüsch liegen, um herauszufinden, ob der Attentäter nicht hier bei seinem Wagen auf ihn wartete. Dann nestelte er den Schlüssel aus seiner Jackentasche, drückte auf den Türöffner und rannte hinkend zu seinem Fahrzeug. Er schwang sich hinter das Lenkrad, startete den Motor und stob Kies und Staub aufwirbelnd davon.

Remo Schmids Hände zitterten noch immer, während er weinend begriff, dass er dem Alptraum entronnen war. Im Mittelpunkt dieses Alptraums stand allerdings kein Verrückter, der auf ihn schoss, sondern ein Mann in Schwarz mit einem unförmigen Kopf.

*

Aurelia wartete am Gleis. »Willkommen zurück«, begrüßte sie die Angekommenen. »Habt ihr etwas herausfinden können?«

»Allerdings«, antwortete Grünwald. »Aber ob es Licht oder eher mehr Dunkelheit auf die Sache wirft, bleibt die Frage.«

»Sie machen mich neugierig«, sagte Aurelia.

»Wo ist Markus?«, fragte Lisa.

»Markus? Ich weiß nicht. Ich habe ihn nicht gesehen, seit Sie vorgestern Abend losgefahren sind. Ich denke, er wird im Hotel sein.«

»Hoffen wir es«, murmelte die Archivarin.

Während der Fahrt nach Vaduz steigerte sich Lisas Besorgnis. Auf dem Rücksitz wählte sie zum gefühlt tausendsten Mal Weinbergs Nummer, nur um jedes Mal dieselbe Ansage zu hören, die ihr mitteilte, dass der gewünschte Gesprächspartner nicht erreichbar sei. Die mechanisch freundliche Stimme schien sie zu verhöhnen. Lisa war zum Weinen zumute.

Geliebt zu werden und zu lieben war das Wunderbarste in einem menschlichen Leben. Lieben und geliebt werden erschloss Welten, von deren Weite und Zauber man sonst nichts ahnte. Erst die Liebe machte das eigene Leben zu einem Zuhause. Aber zu lieben und zuzulassen, dass man geliebt wurde, machte gleichzeitig sehr verletzlich. Mit dem größten Glück im Leben paarte sich auch immer die Möglichkeit, es zu verlieren. Wie sollte man nach solch einem Verlust weiterleben können? War es also überhaupt weise, sich auf die Liebe einzulassen? Musste sie nicht zwangsläufig unglücklich enden? Entweder zerbrach sie und bereitete unsagbare Schmerzen oder einer der beiden Partner starb irgendwann und wurde dem Liebenden auf diese Weise entrissen. In jedem Fall blieb einer von beiden alleine zurück mit einer kalten Betthälfte, einem leeren Platz am Tisch und einer seelenmordenden Stille im Haus oder der Wohnung.

Lohnte es sich, alles zu geben, alles zu setzen und sich ganz auf einen gemeinsamen Weg einzulassen? Wer sich der Liebe verschloss, konnte nie derart verletzt werden. So ein Mensch trug eine Rüstung, die ihn gegen Gefühle abschirmte. Er erlitt nicht die Schmerzen, die die Liebe mit sich brachte. Aber er spürte unter seiner Rüstung auch nie den Zauber der Zärtlichkeit, die Empfindung eines Streichelns, die Wärme eines liebenden Blicks, der einen beim Nachhausekommen willkommen hieß. Es gab keine Alternative zum Wagnis der Liebe – zumindest nicht für sie, das wusste Lisa tief in ihrem wunden Innern.

In Gedanken versunken sah die Archivarin aus dem Fenster. Die schneebedeckten Berge, die hier und da zwischen den Nebelschwaden auftauchten, kamen ihr kalt und drohend vor. Wie riesige Mauern, die sich zwischen die Menschen und den Himmel schoben.

Als sie am Hotel ankamen, lief Lisa zur Treppe. Sie hatte nicht die Geduld, auf den Aufzug zu warten. Sie nahm immer zwei Stufen auf einmal und eilte durch den Gang zu ihrem Zimmer. Mit zitternden Händen schloss sie die Tür auf.

Markus war nicht da.

Lisa setzte sich auf das Bett und versuchte, der Panik Herr zu werden und ihre Gedanken zu ordnen. Etwas musste passiert sein, das war klar. Markus hätte sich sonst niemals so lange nicht gemeldet. Insgeheim hatte sie gehofft, eine Nachricht von ihm im Zimmer zu finden. Sie fühlte sich unsagbar hilflos. Die Ohnmacht war das Schlimmste, noch schlimmer als ihre Sorge.

Es klopfte an der Tür. Lisas Herz machte einen Sprung, doch dann erinnerte sie sich, dass Markus nicht anklopfen musste. Er hatte einen Schlüssel. Sie öffnete, und der Archivar, Aurelia und Barakat traten ein.

Grünwald fragte: »Keine Nachricht von Markus?«

Lisa schüttelte stumm den Kopf.

»Ich schlage vor, dass wir noch ein wenig warten. Einverstanden? Er kann ja nicht weit sein.«

Lisa nickte.

Aurelia setzte sich neben Lisa auf das Bett und legte einen Arm um sie. »Es gibt bestimmt eine harmlose Erklärung dafür, dass Markus sich nicht gemeldet hat, Lisa. Zweifeln Sie nicht daran. Wir sehen ihn bald wieder, davon bin ich überzeugt.«

»Danke«, antwortete Lisa. »Wahrscheinlich haben Sie recht.«

Grünwald sagte: »Sie legen sich jetzt am besten hin und versuchen, ein wenig zu schlafen. Sie haben die ganze Nacht kein Auge zugetan. Wir gehen mit Youssef in die Kathedrale zur Messe. Wenn wir zurück sind, holen wir Sie ab und beraten, was zu tun ist. Falls Markus bis dahin nicht von selbst aufgetaucht ist. Oder wollen Sie nicht allein sein? Wollen Sie mitkommen?«

»Ich kann sowieso nicht schlafen«, seufzte Lisa. »Ich denke, es ist das Beste, ich komme mit.«

»So erschöpft, wie Sie sind?«, fragte Aurelia besorgt.

»Im schlimmsten Fall schlafe ich einfach während der Predigt«, sagte Lisa mit dem Anflug eines Lächelns.

Der Wind pfiff eisig durch die menschenleere Fußgängerzone. Es hatte wieder leicht zu schneien begonnen. Voller düsterer Gedanken schritt Lisa neben den anderen her. Das Mobiltelefon hielt sie in der Manteltasche fest umklammert. Auch während der Messe ließ sie es nicht los. Ständig hoffte sie, es vibrieren zu spüren.

Vergeblich.

Der Chor, den Prof. Barakat dirigierte, sang die B-Dur-Messe von Josef Rheinberger. Dr. Grünwald lauschte ergriffen. Unter anderen Umständen hätte Lisa die geistliche Musik ebenfalls genossen, doch heute hörte sie kaum hin. Auch für die Gebete und die Worte des Geistlichen hatte sie kein Ohr. Mit leerem Blick starrte sie nach vorne in das blumengeschmückte hohe Gewölbe. In ihren tränenverschleierten Augen spiegelte sich das Licht der am Altar flackernden Kerzen.

17

Es war noch kälter geworden. Eine hauchdünne Schneeschicht lag auf den Häusern und Straßen. Alice Marxer drängelte sich an einer Schlange wartender Herren in teuren Anzügen vorbei an die Hotelrezeption. »Bitte verzeihen Sie, wir haben es sehr eilig.«

Unwilliges Gemurmel entstand unter den Männern, aber keiner sagte etwas laut dagegen. Timo Vogt folgte seiner Kollegin sichtlich verlegen. »So eilig haben wir es jetzt auch nicht, dass wir nicht die paar Minuten hätten warten können«, raunte er ihr zu.

Die Beamtin legte ihren Dienstausweis auf den Rezeptionsschalter und sagte mit gedämpfter Stimme zu der Empfangsdame: »Landespolizei. Wir müssen mit einem Gast Ihres Hauses sprechen, Herrn Weinberg.«

Die Rezeptionistin antwortete irritiert: »Einen Moment bitte.« Dann griff sie nach dem Telefon und stellte eine Verbindung zu Weinbergs Zimmer her. Nachdem es eine Weile ergebnislos geläutet hatte, legte sie wieder auf. »Herr Weinberg ist nicht auf seinem Zimmer. Vielleicht kann Ihnen Herr Dr. Grünwald Auskunft geben.« Sie zeigte auf den offenen Durchgang zum Restaurant. »Er ist gerade beim Frühstück. Um was handelt es sich?«

Alice Marxer ignorierte die Frage und blickte in die angegebene Richtung. An einem Tisch am Fenster erspähte sie einen älteren Herrn, der alleine vor einer Tasse Kaffee saß und die Zeitung las. Sie lief zu ihm hinüber. »Herr Dr. Grünwald?«

Der Mann sah auf. »Ja?«

»Herr Dr. Grünwald, mein Name ist Marxer, das ist Herr Vogt. Wir sind von der Landespolizei in Liechtenstein. Können wir uns kurz zu Ihnen setzen?«

Grünwald nickte. Die Beamten nahmen am Tisch Platz. In diesem Augenblick stieß eine Frau zu ihnen. Sie sah blass und übernächtigt aus. Der alte Archivar sagte: »Lisa, das sind Frau Marxer und Herr Vogt von der Landespolizei.«

Lisa wurde noch blasser. Sie fragte hektisch: »Ist etwas mit Markus?«

Timo Vogt fragte zurück: »Und wer sind Sie?«

Grünwald übernahm die Antwort: »Das ist Dr. Engels. Sie gehört zu unserer Reisegruppe. Um was geht es?«

»Wir würden gerne Herrn Markus Weinberg sprechen«, erklärte Alice Marxer, und an Lisa gewandt sagte sie: »Sie scheinen seinetwegen besorgt zu sein. Darf ich fragen, wieso?«

»Herr Weinberg ist seit gestern Abend verschwunden«, platzte Lisa heraus. »Wenn Sie etwas über Markus wissen, dann sagen Sie es!«

Marxer und Vogt warfen sich einen erstaunten Blick zu. »Verschwunden? Wie meinen Sie das?«, fragte Timo Vogt.

Lisa war den Tränen nahe. Sie beherrschte sich, so gut sie konnte. »Wir sind zusammen hier im Urlaub. Gestern kam er nicht in das Hotel zurück. Die ganze Nacht nicht. Auch am Telefon ist er nicht zu erreichen. Wenn Sie etwas von ihm wissen, sagen Sie es mir bitte!«

»Frau Dr. Engels, es ist uns völlig neu, dass Herr Weinberg verschwunden ist«, versicherte Timo Vogt. »Wir haben ihn gestern Abend in einer Bar kennengelernt, und er hat uns erzählt, dass er eine Person getroffen hat, die für uns von Interesse ist. Dazu wollten wir ihm ein paar Fragen stellen.«

»Können *wir* Ihnen vielleicht weiterhelfen?«, fragte Grünwald. »Wer ist diese Person?«

»Es handelt sich um einen Mann namens Florin Wanger. Kennen Sie ihn?«

»Bedaure«, sagte der Archivar. »Was ist mit ihm?«

»Er ist tot«, sagte Vogt trocken.

»O Gott«, flüsterte Lisa und ließ sich schwer auf einen Stuhl fallen. Sie schlug die Hände vor das Gesicht.

Grünwald berührte sie sanft an der Schulter und sagte mitfühlend: »Lisa, Markus wird wieder auftauchen. Bitte, haben Sie Vertrauen.«

Alice Marxer sagte: »Dr. Engels, könnte Markus Weinberg die Nacht mit jemand anderem verbracht haben? Ich meine, ist es ungewöhnlich, dass er über Nacht fortbleibt?«

Lisa ließ langsam die Hände sinken. In ihren Augen waren Tränen. Sie sah die Polizistin mit einem Blick an, in dem sich Zorn, Fassungslosigkeit und Angst spiegelten. Doch anstelle einer Antwort auf deren Frage sagte sie: »Dieser Florin Wanger, er wurde ermordet, nicht wahr?«

Die Beamten blieben stumm.

Lisa fuhr mit erhobener Stimme fort: »Er wurde ermordet! Und neben ihm wurden 52 Gulden gefunden, habe ich recht?«

Mit einem Ruck neigten sich beide Polizisten nach vorne. Timo Vogt fragte: »Hat Ihnen das Herr Weinberg erzählt?«

»Wenn Markus Weinberg etwas mit der Sache zu tun hat, sagen Sie es uns besser jetzt gleich!«, setzte Alice Marxer nach.

Lisa schüttelte nur den Kopf und verdrehte die Augen.

»Wenn wir von Herrn Weinberg hören, werden wir Sie umgehend davon in Kenntnis setzen«, sagte Grünwald. »Sie können sich darauf verlassen, dass wir der Polizei helfen, wo wir können.«

»Auf den Arm nehmen können wir uns selbst«, murmelte Alice Marxer.

»Davon bin ich überzeugt«, entgegnete der Archivar höflich.

Mit einem säuerlichen Lächeln verabschiedeten sich die Beamten.

*

Als Markus Weinberg erwachte, hatte er einen schalen Geschmack im Mund. Er öffnete die Augen. Ihm gegenüber an der Wand saß neben einer massiven Metalltür einer der kahlköpfigen, orientalisch aussehenden Männer im Anzug. Weinberg versuchte, sich auf dem Bett, auf dem er lag, aufzurichten, doch seine Hände und Füße waren gefesselt. Der Mann an der Wand hob die Pistole, die er in der Hand hielt, und zielte auf ihn. Er sagte etwas in einer Sprache, die Weinberg nicht verstand. Dennoch erschloss sich ihm der Sinn der Worte. Er sollte ruhig liegen bleiben.

Der Bewaffnete schlug mit der flachen freien Hand zweimal an die Tür neben sich, ohne dabei den Blick von seinem Gegenüber abzuwenden. Weinberg sah sich um. Das Zimmer hatte Betonwände und kein Fenster. Es schien sich um einen Kellerraum zu handeln.

Auf das Klopfzeichen des Wächters hin öffnete sich nach wenigen Augenblicken die Tür und zwei Männer und eine Frau traten ein. Auch sie waren Teil der auffälligen Gästegruppe aus dem Hotel. Die Frau hatte Weinbergs Brieftasche in den Händen. Sie sagte in ziemlich flüssigem Deutsch: »Sie sind Markus Weinberg aus Deutschland. Sie sind ein Freund von Florin Wanger. Rufen Sie ihn an und teilen Sie ihm mit, dass wir ihn sprechen wollen.« Sie trat an das Bett zu Weinberg und zog ein Handy aus ihrer Tasche.

»Sie täuschen sich«, widersprach Weinberg. »Ich kenne diesen Florin Wanger kaum, es nützt also gar nichts, wenn …«

»Versuchen Sie keine Tricks«, unterbrach ihn die Frau. »Wir haben gesehen, wie Sie zusammen mit Ihrem Freund getrunken haben. Wir haben auch beobachtet, dass Sie mit einer Mitarbeiterin seiner Firma am Frühstückstisch Ihres Hotels gesprochen haben.«

Weinberg bemühte sich, seine Gedanken zu ordnen und ruhig und überzeugend zu klingen. »Ich wiederhole es noch einmal: Sie erliegen einem Irrtum. Ich habe Wanger erst an diesem Abend kennengelernt. Ich bin nur ein Tourist. Es nützt nichts, wenn ich ihn anrufe.«

Einer der Männer hinter ihr murmelte etwas in ihrer Muttersprache. Die Frau gab ihm in derselben Sprache eine kurze Antwort. Dann sagte sie zu dem Gefangenen: »Es geht uns nicht um Sie, Herr Weinberg. Es geht uns um unser Land. Was würden Sie sagen, wenn Firmen aus fremden Ländern die Quellen Ihrer Heimat in Beschlag nähmen? Wenn eine korrupte Regierung die Ressourcen Ihres Mutterbodens ausverkaufte, ohne an die eigene Bevölkerung zu denken, nur um sich zu bereichern?« Ihre Stimme war beherrscht, und doch klang die Leidenschaft durch, die auch in den dunklen Augen glomm. »Wir geben Ihnen eine Viertelstunde, um nachzudenken. Danach rufen Sie Wanger an. Wenn nicht, wird Umar Sie von der Notwendigkeit des Anrufs überzeugen.«

Sie wandte sich ab, und die drei verließen den Raum. Die Tür fiel schwer in das Schloss. Weinberg blieb allein mit seinem Aufpasser zurück. Er dachte fieberhaft nach. Niemand wusste von seiner Entführung. Keiner kannte den Ort, an dem er sich befand. Auf Hilfe von außen war nicht zu hoffen. Er musste allein hier rauskommen. Und das einzige Fenster in dem stickigen Raum war ein Zeitfenster von 15 Minuten.

*

Im Schritttempo fuhr Timo Vogt den Dienstwagen vor die Einfahrt der Tiefgarage des Polizeigebäudes und stoppte. Während er wartete, dass sich die Schranke hob, sagte er zu seiner Kollegin, die neben ihm auf dem Beifahrersitz saß: »Diese Typen aus dem Hotel sind mir nicht geheuer. Mit denen stimmt etwas nicht. Was meinst du?«

Langsam steuerte er den BMW in die Tiefgarage. Rechts und links standen Streifenwagen und auch einige zivile Fahrzeuge. Hinter einem Transporter, der eine mobile Einsatzzentrale beherbergte, stellte Vogt das Auto ab.

»Na?«, hakte er nach, weil Alice Marxer noch nicht geantwortet hatte.

Alice stieg aus und begleitete ihren Kollegen durch eine Stahltür, die die Garage mit dem Polizeigebäude verband. »Die Frau, diese Lisa Engels, schien mir jedenfalls wirklich in Sorge um Weinberg zu sein«, meinte sie nachdenklich. »Sieht für mich so aus, als wäre sie seine Freundin.«

»Und der Alte?«, fragte Vogt. »Irgendwie schien der mehr zu wissen, als er zugab.«

»Vielleicht würde dieser Dr. Grünwald etwas vor uns verbergen, aber bestimmt nicht vor seiner Begleiterin. Die beiden mögen sich, das merkt man sofort.«

Vogt nickte zustimmend.

Gerade als sie die Treppe zum zweiten Stock emporsteigen wollten, rief jemand ihren Namen. Die beiden Beamten drehten sich um.

»Was gibt's?«, fragte Vogt. »Ah, du bist es, Stephan.«

Ein uniformierter Polizist kam auf sie zu. »Vor einer halben Stunde hat der Häuptling nach euch gefragt. Auf seinem Schreibtisch ist eine Anzeige gelandet.«

»Jemand hat uns angezeigt?«, fragte Alice Marxer entgeistert.

»Nein«, beruhigte sie Stephan und grinste. »Es geht mal wieder um eine Werwolf-Sichtung. Dieses Mal mitten in Vaduz.«

»So langsam drehen alle durch«, murmelte Timo Vogt. »Wieso müssen wir uns mit den Aussagen von so einem Spinner beschäftigen?«

»Weil der Spinner zufällig Cäcilia Jeger heißt«, antwortete der Beamte.

»Wie?«, fragte Alice Marxer.

»Cäcilia Jeger«, wiederholte der Uniformierte. »Ihr Mann ist der ehemalige Regierungschef Jeger. Und der hat, nachdem seine Frau die Anzeige aufgegeben hatte, höchstpersönlich bei unserem Chef angerufen, um der Sache Nachdruck zu verleihen.«

»Natürlich«, seufzte Alice. »Danke, wir schauen es uns gleich an.«

»Liegt schon in eurem Büro«, informierte sie Stephan und entfernte sich.

Alice und Timo stiegen die Treppen nach oben. In ihrem Büro griff Vogt nach der Mappe, die auf seinem Schreibtisch lag, und schlug sie auf. Mit gerunzelter Stirn überflog er den Bericht. Dann warf er die Mappe zu seiner Kollegin hinüber. »Schon wieder ein Werwolf. Was denkst du, ist das ein übler Scherz? Irgendwelche jungen Leute, die sich einen bösen Spaß erlauben?«

»Ich weiß nicht«, antwortete Alice. »Vielleicht hat diese Sache tatsächlich etwas mit unseren Mordfällen zu tun.«

»Wie kommst du darauf?«

»Immerhin sind die Wolfgeschichten beziehungsweise Werwolfgeschichten zeitgleich mit den Morden aufgetreten.«

»Das ist ein wenig dünn, findest du nicht?«

»Klar ist das dünn! Aber sonst haben wir doch nichts.«

»Es wäre ebenso möglich, dass ein paar Spaßvögel die Leute erschrecken, seit sie in der Zeitung von den Morden gelesen haben.«

Alice Marxer lehnte sich in ihrem Schreibtischstuhl zurück

und blickte sinnend aus dem Fenster. »Vielleicht«, gab sie zu. »Mein Gefühl sagt mir trotzdem, dass es da eine Verbindung gibt.«

»Dein Gefühl?«

»Jaja, mach dich nur lustig!«, schmollte Alice. »Ich bin mir sicher, da ist etwas, das wir bis jetzt übersehen haben.«

»Und was?«

»Ich weiß es nicht. Noch nicht. Aber ich komme noch drauf.«

*

Weinberg dachte an Lisa. Er wusste, dass sie sich längst furchtbare Sorgen machte. Der Gedanke an sie gab ihm die Entschlossenheit, alles auf eine Karte zu setzen. Ihm blieb nur eine Möglichkeit, hier rauszukommen. Er musste seinem Babysitter die Waffe abnehmen.

Nach wenigen Minuten hatte er sich einen Plan zurechtgelegt. Weinberg verzog das Gesicht, als hätte er Schmerzen. Er begann, sich auf dem Bett zu wälzen, erst langsam, dann immer heftiger. Der Wächter beobachtete ihn misstrauisch und hob die Pistole. Weinberg zischte zwischen den Zähnen hindurch: »Ich brauche Medizin.«

Als der bullige Aufpasser verständnislos die Stirn in Falten legte, wiederholte er mit gepresster Stimme: *»Medicine! Understand? Medicine!«*

Dabei krümmte er sich zusammen und schloss die Augen. Er rollte hin und her und kam dabei der Bettkante sehr nahe. Was der Polizist erhofft hatte, geschah. Sein Wächter klopfte nicht an die Tür, sondern stand auf und ging, die Waffe im Anschlag, zu ihm hinüber. Als der Glatzköpfige dicht vor ihm stand, ließ er sich vom Bett auf den Boden fallen. Der Wächter zog wieder die Stirn in Falten und steckte die Pistole hinten in seinen Hosenbund, um Weinberg aufzuheben und zurück auf das Bett zu verfrachten. Er streckte die fleischigen Hände aus, um ihn an den Hüften zu packen. In diesem Augenblick zog Weinberg die an den Füßen gefesselten Beine an und schnellte seine Knie mit aller Gewalt gegen den Brustkorb des Mannes. Der Riese fiel hinterrücks an die Wand und ging zu Boden. Weinberg legte die Knie um seinen bulligen Hals und drückte so fest zu, wie er konnte. Der Mann versuchte, sich aufzurichten, und schlug mit den Fäusten auf Weinbergs Rücken. Der Polizist ließ trotz der schmerzhaften Schläge nicht locker. Verzweifelt verstärkte er den Druck seiner Knie. Dabei kam ihm der Umstand zu Hilfe, dass seine Füße an den Knöcheln zusammengebunden waren. Die Hebelwirkung vervielfachte seine Kraft.

Das Gesicht des Riesen lief purpurrot an. Nach einem letzten verzweifelten Versuch, sich zu befreien, wurden die Bewegungen des Mannes langsamer und hörten schließlich ganz auf. Er war bewusstlos. Weinberg ließ sich keuchend zurücksinken. Er hatte den Kerl tatsächlich überwältigt. Sein Plan war aufgegangen, aber er war sich bewusst, dass auch eine große Portion Glück dazugehört hatte.

Weinberg beobachtete einige Augenblicke den reglos Daliegenden, dann richtete er sich ächzend auf. Sein Rücken und seine Seiten schmerzten höllisch. Der Kerl hatte einen verdammt harten Schlag. Weinberg griff in den Hosenbund seines wehrlosen Gegners und zog die Waffe heraus. Eine Glock 17. Er prüfte sie mit einem kurzen fachmännischen Blick. Sie war durchgeladen. Er überzeugte sich, dass sie gesichert war, trippelte mit den gefesselten Füßen hinter die Tür und schlug zweimal mit der flachen Hand dagegen.

*

Lisa schlug sich mit der flachen Hand gegen die Stirn. Sosehr sie sich auch den Kopf zerbrach, sie kam auf keine Idee, wo sich Markus befinden könnte und weshalb er sich nicht meldete. Keine Idee außer ganz schlimmen.

Es war schon Mittag. Es musste ihm etwas zugestoßen sein. Was, wenn er einen Spaziergang unternommen und einen Unfall gehabt hatte? Wenn er irgendwo lag, verletzt und halb erfroren? Vielleicht bewusstlos? Kam es in den Alpen nicht immer wieder zu derartigen Unglücksfällen? Jedes Jahr stürzten Fußgänger bei Gebirgstouren ab. Jedes Jahr gab es dort oben Tote.

Auf der anderen Seite: Wie wahrscheinlich war es, dass Markus ins hohe Gebirge gewandert war? Er war dafür überhaupt nicht ausgerüstet, außerdem war es bitterkalt und nicht die Jahreszeit für solche Touren. Und allein hätte er sich bestimmt nicht zu so einer Wanderung aufgemacht.

Falls aber doch, hätte er sicher geschrieben. Er hätte ihr erzählt, was er vorhatte. Und auch Aurelia. Wenn er wirklich zu einer Wanderung aufgebrochen wäre, hätte er sich an sie gewandt. Sie kannte sich aus in der Gegend, und die beiden hatten sich angefreundet. Ganz bestimmt hätte er Aurelia gefragt.

Aber konnte einem nicht auch bei einem normalen Spaziergang etwas zustoßen? Markus musste gar nicht weit gegangen sein. Sie selbst war ja vor wenigen Tagen über Vaduz hinaus spaziert, und da ging es ganz schön steil nach oben!

Und nach unten.

Lisa zog sich ihre Jacke an, packte Schal und Mütze und verließ das Hotelzimmer. Sie schlug einen Weg ein, der direkt hinter dem Hotel in den Wald führte. Wenn Markus irgendwohin gegangen war, dann bestimmt dort lang. Er zog Touristen geradezu an. Außerdem hatte Lisa Markus von diesem Weg erzählt. Sie schluckte. Wenn ihm etwas passiert war auf dem Weg, den *sie* ihm gezeigt hatte, würde sie sich das nicht verzeihen.

Sie beschleunigte ihre Schritte. Die kalte Luft tat in den Lungen weh. Sie hielt die Augen offen. Gleichzeitig erkannte sie, wie unsinnig es war, was sie tat. Wenn Markus in dieser Gegend etwas zugestoßen wäre, dann läge er längst im Krankenhaus. Das hier war kein entlegenes, hochalpines Gebiet. Es war Vaduz. Hier hätte ihn jemand finden müssen.

Trotzdem ging sie weiter. Die Bewegung war immerhin besser, als nur im Hotel zu sitzen.

Auf einmal kam ihr ein anderer Einfall: Was, wenn Markus sie verlassen hatte? Ein stechender Schmerz zwang sie, stehen zu bleiben. Im nächsten Augenblick schob sie den Gedanken beiseite.

Unmöglich.

Er liebte sie. Er liebte sie über alles. Das Bewusstsein dieser Tatsache wärmte sie von innen, sodass ihr für einige Momente tatsächlich nicht mehr kalt war.

Aber das ließ keine anderen guten Alternativen zu. Hätte sie die Gelegenheit ergreifen und heute Morgen bei den beiden Polizeibeamten Vermisstenanzeige erstatten sollen? Oder war das noch zu früh? Lisa versuchte, sich daran zu erinnern, was in Filmen gesagt wurde, wie lange nach dem Verschwinden eines Erwachsenen man ihn als vermisst melden konnte. Nach 24 Stunden? Nach 48?

Außerdem suchte die Polizei Markus ja bereits. Wieso eigentlich? Das hatte sie überhaupt nicht gefragt. Woher kannten ihn die Polizisten? Was konnten sie von ihm wollen?

Am liebsten wäre Lisa direkt zur Polizei gelaufen, um das alles zu erfahren. Doch sie wusste, dass die Beamten ihr wohl kaum Auskunft geben würden. Wer war sie auch, um solche Informationen zu verlangen? Markus und sie waren nicht verheiratet. Vor dem Gesetz war sie nichts als eine Freundin. Sie hatte nicht mehr Rechte als Aurelia.

Wieder traten ihr Tränen in die Augen. Nein, es gab niemanden in dieser Stadt, niemanden in diesem Land, niemanden auf dieser Welt, der mehr Recht dazu hatte, alles über Markus Weinberg zu erfahren, als sie!

Niemand.

Vom Aussichtspunkt, an dem sie vor einigen Tagen schon einmal gestanden hatte, sah sie auf Vaduz herab. Sie hätte am liebsten geschrien, ihre Sorge und Verzweiflung laut herausgeschrien. Sie wollte Markus wiederhaben!

*

Markus Weinberg musste nicht lange warten. Bereits nach wenigen Augenblicken wurde die Tür geöffnet, und die Frau kam herein. Sie blieb überrascht stehen und sah sich um. Der Polizist zog sie mit der freien Hand ganz herein und schwang die gefesselten Arme über ihren Kopf. So gut es ihm möglich war, richtete er den Lauf der Pistole auf ihr Gesicht. Dann stieß er sie vor sich her aus dem Kellerraum hinaus. In dem Zimmer, in das sie nun traten, stand ein Tisch, an dem die zwei Männer saßen, die er bereits kannte. Sie hielten Zigaretten in ihren Händen und erstarrten, als Weinberg auftauchte, mit der Frau als lebendes Schild. Weinberg konnte wegen der Fußfesseln nur kleine Schritte machen. Der Strick war etwa 20 Zentimeter lang. Vorsichtig hielt sich der Polizist neben der Tür mit dem Rücken nahe zur Wand, um nicht von hinten überrascht werden zu können. Wer wusste schon, wie lange der riesige Kerl, den er überwältigt hatte, schlafen würde.

Dicht am Ohr der Frau sagte er langsam und eindringlich: »Ich weiß, dass Sie mich verstehen. Sagen Sie den beiden, dass sie ruhig sitzen bleiben sollen. Wenn sie mich angreifen, wenn sich einer auch nur bewegt, werde ich zuerst Sie erschießen und danach die Jungs. Sagen Sie es!«

Die Frau räusperte sich und sagte in ihrer Sprache einige Worte zu den Männern. Sie rührten sich nicht.

Weinberg stieß seine Geisel energisch nach vorne. Auf dem Tisch lag seine Brieftasche. »Nehmen Sie die Brieftasche und stecken Sie sie mir in die Hosentasche.«

Als die Frau nicht gleich reagierte, drückte er mit sanftem Druck die Mündung der Pistole an ihre Schläfe. Jetzt griff sie nach der ledernen Börse und nestelte sie in seine Tasche.

»Vorwärts!«, kommandierte Weinberg. »Sie begleiten mich, bis wir draußen sind. Wenn Sie sich vernünftig verhalten, passiert Ihnen nichts. Ich verspreche es.«

Die Frau antwortete nicht. Mit Mühe stiegen sie eine dunkle Treppe nach oben. Der Polizist musste sich beinahe an die Frau hängen, um mit seinen gefesselten Füßen die Stufen zu bewältigen. Oben gelangten sie in einen bieder eingerichteten Hausflur. Rechts stand die Tür zu einer Küche offen. Weinberg bugsierte seine Geisel dort hinein.

»Wie heißen Sie?«, fragte er.

Die Frau zögerte einen Moment, dann antwortete sie: »Bahira.«

»Gut, Bahira«, sagte Weinberg, »suchen Sie sich ein Messer.«

Gemeinsam trippelten sie an den Küchenschränken entlang. Die Frau öffnete die Schubladen. Als sie in einer Schublade mehrere Messer fand, nahm sie eines heraus.

»Seien Sie ganz vorsichtig«, sagte Weinberg. »Schneiden Sie die Fesseln an meinen Händen auf.« Mit einiger Mühe gelang es der Frau, den Strick zu durchtrennen. »Jetzt die Füße. Vorsichtig!«

Sie ließ sich vor ihm nieder. Einen Augenblick schien sie ihre Chancen abzuwägen. Die Spitze des Messers zeigte geradewegs auf Weinbergs Unterleib. Stumm setzte er die Mündung der Waffe auf ihren Scheitel. Da senkte sie das Messer und durchtrennte die Fesseln an seinen Füßen. Weinberg zog die Frau hoch und nahm ihr das Messer aus der Hand. Er legte es auf die Ablage und drängte seine Geisel zur Haustür. Am Kelleraufgang entdeckte er die beiden Männer. Sie schienen unbewaffnet. Mit unbewegten Mienen, die nichts über ihre Gedanken verrieten, beobachteten sie die Szene. Weinberg öffnete die Haustür und stieß die Frau nach draußen. Schnell schloss er die Tür hinter ihnen und sagte: »Ich gehe jetzt. Befehlen Sie denen da drin, dass sie mich nicht verfolgen sollen. Dann wird niemand verletzt.«

Mit diesen Worten wandte er sich um und rannte in die von Einfamilienhäusern gesäumte Straße davon. Als er sich nach etwa 50 Metern umdrehte, stand die Frau noch immer reglos an der Tür und sah ihm nach. Weinberg lief um eine Biegung, hetzte durch zwei Gärten, überquerte eine Straße und kauerte sich auf dem Parkplatz eines Lebensmittelgeschäfts hinter einem gigantischen SUV nieder. Er hob vorsichtig den Kopf und peilte durch die Wagenfenster die Lage. Es waren keine Verfolger zu sehen.

Auf einmal begannen seine Hände zu zittern. Der Polizist legte die Pistole vorsichtig vor sich auf den Boden und atmete tief durch. Sein Puls raste, und Weinberg spürte, dass das nicht an dem kurzen Dauerlauf lag. Er versuchte, seinen Atem zu beruhigen, doch seine Hände ließen sich einfach nicht kontrollieren. Schlagartig wurde ihm bewusst, wieso.

Nie zuvor hatte er mit einer scharfen Waffe auf einen Menschen gezielt.

*

Regenschwere Wolken hingen tief über dem Rheintal und hüllten die umliegenden Berge mit ihren Wäldern in undurchdringlichen Nebel. Gebeugt von unzähligen Wassertropfen, neigten sich die Äste der Bäume nach unten. Langsam gefroren sie in der windstillen Kälte zu skurrilen Formen.

Der Mann, der atemlos zwischen den Baumstämmen durch die Büsche stolperte, war völlig durchnässt. An seiner Kleidung klebten welke Blätter und dürre Ästchen, tote Insekten und Schmutz. Mit wunden, in der Kälte gefühllos gewordenen Händen tastete er sich voran. Obwohl es mitten am Tag war, schien es ihm, als befände er sich in einer düsteren Parallelwelt, in einem verwunschenen Wald, wo niemals die Sonne schien und wo verlorene Seelen sich immer tiefer in der nasskalten Dunkelheit verirrten.

Schon mehrere Male war er in den letzten Tagen hier gewesen, wie oft genau, wusste er nicht mehr. Dazwischen hatte er in kleinen Hütten Unterschlupf gesucht, die Jägern und Waldarbeitern als Depots dienten, war eingebrochen und in einen ohnmachtsähnlichen Schlaf gefallen. Einmal hatte er versucht, im Haus seiner Mutter Zuflucht zu finden. Er war die Tanne hinaufgeklettert, wie er es so oft als Bub getan hatte, und das Fenster hatte tatsächlich offen gestanden. Der vertraute Geruch und die wohlige Wärme hatten ihm Tränen in die Augen getrieben. Es war ihm vorgekommen, als wäre er jahrelang nicht mehr zu Hause gewesen, dabei handelte es sich in Wirklichkeit um wenige Tage. Nur einige wenige Tage, die ihn wie eine unbarmherzige Ewigkeit von seinem gewohnten Leben trennten.

Doch es war ihm nur eine kurze Pause in seinem Zuhause vergönnt gewesen. Barakat war aufgetaucht und eine Frau, die er vorher noch nie gesehen hatte. Wahrscheinlich von der Polizei. Mit der Frau war er zusammengestoßen. Es tat ihm leid, dass er gezwungen gewesen war, sie umzurennen. Obwohl sie vermutlich dort gewesen war, um ihm aufzulauern. Andererseits hatte sie einen ziemlich erschrockenen Eindruck gemacht, als sie ihn entdeckt hatte. Zum Glück hatte sie keine Waffe getragen – oder sie nicht gezogen. Eigentlich eigenartig, dachte er, während er in immer kürzeren Abständen weiße Atemwölkchen ausstieß.

Barakat und die Frau hatten seine Unterlagen mitgenommen. Doch eine Information besaß nur er allein. Er hatte sie nirgendwo aufgeschrieben. Die Information, wo der Wolf seinen Bau hatte.

Franz Kaiser schlug ein Ast ins Gesicht. Die Wucht raubte ihm den Atem. Der Schmerz, das wusste er, würde erst einige Augenblicke später einsetzen. Seine Haut war durch die Kälte wie betäubt. Kälte war ein verblüffend wirksames Anästhetikum. Während kleine Blutstropfen auf sein Hemd tropften, dachte er darüber nach, ob Wölfe überhaupt einen Bau besaßen. Aber das spielte keine Rolle. Dieser Wolf besaß einen. Franz Kaiser musste ihn nur finden. Er musste ihn wiederfinden. Der Wolf hatte ihn dort eingesperrt, im Berg.

Kaiser fühlte, wie ihm trotz der eisigen Kälte der Schweiß ausbrach. Es hatte sich angefühlt, als ob das Gewicht der Berge auf ihm lastete, ihn erstickte, ihn erdrückte, ihn zerquetschte wie ein Insekt. In seiner Fantasie hatte er seine Knochen knirschen hören wie den Chitinpanzer eines zerdrückten Käfers.

Drei Tage müsse er dort verbringen, hatte ihm der Wolf gesagt. Drei Tage, in der die Bestie auf Jagd gehen wollte. Auf Menschenjagd. Erst als es Franz Kaiser gelungen war, aus seinem engen Gefängnis auszubrechen und aus dem Wald zu entkommen, hatte er sich darüber Gedanken gemacht, wie er die potenziellen Opfer warnen und retten könnte.

Doch dann hatte sein Verstand sich pulverisiert wie poröser Kalkstein, war zerfallen wie morsches Holz. Zum zweiten Mal hatte er fliehen müssen, dieses Mal aus einer Klinik. Seitdem schien es ihm, als ob er überall gefangen wäre, als ob er seine persönliche Gefängniszelle mit sich herumtrug wie eine Schnecke ihr Haus.

Trotzdem suchte er jetzt sein Gefängnis im Berg. Schon seit Tagen. Er wusste, dass es ihm allein mit diesem Beweis gelingen konnte, den Wolf zu überführen und sich selbst zu rehabilitieren.

Und vielleicht die letzten Opfer zu retten.

*

Weinberg wartete einige Minuten, bis er sich sicher sein konnte, nicht verfolgt zu werden. Er schätzte, dass seine Entführer das Spiel verloren gegeben und so schnell wie möglich ihr Versteck geräumt hatten. Sie konnten sich schließlich ausmalen, dass er ihnen umgehend die Polizei auf den Hals hetzen würde. Und genau das hatte er vor. Zuerst aber wollte er sich bei Lisa melden. Der Gedanke an die Angst, die sie um ihn ausstehen musste, verursachte ihm Bauchschmerzen. Wie ein Ganove in einem schlechten Film steckte er sich die Pistole hinten in seinen Hosenbund und zog sein Hemd darüber. Er warf einen letzten Blick über die Motorhaube des SUV und ging zur Straße.

Seine Beine fühlten sich an wie Gummi. Neben ihm schlug eine Tür zu. Weinberg zuckte zusammen und griff instinktiv hinter sich. Aus dem Hauseingang trat ein Mann mit einem Hund und musterte ihn misstrauisch. Langsam setzte er sich in die entgegengesetzte Richtung in Bewegung. Der Polizist atmete tief ein. Beinahe hätte er die Waffe gezogen.

Mit unsicheren Schritten folgte er der Straße und versuchte, ein Gebäude auszumachen, an dem er sich orientieren konnte. War er überhaupt noch in Vaduz? Er hatte keinen Anhaltspunkt dafür, wie lange er ohnmächtig gewesen war. Seine Entführer hätten ihn weiß Gott wohin verschleppen können. Vor sich sah er eine Gebirgskette – wie die hinter seinem Hotel. Allerdings sahen Gebirgsketten für ihn alle ziemlich gleich aus.

Doch da blieb sein Blick an einem Gebäude hängen, und er lächelte. Es war riesig und räumte jeden Zweifel aus, dass er sich weiterhin in der liechtensteinischen Hauptstadt befand. Er erkannte das fürstliche Schloss am Berghang. Grau und abweisend thronte es über den Dächern der Stadt. Das Hotel, das wusste er nun, lag zu seinen Füßen. Über den Daumen gepeilt waren es circa zwei Kilometer Fußweg bis dorthin. Weinberg warf einen Blick hinter sich, dann fixierte er das Schloss und lief los.

Der Weg war doch ein wenig länger, als er vermutet hatte, aber nach 20 Minuten hatte er die Fußgängerzone erreicht. Erleichtert schritt er durch den Eingang des Hotels und trat an die Rezeption. Auf seine Bitte hin bekam er den Zimmerschlüssel ausgehändigt. Als er auf dem Weg zur Treppe in einen der großen Spiegel sah, verstand er den seltsamen Blick, den ihm die Empfangsdame zugeworfen hatte. Er wirkte wie ein Vagabund. Seine Haare waren zerzaust, an seinem Hemd waren oben zwei Knöpfe abgerissen, und sein Gesicht zeigte dunkelrote Spuren des Kampfes mit seinem Bewacher. Nicht zuletzt baumelten an seinen Händen die zerschnittenen Stricke, mit denen er gefesselt gewesen war.

Oben angekommen öffnete er die Zimmertür.

Lisa saß auf dem Bett.

Als er hereinkam, sprang sie auf. Ihr Mund öffnete sich, aber sie brachte keinen Ton heraus. Tränen schossen ihr in die Augen, und sie begann zu weinen. Er ging auf sie zu und schloss sie in die Arme.

18

Aurelia steuerte ihren Wagen. Neben ihr saß Sebastian Grünwald. Sie blickte über den Rückspiegel in das Gesicht von Markus Weinberg, der eingekeilt zwischen Lisa und Barakat auf der Rücksitzbank hockte. Er sah ziemlich mitgenommen aus. Die Archivarin hielt seine Hand. Niemand sprach ein Wort. Aurelia konzentrierte sich wieder auf den Verkehr vor sich auf der Straße. Glücklicherweise war er um diese Zeit nicht dicht, und sie kamen gut voran. Ein weiterer Blick auf Barakat im Fond des Wagens zeigte ihr, dass ihr Freund zutiefst verstört war. Wegen seines massigen Äußeren hielten ihn viele auch innerlich für robust und unangreifbar, doch Aurelia wusste, dass Youssef eine sehr verletzliche und sensible Natur besaß. Mit zusammengekniffenen Lippen sah er aus dem Fenster. Schließlich wandte er sich mit einem Ruck Weinberg zu und sagte: »Es tut mir so leid, dass Ihr Urlaub hier bei uns Sie in eine so beklemmende Lage gebracht hat, Herr Weinberg! Glauben Sie mir, ich fühle mich schrecklich.«

Weinberg schüttelte den Kopf. »Machen Sie sich keine Vorwürfe, Herr Prof. Barakat«, beruhigte er ihn. »Sie können überhaupt nichts dafür.«

»Immerhin war ich es, der Sie nach Liechtenstein eingeladen hat, und …«

»Sie konnten in keiner Weise damit rechnen, dass so etwas passiert.«

»Dr. Engels musste nach dem Zusammenstoß mit einem meiner Mitarbeiter den Arzt aufsuchen, und Sie wurden sogar entführt! Nicht auszudenken, was alles hätte geschehen können!«

»Aber es ist nichts geschehen. Im Gegenteil, ich denke, wir können der Polizei sogar neue Hinweise geben.«

Weinberg bezog sich darauf, dass er Florin Wanger gestern am frühen Abend noch lebend gesehen hatte. Das ergab für die Ermittlungen einen *Terminus post quem*. Wangers Tod konnte erst nach diesem Zeitpunkt eingetreten sein.

Die Nachricht vom Mord an dem bekannten Treuhänder hatte sich wie ein Lauffeuer im Land verbreitet. Der gewaltsame Tod des Mannes, mit dem er erst vor wenigen Stunden zusammengetroffen war, beschäftigte Weinberg mehr, als er zeigte. Er hatte den Menschen kaum gekannt, und doch war er auf eine seltsame Weise mit ihm und seinem Schicksal verbunden. Er hatte nichts anderes getan, als für wenige Minuten zufällig mit ihm in einer Bar zu sitzen, danach war er entführt worden und der Mann war gestorben. Ermordet.

Der Polizist befühlte die entladene Pistole in seiner Manteltasche. Vielleicht trug er gerade die Waffe mit sich herum, mit der Florin Wanger getötet worden war?

Aurelia setzte den Blinker und steuerte den Wagen auf den Parkplatz vor dem Haupteingang der Landespolizei. »Da sind wir. Brauchst du noch eine Minute, Markus?«

Weinberg schüttelte den Kopf. »Nein. Ich gehe rein.«

»*Wir* gehen rein«, sagte Lisa bestimmt und öffnete die Autotür. Auch alle anderen stiegen aus. Weinberg hielt Lisas Hand und betrat mit ihr zusammen den Empfangsraum der Polizeistation. Hinter einem Schalter saßen zwei Beamte. Einer telefonierte, der zweite stand auf und kam mit einem freundlich fragenden Blick auf sie zu. »Was kann ich für Sie tun?«, wollte er wissen.

Weinberg trat an den Schalter und sagte: »Ich möchte etwas abgeben.«

Mit diesen Worten zog er die Pistole aus der Tasche. Noch bevor er sie auf dem Schalter ablegen konnte, hatte der Polizist seine Dienstwaffe aus dem Holster gerissen und zielte auf ihn. »Waffe runter!«, brüllte er.

Hinter ihm war sein Kollege aufgesprungen und hatte ebenfalls seine Pistole auf Weinberg angelegt. In seiner Aufregung hatte der Beamte den Stuhl hinter sich umgestoßen. »Sofort die Waffe hinlegen!«, schrie er.

Keiner der beiden hätte Weinberg gefährlich werden können, vorausgesetzt, die Plexiglasscheibe des Schalters war schusssicher.

Doch dann wurde an der Seite des Raumes eine Tür aufgerissen. Zwei weitere Beamte stürmten herein und richteten ihre Waffen auf Weinberg. Offensichtlich hatten sie die Rufe gehört und über die Raumüberwachung gesehen, was los war.

Weinberg hob die linke Hand beschwichtigend in die Höhe und legte mit der rechten die Pistole vor sich auf den Schalter. Langsam trat er zwei Schritte zurück, dabei stieß er gegen Grünwald. Er drehte sich um. Der alte Archivar, Lisa, Barakat und Aurelia hatten die Hände erhoben und waren zu Statuen erstarrt. Weinberg musste trotz der ernsten Situation laut lachen. »Ihr könnt jetzt wieder atmen«, scherzte er.

Während einer der Landespolizisten die Glock von der Ablage nahm, fasste ihn ein anderer grob am Arm. »Hey, Sie Spaßvogel! Können Sie uns bitte mal erklären, was das sollte? Sie hätten verletzt werden können!«

»So schnell schießen Kollegen nicht aufeinander.«

»Kollegen?« Der Polizist wandte sich zu den anderen Beamten um und starrte dann Weinberg ins Gesicht. »Sie sind ein …?«

Eine Stimme von hinten unterbrach den Mann: »Ein Beamter der Landespolizei von Baden-Württemberg.«

Alle drehten sich um. Alice Marxer lehnte mit verschränkten Armen am Türrahmen. »Hallo, Herr Weinberg«, sagte sie lakonisch. »Nett, dass Sie vorbeischauen. Wie läuft denn Ihr Urlaub?«

*

Franz Kaiser stöhnte auf. Ihm taten die Knochen weh. Die nasse Kleidung fühlte sich auf seiner Haut an, als hätte er in Eiswasser gebadet. Er musste zwischenzeitlich geschlafen haben – oder besser: in Ohnmacht gefallen sein. Allzu lange konnte er nicht dagelegen haben, dachte er, sonst wäre er vermutlich erfroren.

Der Nebel hatte sich ein wenig gelichtet. Ein leiser, sehr kalter Wind war aufgekommen. Kaiser konnte es nicht riechen, aber er wusste, dass dieser Wind bald Schnee bringen würde. Oder Schneeregen.

Eine tiefe Niedergeschlagenheit ergriff ihn. War das sein Leben? In den Nächten umherzuirren wie ein Gespenst? Wie eine vom Teufel gejagte Seele?

Ein vom Wolf gehetztes Wild?

Franz Kaiser wollte schreien, doch er hatte nicht mehr die Kraft dazu. Sein Blick streifte an der Felswand entlang, die er hinter den Bäumen schemenhaft erkennen konnte. Es war, als tastete er die Wand Stück für Stück mit seinen Augen ab.

Und da sah er es.

Er schloss seine Augen für einen Moment, um sicherzugehen, dass er nicht träumte, und öffnete sie dann wieder. Rechts vor ihm stand der Baumstumpf, über den er nach seiner Flucht aus dem Berg gestolpert war. Es war mehr ein Rumpf, nicht abgesägt, sondern abgerissen von einer erbarmungslosen Naturgewalt. Dahinter hingen Ranken am Felsen herunter, schlaff, als wären sie tot.

Hier war es.

Kaiser wurde von einer fiebrigen Aufregung erfasst. Er hatte es gefunden! Er hatte es tatsächlich gefunden! Das Loch, das ins Innere des Berges führte, in das Versteck des Wolfes. Hier war der Eingang! Hastig rutschte er auf allen vieren über den kalten, schlammigen Waldboden auf ihn zu. Seine Hände berührten die Felswand. Irgendwo musste es einen Griff geben, einen Hebel, irgendeine Vorrichtung, um die enge Spalte zu öffnen, die in die niedrige, schmale Kammer führte.

Seine Aufregung steigerte sich ins Unerträgliche, als er nichts ertasten konnte. Das war unmöglich! Er konnte sich nicht irren. Jetzt, wo er endlich hier war, an der richtigen Stelle, durfte sich der Eingang nicht vor ihm verbergen! Was für eine bittere Ironie, wenn er nun den Eingang nicht fände!

Auf den Knien zwang sich der ehemalige Museumsmitarbeiter mit fiebriger Energie zur Ruhe. Er rieb die tauben Hände aneinander und versuchte, seine Gedanken zu ordnen. Seine Erinnerung zu schärfen. Er konnte sich nicht entsinnen, wie er in den Felsen hineingekommen war. Zu diesem Zeitpunkt war er bewusstlos gewesen. Umso grauenhafter war das Erwachen gewesen. Eingeschlossen wie in einem Sarkophag, abgeschnitten von jedem Geräusch des Waldes und der Luft. Diese furchterregende Stille. Als läge er begraben unter den Bergen, tief im Erdinnern. Kaiser fühlte, wie die Panik wieder in ihm aufstieg, wie sie erneut Besitz von ihm ergreifen wollte. Mit letzter Kraft kämpfte er sie nieder.

Wieso nur hatte er sich auf diesen Pakt mit dem Teufel eingelassen? Es hatte sich am Anfang so harmlos angehört. Für neue Informationen zur Geschichte der Tobelhocker hatte der Wolf lediglich 260 Gulden aus dem Magazin gewollt. Franz Kaiser war bereit gewesen, sie in die Wissenschaft zu investieren.

Kaiser hatte den Wolf darauf aufmerksam gemacht, dass er zwar einen Schlüssel zum Museum, aber keinen zum Magazin besitze. Das sei kein Problem, war die Antwort gewesen. Nur das Museum als solches sei gesichert. Die Tür zum Magazin würde keine Schwierigkeiten bereiten. Wahrscheinlich würde nicht einmal jemand etwas merken, hatte der Wolf gemeint. Doch man hatte den Einbruch bemerkt. Und Franz Kaiser war im Berg aufgewacht.

Es war dunkel gewesen und still und eng, rundherum nichts als Stein. Die einzige Lichtquelle eine kleine, schwache Kerze, die kaum genug Sauerstoff hatte, um das steinerne Grab zu erhellen. Ihm gegenüber der Wolfsmensch. Dumpf hatten die Worte aus dem Maul geklungen, er müsse drei Tage hier aushalten, dann sei er frei. Mit der bloßen Hand hatte der Wolf die Kerze gelöscht, und tiefste Dunkelheit hatte den Raum augenblicklich gefüllt wie schweres schwarzes Wasser.

Kaiser hatte sich panisch aufgerichtet und war mit dem Kopf an die Felsdecke gestoßen. Auf sein Rufen hatte er keine Antwort erhalten, auch nicht auf sein Flehen. Er hatte in die Richtung getastet, wo der Wolf soeben noch gekauert hatte, doch er hatte nichts als Fels gefühlt. In die andere Richtung hatte er nicht getastet. Kurz bevor die Kerze verloschen war, hatte er aus den Augenwinkeln gesehen, was sich dort neben ihm befand.

Kaiser begann unkontrolliert zu zittern, als er sich jetzt daran erinnerte. Dort drinnen hatte neben ihm das Skelett eines Menschen gelegen. Sein Schädel mit den leeren Augenhöhlen und dem weit aufgerissenen Kiefer schien noch im Tod hasserfüllt zu schreien.

*

Der Häuptling hatte die Vernehmung des deutschen Polizisten kurzerhand zur Chefsache erklärt und in sein Büro verlegt. Karl Felder saß hinter seinem Schreibtisch, vor ihm war der Verdächtige platziert.

Alice Marxer und Timo Vogt mussten auf zwei Stühlen an der Seite Platz nehmen. Die Beamtin konnte ihren Zorn kaum verbergen. Mit verschlossenem Gesicht folgte sie dem Gespräch zwischen ihrem Chef und dem undurchsichtigen Kollegen aus Deutschland. Karl Felder zog seine Standardnummer ab. Scheinbar ohne sein Gegenüber zu beachten, las er halblaut aus den Angaben vor, die Weinberg Vogt und Marxer gegenüber zu seiner Person gemacht hatte.

»Markus Weinberg …«, murmelte er, »geboren … in Freiburg im Breisgau … Im Polizeidienst seit … Interessant, interessant.« Dann legte er die Mappe nieder und sah Weinberg auf einmal mit einem stechenden Blick an. Barsch fragte er: »Was haben Sie mit dem Tod von Florin Wanger zu tun?«

Der Überrumpelungsversuch zeigte bei Weinberg keinen Erfolg. Er hielt dem Blick Felders stand und sagte nach einigen wohlabgeschätzten Sekunden: »Vielleicht bin ich im falschen Zimmer gelandet. Ich bin hier, um Anzeige wegen Entführung und Freiheitsberaubung zu erstatten. Sind Sie dafür nicht zuständig?«

Felder lief rot an. »Beantworten Sie meine Fragen!«, blaffte er.

Weinberg zeigte sich wenig beeindruckt. »Fragen? Bis jetzt haben Sie doch erst eine gestellt. Aber ich habe auch was: Ich wurde entführt und von Bewaffneten in einem Keller in dieser Stadt gefangen gehalten. Interessiert?«

Alice Marxer unterdrückte ein Grinsen, während Timo Vogt mit eingefrorener Miene einen Wutausbruch des Häuptlings erwartete. Doch wider Erwarten schien sich Felder entschlossen zu haben, seine Taktik zu ändern. Er lehnte sich zurück und sagte mit ruhiger Stimme: »Gut, Herr Weinberg. Sprechen wir zuerst über Sie. Was ist passiert?«

Weinberg wiederholte seinen Bericht ab der Begegnung mit Florin Wanger in der Bar. Das Gespräch mit Marxer und Vogt streifte er nur kurz, dafür beschrieb er ausführlich die Gruppe der Entführer und die Lage seines Gefängnisses.

Nachdem er geendet hatte, war es still im Raum. Felder starrte vor sich auf den Schreibtisch. Dann hob er den Kopf und sagte in Richtung von Vogt und Marxer: »Die Vögel sind natürlich längst ausgeflogen, aber ihr fahrt da sofort hin und überprüft alles! Gebt eine Fahndung raus nach den beschriebenen Personen! Informiert die Leute von der Spurensicherung, die sollen das Haus unter die Lupe nehmen. Außerdem will ich jedes Detail über die Pistole wissen, die uns Herr Weinberg vorbeigebracht hat.«

Vogt und Marxer verabschiedeten sich.

»Wären Sie dann vielleicht jetzt bereit, meine Fragen zu beantworten?«, erkundigte sich Felder bei seinem Gegenüber.

Weinberg nickte.

»Sie bleiben dabei, dass Sie Florin Wanger in dieser Bar zum ersten und letzten Mal gesehen haben?«

»Ja. So war es.«

»Kam Ihnen an seinem Verhalten etwas auffällig vor? Ich meine, Sie sind Polizeibeamter. Ist Ihnen irgendetwas aufgefallen?«

Weinberg dachte nach. »Er schien mir aufgedreht. Vielleicht lag es auch nur an dem Kokain, aber er wirkte auf mich so, als wollte er etwas feiern.«

»Sie wissen nicht, was?«

»Nein.«

Halten Sie es für möglich, dass Ihre Entführer Florin Wanger ermordet haben und dass das Telefonat, das sie von Ihnen verlangten, nur eine Finte war?«

»Das kann ich nicht sagen«, antwortete Weinberg. »Ich glaube es allerdings nicht. Es schien ihnen ernst zu sein.«

»Gut«, schloss Felder und erhob sich. »Dann lassen Sie sich jetzt erst einmal von unserem Amtsarzt durchchecken. Ich brauche Sie wohl nicht darauf hinzuweisen, dass Sie sich zu unserer Verfügung halten müssen. Wir werden Ihre Aussagen noch zu Protokoll nehmen.«

Auch Weinberg stand auf. »Natürlich«, sagte er. »Sie wissen, wo Sie mich finden.«

*

Das Team hatte sich am Abend in Barakats überheiztem Büro im Museum versammelt. Zwischen Exponaten und Bücherbergen saßen sie auf dem Sofa und in den Sesseln, der Museumsdirektor hinter mehreren hohen Papierstapeln an seinem Schreibtisch. Lisa hielt wieder Markus' Hand. Seit er wiederaufgetaucht war, wollte sie ihn nicht mehr loslassen.

Jetzt erst kamen Grünwald und sie dazu, von ihrem Ausflug nach Wien zu berichten. Sie waren erst am frühen Morgen dieses Tages zurückgekehrt, aber die Ereignisse der letzten Stunden ließen es für sie alle beinahe wie eine Woche erscheinen.

Die Augen Barakats, Aurelias und auch die von Markus Weinberg waren erwartungsvoll auf Lisa und Grünwald gerichtet. Der Archivar ergriff das Wort: »Dank deiner Beziehungen, Youssef, durften wir eine Abteilung der Nationalbibliothek betreten, von der wir ansonsten wohl nicht einmal erfahren hätten, dass sie überhaupt existiert. Dort, tief unter der Erde, haben wir jahrhundertealte Unterlagen eingesehen, die mit den Geschehnissen von heute zu tun haben könnten.«

Aurelia sah ihn ungläubig an. »Wie könnten solche alten Sachen etwas mit dem zu tun haben, was heute bei uns passiert?«, fragte sie.

»Sie werfen ein Licht auf die Hintergründe«, erklärte Grünwald.

»Inwiefern?«, wollte Barakat wissen.

»Sie enthüllen ein dunkles Geheimnis«, erklärte der Archivar.

Weinberg drückte Lisas Hand. »Was waren das für Unterlagen, Liebling?«

»Sie stammen von Pfarrer Kriss«, berichtete Lisa. »Es sind Briefe oder, besser gesagt, Berichte, die er an Fürstabt Rupert geschrieben hat.«

»Wer war dieser Rupert noch mal?«, fragte die Café-Besitzerin dazwischen.

»Rupert von Bodman war der Fürstabt von Kempten. Er war vom Kaiser als Kommissar eingesetzt worden, um die Hexenprozesse zu untersuchen. Aufgrund seiner Ermittlungen wurde dem Grafen von Hohenems die Gerichtsbarkeit entzogen.«

»Stimmt, ich erinnere mich«, sagte Aurelia.

Lisa fuhr fort: »Offensichtlich vertraute Pfarrer Kriss nur diesem Rupert von Bodman. Der Abt hat die Berichte nach Kriss' Tod gesammelt und nach Wien an den Hof geschickt. Vertraulich.«

»Aber wovon handeln die Berichte?«, drängte Barakat.

»Es lag ja auf der Hand, dass Pfarrer Kriss sich nach seinen Beschwerdebriefen an den Kaiser und danach auch an den untersuchenden Kommissar wandte, um ihm die Verhältnisse zu schildern.«

Grünwald nickte. »Richtig. Für uns sind die Berichte interessant, die die Umstände *nach* dem Ende der Hexenprozesse behandeln.«

Lisa übernahm wieder: »Pfarrer Kriss versuchte, Gerechtigkeit für die Opfer einzufordern, hatte damit aber keinen Erfolg. Aus den Berichten geht hervor, dass der Mann, der Katharina Rebbergerin verleumdet und damit indirekt zum

Tode verurteilt hatte, das Privileg erhielt, sich ihr Vermögen selbst anzueignen. Auf ausdrückliche Erlaubnis des Grafen durfte er das Geld behalten.«

»Wir wissen also, um welchen Brenner es sich handelt, wer sie denunziert hat«, folgerte der Polizist.

»Ja«, bestätigte Grünwald. »Es ist ein gewisser Joder Engerling.«

»Und weiter?«

»Der Graf wurde, wie wir bereits wissen, nach der Untersuchung Ruperts von Bodman seines Besitzes enthoben. Nach dem Ende der Verfolgung versteckten sich die Brenner. Fast alle verließen erst einmal das Land. Sie fürchteten wohl zu Recht, dass sich der Zorn der Menschen nun auf sie entladen würde.«

»Nachvollziehbar.«

»Alle außer einem. Joder Engerling blieb im Land, ob aus Trotz oder aus Lebensüberdruss, das wissen wir nicht.«

»Was ist mit ihm passiert?«

»Die Leute wollten ihn lynchen. Pfarrer Kriss beschreibt in einem Brief, wie sie sich vor Engerlings Haus versammelten, mit Fackeln, Mistgabeln und Sensen. Engerling versuchte, über das Scheunendach zu entkommen, doch er wurde entdeckt. Die aufgewühlte Menge verfolgte ihn. Er floh in die Schlucht hinauf, die Leute hinter ihm her.«

»Pfarrer Kriss beschreibt das Ganze übrigens recht anschaulich«, ergänzte Lisa. »Äußerst anschaulich sogar.«

*

Der Pfarrer raffte seine schwarze Kutte und rannte dem lärmenden Mob nach. Schon als er die letzten Häuser passiert hatte, spürte er ein schmerzhaftes Stechen in seiner Seite. Seine Beine schienen ihn kaum tragen zu wollen, und doch zwang er sich weiter. Er wusste, was die Menschen in seinem Dorf erlitten hatten, aber einen Mord wollte er unter allen Umständen verhindern. Zu all dem Unrecht, das sie ertragen mussten, sollten sie nicht auch noch ein Verbrechen auf ihr Gewissen laden.

Er hörte die Stimmen vor sich. Eine Meile weit in der Schlucht holte er die nach Rache schreienden Menschen ein. Keuchend drängelte er sich durch die Mordwerkzeuge schwingende Menge. Jetzt sah er Joder Engerling vor sich, der halb laufend, halb auf allen vieren die Schlucht erklomm. Der Blick, den er zurückwarf, glich dem eines gehetzten Tieres.

Als der Pfarrer einen kleinen Vorsprung vor der Menge gewonnen hatte, wandte er sich um. Seine Brust hob und senkte sich krampfhaft. Ihn schwindelte. Mit letzter Anstrengung breitete er die Arme aus und schrie, so laut er konnte: »Bleibt stehen! In Gottes Namen, haltet ein!«

Widerwillig befolgten die Menschen seine Anweisung. Mit wilden Blicken starrten sie dem Brenner nach, der soeben hinter einer Krümmung der Schlucht verschwand. Mit einem Grimm, den der Pfarrer von seinen Pfarrkindern nicht gewohnt war, musterten sie den Geistlichen. Der Pfarrer sah sie der Reihe nach an. Dann sagte er eindringlich: »Ich beschwöre euch bei eurem heiligen Glauben: Tut nichts, was ihr später bitter bereuen werdet!«

Ein stämmiger Bauer trat vor und zog die Mütze von seinem kahlen Haupt. Mit einer Mischung aus Scheu und unterdrückter Wut antwortete er: »Gott verzeih mir, Hochwürden, aber wenn ich diesem Halsabschneider den Schädel einschlage, werde ich es niemals bereuen.«

Zustimmende Rufe aus der Menge erklangen. Durch diese Unterstützung kühner geworden, fügte der Bauer hinzu: »Stellt Euch uns nicht in den Weg, Hochwürden, sonst geschieht auch Euch ein Unglück!«

Mit tieftrauriger Miene betrachtete der Pfarrer ihn einen Moment lang stumm. Dann sagte er mit fester Stimme: »Alois, versündige dich nicht. Ich werde mich persönlich um Joder kümmern. Er wird seiner Strafe nicht entgehen, das verspreche ich euch. Aber ihr wisst, dass die Obrigkeit einen Mord nicht ungeahndet lassen wird. Willst du noch mehr Unglück über euch bringen? Über deine Familie?«

Einige der Dorfbewohner senkten beschämt die Köpfe, andere verharrten in ihrem Trotz, das konnte der Geistliche sehen. Er sagte: »Wenn ihr den Brenner umbringen wollt, müsst ihr zuerst euren Pfarrer morden. Nun gut, wer will das tun?«

Niemand antwortete. Pfarrer Kriss ließ seine Arme sinken. »Geht jetzt nach Hause, ihr guten Leute! Überlassen wir das Gericht dem Herrn!«

Einer nach dem anderen wandte sich um und machte sich schweigend auf den Weg zum Dorf. Nach einer Weile stand der Pfarrer alleine in der Schlucht. Er atmete tief durch, dann folgte er dem Flüchtigen. Er fand ihn zusammengekauert an einem tischähnlichen Felsen, der mitten in der Schlucht lag. Als Engerling den Pfarrer erblickte, zuckte er zusammen. Ängstlich spähte er hinter ihm den Weg hinab.

»Sie sind nach Hause gegangen, Joder«, beruhigte Pfarrer Kriss ihn. »Es wird niemand mehr kommen.«

Joder Engerling richtete sich auf. Er wirkte wie ein zerzauster Vogel. In seiner Hand hielt er einen ledernen Geldsack, den er fest an seine Brust drückte. »Wie habt Ihr das geschafft, Hochwürden?«, krächzte er misstrauisch. »Habt Ihr ihnen versprochen, mich eigenhändig zu töten?«

»Joder«, antwortete der Pfarrer, »gib das Geld zurück, das du dir unrechtmäßig angeeignet hast. Stelle dich der Obrigkeit und empfange hier auf Erden deine Strafe, damit sie dir vielleicht im ewigen Leben erspart bleibt. Tu Buße und du

wirst bei Gott Erbarmen finden. Gehe zusammen mit mir in das Dorf. Ich werde dich nach Feldkirch zum Bevollmächtigten des Kaisers begleiten.«

Schwere Wolken hatten sich am Himmel ausgebreitet und hüllten die Schlucht in ein zwielichtiges Dunkel. Der Brenner starrte den Geistlichen an. Seine Augen blitzten auf, als hätte das Gewitter, das über ihnen aufzog, den Ursprung in seinem Inneren. Unwillkürlich wich der Pfarrer einen Schritt zurück.

Der Brenner lachte laut auf. Sein Lachen klang wie Steine, die aufeinanderschlugen. »Ich weiß, was Ihr vorhabt, Pfaffe!«, johlte er. »Ihr wollt Euch mein Geld selbst unter den Nagel reißen! Aber das Geld gehört mir! Ich habe es verdient! Ich gebe es nicht her! Lieber bleibe ich bis zum Jüngsten Tag hier in der Schlucht!«

Ein Donnerschlag, der zwischen den hohen Felsen widerhallte, ließ den Pfarrer zusammenfahren.

Engerling schrie: »Verschwindet, vermaledeiter Pfaffe! Ihr habt das Unglück über mich gebracht! Verschwindet! Lieber will ich verflucht sein, als mit Euch zu gehen!«

Mit einem ohrenbetäubenden Schlag fuhr ein Blitz in das Gehölz über ihnen. Der Pfarrer duckte sich unter dem Bersten der Bäume. Er blickte noch einmal in das wutverzerrte Antlitz des Brenners, dann wandte er sich um und lief mit wehender Kutte den Weg hinab.

Die sich überschlagende Stimme Joder Engerlings verfolgte ihn: »Ja, rennt! Rennt, Ihr verfluchter Schwarzrock! Ich habe keine Angst! Ich trotze dem Gericht! Ich will lieber verflucht sein, als mich zu beugen!«

Sintflutartig fiel der Regen auf den flüchtenden Priester, der sich gegen den Sturm nach Hause kämpfte.

*

Schwere Tropfen schlugen gegen die großen Fenster des Büros. Durch die Scheiben hindurch konnte man das Pfeifen des Windes hören. Es war für Barakat und seine Gäste nicht schwer, sich in das eben Gehörte hineinzuversetzen. Durch den Bericht des Valentin von Kriss waren historische Fakten und nackte Jahreszahlen zum Leben erwacht. Aus nichtssagenden Namen in den vergilbten Seiten eines Geschichtsbuchs waren vor ihrem geistigen Auge Menschen aus Fleisch und Blut geworden.

Seit sie aus Wien aufgebrochen waren, hatte Lisa zunächst die Sorge um Markus und dann die Erleichterung, dass ihm nichts geschehen war, vollkommen in Beschlag genommen. Sie hatte nicht die innere Ruhe gefunden, um über das nachzudenken, was sie in der Nationalbibliothek entdeckt hatten. Jetzt, als sie zusammen mit Grünwald über ihren Fund berichtete, wurde ihr erst bewusst, was für Dramen sich vor dreieinhalb Jahrhunderten in diesem damals bitterarmen Land abgespielt haben mussten.

Was für einen Mut hatte dieser Valentin von Kriss gezeigt! Für die Menschen seines Dorfes war er bis nach Wien zum Kaiser gegangen. Seinem Engagement war es zu verdanken, dass dem Wüten des Hexenwahns in diesem Land ein Ende gesetzt worden war. Danach hatte sich der Pfarrer für die Entrechteten und ihre Hinterbliebenen eingesetzt. Vergeblich. Den vielleicht größten Mut hatte er jedoch bewiesen, als er den Brenner gegen die Dorfbewohner verteidigt hatte. Niemals wohl hatte sein Leben so auf dem Spiel gestanden wie bei dieser Aktion.

Warum hatte er das getan? Warum hatte er sich für einen Menschen eingesetzt, der andere gewissenlos auf den Scheiterhaufen gebracht und sich an ihrem Tod bereichert hatte? Der unsagbares Leid über so viele Familien gebracht hatte. Der auch Pfarrer Kriss angezeigt und in Lebensgefahr gebracht hatte. Kriss war vorübergehend selbst als Hexer verleumdet worden. Ihm, der die Situation wie kein anderer kannte, musste klar vor Augen gestanden haben, was ihm blühte, wenn es ihm nicht gelang, diesen Verdacht schnell von sich abzustreifen.

Joder Engerling war ein Mensch, dem es gelungen war, aus den unglücklichen Umständen, unter denen die Menschen damals lebten, einen blutigen Vorteil zu schlagen. Ein Nutznießer des Unglücks anderer. Er gehörte zu einem Menschentyp, den es zu allen Zeiten gegeben hatte.

Und gab.

Einer, der den richtigen Riecher hatte. Der wusste, welche Parolen man zu rufen und wo man sein Kreuzchen zu setzen hatte. Wen man grüßte und wen nicht. Wem man schmeicheln musste, um sich sicher zu fühlen. Und auf wen man treten konnte, um nach oben zu kommen. Solche Menschen machten oft steile Karrieren. Sie merkten, wo es langging, sie hatten ein Gespür dafür, wie der Wind wehte. Wussten, wie der Hase läuft. Sie passten sich an. Mitläufer. Kriecher. Denunzianten.

Lisa hatte einmal gelesen, dass bei einer globalen Katastrophe eine Spezies am besten gerüstet war zu überleben. Es waren nicht die Menschen, nicht die klugen Delfine oder die majestätischen Löwen. Auch nicht die drolligen Koalabären oder die fleißigen Bienen. Es waren die Kakerlaken. Ihre Chancen standen am besten.

Es lag Lisa fern, Menschen mit Tieren zu vergleichen. Auch ein übler Denunziant war keine Kakerlake. Und doch fühlte sie in ihrem Innern einen Ekel, den sie nicht überwinden konnte.

*

Pfarrer Kriss atmete die feuchte Luft ein, als er vor sein Haus trat, um die Hühner zu füttern. Die Wiesen dampften von dem ergiebigen Regen der letzten Nacht. Die dunklen Bäume hoben erst langsam wieder ihre schweren Äste. Ein Bauer schritt mit verschlossenem Gesicht an seinem Zaun vorbei. Ohne ein Wort zu sagen, lüftete er widerwillig den Hut vor dem Geistlichen und verschwand hinter der nächsten Hütte.

Der Pfarrer seufzte. Er konnte die Beklemmung nicht abschütteln, die ihm das Herz eng machte. Zur Frühmesse waren nur einige der treuesten Seelen gekommen, und auch sie hatten nach dem Schlusssegen beinahe fluchtartig die Kirche verlassen, als hätten sie befürchtet, ihrem Pfarrer anschließend noch zu begegnen. Pfarrer Kriss machte sich keine Vorwürfe, dass er Joder am Vortag in Schutz genommen hatte. Er hatte so handeln müssen, doch er wusste, dass sein Verhalten einen Keil zwischen ihn und die Gemeinde getrieben hatte. Einen Keil mitten in das Herz seiner Pfarrei.

Nachdem er die letzten Körner unter die Hühner geworfen hatte, ging er zurück in das Pfarrhaus, um sein Brevier zu holen. Das Buch unter dem Arm, schritt er zur Kirche und kniete sich vor dem Altar nieder. Doch auch das so gewohnte Gebet ließ ihn heute keine innere Ruhe finden. Nach wenigen Minuten erhob er sich und trat wieder in den dampfenden Morgen hinaus. Ohne nachzudenken, ging er los.

Erst als er eine Weile gedankenverloren vor sich hin gewandert war, wurde ihm bewusst, wohin ihn sein Weg führte. Er stand am Eingang der Schlucht. Der von Bergwänden und Tannen beschattete Pfad erschien ihm wie eine dunkle Drohung. Wie das Tor zu einer bösen anderen Welt. Eine ungute Ahnung erfüllte ihn, doch seine Beine trugen ihn ungefragt vorwärts. Er wusste, dass er nachsehen musste, was mit dem Brenner geschehen war.

Etappe für Etappe arbeitete er sich voran. Seine schwarze Kutte klebte an seinem verschwitzten Leib. Bei jedem neuen Blick, den die Schlucht vor ihm freigab, fürchtete er, Engerling zu begegnen. Immer wieder atmete er erleichtert auf, wenn er nichts anderes sah als die vertrauten Bergwiesen und Felsen. Doch dann blieb er auf einmal wie vom Donner gerührt stehen. Mehrere mächtige Gesteinsbrocken lagen wie Tische von Riesen im hohen Gras vor ihm. Und auf einem von ihnen befand sich der Leib Engerlings.

Schaudernd trat der Pfarrer näher. Der feuchte Leichnam auf dem Felstisch war verkohlt, Teile seiner Gesichtshaut schienen geschmolzen, die Kleidung verbrannt. Der lippenlose Mund mit den nun grotesk hervorstehenden Zähnen war weit aufgerissen wie in einem stummen Schrei. Ein Blitz musste ihn getroffen haben. Mit den verbrannten Händen hielt er den brüchigen ledernen Geldsack umkrallt.

Unwillkürlich nahm der Geistliche seine Kopfbedeckung ab. Der Felsen wirkte wie der Opfertisch eines grausigen heidnischen Rituals. Pfarrer Kriss suchte in seinem Innern nach einem Gebet, doch er fand keines. Stumm hielt er seinen Blick auf die grausige Szene gerichtet, die sich ihm darbot.

Ein Sonnenstrahl, der sich durch die hohen Tannen in die Schlucht verirrte, löste ihn schließlich aus seiner Erstarrung. Behutsam hob er den verkohlten Leichnam von dem Felstisch. Der Körper war unnatürlich leicht und zerbrechlich. Beinah hätte er ihn fallen lassen, als ein Käfer, überraschend groß und schwarz, über den Leichnam huschte und unter den Fetzen des Hemds verschwand.

Pfarrer Kriss bettete den Körper am Rand der Felswand, die dem Gesteinsbrocken am nächsten lag, ins Gras. Als er sich umsah, entdeckte er eine Kapelle, einen Raum der Buße und der Vergebung, den die Natur geschaffen hatte. Dort ließ er die Überreste von Joder Engerling nieder. Es war schon nach Mittag, als er sein Werk der christlichen Barmherzigkeit beendet hatte. Vor dem steinernen Grab sank er in die Knie.

»Bis zum Jüngsten Tag wirst du hier liegen«, sagte er. Seine Worte schienen in der engen Schlucht widerzuhallen und doch bewegte er seine Lippen nicht. Lautlos sprach er: »Dein Mund, der deine Mitmenschen verleumdet und sie dem schmerzhaftesten Tod ausgeliefert hat, muss nun stumm sein, bis die Posaune zum Gericht erschallt. Möge dir der Himmel die Gnade schenken, an jedem Vollmond deine Klagen zu ihm emporzusenden. Vielleicht findet sich irgendwann eine Seele, die sich deiner erbarmt, wenn dein Herz unter dem Gewicht der Berge echte Reue zeigt.«

In diesem Augenblick war es dem Pfarrer, als sähe er einen großen grauen Wolf durch das nahe Unterholz streifen. Angsterfüllt sprang er auf. Mit schmutzigen Händen und völlig verschwitzt machte er sich eilends auf den Weg zurück in das Dorf. Wie von einem unhörbaren Wind getrieben beschleunigte er seine Schritte. Er hatte aus der Schlucht einen Gedanken mitgebracht, von dem er nicht wusste, ob er gotteslästerlich oder heilsam war.

Oder beides.

19

Im Berggasthaus hoch über dem Rheintal gegenüber der Schlucht waren alle Tische besetzt. Eine Reservierung war zwingend notwendig, wenn man in dem Vier-Sterne-Restaurant von Hubert Rösli essen wollte. Der Chefkoch war seit Jahren über die Landesgrenzen hinaus für seine Wildkarte bekannt. An diesem Abend stand Hubert jedoch nicht hinter den Töpfen und Pfannen seiner Küche. Er saß in dem holzvertäfelten Stübchen, das für besonders zahlungskräftige Gäste und für Stammkunden reserviert war.

Remo Schmid hatte seine engsten und langjährigsten Jägerkollegen in das Stübchen geladen. Hubert hatte sein bestes Ragout aufgetischt, jetzt waren die Männer bei der dritten Runde Schnaps angelangt. Remo hielt die Zeit für gekommen, um seine Geschichte zu erzählen. Anschaulich berichtete er von den Schüssen aus dem Hinterhalt, die er grimmig erwidert hatte, und von seinem strategischen Rückzug zum Wagen. Den eigenartigen Mann verschwieg er dabei ebenso wie seine zitternden Hände und die Panik, die ihn noch immer in seinen Träumen verfolgte.

Als der Bauunternehmer geendet hatte, brachte Hubert Rösli eine neue Runde Obstler. »Die geht aufs Haus«, sagte er.

»Verdammt, Remo, da hast du aber richtig Glück gehabt! Wenn der Typ besser schießen könnte, wärst du wahrscheinlich tot!«, meinte einer der Anwesenden.

Remo Schmid stürzte seinen Obstler hinunter. »Ich habe ja

zurückgeschossen, wahrscheinlich konnte der Kerl dadurch nicht mehr zielen.«

Ein Kollege mit vor Aufregung hochrotem Kopf stützte sich mit den Ellenbogen auf dem Tisch auf. »Mensch, hattest du denn keine Angst?«

Remo hielt dem Wirt mit einem auffordernden Blick das Schnapsglas entgegen, wartete, bis es gefüllt war, und antwortete anschließend: »Ich sag dir was, Meier, wenn dir die Kugeln um die Ohren zischen, hast du keine Zeit, um Angst zu haben! Da musst du ruhiges Blut bewahren, damit du angemessen reagieren kannst.«

Fidel Meier nickte. »Du hast recht. Trotzdem glaube ich, dass ich Angst gehabt hätte.«

»Ich will nicht sagen, dass ich nichts gespürt habe«, räumte Remo ein. »Aber dann setzten eben gleich die Jägerreflexe ein. Gelernt ist gelernt. Prost!«

Ein anderer fragte: »Warum bist du nicht zur Landespolizei gegangen? Man hat auf dich geschossen, das ist kein Kinderstreich!«

»Ein Wilderer«, schaltete sich ein weiterer ein, »so was hat es hier schon lange nicht mehr gegeben. Und dann noch so rücksichtslos! Ich denke auch, dass das ein Fall für die Landespolizei ist.«

Remo Schmid schlug mit der Faust auf die Tischplatte. »Was kann denn die Polizei unternehmen, das wir nicht selbst könnten? Wer kennt sich besser in den Wäldern aus, wir Jäger oder die Uniformierten, die immer nur mit dem Auto unten im Tal rumfahren? Die haben doch noch nie unsere Wälder von innen gesehen!«

»Weißt du was, Remo?«, meldete sich der Wirt zu Wort. »Der Wilderer hat wahrscheinlich geglaubt, dass du ihn erkannt hast, und darum wollte er dich umbringen, um einen Zeugen zu beseitigen.«

»Genau das habe ich mir auch gedacht, Hubert. Wisst ihr, was das heißt?« Remo sah jedem von ihrer Runde ins Gesicht. »Das heißt, dass der Kerl weiterhin hinter mir her ist. Er muss mich nach wie vor erledigen.«

»Hast du ihn denn erkannt?«, fragte Meier.

»Nein, habe ich nicht. Aber das weiß der Typ ja nicht. Der denkt, ich wüsste, wer er ist.«

»Und warum überlässt du das nicht der Polizei?«, hakte ein anderer nach. »Das wäre vernünftiger. Mit Wilderern ist nicht zu spaßen.«

Remos Hals schwoll an, sein Kopf wurde purpurrot. »Meinst du, mit mir ist zu spaßen, Albert?«, entgegnete er mit vor unterdrückter Wut vibrierender Stimme. »Der Bursche hat die Sache mit dem Angriff auf mich zu etwas Persönlichem werden lassen, das kann er haben! Hier, das könnt ihr mal lesen. Das war gestern in meinem Briefkasten.«

Er warf ein zusammengefaltetes Papier in die Mitte des Tisches. Der Hausherr nahm es und faltete es auseinander. Es war ein Computerausdruck. Hubert Rösli las vor, was mit fetten Lettern darauf geschrieben stand: *Ich erwische dich ein anderes Mal. Verlass dich drauf! Du oder ich. Beides geht nicht.*

Fidel Meier nahm ihm das Schriftstück aus der Hand. Ungläubig betrachtete er die schwarzen Buchstaben.

»Ich meine immer noch, nein, ich meine jetzt erst recht, du solltest die Polizei benachrichtigen!«, sagte Albert aufgebracht.

»Verdammt noch mal«, rief Remo Schmid, »ich habe nicht eine der größten Baufirmen des Landes aufgebaut, weil ich zu anderen gerannt bin, wenn was schwierig wurde! Ich habe meine Angelegenheiten mein Leben lang selber geregelt. Wahrscheinlich wäre mancher, der mir ans Bein pinkeln wollte, froh gewesen, wenn ich die Polizei geholt hätte, aber sie bekamen es mit mir zu tun, persönlich! Ich sage immer, man kann gern versuchen, mich zu schlagen, wenn man das Echo verträgt. So ein dahergelaufener Wilderer, der weiß wahrscheinlich gar nicht, mit wem er sich da angelegt hat. Ich bin schon mit ganz anderen fertiggeworden, das kannst du mir glauben. Ich regle das selbst, von Mann zu Mann. Keine Polizei! Die Frage ist nur, ob ihr mir helfen wollt, den Kerl zu schnappen.« Er blickte herausfordernd in die Runde. »Also, wer ist dabei?«

*

»Sehe ich es richtig, dass der Brenner da oben begraben liegen soll, wo ihn Valentin von Kriss bestattet hat?«, fragte Aurelia.

Grünwald nickte.

Aurelia fuhr fort: »Aber da oben gibt es keine Kapelle. Nicht dass ich wüsste. Oder ist euch eine aufgefallen, als ihr in der Schlucht wart?«

»Nein«, antwortete der Archivar. »Das ist ein unklarer Punkt in Kriss' Aufzeichnungen.«

Weinberg schaltete sich ein: »Dafür werden einige andere Dinge umso klarer. Die Tobelhocker-Legende war das Werk des Pfarrers, oder?«

»So scheint es tatsächlich«, bestätigte Grünwald. »Er hat die Legende verbreitet, die Brenner säßen in der Schlucht bis zum Jüngsten Gericht. Und er hat die Brenner als Erster als Wölfe bezeichnet.«

»Wahrscheinlich, weil er da oben einen Wolf gesehen hat«, vermutete Aurelia.

»Wahrscheinlich«, stimmte Lisa zu. »In den Jahren, die folgten, kehrten sämtliche noch lebende Brenner zurück in das Land. Nach und nach hat der Pfarrer sie alle in der Schlucht begraben. Die Schlucht wurde zu einem Friedhof der Wölfe, für die Leute im Dorf zu einem verfluchten Ort. Niemand ging mehr freiwillig dorthin, abgesehen von Pfarrer Kriss, der dort oben das Amt des Totengräbers versah. Alle anderen durcheilten die Schlucht, so schnell sie konnten, wenn sie sie auf dem Weg auf die Alp passieren mussten.«

»Das wussten wir im Großen und Ganzen auch schon, bevor wir nach Wien gefahren sind«, sagte Grünwald. »Die Briefe des Pfarrers enthüllen noch mehr. In einem Schreiben an Rupert von Bodman im Jahr 1685 erzählt er, dass die Legende schließlich Wirklichkeit geworden sei.«

»Wirklichkeit? Wie meint er das?«, fragte Barakat dazwischen.

»Die Legende entwickelte ein Eigenleben. Pfarrer Kriss schreibt, dass immer mehr Leute behaupteten, in Vollmondnächten die Brenner in der Schlucht klagen und wimmern gehört zu haben.«

»Folgendes habe ich dazu abgeschrieben«, sagte Lisa. »*Zu Unbeweglichkeit und Schweigen verurteilt, da sie zu ihren Lebzeiten allzu rührig und redselig gewesen waren. Unter Stein begraben, um die ganze Last des Neids und der Habgier zu spüren. Nur in Vollmondnächten befreit vom Fluch der Stummheit, um durch ihr unterirdisches Klagen und Wimmern die Lebenden zu warnen.*«

»Die Hirten, die oben auf den Alpen zu tun hatten, erzählten ständig neue Geschichten«, berichtete der alte Archivar. »Und schon bald schälte sich ein fester Überlieferungskern heraus. Die Stimmen der Tobelhocker drangen von tief aus der felsigen Erde herauf. Sie bettelten darum, dass jemand für drei Tage den Platz des Tobelhockers einnehmen möge, ihn für drei Tage von seiner Qual erlöse, damit er mal wieder frei atmen und sich bewegen könne. Nur wenn jemand freiwillig ihren Platz unter dem Berg einnimmt, können sie als Wölfe frei durch die Wälder streifen.«

»Jemand muss freiwillig ihren Platz einnehmen?«, wiederholte Barakat und hob die Augenbrauen. Ihm schien ein Licht aufzugehen.

»Ja«, sprach Lisa weiter, »es geht um die Strafe, um das Gewicht der Schuld, das wie das Gewicht der Berge auf ihnen lastet. Am häufigsten hörte man sie angeblich heulen: *Das Gewicht, ich kann es nicht tragen, es ist zu schwer.*«

Die Zuhörenden sahen sich betreten an. Es war ihnen allen sofort klar, dass das die Worte waren, die Franz Kaiser in seinem Wahn immer und immer wieder vor sich hin gewimmert hatte. Dieselben Worte, die sich in einem Brief aus dem Jahr 1685 fanden.

Barakat ergriff das Wort: »Franz Kaiser hat den Platz eines Tobelhockers eingenommen und ist dabei wahnsinnig geworden. Zumindest müsste es gemäß der Legende so abgelaufen sein. Wenn wir nur wüssten, was tatsächlich passiert ist! Und wer hat die Rolle des Wolfes eingenommen? Diese Person ist doch sicher der Mörder, oder nicht?«

»Das ist anzunehmen«, stimmte Grünwald zu.

»Die Identität des Tobelhockers ist noch aus einem weiteren Grund wichtig«, sagte Lisa. »Valentin von Kriss schreibt, dass er Monate später an der Kapelle einen alten Hirten traf, dessen Frau und Tochter Engerling als Hexen denunziert hatte. Beide waren verbrannt worden.«

»O Gott, wie schrecklich«, flüsterte Aurelia.

»Der Hirte erzählte, er habe erfahren, dass die Tobelhocker so lange verflucht seien, bis der letzte Nachfahre ihrer Opferfamilien tot sei. Solange auch nur ein letzter entfernter Nachfahre noch lebe, müssten die Brenner ihre Strafe abbüßen. Erst wenn niemand mehr lebe, der sie anklagen könne, werde der Fluch von ihnen genommen. Erst dann seien sie nicht mehr gezwungen, unter dem Gewicht der Berge auszuharren.«

»Sie meinen also ...«, begann der Museumsdirektor und sah erschrocken von Lisa zu seinem Freund Grünwald. »Sie meinen, dass jemand die Nachfahren der Katharina Rebbergerin auslöschen will, um von dem Fluch befreit zu werden?«

»Genau das meinen wir«, bestätigte Grünwald. »Und wir wissen, dass der Wolf noch zwei Opfer im Blick hat. Zweimal 52 Gulden sind noch übrig.«

»Dann müssen wir sofort herausfinden, wer die Nachfahren der Katharina Rebbergerin sind!«, sagte Barakat aufgeregt.

»Jetzt verstehe ich!«, rief Aurelia dazwischen. »Deshalb habt ihr euch heute bei mir erkundigt, ob ich jemanden kenne, der Ahnenforschung betreibt!«

»So ist es, liebe Aurelia«, sagte Grünwald lächelnd. »Und die Ahnenforscherin ist auch bereits beauftragt.«

*

Die Morgendämmerung brach an, als die Männer in den Bergwald eindrangen. Remo Schmid hob die linke Hand, und der Trupp kam zum Stehen. Er bestand aus sechs Jägern mit ihren Gewehren. Schmid hielt in der Rechten den Lauf seiner Flinte, die an einem Riemen über seine Schulter hing.

»Von hier ab bilden wir eine Kette«, erklärte er mit fester Stimme. »Wir gehen im Abstand von etwa 20 Metern zueinander in den Wald. So können wir eine große Fläche abdecken.«

Die anderen nickten mit ernsten Mienen.

»Sag mal, Remo«, fragte Albert, »was machen wir denn mit dem Kerl, wenn wir ihn aufstöbern? Wir wollen ihn ja nicht abknallen, oder?« Er lachte unsicher und sah dabei die anderen Jäger an.

»Natürlich nicht«, wiegelte Schmid ab, »natürlich wollen wir ihn nicht erschießen. Aber ...«, jetzt ließ auch er seinen

Blick über die Gesichter der Männer schweifen, »eine Lektion kann ihm nicht schaden.«

»Was meinst du damit? Ich meine, was verstehst du unter einer Lektion?«

Der Bauunternehmer grinste. »Das überlasse ich eurer Fantasie. Fasst den Burschen nur nicht zu zart an! Vergesst nicht, er wollte mich umbringen! Ein paar Schrotkörner schaden dem nicht.«

Albert nickte stumm.

»Vorwärts!«, kommandierte Schmid, und die Jäger setzten sich in Bewegung. Keiner von ihnen hatte schon einmal Jagd auf einen Menschen gemacht. Sie waren ausnahmslos gesetzestreue Bürger, und die Ungeheuerlichkeit ihres Vorhabens bereitete ihnen Unbehagen. Doch ein Jägerbruder, einer von ihnen, war angegriffen worden, und die Ehre verlangte, dass sie ihm beistanden. Außerdem waren sie nicht angetreten, um den Wilderer zu töten. Sie würden ihn stellen, und dann würden sie weitersehen.

Eine fiebrige Aufregung erfüllte die Gruppe. Die Dynamik des Abenteuers hatte sie erfasst. Ohne dass es ihnen bewusst war, waren sie sehr wohl bereit zu schießen.

»Albert«, rief Schmid seinem rechten Nebenmann zu, »bleib in Sichtweite, hörst du?«

»Geht klar«, rief Albert zurück.

»Waidmannsheil!«

Die Jäger bahnten sich geräuschvoll ihren Weg durch das Unterholz. Der Atem, den sie ausstießen, bildete weiße Wölkchen. Es war ein nebliger Morgen. Tau perlte von den Gräsern und Blättern und von der Feuchtigkeit abweisenden Kleidung der Männer.

Remo Schmid fühlte eine grimmige Entschlossenheit, während er festen Schrittes voranging. In der Gruppe seiner Kollegen fühlte er sich sicher. Fast alle waren seinem Aufruf gefolgt. Sollte der Wilderer nur kommen! Wenn der Kerl etwas vom Jagen verstand, würde er jetzt unterwegs sein. Es war die beste Zeit, um Wild zu erlegen.

Ein Geräusch ließ ihn innehalten. Sein geübtes Ohr erkannte das Brechen von Zweigen irgendwo rechts von ihm. In diesem Augenblick hörte er jemanden rufen. Schmid riss die Flinte hoch und wandte sich in die Richtung, aus der er den Ruf vernommen hatte. Jetzt schrien auch andere Jäger, zwei, vier, fünf Stimmen durcheinander.

»Was ist los?«, brüllte er.

Er musste nicht auf die Antwort warten. Etwa 40 Meter vor sich brach ein Tier durch das Dickicht. Was war das? Ein Wildschwein?

Als er das Tier schließlich erkannte, war er für einen Moment so verdutzt, dass er vergaß zu schießen.

Das war ein Wolf!

Der Jäger hatte noch nie einen Wolf in diesem Wald gesehen, aber das war es nicht, was ihn lähmte. Der Wolf war viel größer, als er sich solch ein Tier vorgestellt hatte. Schmid hob sein Gewehr an die Schulter und versuchte, ihn anzuvisieren. Doch er schoss nicht. Der Wolf hatte eine ganz und gar unnatürliche Haltung. Im Abstand von etwa 20 Metern blieb er stehen und wandte ihm den mächtigen Kopf zu. Die Ohren hoch aufgestellt, die Lefzen hochgezogen, bleckte er die langen gelben Zähne. Remo Schmid konnte sich des Eindrucks nicht erwehren, dass das Tier grinste.

Ein hämisches Grinsen.

Der Jäger spürte, dass seine Hände, die das Gewehr hielten, zitterten.

Die Augen des Wolfes waren böse. Es war, als leuchteten sie von innen.

Schmid wandte sich hilfesuchend nach rechts, wo Albert ganz in der Nähe sein musste. Tatsächlich war sein Jägerkollege nur wenige Meter von ihm entfernt. Er schien das Tier noch nicht bemerkt zu haben, dennoch wirkte er irgendwie hilflos, und Remo erkannte auch, weshalb. Albert trug kein Gewehr mehr. Remo Schmid hatte jedoch keine Zeit, darüber nachzudenken, denn der Wolf erhob sich plötzlich vor ihm auf seine Hinterbeine und kam auf ihn zu. Aufrecht wie ein Mensch stand er drohend vor dem Jäger.

Ungläubig ließ Remo seinen Blick vom Kopf des Wolfes nach unten wandern. Die Mündung einer Browning-Flinte war das Letzte, was er sah.

*

Das Städtle-Café war bis auf den letzten Tisch besetzt. Aurelia hatte Barakat und den deutschen Gästen einen Platz nahe der Bar reserviert. Gerade hatten sie über das lokale Radio, dessen Musikprogramm das Café dezent im Hintergrund beschallte, die Meldung eines tödlichen Jagdunfalls vernommen. Weitere Informationen zu den Umständen und den betroffenen Personen gab es bislang nicht.

Am Kopf des Tisches saß Dr. Baumann. Die Ärztin hatte die Augen geschlossen. Mit ihren schlanken Fingern trommelte sie unhörbar auf die Tischplatte. Lisa hatte ihr alles erzählt: von den fehlenden Gulden, von ihren Nachforschungen in Liechtenstein und in Wien und von dem Verdacht, den Grünwald und sie hegten. Dem Verdacht, dass jemand die letzten Nachfahren der Katharina Rebbergerin töten wollte, um einen jahrhundertealten Fluch aufzuheben.

Gespannt warteten sie darauf, wie die Ärztin reagierte, ob sie lachen oder sich vielleicht auf den Arm genommen und beleidigt fühlen würde. Dr. Baumann schwieg lange. Schließlich sah sie auf und richtete ihren Blick auf Lisa.

»Das ergibt Sinn«, sagte sie ruhig.

Diese Antwort war die einzige, die Lisa nicht erwartet hatte. »Sie halten uns nicht für verrückt?«, fragte sie erleichtert.

»Damit wir uns nicht falsch verstehen«, sagte Dr. Baumann todernst, »ich halte Sie alle sehr wohl für verrückt. Ich glaube nur, dass mit Ihrer verrückten Idee einige geheimnisvolle Vorkommnisse erklärt werden könnten. Haben Sie schon mit der Polizei gesprochen?«

»Gelegentlich«, antwortete Dr. Grünwald.

»Vielleicht werden wir noch zur Polizei gehen. Wir benötigen Beweise, sonst glauben die uns doch nie«, ergänzte Lisa. »Als Erstes brauchen wir in einigen Punkten mehr Klarheit. Werden Sie uns ein paar Fragen beantworten, Frau Doktor?«

Dr. Baumann nickte. »Wie ich Ihnen sagte, Vertrauen gegen Vertrauen. Ich habe auch nachgedacht. Es gibt Umstände, die ich mir bis jetzt nicht erklären kann, und das mag ich gar nicht. Halten Sie mich nicht für unbescheiden, aber das kommt nicht oft vor.«

»Was ist Ihnen unerklärlich?«, erkundigte sich Lisa.

Die Ärztin öffnete ihre Aktentasche, die sie auf dem Schoß hatte, und zog eine rote Mappe heraus. Ohne aufzusehen, sagte sie: »Vor einer Woche wurde Franz Kaiser auf meine Station gebracht. Er faselte, wie Sie wissen, immer von drei Tagen, die er nicht aushalten könne, vom Gewicht der Berge und von der Tobelhocker-Schlucht. Es schien zunächst alles auf eine Psychose hinzudeuten, doch dies schied nach eingehender Untersuchung aus. Ich gewann den Eindruck, dass die Angst einen realen Hintergrund haben müsse, der mir jedoch verborgen blieb.«

»Sie meinen also, dass Franz Kaiser tatsächlich eingesperrt war, zum Beispiel ... in einer Höhle im Berg?«, vergewisserte sich Barakat.

»Ja, das glaube ich.«

Der Museumsdirektor schlug die Hände vor das Gesicht. »Mein Gott, wie schrecklich«, stöhnte er.

»Sie halten Franz Kaiser nicht für den Mörder?«, hakte Weinberg nach.

»Nein. Er ist beherrscht von Angst, nicht von Aggression«, antwortete die Ärztin.

Lisa rieb ihre Schulter. »Na ja«, murmelte sie.

Weinberg streichelte ihren Arm. Dann wandte er sich an Dr. Baumann: »Was ist mit dem zweiten Mord? Es heißt, man habe den Mann des Opfers als Täter verhaftet.«

»Helmut Öhri«, sagte Dr. Baumann. »Ich hatte Gelegenheit, ihn zu untersuchen. Meiner Meinung nach hat er die Tat nicht begangen.«

»Aber er hat sie doch gestanden«, sagte Aurelia und setzte sich an den Tisch. »Das habe ich zumindest gehört. Stimmt das nicht?«

»Der Mann steht unter Schock. Offenbar hat er seit einiger Zeit darüber fantasiert, seine Frau zu ermorden, was zu seiner Verwirrung beigetragen hat.«

Das Telefon klingelte. Aurelia stand auf und ging um den Tresen herum in ihr kleines Büro.

»Haben Sie schon irgendeinen Verdacht, wer hinter den Morden steht?«, fragte die Ärztin. »Wer die Nachfahren der Rebbergerin auslöschen will?«

»Nein«, antwortete Weinberg. »Wir kennen weder die Person noch das wirkliche Motiv. Ich meine, wieso sollte jemand eine jahrhundertealte Schuld abbezahlen wollen? So zumindest verstehe ich die Münzen neben den Toten. Wieso sollte jemand deshalb Menschen töten, die nicht das Geringste zu tun haben mit dem, was da vor ewigen Zeiten passiert ist?«

Dr. Baumann lehnte sich in ihrem Stuhl zurück und sagte ruhig: »Das Motiv ist klar: Hass.«

»Wen hasst er so? Und warum?«, fragte Lisa.

»Ich meine nicht, dass *er* hasst«, präzisierte die Ärztin.

»Sondern, dass er sich gehasst fühlt«, sagte Grünwald und schlug sich mit der Hand gegen die Stirn. »Natürlich!«

»Er will keine Sühne leisten«, flüsterte Lisa. »Er hält ein Strafgericht.«

*

Eine feuchtkalte schmutzig graue Wolke hing über dem dichten Bergwald über Vaduz wie ein gestrandetes Schiff. Der Nebel war so dicht, dass man kaum zehn Meter weit sehen konnte. Als Alice Marxer und Timo Vogt näher kamen, tauchten aus dem milchigen Dunst zwischen den Bäumen und Büschen weiß-rote Absperrbänder auf. Schemenhafte Gestalten in weißen Ganzkörperanzügen bewegten sich dahinter lautlos wie Gespenster.

Die Kommissare hoben die Absperrung an und betraten keuchend den Tatort. Vogts Gesicht leuchtete rot. Bei ihrem Fußmarsch von der Stelle, an der sie ihr Fahrzeug hatten stehen lassen müssen, bis hinauf zum Ort des Geschehens war er seiner Kollegin vorangegangen und dabei mehr als einmal auf dem nassen Untergrund ausgerutscht und gegen Bäume und Sträucher geschlittert. Die von der Feuchtigkeit schweren Zweige hatten ihn wie Rutenschläge getroffen. Seine Jacke klebte von Harz. Er fluchte leise vor sich hin.

Alice Marxer spähte in den Nebel und rief: »Dr. Spengler?«

Aus der Gruppe der Weißgekleideten löste sich eine Gestalt und kam auf die beiden Polizisten zu. »Da seid ihr ja endlich«, sagte der Gerichtsmediziner und zog seinen Mundschutz herunter. »Schön, dass ihr es doch noch geschafft habt.«

»Bitte keine Witze heute«, knurrte Timo Vogt. »Womit haben wir es zu tun?«

Dr. Spengler deutete hinter sich auf den Waldboden. »Höchstwahrscheinlich mit einem Jagdunfall. Ein Mann wurde erschossen.«

Alice Marxer stöhnte. »Das kann doch nicht wahr sein! Wie ist das passiert?«

»Das wissen wir noch nicht genau. Die Jäger hörten einen Schuss und fanden den Toten hier liegen. Es ist ein gewisser Remo Schmid, ebenfalls Jäger. So wie es auf den ersten Blick aussieht, wurde er aus allernächster Nähe erschossen.«

»Aus allernächster Nähe?«, fragte die Polizistin verwundert. »Und das soll ein Jagdunfall gewesen sein?«

Dr. Spengler zuckte mit den Schultern. »Mehr kann ich euch nicht sagen. Die Jäger stehen da drüben und warten auf euch.«

»Zuerst will ich mir den Toten ansehen«, sagte Alice Marxer. »Bitte führ uns hin.«

Die beiden Beamten folgten dem Arzt durch das Unterholz und blieben dann vor der Leiche Remo Schmids stehen. Der Körper lag auf dem Rücken, Arme und Beine ausgebreitet wie bei Kindern, die einen Schneeengel machen. Neben ihm befand sich ein Gewehr. Das Gesicht des Toten war kaum noch zu erkennen. Der Schuss musste ihn direkt im Gesicht getroffen haben. Alice Marxers Magen meldete sich. Sie wollte sich ihr Unwohlsein nicht anmerken lassen und wandte sich ab.

Aus den Augenwinkeln nahm sie etwas Metallenes wahr, einige Schritte von der Leiche entfernt. Sie deutete darauf. »Was ist das da?« Bevor der Gerichtsmediziner antworten konnte, sagte sie: »Lass mich raten. Es sind Münzen, habe ich recht?«

»Allerdings«, bestätigte Dr. Spengler. »Du hast gute Augen, das muss man dir lassen.«

»Mit meinen Augen hat das nichts zu tun«, entgegnete die Polizistin trocken. »Aber auch ohne hinzusehen, kann ich dir versichern, dass wir es hier nicht mit einem Jagdunfall zu tun haben.«

*

Aurelia kam an den Tisch zurück. Sie blieb stehen und wartete, bis sie sich der Aufmerksamkeit aller sicher sein konnte. Dann platzte es aus ihr heraus: »Das war meine Cousine. Die Schwester ihres Mannes arbeitet bei der Polizei, dort, wo sie die Sachen im Labor untersuchen.«

»Bei der Kriminaltechnik?«, assistierte Weinberg.

»Möglich, dass die Abteilung so heißt«, sagte Aurelia. »Jedenfalls war das da oben im Wald heute früh wohl kein Jagdunfall.«

Lisa tat ihr den Gefallen zu fragen: »Was dann, Aurelia?«

»Neben der Leiche wurden wieder 52 Gulden gefunden! Wie bei Silvia Schedler, wie bei Gudrun Öhri und wie bei Florin Wanger.«

Allen war klar, was das bedeutete. Viermal 52. Jetzt waren nur noch 52 Gulden von den 260 übrig.

52 Gulden für das letzte Opfer.

»Lasst uns noch einmal in die Schlucht gehen«, schlug Grünwald vor. »Wir müssen etwas übersehen haben. Vielleicht finden wir das Versteck des Wolfes, also des Mörders, dort oben, wenn er dem Bericht von Pfarrer Kriss beziehungsweise der Legende folgt.«

»In der Kapelle, in der Pfarrer Kriss den Brenner bestattet hat?«, fragte Lisa.

»Genau«, bestätigte Grünwald. »Vielleicht meint Pfarrer Kriss mit diesem Wort etwas ganz anderes, als wir uns darunter vorstellen.«

»Was zum Beispiel?«, wollte Aurelia wissen.

»Ich weiß es nicht«, gab der Archivar zu. »Vielleicht

eine Höhle, einen Spalt oder ein Erdloch. Irgendetwas, das ihm wie ein Refugium vorkam, ein Ort, an dem er Joder Engerling dem Himmel und dessen Erbarmen anvertrauen konnte.«

Weinberg fasste Grünwald am Arm. »Sprach der Pfarrer nicht von ›niederlassen‹?« Aufgrund des verständnislosen Blicks des Archivars präzisierte er: »Wenn ich mich recht erinnere, drückte er es so aus, dass er seine Überreste in der Kapelle niederließ.«

»Das wird heißen, dass er den Leichnam dort in der Kapelle abgelegt hat«, sagte Grünwald.

»Vielleicht bedeutet das«, dachte der Polizist laut nach, »dass der Eingang zu der Kapelle oben ist und man sich in sie hinablassen muss.«

»Das klingt plausibel«, sagte Aurelia. »Gut kombiniert, Markus!«

Weinberg lächelte die Liechtensteinerin geschmeichelt an und fuhr fort: »Die Fußspuren, auf die wir in der Schlucht gestoßen sind, endeten direkt vor der Felswand. Vielleicht entdecken wir den Eingang, wenn wir weiter oben suchen.«

»Oder wir finden Franz Kaiser«, warf Dr. Baumann ein.

»Oder den Wolf«, sagte Lisa. Als alle sie fragend ansahen, erklärte sie: »Der Mörder wird sich vermutlich heute wieder auf die Jagd begeben. Die Ahnenforscherin hat bestätigt, dass es sich bei allen Opfern tatsächlich um Nachfahren von Katharina Rebbergerin handelt. Der Mörder hat noch 52 Gulden, also nur noch einen Nachfahren zu richten.«

»Drei gute Gründe, um es anzugehen«, stellte Dr. Baumann fest. »Wer kommt mit?«

»Einen Versuch ist es wert«, stimmte Grünwald zu. »Ich bin dabei.«

»Ich auch«, sagte Weinberg.

»Ich ebenfalls«, meldete sich Lisa.

Dr. Baumann hob mit einer energischen Bewegung die Hand. »Nein, nein, nein!«, bestimmte sie entschieden. »Sie kommen nicht mit! Ihr Rücken lässt eine solche Wanderung nicht zu.«

»Aber …«

»Kein Aber! Das ist eine ärztliche Anweisung. Sie bleiben hier.«

Lisa sah hilfesuchend zu ihrem Freund, doch Markus Weinberg zuckte mit den Schultern. »Sie hat recht, Liebling. Es ist das Vernünftigste, wenn du dich schonst.«

Mit zerknirschter Miene nickte sie.

Der Museumsdirektor blickte verlegen auf seinen ansehnlichen Bauch. Grünwald verstand ihn und sagte: »Es ist besser, wenn du uns ebenfalls nicht begleitest, Youssef. Markus und ich kennen uns da oben inzwischen aus. Und auch Dr. Baumann. Wir bleiben telefonisch in Kontakt.«

Barakat warf seinem Freund einen dankbaren Blick zu.

»Einen genauen Plan haben wir nicht für den Fall, dass wir dem Verrückten tatsächlich begegnen, oder?«, fragte Dr. Baumann.

»Es ist ein Alptraum«, klagte Barakat. »Ein schrecklicher Alptraum. Wie soll man diesen Alptraum stoppen?«

Weinberg erhob sich.

»Indem man die Träumenden weckt«, sagte er.

20

Die Absätze von Alice Marxers Stiefeletten hallten über den Boden des zweiten Stocks im Polizeigebäude. Neben ihr quietschten die Gummisohlen von Timo Vogt. Aus den Zimmern rechts und links drangen Gesprächsfetzen, Klingeltöne und Tastaturgeräusche in den Gang. Es ging zu wie in einem Bienenstock.

Das Büro des Leiters des Polizeikommandos lag ganz hinten. Vogt und Marxer hatten es beinahe erreicht, als ein Uniformierter sie einholte. »Hier ist der vorläufige Bericht über die überprüften Gewehre. Der Häuptling kennt bisher nur die allerersten Ergebnisse. Bringt ihn auf den neuesten Stand. Viel Spaß beim Chef!«

Timo Vogt warf ihm einen genervten Blick zu, während seine Kollegin den Text überflog. »Passt zu den Aussagen«, informierte sie Vogt. »Na dann, wollen wir?«

Der Polizeichef saß hinter einem Schreibtischmodell, mit dem vor ein paar Jahren das ganze Haus unnötigerweise neu ausgerüstet worden war. Stil- und geschmacklos sowie sündhaft teuer. Die Beamtinnen und Beamten hielten ihrem Chef jedoch zugute, dass er sein Büro mit denselben Möbeln ausgestattet hatte. Die einzige Dekoration war eine blattarme Schefflera, die in einer Ecke des Zimmers verdurstete.

Karl Felder winkte die Beamten zu sich heran und deutete auf die Stühle vor dem Schreibtisch. Er kam gleich zur Sache: »Was habt ihr?«

Timo Vogt antwortete: »Wir haben einen toten Jäger …«

»Das weiß ich«, unterbrach ihn Felder. »Was gibt es Neues?«

»Wir haben fünf lebende Jäger, sechs Jagdwaffen, darunter eine Tatwaffe und eine unglaubliche Geschichte«, sprang Alice Marxer ein.

Der Polizeichef nickte ihr anerkennend zu. »Das ist schon mal ein guter Einstieg«, lobte er. »Fangt von vorne an, aber im Schnelldurchlauf, wenn ich bitten darf.«

Timo Vogt begann zu berichten: »Die fünf Jäger sind mit ihrem toten Kollegen in den Wald gegangen, um ein wenig Selbstjustiz zu üben.«

»Wie soll ich das verstehen?«, fragte Felder.

»Der Tote, Remo Schmid, soll laut den Aussagen seiner Kollegen erzählt haben, dass am Vortag im Wald auf ihn geschossen worden ist. Von einem Wilderer.«

»Davon wussten wir aber nichts!«

»Nein«, bestätigte Vogt. »Schmid hat den wirklichen oder angeblichen Mordversuch nicht angezeigt. Er hat vielmehr seine Jägerkollegen aufgefordert, mit ihm zusammen nach dem Wilderer zu suchen, um ihm – so wörtlich – eine Lektion zu erteilen.«

»Was soll das nun wieder heißen?«

»Dazu konnte oder wollte keiner der Jäger eine Erklärung abgeben«, sagte Alice Marxer. »Wahrscheinlich wussten sie selbst nicht, was sie gemacht hätten, sobald der Wilderer in ihre Hände gefallen wäre.«

»Trotzdem sind sie mitgegangen?«

»Alle. Nach übereinstimmenden Aussagen bildeten sie eine Kette und durchkämmten den Wald.«

Felder schlug mit der flachen Hand auf den Schreibtisch. »Ich fasse es nicht! Anständige Bürger schultern einfach ihr Gewehr und gehen im Wald auf Menschenjagd! Zwei von denen kenn ich persönlich. Mit einem spiel ich Golf in Bad Ragaz.« Der Polizeichef schüttelte fassungslos den Kopf. »Wissen wir, wer der Täter ist?«

»Ja«, sagte Vogt.

»Nein«, sagte seine Kollegin zur selben Zeit.

Felder sah irritiert von einem zur anderen. »Was denn nun?«, fragte er.

»Die Tatwaffe ist allem Anschein nach das Gewehr von Albert Gruss«, erklärte Alice Marxer. »Es ist zumindest die einzige der sechs Waffen, die abgefeuert wurde. Das ballistische Gutachten steht noch aus. Gruss hat bestätigt, dass es sein Gewehr ist.«

»Na also«, sagte Felder. »Verhaftet?«

»Nur vorübergehend festgehalten.«

»Was? Wieso? Der Mann war vor Ort, und sein Gewehr ist die Tatwaffe!«

Alice Marxer hob beschwichtigend die Hände. »Du vergisst die unglaubliche Geschichte, die ich zu Beginn erwähnt habe, Chef.«

»Richtig, die Geschichte. Es ist also keine Geständnis-Geschichte?«

»Leider nein.«

»Verdammt.«

Timo Vogt erklärte: »Albert Gruss gab zu Protokoll, dass ihm das Gewehr gestohlen wurde.«

»Nein, oder?« Felder riss ungläubig die Augen auf. »Was ist das denn für ein Mist? Das ist keine unglaubliche Geschichte, das ist eine unglaubwürdige Geschichte!«

»Das Unglaubliche kommt noch, Chef.«

»Heraus damit.«

Aufgeregt berichtete der Polizist: »Albert Gruss war hinter einem Busch, um auszutreten. Das Gewehr lehnte so lange an einem Baum in der Nähe. Als er zurückkam, war es weg.«

Vogt hob die Stimme, um einem Zwischenruf seines Chefs zuvorzukommen: »Aber! Gruss konnte eine recht gute Personenbeschreibung des Täters abliefern.«

Der Polizeichef blieb skeptisch. »Klar. Das kann ich mir vorstellen.«

Vogt ließ sich nicht beirren. »Seine Beschreibung passt genau auf Franz Kaiser.«

»Ach! Das ist doch der Museumstyp, den auch schon Öhri als Täter beschrieben hat!«

Jetzt konnte sich Alice Marxer nicht mehr zurückhalten: »Den er *zuerst* beschrieben hat, und das nicht allzu genau. Inzwischen hat er sich selbst bezichtigt.«

»Wie auch immer«, sagte Vogt, »das ist doch kein Zufall!«

Karl Felder nickte. »Das seh ich allerdings genauso. Haben wir Kaiser schon?«

Timo Vogt schüttelte den Kopf. »Nein. Noch nicht.«

»Nein? Dann Hochdruck in die Fahndung nach ihm!«

Die Beamtin legte noch einmal ihren Standpunkt dar. »Chef, ich denke, wir sollten uns nicht verrennen. Es gibt einiges, das gegen eine Täterschaft von Franz Kaiser spricht. Du hast eben selbst gesagt, die Geschichte von Gruss sei unglaubwürdig.«

»Das war, bevor ich wusste, dass schon wieder Franz Kaiser identifiziert worden ist.«

»Irgendwas stimmt da nicht«, beharrte Alice. »Da ist was faul. Vielleicht ist ja auch keiner der beiden der Täter.«

Der Polizeichef breitete die Arme aus. »Ich habe nichts dagegen, wenn du die Augen in andere Richtungen offen hältst, Alice. Aber es gefällt mir nicht, dass du aus zwei möglichen Tätern null Täter machen willst! Zuerst will ich Franz Kaiser haben! Schnell! Tot oder lebendig!«

Alice Marxer und Timo Vogt sahen ihn verdutzt an.

Ihr Chef verdrehte die Augen. »Das Letzte war ein Witz,

verdammt noch mal! Natürlich lebendig! Und jetzt raus hier, an die Arbeit!«

*

Weinberg stellte seinen Wagen an derselben Stelle ab, an der Aurelia sie drei Tage zuvor in die Tobelhocker-Schlucht entlassen hatte. Beklommen stiegen sie aus. Es regnete leicht. Wenn die Temperaturen gegen Abend weiter fielen, würde es wohl Schneeregen geben.

Dr. Baumann, Weinberg und der Archivar sahen hinauf in die Schlucht, die in wolkenverhangenem Dunkel lag. Sie sprachen nicht darüber, aber jeder von ihnen hatte in diesem Moment das gleiche Gefühl. Eine innere Stimme sagte ihnen, dass sie unmittelbar vor der Auflösung des grausamen Geheimnisses standen, das vier Menschen in den vergangenen Tagen das Leben gekostet hatte. Ein Geheimnis, dessen Fundamente tief im Boden der Geschichte vergraben lagen und das nur seine Spitze in die Gegenwart reckte wie ein trügerischer Eisberg.

Weinberg fiel gerade schmerzlich auf, dass niemand von ihnen bewaffnet war, als Dr. Baumann eine Pistole aus ihrer Schultertasche zog. Auf den ersten Blick hielt er sie für eine kleine SIG Sauer 9 Millimeter.

»Wo haben Sie die denn her?«, fragte er überrascht.

»Die sind hier frei verkäuflich«, erklärte die Ärztin. »Ich habe sie nur für alle Fälle mitgebracht.«

Der Polizist verzichtete auf die Frage, ob sie mit der Waffe umgehen konnte. »Sollen wir?«

Als Antwort setzten sich Dr. Baumann und Dr. Grünwald in Bewegung. Weinberg folgte ihnen mit gemischten Gefühlen. Vor ihnen lagen gute zwei Stunden Fußmarsch bergauf. Der Boden war nass und rutschig, die Luft feucht und kalt. Das würde kein Sonntagsspaziergang werden.

Keiner von ihnen bemerkte, dass ein Auto mit abgeblendeten Scheinwerfern zu dem Restaurant-Parkplatz rollte, auf dem sie den Wagen abgestellt hatten. Zwei bullige, kahlköpfige Männer sprangen heraus. Der eine öffnete den Fond des Fahrzeugs und ließ eine dunkel gekleidete Frau mit Kopftuch aussteigen. Sie blickte den drei Wanderern nach, die soeben hinter der ersten Wegkrümmung verschwanden. Mit einem Kopfnicken in Richtung der Schlucht bedeutete sie den beiden Männern, ihr zu folgen. Eine Waffe trug sie nicht – im Gegensatz zu ihren Begleitern.

*

Die Rezeptionistin erkannte die Polizeibeamten sofort. Ihr professionelles Lächeln gefror ihr auf den Lippen. Was wollten die schon wieder? Wenn die Gäste des renommierten Hotels erfuhren, dass die Polizei hier ein und aus ging, schadete das nachhaltig dem Ruf des Hauses. Sie empfing die beiden mit einem nervösen Blick nach rechts und links. »Guten Morgen, was kann ich für Sie tun?«

Alice Marxer verzichtete darauf, den Dienstausweis zu zücken. »Wir möchten noch einmal mit Ihren deutschen Gästen sprechen.«

»Mit welchen? Wir haben mehrere.«

»Die von gestern. Sind sie da?«

»Nein, ich bedaure«, antwortete die Angestellte. »Soviel ich mitbekommen habe, wollten sie eine Wanderung unternehmen.«

»Eine Wanderung?«, fragte Timo Vogt. »Bei dem Wetter?«

Die Rezeptionistin zuckte mit den Achseln. »Deutsche eben. Sie sind erst vor einer halben Stunde aufgebrochen. Übrigens scheint es heute nicht nur für diese Gäste ein guter

Tag zum Wandern zu sein, auch die arabische Reisegruppe möchte hinauf in die Tobelhocker-Schlucht.«

»Araber?«, wunderte sich Alice Marxer. »Was für Araber?«

»Sie sind aus geschäftlichen Gründen hier. Sie fragten als Erstes nach dem Treuhandbüro von Wanger & Sommer und waren sehr erfreut, dass es sich praktisch nahezu nebenan befindet.«

Die Beamten waren hellhörig geworden. Sie wechselten einen beredten Blick.

»Geben Sie uns die Namen dieser arabischen Gäste«, forderte Vogt die Rezeptionistin auf.

»Ich weiß nicht, ob ich das darf. Ob es legal ist, meine ich.«

Alice Marxer setzte eine grimmige Miene auf. Bevor sie etwas sagen konnte, lenkte die junge Frau ein und schob ihnen mit verkniffenem Gesicht ein Blatt Papier über den Tresen.

Beim Hinausgehen drehte sich Vogt noch einmal um. »Wenn die Deutschen zurückkommen, sollen sie sich bei uns melden.«

Die Rezeptionistin nickte resigniert.

»Es ist unverzeihlich«, sagte Alice Marxer draußen und stieß ihren Kollegen an, »dass wir nicht sofort die anderen Gäste in der Stadt gecheckt haben!«

»Habe ich doch«, beruhigte sie Vogt. »Die Auskünfte liegen wahrscheinlich schon auf meinem Schreibtisch. Stephan musste sie für mich besorgen. Was sagst du zu den neuen Informationen?«

»Waldwanderung, dass ich nicht lache!« Alice Marxer sah hinauf in den verhangenen Himmel, aus dem vereinzelt kalte Tropfen fielen. »Dort oben in der Schlucht läuft irgendetwas!«

»Erinnerst du dich, dass Schmutzspuren und welke Blätter am Tatort von Silvia Schedler sichergestellt wurden? Wir hatten das ja nicht veröffentlicht, um exklusives Täterwissen zu behalten. Ebenso fanden sich Anhaftungen solchen Schmutzes an dem Geldsack, der neben Florin Wanger lag. Der Dreck könnte aus der Schlucht stammen.«

»Und vergiss nicht«, ergänzte Alice, »der Mörder von Remo Schmid muss sich sehr gut dort oben im Wald auskennen. Wenn die Aussagen der Jäger stimmen, ist er wie ein Gespenst aufgetaucht und ebenso wieder verschwunden.«

»Wenn es nicht Albert Gruss war.«

»Red keinen Unsinn!«

»Es war seine Waffe. Und die Geschichte mit dem Austreten ist ziemlich dünn.«

Alice Marxer sah auf ihre Armbanduhr. »Wir müssen in die Schlucht, es wird bald dunkel. Bist du fit?«

*

»Eigentlich bin ich zu alt für so etwas«, stöhnte Grünwald. Der Archivar war stehen geblieben, um zu verschnaufen.

Dr. Baumann schlug ihm mit der Hand auf die Schulter. »Für einen Mann in Ihrem Alter sind Sie noch ganz gut in Schuss.«

Weinberg verkniff sich ein Grinsen. Die Ärztin schien kein Blatt vor den Mund zu nehmen. Grünwald beschloss, den Kommentar als Kompliment aufzufassen. Er zupfte sich den Mantel zurecht und machte sich daran, weiterzugehen, als Weinberg ihn festhielt.

»Augenblick«, raunte der Polizist. »Sehen Sie mal da vorne.«

Der Archivar und die Ärztin folgten mit ihren Blicken der Richtung seines ausgestreckten Fingers. Sie standen am Rand der von Bergwänden eingefassten Lichtung, wo sie das letzte Mal Dr. Baumann getroffen hatten. Gegenüber am Waldrand bewegte sich etwas. Oder jemand.

Unwillkürlich traten sie einen Schritt zurück hinter einen frei liegenden Felsbrocken. Dr. Baumann zog ein Fernglas aus ihrem Rucksack und richtete es auf die betreffende Stelle.

»Gute Idee«, sagte Grünwald und fischte seinerseits ein kleines Monokular aus seinem Mantel. Als er Weinbergs erstaunte Miene bemerkte, erklärte er: »So eins habe ich immer dabei. Tut gute Dienste bei Besichtigungen großer Kirchen und anderer Sehenswürdigkeiten.«

Das Glas vor dem Auge, fokussierte er aufmerksam den Waldrand.

Dr. Baumann sagte leise: »Dort. Rechts von dem Felsen. Ein Mann.«

Weinberg strengte seine Augen an. Auch er konnte eine Gestalt erahnen. Vermutlich ein Mann, gemessen an Statur und Größe. Die Person hielt sich im Dickicht des Waldes. Hätte sie sich nicht stetig bewegt, wäre sie vermutlich unsichtbar geblieben. Dann tauchte in einer Lücke im dichten Laub der Kopf auf.

Grünwald und die Ärztin ließen ruckartig ihre Ferngläser sinken. Ungläubig starrten sie auf die lichte Stelle am Waldrand. Der Kopf war verschwunden. Beide setzten ihre Ferngläser wieder an und suchten die Umgebung ab. Links. Rechts.

Nichts.

»Haben Sie gesehen, was ich gesehen habe?«, vergewisserte Dr. Baumann sich.

»Wenn Sie einen Werwolf meinen, dann ja«, antwortete Grünwald fassungslos.

Weinberg hatte die Gestalt nicht so genau erkennen können, doch auch ihm war die Unförmigkeit des Kopfes aufgefallen. »Wenn der Mann dort drüben tatsächlich einen Wolfskopf trägt, ist er unsere Zielperson.«

»Sie haben recht«, stimmte ihm der Archivar zu. Der Schreck des unerwarteten Anblicks saß ihm in den Knochen.

Dr. Baumann sagte: »Ich bin eigentlich vor allem wegen Franz Kaiser hier.«

»Wahrscheinlich führt uns der Wolf zu Kaiser«, argumentierte Weinberg. »Lasst uns hier links am Waldrand entlanggehen, damit er uns nicht zu früh bemerkt. Und vorsichtig: Er ist vermutlich bewaffnet.«

»Das bin ich auch«, sagte die Ärztin grimmig.

Ihre Aussage trug nicht dazu bei, den Polizisten zu beruhigen. Im Gegenteil.

Gerade als sie sich in Bewegung setzten, klingelte Grünwalds Mobiltelefon. In der Stille der Schlucht schien der Ton extrem laut zu sein. Die drei zuckten zusammen, und der Archivar nestelte an seiner Kleidung, um das unaufhörlich klingelnde Gerät zu finden. Nach einer gefühlten Ewigkeit hatte er es in der Hand und nahm den Anruf an.

»Hallo«, zischte er. »Wer ist da? Youssef? Es ist gerade eher unpassend. Wir … Was? Was sagst du? Youssef? Hallo? Hallo!« Hilflos blickte er auf sein Telefon. »Kein Netz«, kommentierte er.

»Was ist los?«, wollte Weinberg wissen.

»Youssef wollte uns den Namen des letzten lebenden Nachfahren von Katharina Rebbergerin mitteilen.«

»Und? Wer ist es?«

»Das konnte ich nicht verstehen. Die Verbindung brach ab.«

»So ein Mist! Aber wir kennen ihn vermutlich ohnehin nicht. Außerdem kann der Mörder niemanden umbringen, solange er sich hier oben aufhält.«

»Das ist richtig«, stimmte Grünwald zu. »Unten kann er niemandem gefährlich werden, nur uns hier oben.«

»Das soll der Bursche nur versuchen«, sagte Dr. Baumann grimmig und hob die Pistole. Entschlossen schritt sie am Waldrand auf die Stelle zu, wo sie den Wolfsmenschen gesehen hatten.

Die Männer folgten ihr auf dem Fuß.

*

Alice Marxer und Timo Vogt waren die dritte Partei, die auf dem verlassenen Parkplatz am Eingang zur Schlucht ihren Wagen abstellte. Das Auto mit dem deutschen Kennzeichen identifizierten sie als den Wagen Weinbergs.

Die beiden Beamten waren gut trainiert. Sie kamen schneller voran als Weinberg, Grünwald und Dr. Baumann, und so erreichten sie die Lichtung, als die drei in den gegenüberliegenden Wald eindrangen.

»Hast du sie gesehen?«, fragte Vogt seine Kollegin und zeigte auf die Stelle, wo Weinberg gerade hinter einem breiten Gebüsch verschwunden war.

»Ich bin ja nicht blind«, gab Alice Marxer zurück. »Was zum Teufel machen die da?«

»Du hast es doch gehört: eine Waldwanderung«, sagte Vogt, um sie zu ärgern.

Die Beamtin warf ihm einen vernichtenden Blick zu. »Wir holen uns jetzt diesen Weinberg und alle, die er dabeihat! Ich will endlich wissen, was da los ist.«

Entschlossen gingen sie quer über die Lichtung auf den gegenüberliegenden Waldrand zu. Es fiel ihnen nicht auf, dass sie von einer höher gelegenen Stelle im Wald aus beobachtet wurden.

Bahira schüttelte verwundert den Kopf. Wer waren der Mann und die Frau, die Weinberg und seine Begleiter verfolgten? Sie trugen Waffen. Ob sie Personenschützer waren?

Nein, die beiden wirkten definitiv angriffslustig. Wollten sie Weinberg umlegen? Das konnte sie nicht zulassen. Weinberg gehörte ihnen! Sie brauchten ihn, um an Wanger heranzukommen. Einmal war ihnen der Mann entwischt, ein zweites Mal durfte das nicht passieren. Florin Wanger war verschwunden, sein Büro war geschlossen.

Bahira wusste nicht, was da für ein Spiel gespielt wurde, aber sie vermutete, dass Weinberg den Treuhänder gewarnt und in ein Versteck gebracht hatte. Bestimmt hatte er seinem Freund Wanger alles erzählt. Kein Wunder, dass das Treuhandbüro von der Polizei abgeriegelt worden war.

Und jetzt würde Weinberg sie, ohne es zu wissen, zu diesem Seelenverkäufer Wanger führen, zu dem Mann, der mithilfe korrupter lokaler Politiker das Trinkwasser ganzer Völker an zahlungskräftige Firmen verschacherte. Nur Wanger konnte den Vertrag noch platzen lassen.

Sie brauchten Weinberg lebend!

Bahira zeigte auf den Mann und die Frau, die beinahe den Waldrand erreicht hatten, und schickte ihre Männer mit einem Kopfnicken hinter ihnen her. Menschen bei dieser Operation zu töten war nicht vorgesehen, auch wenn sie und ihre Mitstreiter ohne Ausnahme ehemalige Milizen waren.

Die Männer rannten den Abhang hinab, hielten sich dicht am Rand der Lichtung und drangen dann in den Wald ein, in dem der Mann und die Frau eine halbe Minute zuvor verschwunden waren. Bahira blieb auf ihrem Posten. Sie setzte ein großes militärisches Fernglas an die Augen und suchte die Gegend ab. Weitere Überraschungen konnten sie nicht gebrauchen.

*

Dr. Baumann bewegte sich mit erstaunlicher Geschmeidigkeit durch das Unterholz. Es bereitete Grünwald Mühe, ihr zu folgen. Weinberg hatte damit keine Probleme, aber die Aussicht, auf den Wolf zu stoßen, verursachte ihm zunehmend Unbehagen. Wahrscheinlich war der Mann bewaffnet, und dass er zu allem bereit war, hatte er bereits viermal unter Beweis gestellt.

Sie mussten diesen Irren aufhalten, aber wie? Er dachte darüber nach, dass es am besten wäre, lautlos an den Mörder heranzukommen, ihn zu überraschen und ihn so auf verhältnismäßig ungefährliche Weise zu überwältigen, als diese Option auch schon hinfällig war. Dr. Baumann stieß einen schrillen Schrei aus und blieb so abrupt stehen, dass der Archivar von hinten gegen sie prallte. Weinberg sah an den beiden vorbei nach vorne.

Der Anblick ließ ihm für einen Moment den Atem stocken. Etwa drei bis vier Meter vor ihnen stand aufrecht ein großer Mann mit einem Wolfskopf. Das halb geöffnete Maul zeigte lange gelbliche Zähne. Furchterregende Zähne. Die kleinen tückischen Augen fixierten die drei Verfolger, die wie erstarrt waren. Dann, als wäre plötzlich ein Bild zum Leben erwacht, wandte sich der Wolfsmensch ruckartig um und rannte davon, bergauf, tiefer in den Wald hinein.

Das gab Weinberg seine Reaktionsfähigkeit zurück. Er stieß Grünwald vor sich an und rief: »Hinterher!« Mit diesem Wort schoss er an dem Archivar und der Ärztin vorbei und hetzte dem Flüchtenden nach. Der Polizist hatte registriert, dass der Wolfsmensch keine Waffe trug – zumindest keine sichtbare. Er traute sich zu, ihm in einem Handgemenge überlegen zu sein. Außerdem besaß Dr. Baumann eine Pistole, mit der man den Mann in Schach halten konnte.

Weinberg konnte den Flüchtenden nicht sehen, aber das Geräusch, mit dem er durch das Unterholz brach, und die Bewegungen der Äste waren Orientierung genug. Er glaubte, den Mann keuchen zu hören. Die Distanz zwischen ihnen schien sich zu verringern. Die Wolfsmaske musste den Mann zusätzlich behindern.

Als der Polizist sich unter den stacheligen Zweigen eines riesigen Nadelbaumes hindurchgezwängt hatte, sah er den Wolfsmann vor sich. Keine zwei Meter entfernt. Der Mann mit der Maske konnte offensichtlich nicht mehr. Er stand schwer atmend vornübergebeugt und hatte die Hände auf die Knie gestützt. Weinberg hatte ihn! Jetzt würde er das Geheimnis lüften, wer unter der Wolfsmaske steckte und für den Tod von vier unschuldigen Menschen verantwortlich war. Mit entschlossener Miene trat er einen Schritt nach vorne.

Da wurde sein Name gerufen. Die Stimme kam ihm bekannt vor, aber es war nicht die von Grünwald oder Dr. Baumann. Sie kam auch nicht aus der Richtung, wo er seine Begleiter vermutete, sondern von rechts oben.

»Weinberg! Bleiben Sie stehen!«

Jetzt erkannte er die Stimme. Was machte Alice Marxer hier oben im Wald?

Weinberg drehte sich um und entdeckte die Beamtin auf einem kleinen Felsvorsprung. Von ihrem Standpunkt aus konnte sie nur ihn, nicht aber den Wolfsmenschen sehen. Sie hatte den Griff ihrer Dienstpistole mit beiden Händen umfasst und die Waffe auf ihn angelegt.

Nun tauchte neben der Polizistin ihr Kollege auf. Er schien ziemlich außer Atem zu sein. Alice Marxer rief: »Nehmen Sie die Hände hinter den Kopf und knien Sie sich hin!«

Weinberg konnte sich nicht vorstellen, was Alice Marxer von ihm wollte, aber er hielt die Mündung der Pistole, die auf ihn gerichtet war, für ein hinreichend überzeugendes Argument. Gerade wollte er dem Befehl nachkommen, als ein Schuss fiel. Weinberg zuckte zusammen. Hektisch sah er sich um.

Wieder ein Schuss.

Wer schoss da? Und auf wen?

Alice Marxer schrie. Weitere Schüsse. Weinberg blickte zu den Kollegen nach oben und begriff, dass sie es waren, die unter Beschuss standen. Jemand schoss auf die Beamten. Sie hatten Deckung gesucht, während die Projektile kleine Gesteinssplitter aus dem Felsen schlugen.

Gehetzt wandte er sich der Stelle zu, wo der Wolfsmensch gestanden hatte. Weinberg unterdrückte einen Fluch. Der Wolfsmensch war weg! Es gab nur eine Richtung, in die er hatte verschwinden können. Kurz entschlossen sprintete der Polizist hinterher.

21

Aus dem dunklen Wald heraus fixierte der Wolfsmensch sein Gegenüber. Das fiebrige Rot seiner Augen leuchtete wie ein höllisches Feuer. Er wirkte, als ob er sich jeden Moment auf sein Opfer stürzen würde.

Lisa trat einen Schritt zurück. Das Bild war auch beim wiederholten Betrachten Furcht einflößend. Noch Furcht einflößender als der Wolfsmensch war für Lisa inzwischen der Hintergrund des Gemäldes. Missgunst und Gier, die alle zu Opfern machte: Verratene und Verräter, Gefolterte und ihre Peiniger, Ermordete und ihre Henker.

Wolfsbrut.

Der Archivarin fiel der berühmte Satz aus einem Theaterstück des antiken Dichters Plautus ein: *Lupus est homo homini, non homo, quom qualis sit non novit. Der Mensch ist dem Menschen ein Wolf, kein Mensch, solange er den anderen nicht kennengelernt hat.*

Solange er ihn nicht höher schätzt als Geld und Macht.

So lange zeigte er seinem Mitmenschen die Zähne, die Fratze eines Wolfes.

Lisa warf einen letzten Blick auf das Bild und verließ den Saal. Im Foyer holte sie ihren Mantel, ihre Mütze und ihren Schal aus einem Schließfach, zog sich an und trat ins Freie. Sofort ließ sie der kalte Wind frösteln. Hinter der Fußgängerzone und der Häuserzeile stieg der bewaldete Berg in die Höhe. Es war fast ganz dunkel geworden. Irgendwo da oben waren Grünwald, Markus und Dr. Baumann auf der Suche nach dem Mörder.

Nach dem Wolf.

Sie vergrub ihre kalten Hände noch tiefer in den Taschen ihres Wintermantels und ging langsam los. Vorbei an ihrem Hotel, in Richtung von Aurelias Café. Sie wollte jetzt nicht allein sein. Stundenlang hatte sie versucht, im Hotel zu lesen, und hatte den Blick doch fast nie von ihrem Telefon lösen können, in der Hoffnung, dass Markus sich meldete.

Und in der unterbewussten Angst, dass jemand anrufen könnte, um ihr mitzuteilen, dass etwas passiert war. Etwas Schlimmes.

Lisa schüttelte den Kopf. So durfte sie nicht denken! Und dennoch: Wie hatte sie zustimmen können, die Männer in den Wald gehen zu lassen? Nicht an ihrer Seite zu sein?

Nicht an *seiner* Seite zu sein?

Die Schmerzen in ihrem Rücken gaben ihr die unwillkommene Antwort. Es fühlte sich immer noch so an, als würde zwischen ihren Schulterblättern ein Dolch stecken. Mit der Salbe von Dr. Baumann war es zwar besser geworden, aber die Ärztin hatte recht, sie hätte die Wanderung wohl kaum durchgehalten. Und selbst wenn, hätte sie die anderen nur behindert.

Ein Kaffee bei Aurelia, das war jetzt das Richtige. Oder ein heißer Tee. Die Hauptsache dabei war, nicht alleine zu sein. Mit jemandem zu reden. Vielleicht war Prof. Barakat auch da. Es kam ihr so vor, als würde sie die beiden schon seit ewigen Zeiten kennen, und doch war gerade eine Woche vergangen, seit sie dem Museumsdirektor und seiner Freundin zum ersten Mal begegnet war.

Sie kannten sich. Sie waren einander Mensch, nicht Wolf. Aber hatte etwa Joder Engerling die Menschen nicht gekannt, denen er zum Wolf geworden war? Und hatte der Mörder von vier Menschen diese nicht gekannt? Wie groß musste seine Verzweiflung sein, seine Verwundung, um sie alle umzubringen!

Lisa blickte noch einmal hinauf zu dem dunklen Bergwald. Hoffentlich ging alles gut! Dann betrat sie das Café.

*

»Was war das, zum Teufel?!« Alice Marxer hatte neben Timo Vogt hinter dem Felsvorsprung Deckung gesucht. Sie sah ihren Kollegen mit großen Augen an. Der Beschuss hatte aufgehört.

»Ob sich der Schütze verzogen hat?«, fragte Vogt. Sein Herz klopfte ihm beinahe schmerzhaft in der Brust.

»Woher soll ich das wissen?«, gab Alice zurück. »Ich glaube außerdem, dass es mehrere Schützen waren.«

»Kann sein, ich habe da keine Erfahrung«, stellte Vogt fest. Sie hatten beide noch nie erlebt, dass jemand auf sie geschossen hatte. So etwas kam in ihrer Welt normalerweise nicht vor. In diesem Augenblick war er zutiefst dankbar, in dem kleinen Fürstentum Dienst tun zu dürfen. Die letzten Sekunden gehörten zu den schlimmsten seines Lebens. Er hatte sich noch nie so verletzlich gefühlt.

»Können das die Leute von Weinberg gewesen sein?«

»Das kann ich mir kaum vorstellen«, antwortete Alice. »Der deutsche Kollege scheint mir etwas undurchsichtig, aber wie der Anführer einer Verbrecherbande kommt er mir nicht vor.«

»Wer kann das sonst gewesen sein?«

»Keine Ahnung. Gestern marschierte hier ein Haufen schießwütiger Jäger durch den Wald. Wer weiß, wer heute seinen Betriebsausflug macht.«

Trotz der Kälte schwitzten ihre Hände so, dass sie kaum die Pistole halten konnte. Sie mussten herausfinden, ob sie sicher waren oder nicht. Wenn es die Angreifer tatsächlich auf ihr Leben abgesehen hatten, konnten sie den Felsen inzwischen in aller Ruhe umgangen haben und sie gleich wegpusten wie in der Schießbude auf dem Jahrmarkt.

Alice Marxer überwand ihre Angst und hob langsam den Kopf über den Felsvorsprung. Vorsichtig spähte sie in alle Richtungen. In der Dunkelheit konnte sie jedoch nichts erkennen.

»Gib mir die Lampe«, raunte sie Vogt zu und hielt ihm auffordernd die Hand hin.

»Bist du verrückt?«, fragte ihr Kollege. »Dann wissen die doch, wo wir sind.«

»Willst du ewig hier hocken?«, konterte sie. »Wir müssen wissen, woran wir sind!«

Vogt reichte ihr die leistungsstarke Taschenlampe, und Alice schwenkte den grellen Lichtkegel über das Dickicht.

»Sie sind weg«, flüsterte sie Vogt zu.

»Oder sie warten darauf, dass wir aus der Deckung kommen«, raunte Timo zurück.

Alice schüttelte den Kopf. »Das glaube ich nicht. Wenn die gewollt hätten, hätten sie uns längst erledigt.«

»Also, was machen wir jetzt?«

»Wir rufen Verstärkung.«

»Die Idee hatte ich auch schon. Es gibt leider keinen Empfang hier oben.«

»Verdammt!«

Die Polizistin knipste die Taschenlampe aus und ließ sich neben ihren Kollegen an den Felsen sinken.

»Wir müssen runter ins Tal«, sagte sie und schloss die Augen.

Ganz nah, so nah, dass sie sogar das Flüstern der Beamten hören konnte, saß Bahira hinter einem Gebüsch. Ihr Plan war aufgegangen. Weinberg war dem Zugriff der beiden entkommen und gehörte jetzt Aziz und Umar. Wenn sie richtig kombinierte, waren der Mann und die Frau von der Polizei. Das war unerfreulich. Was wollte die Polizei an diesem

Ort? Bahira konnte nur hoffen, dass ihre Männer Weinberg schnell in ihre Gewalt brachten. Und dann nichts wie weg!

Da fiel ein weiterer Schuss.

Bahira spähte erschrocken in das Waldesdunkel. Langsam pirschte sie in die Richtung, aus der der Knall zu hören gewesen war.

Wenige Meter von ihr entfernt schraken auch Alica Marxer und Timo Vogt zusammen. Sie erkannten jedoch sofort, dass dieser Schuss nicht ihnen gegolten hatte. Er war auch nicht in ihrer unmittelbaren Nähe abgegeben worden.

Was war da nur los?

*

Eins musste Weinberg Dr. Baumann lassen: Sie verstand es, so aufzutreten, dass keine Fragen offenblieben. Die beiden bulligen Männer standen mit erhobenen Händen vor ihr. Nach dem Warnschuss, den die Ärztin abgegeben hatte, hatten sie ihre Waffen neben ihre Taschenlampen auf den Boden gelegt. Nach einem Blick auf Dr. Baumann wusste Weinberg, dass er dasselbe getan hätte. Ihre Miene drückte Kaltblütigkeit und Entschlossenheit aus. Natürlich trug die Pistole, die sie in der ausgestreckten Hand hielt, am meisten zu der gewünschten Wirkung bei.

Die Ärztin war genau im richtigen Moment aufgetaucht. Es war kaum zu fassen, aber seine Entführer waren ihm gefolgt und wollten ihn zum zweiten Mal in ihre Gewalt bringen. Beide waren mit großkalibrigen Pistolen bewaffnet. Doch kaum hatten sie ihn gestellt, war auch schon Dr. Baumann wie aus dem Nichts erschienen und hatte die Situation zu seinen Gunsten geklärt.

»Wer sind die?«, fragte sie Weinberg, ohne den Blick oder die Pistole von den beiden Männern zu wenden.

»Das ist eine lange Geschichte«, antwortete der Polizist.

»Was machen wir mit ihnen? Mitnehmen können wir sie ja nicht gut.«

»Nein«, stimmte Weinberg zu. Er legte die Hände als Trichter an den Mund und rief: »Bahira! Kommen Sie heraus!«

Als nichts geschah, rief er noch einmal: »Bahira! Ich weiß, dass Sie da sind! Ich möchte mit Ihnen sprechen!«

Da raschelte es auf der Seite, und eine Frau trat aus dem Gebüsch. Dr. Baumann schwenkte die Waffe herum, und als sie aus den Augenwinkeln sah, dass die Männer sich nach ihren Pistolen bücken wollten, schwenkte sie sofort zurück. Die beiden richteten sich wieder auf.

Weinberg wandte sich an die Frau: »Hören Sie, Bahira, Sie sind hinter Florin Wanger her. Florin Wanger ist tot.«

»Tot?«, echote die Frau entgeistert.

»Tot«, bestätigte Weinberg. »Ich glaube Ihnen, dass Ihr Kampf für eine gute Sache ist. Aber Sie werden ihn nicht mit Entführungen und Gewalt gewinnen.«

Bahira sagte: »Wir haben keine andere Wahl.«

»Man hat immer eine Wahl«, widersprach Weinberg. »Das macht uns als Menschen aus. Wenden Sie sich an die Presse, nutzen Sie das Internet, gehen Sie an die Öffentlichkeit. So kommen Sie weiter. Und, Bahira: Ich kenne Wanger wirklich nicht. Ich weiß nicht einmal, um was es genau geht.«

Die Frau deutete mit dem Kopf auf die Ärztin und fragte: »Was wollen Sie jetzt mit uns machen? Die Polizei rufen? Die ist eh schon hier ganz in der Nähe.«

Weinberg schüttelte den Kopf. »Nein«, sagte er. »Ihr könnt gehen. Ich wünsche Ihnen viel Glück, Bahira.«

Bahira sah ihn mit ihren dunklen Augen nachdenklich an. Schließlich sagte sie: »Ich Ihnen auch, Herr Weinberg.«

Dr. Baumann ließ ihre Waffe sinken. Auf einen Wink von

Bahira nahmen die Männer ihre Taschenlampen und Pistolen wieder auf und verschwanden im Dunkel.

Die Ärztin atmete tief durch und sagte zu dem Polizisten: »Um was es dabei ging, müssen Sie mir mal noch erzählen.«

Weinberg nickte. Dann sagte er auf einmal alarmiert: »Wo ist eigentlich Dr. Grünwald?«

*

Grünwald tastete nach seiner Taschenlampe, die er fallen lassen hatte, und leuchtete vor sich ins Dunkel. Es hatte tatsächlich Schneeregen eingesetzt. Der Wind war zwar schwach, aber schneidend kalt. Grünwald versuchte aufzustehen. Es gelang ihm nicht. Sein linker Knöchel tat höllisch weh. Außerdem hatte er Weinberg und Dr. Baumann verloren. Vorhin war ganz in der Nähe geschossen worden. Doch der Archivar musste sich eingestehen, dass keiner dieser Punkte sein größtes Problem war. Sein größtes Problem stand vor ihm. Ein Mann mit einem Wolfskopf.

Er hatte ihn gefunden. Grünwald war geradezu in ihn hineingestolpert. Er hatte große Mühe, seine Angst zu beherrschen, um bei klarem Verstand zu bleiben. Der Mann vor ihm war ein mehrfacher Mörder. Und die fiese Wolfsfratze verstärkte das Grauen, das in Grünwald aufstieg, zusätzlich.

Was sollte er tun? Sollte er den als Werwolf verkleideten Psychopathen ansprechen?

Die Antwort wurde dem Archivar abgenommen. Wie von einem unsichtbaren Vorschlaghammer getroffen, wurde der Wolfsmensch nach vorne geschleudert und fiel unmittelbar neben ihm zu Boden. Der Mann wirbelte herum und wollte angriffslustig aufspringen, doch die Lichtkegel zweier Taschenlampen hatten ihn erfasst, und eine schneidende Stimme befahl: »Liegen bleiben!«

Grünwald blinzelte. Auch ihn blendeten die starken Lampen, aber zu seiner Freude hatte er die Stimme von Dr. Baumann erkannt.

Dr. Baumann trat vor. Sie hielt eine Pistole auf den neben ihm am Boden Liegenden gerichtet. Der Werwolf erstarrte. Die Ärztin befahl: »Runter mit der Maske! Oder, bei Gott, ich schwöre, dass ich sie Ihnen vom Kopf schieße!«

Weinberg, der sich hinter Dr. Baumann befand, und Grünwald hielten den Atem an. Der Mann am Boden machte keine Anstalten, dem Befehl nachzukommen. Dr. Baumann spannte den Hahn der Pistole. Da hob der Wolfsmann beschwichtigend die Hände. Er fasste sich an den Kopf und löste die bislang verborgenen Bänder, mit denen die Maske festgezurrt war.

Langsam hob er den Wolfskopf ab.

Ein junger Mann kam zum Vorschein, mit verschwitzten Haaren und schwarzen Ringen unter den Augen, die im kalten LED-Licht der Taschenlampen sehr groß und dunkel wirkten. Den zotteligen Kopf in den Händen, saß er mit hängenden Schultern da.

»Hansrudi?!«, rief Weinberg aus.

»Sie kennen den Mann?«, fragte Dr. Baumann verblüfft. »Erstaunlich, wie viele Bekannte Sie hier oben treffen, Herr Weinberg.«

»Nehmen Sie die Waffe runter«, sagte der Polizist. »Der Mann wird nicht abhauen.« An Hansrudi gewandt fügte er hinzu: »Oder?«

Der junge Mann schüttelte niedergeschlagen den Kopf.

Weinberg fragte: »Wieso mussten vier unschuldige Menschen sterben?«

»Unschuldig?«, zischte Hansrudi. »Sie waren nicht unschuldig! Sie meinten, sie seien etwas Besseres! Sie dachten, sie könnten auf die Wolfsbrut herabschauen!«

»Was meinen Sie damit?«, wollte Dr. Baumann wissen.

»Meine Familie ist verflucht. Wegen etwas, das Jahrhunderte zurückliegt, wurden wir gemieden. Kein anständiger Mensch wollte etwas mit uns zu tun haben. Oder gar einen von uns heiraten!«

Grünwald hatte sich schwerfällig erhoben. »Sie gehören zu einer Brennerfamilie«, sagte er. »Sie sind Nachfahre eines sogenannten Wolfes.«

Hansrudi nickte grimmig.

»Deshalb haben Sie die Leute umgebracht?«, fragte Dr. Baumann. »Aus Rache?«

Die Augen des jungen Mannes weiteten sich entsetzt. »Wie?«, stammelte er. »Sie glauben doch nicht, dass ich jemanden getötet habe?!«

Die drei sahen ihn stumm an.

Hansrudi machte Anstalten, aufzustehen, was die Ärztin veranlasste, sofort wieder die Waffe zu heben. Der junge Mann hielt inne, warf Weinberg einen flehentlichen Blick zu und sagte weinerlich: »Bitte, Sie müssen mir glauben! Mit den Morden habe ich nichts zu tun!«

»Aber die Wolfsmaske?«, insistierte Grünwald.

»Ich habe sie im Wald in einer Art Höhle gefunden«, antwortete Hansrudi und richtete sich langsam auf. »In der Höhle lagen außerdem Waffen und ein Sack mit alten, verrosteten Münzen. Ich habe alles liegen lassen, nur die Maske habe ich mitgenommen. Ich bin ein paarmal damit durch den Wald gerannt, und ja, ich habe in Vaduz damit Leute erschreckt. Ich fand das *funny* und irgendwie passend.«

»Wieso passend?«, hakte Weinberg ein.

»Ich bin vor Kurzem von meiner Freundin abserviert worden. Wegen der Wolfsache! *Unbelievable!* Wegen einer Sache, die beinahe so lange her ist wie die Sintflut! Wir waren ein *Dream-Team,* und weder Susanne noch ihre Familie hat überhaupt an die Tobelhocker-Geschichte gedacht. Doch dann kam Susis Ex und hat auf sie und ihre Eltern eingeredet: Der Meier komme aus einer Brenner-Familie, mit solchen Sippen gebe man sich nicht ab und so ein Mist! Susi hat nicht gecheckt, dass ihr Ex-Lover die Aktion nur abgezogen hat, um sie wiederzukriegen! Susis Mutter erzählte ihr, dass es auch in ihrer Familie Opfer der Hexenverfolgung gegeben hatte. Und auf einmal sah mich Susanne an, als wäre ich Abschaum. Oder ein wildes Tier. Da passte der Wolfskopf. Ich dachte, gut, dann geht jetzt eben wieder der Wolf um. Aber ich habe niemanden umgebracht! Ich könnte niemandem wehtun!«

»Ich glaube ihm«, sagte Dr. Baumann und steckte die Pistole ein.

»Ich auch«, stimmte Weinberg zu.

Grünwald humpelte zu seinen Freunden. »Bleibt nur eine Frage«, sagte er. »Wenn dieser junge Mann nicht der richtige Wolf ist, wer ist es dann?«

*

Youssef Barakat hatte die Tür zum Landesmuseum sorgfältig abgeschlossen und spannte seinen Regenschirm auf. Vorsichtig trippelte er die Treppe hinab. Ein zarter, hauchdünner Teppich aus Schnee und Eis legte sich über den nassen Asphalt. Die Fußgängerzone von Vaduz war menschenleer. Wenn die Temperatur noch um ein oder zwei Grad sank, würde es höllisch glatt werden.

Langsam machte er sich auf den Weg zum Städtle-Café. Er war fest entschlossen, diese Nacht bei Aurelia zu verbringen. Am Ende der Fußgängerzone konnte er bereits das Haus sehen, in dem das Café untergebracht war. Ein warmer Lichtschein schimmerte in den Fenstern. Barakat beschleunigte seine Schritte und wäre beinahe gestürzt, als er mit einem Mann zusammenstieß, der aus einem Hauseingang getreten war.

»Bitte entschuldigen Sie …«, hob der Museumsdirektor an. Dann erkannte er seinen Gesangskollegen und Freund Fidel Meier.

»Fidel!«, rief er erfreut. »Was machst du denn bei dem Wetter hier draußen?« Er klopfte ihm kameradschaftlich auf den Rücken. Ein Nebel von Feuchtigkeit wirbelte auf. Meier musste sich schon lange im Freien aufgehalten haben. »Wenn du nichts vorhast, kannst du mich begleiten. Du hast doch von den Morden der letzten Tage gehört. Stell dir vor, die Opfer waren samt und sonders Nachfahren einer Frau, die vor über 300 Jahren als vermeintliche Hexe verbrannt worden ist.«

»Was verspricht sich der Mann davon, diese Menschen umzubringen?«, fragte Meier.

Barakat zuckte mit den Schultern. »Was weiß ich? Vielleicht hält er sich für einen Tobelhocker und will sich von dem Fluch befreien.«

Meier nickte nachdenklich.

»Ich muss zu Aurelia ins Café«, sagte Barakat und zupfte den Freund am Arm. »Kommst du mit?«

Ein Ledersäckchen fiel Meier aus der Hand. Er hatte es unter seinem Arm verborgen gehalten. Klirrend traf es auf dem kalten, nassen Boden auf.

Beide Männer sahen auf das bräunliche Säckchen.

Und auf die Münzen, die aus der schlaffen Öffnung des Säckchens rollten.

Im trüben Licht der Straßenlaternen schimmerten die Gulden goldbraun bis rötlich.

Barakat erkannte sie sofort. Sie stammten aus dem Magazin des Museums. »Woher …?«

Ein ungeheurer Gedanke drängte sich in sein Bewusstsein. Er hob seinen Blick und starrte Meier fassungslos an.

Die Augen Meiers waren verändert, Hass und Verachtung sprachen aus ihnen.

Und dann bohrte sich ein langes Messer in Barakats Bauch.

*

Die Lichtkegel der Taschenlampen tanzten auf den nassen Zweigen, flimmerten in den fallenden Tropfen und beleuchteten nur mühsam den Trampelpfad, dem Hansrudi, Dr. Baumann, Grünwald und Weinberg folgten. Der junge Mann ging voran. Die Wolfsmaske hielt er in seinen Händen. Es war keine lange Strecke, aber der Weg war schwierig zu begehen.

Weinbergs Orientierungssinn sagte ihm, dass sie sich der Stelle näherten, an der er mit Grünwald und Lisa vor Kurzem schon einmal gestanden hatte, und tatsächlich erleuchteten die Lichtkegel der Lampen wenig später die Felswand mit der ausgetretenen Stelle. Hinter ihnen, im Dunkel verborgen, lag die Lichtung.

Der Polizist konnte es kaum erwarten, endlich zu erfahren, wo sich der Eingang zu der Höhle befand. Zu der Kapelle, wie Pfarrer Kriss sie genannt hatte. Hansrudi blieb stehen und reichte ihm den Wolfskopf. Widerstrebend nahm Weinberg ihn in beide Hände. Das tropfnasse Fell fühlte sich eklig an.

Hansrudi stieg auf einen schmalen Vorsprung im Felsen. Zweimal rutschte er ab, der Stein war durch den Schneeregen glitschig geworden, dann schaffte er es. Er zog sich ein Stück weit nach oben und kam auf einem breiteren Vorsprung zum Stehen. Er wandte sich um und ließ sich von Weinberg den Wolfskopf wiedergeben. Weinberg war froh, dass er das Ding los war. Nachdem er einen schnellen Blick mit Grünwald und Dr. Baumann gewechselt hatte, nahm er die Taschenlampe in den Mund und stieg Hansrudi hinterher.

Der junge Mann war aus seinem Sichtfeld verschwunden. Oben angekommen, sah der Polizist, wohin er gegangen sein musste. Vor Blicken von unten verdeckt, öffnete sich seitlich eine Spalte im Felsen. Weinberg zwängte sich hindurch und leuchtete in einen höhlenartigen Raum. Eine natürliche Treppe führte nach unten.

»Ist alles in Ordnung?«, rief Grünwald herauf.

»Alles in Ordnung«, antwortete Weinberg und stieg vorsichtig zum Boden der Höhle hinab. Als er das Licht seiner Lampe gegen die Decke richtete, verstand er, weshalb der Pfarrer die Höhle als Kapelle beschrieben hatte. Der kleine Raum besaß beinahe so etwas wie ein Gewölbe. Weinberg war nicht in der Lage zu entscheiden, ob es natürlich entstanden oder von Menschenhand geschaffen war. Er leuchtete in Hansrudis Gesicht und sah, dass der junge Mann die Maske fallen lassen hatte und entsetzt in eine Ecke der Höhle starrte. Weinberg folgte dem Blick mit dem Strahl seiner Lampe.

Am Boden lag ein regloser menschlicher Körper.

»Wer ist das?«, fragte Weinberg.

»Ich ... Ich weiß es nicht«, stammelte Hansrudi flüsternd.

Weinberg war sich sicher, dass das die Wahrheit war. »Geh nach oben und hilf Dr. Baumann herein!«, trug er dem jungen Mann auf. »Sag ihr, wir brauchen ärztliche Hilfe.«

Keine zwei Minuten später kauerte sich die Ärztin neben dem am Boden liegenden Körper nieder.

»Tot«, befand sie nach wenigen Augenblicken und richtete sich auf.

»Franz Kaiser?«

»Ja, es ist Kaiser. So wie es aussieht, ist er erfroren.«

Von draußen hörten sie die Stimme Grünwalds: »Kann mir auch mal jemand helfen? Hallo?«

Mit einiger Anstrengung gelang es Weinberg, den Archivar in die Höhle zu bugsieren. Zu viert standen sie nun beinah Schulter an Schulter in dem engen Raum.

Grünwald sah erschüttert auf den Leichnam am Boden. Dann leuchtete er an den Wänden der Höhle entlang. In einer Ecke entdeckte er einen meterbreiten horizontalen Spalt, der jedoch nur etwas mehr als kniehoch war. Stöhnend bückte sich der Archivar und leuchtete hinein. Plötzlich zuckte er erschrocken zurück.

»Was ist los?«, wollte Dr. Baumann wissen. Gemeinsam mit Weinberg richteten sie die Taschenlampen auf die Vertiefung. Sie erkannten nicht sofort, was ihre Lichtkegel beschienen.

Dort lag ein Skelett. Löchrige Kleiderfetzen bedeckten es. Sie waren brandschwarz und schienen mit dem Knochengerüst verschmolzen.

Sebastian Grünwald richtete sich auf. »Ich glaube, wir haben hier Joder Engerling vor uns, den Pfarrer Kriss vor über 300 Jahren an diesem Ort bestattet hat.«

»Den Tobelhocker?«, fragte Weinberg schaudernd.

»Den Tobelhocker«, bestätigte der Archivar. »Mörder aus Habsucht und Opfer seiner Gier.«

22

Balduin Hofer, der Vermieter des Städtle-Cafés, sah auf die Uhr. Zehn vor acht. Das Café müsste noch geöffnet haben. Es war ein kluger Schachzug von Aurelia Büchel, am Montag zu öffnen, wenn viele andere Cafés und Restaurants geschlossen blieben. Auch am Montag wollten die Leute etwas trinken. Auch montags kamen Touristen nach Vaduz – zugegebenermaßen nicht gerade übermäßig viele in dieser Jahreszeit.

Eigentlich war er im Großen und Ganzen mit den bisherigen Einnahmen dieses Jahres zufrieden, doch Aurelia Büchel könnte durchaus noch mehr herausholen, dessen war sich Hofer sicher. Sie mochte ja ein netter Mensch sein, aber um ein Café zu führen, musste man auch knallhart sein. Nicht nur Gastwirt, sondern auch Betriebswirt. Letzteres ging dieser Büchel vollständig ab.

Nicht hingegen dem Interessenten, den Hofer als geeigneten Nachfolger für das Städtle-Café im Auge hatte. Der war Geschäftsmann durch und durch und hatte sich sofort bereit erklärt, die Pacht in der Höhe zu zahlen, die Hofer vorschwebte. Dazu wollte der Neue das Café vollständig umgestalten. Raus mit den antiken Möbeln, raus mit der vorsintflutlichen Holzvertäfelung, raus mit der alten Bar. Ein modernes Design für die Inneneinrichtung, viel Stahl, viel Glas, stylische Lampen, Bilder von amerikanischen Film- und Popstars. Und natürlich auch ein neues Äußeres. *Facelifting* nannte er das. Hofer lachte in sich hinein. Facelifting, sehr gut! Weg mit den altertümlichen Sprossenfenstern, weg mit den überwuchernden Weinranken an der Fassade. Stattdessen Leuchtreklame, möglichst groß. Die meisten Touristen waren Kurzbesucher aus Japan oder China oder von sonst woher aus Asien. Die waren große Leuchtreklamen gewohnt. Leuchtreklame wirkte. Hofer hörte schon das Geld in der Kasse klingeln.

Doch dafür musste zuerst Aurelia Büchel raus. Seine Geduld war sowieso am Ende. Er hatte sie gewarnt, jetzt war Schluss.

Insgeheim freute er sich, dieser ewig freundlich lächelnden Kaffeetante den Marsch blasen zu können. Ihr ach so ausgeglichenes Wesen ging ihm mächtig auf den Zeiger.

Hofer gestand sich nicht ein, dass er sich der Freundlichkeit Aurelias gegenüber ohnmächtig fühlte – und irgendwie schlecht. Diese Büchel gab ihm mit ihrer gutmütigen Art das Gefühl, kein guter Mensch zu sein.

Nur noch ein paar Meter. Der Vermieter beschleunigte seine Schritte. Die Sprossenfenster inmitten der Weinranken leuchteten warm und einladend. Damit würde bald Schluss sein! Sie lebten ja nicht mehr im Mittelalter!

Hofer streckte die Hand nach der Klinke aus. Die Tür war verschlossen. Was war denn da los? Wieso war das Café schon geschlossen? Ein Blick auf die Uhr bestätigte, dass das Café noch sechs Minuten geöffnet sein müsste. Hatte die Büchel mal wieder früher Feierabend gemacht? So kam man natürlich nie auf einen grünen Zweig. Kein Wunder, dass sie nicht mehr bezahlen wollte. Dafür müsste sie eben auch mal arbeiten!

Zornig ging Hofer um das Haus herum. Jemand musste da sein, wenn die Lichter brannten. Er hoffte, die Büchel durch eines der Fenster zu sehen. Hinter dem Haus gab es einen kleinen Garten und einen alten gemauerten Kellereingang.

Auf einmal war scheppernder Lärm zu hören, und Hofer spürte einen scharfen Schmerz an seinem rechten Schienbein. Er war gegen eine hölzerne Kiste mit Leergut getreten, die er im Finstern übersehen hatte. Mit pochenden Schläfen rieb er sich die schmerzende Stelle. Die konnte was erleben! Den Müll einfach ungesichert abzustellen!

Hofer kickte wütend eine leere Saftflasche mit dem Fuß fort, die in der Dunkelheit an einem Stein zerschellte. Er wollte seinen Weg um das Gebäude herum fortsetzen, als er eine Gestalt erblickte, die wie ein Schatten hinter dem Haus vor einem Fenster auf den Zehenspitzen stand und offensichtlich bemüht war, ins Innere zu spähen. Was zum Teufel …

Die dunkle Gestalt drehte sich zu ihm um. Dadurch fiel der Lichtschein aus dem Zimmer nicht mehr auf ihr Gesicht, sodass Hofer nicht erkennen konnte, wer es war. Langsam kam der Schatten auf ihn zu. Es war ein Mann, nicht sehr groß, wohl nicht sonderlich kräftig, aber etwas an der Art, wie der Mann sich bewegte, beunruhigte den Vermieter. Der Kopf war leicht nach vorn geneigt, die Arme ein wenig vom Körper abgespreizt, es wirkte beinahe so, als wollte er gleich die Schwingen ausbreiten und davonfliegen. Über Hofers Mund glitt ein unsicheres Lächeln. Wahrscheinlich ein besoffener Spinner.

Dann verschwand das Lächeln. Der Mann zog ein langes Messer und stach blitzschnell auf den Vermieter ein. Instinktiv versuchte Hofer, sich abzuwenden. Die Klinge traf ihn deshalb in die linke Schulter und nicht ins Herz.

Hofer schrie, er schrie wie am Spieß, und plötzlich wurde es ganz still. Eine tödliche Stille legte sich über das Haus und den nächtlichen Garten. Still fiel der Schneeregen auf die Erde, auf Hofer und auf die große schwarze Blutlache, die sich zwischen dem Leichnam und der Hauswand ausbreitete und immer größer wurde.

*

Mit einem trockenen Geschirrtuch wischte Aurelia über die Arbeitsfläche ihrer kleinen Küche. Sie hatte das Café heute eine Viertelstunde früher geschlossen, weil schon seit über einer Stunde kein Gast mehr gekommen war. Sie hatte den Boden gefegt und die Tische abgeputzt, danach das Geschirr in die Spülmaschine geräumt und die übrigen Getränkeflaschen versorgt. Die allabendlichen Verrichtungen. Handgriffe, die in ihr das gute Gefühl auslösten, wieder einen arbeitsreichen Tag bewältigt zu haben.

An einem der Tische saß Lisa Engels. Aurelia hatte ihr einen Stapel Stoffservietten zum Zusammenlegen gegeben, um sie zu beschäftigen – oder, besser gesagt, um sie abzulenken. Ihr Gast war sichtbar nervös.

Schließlich hängte Aurelia das feuchte Tuch an eine Halterung. »So, jetzt ist Feierabend«, sagte sie. »Wollen Sie auch noch einen Wein?«

Lisa hielt Aurelia ihr Glas zum Nachfüllen hin. Die Wirtin goss ihr ein. »Sie sind besorgt wegen Ihres Freundes Markus und wegen Dr. Grünwald. Es wird bestimmt alles gut gehen.«

»Ich weiß.« Lisa nahm einen Schluck Rotwein. »Es ist nur … Ich wäre gerne dabei. Dann würde ich mich besser fühlen.«

»Das verstehe ich.« Aurelia warf einen Blick auf die tickende alte Wanduhr. »Eigentlich müsste Youssef schon lange hier sein. Er hatte doch gesagt, dass er kommt.«

»Er wird noch arbeiten und die Zeit vergessen haben«, tröstete sie Lisa. »Sein Büro sieht jedenfalls so aus, als käme er vor lauter Arbeit die nächsten Wochen da nicht raus.«

Aurelia lachte. Gerade als sie zu einer Antwort ansetzen wollte, klingelte Lisas Telefon.

»Ja? Markus?«

Aurelia versuchte, im Gesicht ihres Gegenübers zu lesen.

Dass Markus sich meldete, war wohl an sich schon ein gutes Zeichen. Gab es darüber hinaus gute Nachrichten? Oder meldete er sich, weil sie Schwierigkeiten hatten? Aurelia hatte es mit Rücksicht auf ihren Gast nicht ausgesprochen, aber sie war sehr froh, dass Dr. Baumann mit von der Partie war. Es schadete nichts, bei einer nächtlichen Mörderjagd in den Bergwäldern eine Ärztin dabeizuhaben.

»Tatsächlich? Das ist unglaublich! Dann passt auf dem Heimweg gut auf. … Darüber müssen wir uns noch beraten. Ich bin bei Aurelia. Bis später. … Ich dich auch.« Lisa legte das Telefon auf den Tisch. »Stellen Sie sich vor, sie haben das Versteck des Wolfes gefunden. Und Franz Kaiser auch. Er ist leider tot.«

»Um Gottes willen!«

»Darüber hinaus haben sie das Skelett des Tobelhockers entdeckt, von Joder Engerling.«

»Das ist ja eine kleine Sensation, oder nicht?«

Lisa nickte. »Allerdings. Nur die Umstände, unter denen die Entdeckung gemacht wurde, sind recht tragisch.«

»Vom Wolf, also dem Mörder, gibt es keine Spur?«

»Nein.« Die Archivarin sah nachdenklich auf ihre Reflexion im dunklen Fenster. »Wer weiß, wo der Kerl sich rumtreibt.«

In diesem Moment hörten sie von draußen ein helles Scheppern. Beide Frauen zuckten zusammen.

»Was war das?«, fragte Lisa.

»Es hörte sich so an, als wenn jemand gegen das Altglas draußen getreten ist«, mutmaßte die Wirtin. »Aber das steht im Garten, da kommt normalerweise niemand hin. Ob ich mal nachsehen soll?«

»Hm«, machte Lisa. Ihr war nicht wohl bei dem Gedanken, dass Aurelia nach draußen ging.

Wer weiß, wo der Kerl sich rumtreibt.

Sie setzte zu einer Antwort an, als ein markerschütternder Schrei die Stille der Nacht zerriss. Die Frauen sprangen von ihren Stühlen auf. Ein weiterer Schrei, länger als der erste, folgte. Und erstarb. Plötzlich war es wieder still.

Sehr still.

Aurelia hatte ihr Weinglas umgestoßen. Der Rotwein bildete eine Lache auf dem Tisch und tropfte auf den Fußboden. Neben Aurelias rechtem Fuß entstand ein roter Fleck. Sie achtete nicht darauf. Beide Hände auf ihre Brust gelegt, starrte sie Lisa mit großen Augen an. Lisa starrte zurück. Dann wurde sie abgelenkt, denn sie bemerkte aus den Augenwinkeln eine Bewegung am Fenster.

Ein Gesicht erschien aus der Dunkelheit.

Und zwei Arme, rot von Blut.

Eine Faust mit einem langen Messer.

Lisa bekam kein Wort heraus. Sie deutete mit zitterndem Finger auf das Fenster. Aurelia drehte sich um.

Doch sie sah nichts als ihrer beider Spiegelbild in der Fensterscheibe.

*

Der Abstieg aus der Schlucht gestaltete sich viel schwieriger als der Aufstieg. Es war stockfinster, und Grünwald fiel das Gehen schwer.

Dr. Baumann machte die Vorhut. Weinberg folgte ihrem Lichtkegel. Zur Hälfte stützte er den Archivar, zur Hälfte trug er ihn. In der freien Hand hielt er seine Taschenlampe. Hansrudi trottete mit der Taschenlampe Grünwalds in der Hand neben ihnen her. Er war freiwillig mitgekommen und bereit, sich den Behörden wegen des *Pranks,* wie er es nannte, zu stellen. Er hatte wohl tatsächlich nicht viel zu befürchten.

Immer wieder wartete die Ärztin, bis die anderen aufgeschlossen hatten, dann schritt sie erneut voran. Entweder kannte sie den Weg gut, dachte Grünwald, oder sie besaß genügend Selbstbewusstsein und Furchtlosigkeit, um einfach drauflloszumarschieren.

Weinberg tat ihm leid. Der Polizist war zwar ein kräftiger Mann, trotzdem musste es für ihn eine große Belastung sein, praktisch das Gewicht zweier Männer zu tragen. Der Archivar versuchte, es ihm so leicht wie möglich zu machen, aber er wusste, dass das nicht allzu viel half. Dr. Baumann hatte den Fuß untersucht und festgestellt, dass zum Glück nichts gebrochen oder gerissen war, doch auch eine Zerrung war schmerzhaft. Wie sollten sie so nur den Weg zurückschaffen?

Vor ihnen blieb Dr. Baumann stehen. Dieses Mal jedoch sah sie nicht zu ihnen zurück, sondern hielt den Blick starr nach vorne gerichtet. Sie schien etwas entdeckt zu haben. Als die Männer aufgeholt hatten, spähten sie der Ärztin über die Schulter. Weiter unten in der Schlucht tanzten Lichter zwischen den Bäumen, etwa ein Dutzend. Da schien ein ganzer Trupp von Menschen unterwegs zu sein, die mit ihren Taschenlampen den Trampelpfad beleuchteten.

»Wer ist das?«, wunderte sich Grünwald.

»Ich schätze, es ist die Polizei«, antwortete Dr. Baumann.

»Die Cops?«, fragte Hansrudi. »Was sollten die hier oben wollen?«

»Es *ist* die Polizei«, meinte Weinberg. »Ich habe euch gar nicht erzählt, dass ich vorhin eine Begegnung mit zwei Beamten hatte, bevor wir die Höhle gefunden haben.«

»Soso«, sagte Dr. Baumann, »zwei Polizisten haben Sie also auch noch im Wald getroffen. Hier geht es ja zu wie beim Fürstenfest!«

Inzwischen waren die Lichter näher gekommen. Da die Wanderer ihre Taschenlampen nicht ausgeschaltet hatten, wurden sie nun von unten entdeckt. Eine vom Megafon verzerrte Stimme rief: »Hier spricht die Liechtensteinische Landespolizei! Bleiben Sie, wo Sie sind!«

Kurz darauf erreichten die Polizisten sie. Es waren acht Männer und zwei Frauen mit guter Ausrüstung.

»Wir sind vom Alpinkader der Landespolizei«, stellte der mutmaßliche Einsatzleiter sich und die Truppe vor. »Ist jemand von Ihnen verletzt?«

Dr. Baumann deutete auf den alten Archivar und sagte: »Dr. Grünwald hat eine Zerrung im Fuß. Er kann Hilfe gebrauchen.«

Zwei Beamte falteten eine tragbare Liege auseinander und halfen Grünwald, sich daraufzulegen. Anschließend wurde er sorgfältig festgeschnallt.

»Wir wurden informiert, dass in dieser Gegend mehrfach geschossen wurde«, sprach der Einsatzleiter weiter. »Ist jemand von Ihnen bewaffnet?«

Dr. Baumann antwortete: »Ja, ich. Ich habe eine Pistole in meiner Tasche, aber ich habe nur einen einzigen Warnschuss abgegeben.«

Während eine Beamtin die Pistole aus ihrer Tasche hervorholte, sagte der Einsatzleiter: »Das wird noch zu untersuchen sein. Sind noch weitere Personen da oben?«

»Keine Lebenden«, antwortete Grünwald von seiner Liege aus.

Auf die irritierten Blicke der Polizisten hin beeilte sich Weinberg zu erklären: »Was Dr. Grünwald meint, ist, soweit wir wissen, sind wir die Einzigen hier.«

»Und wer hat dann vorhin geschossen?«, wollte der Einsatzleiter wissen.

»Das weiß ich nicht«, log Weinberg.

Der Einsatzleiter musterte ihn kritisch. »Sie sind Herr Weinberg, stimmt's? Man hat mir von Ihnen erzählt.«

Bevor der Deutsche etwas erwidern konnte, knisterte es im Funkgerät des Alpinpolizisten.

»Zentrale an Alpinkader. Bitte kommen!«

»Alpinkader hört. Was gibt es?«

»Wie ist die Lage bei euch?«

»Es ist alles klar. Wir haben die Gesuchten gefunden und machen uns auf den Rückweg.«

»Gut. In der Fußgängerzone ist ein schwer verletzter Mann aufgefunden worden. Er wurde allem Anschein nach mit einem Messer attackiert. Der Täter ist unbekannt und flüchtig. Alle verfügbaren Kräfte sind aufgeboten, die Stadt nach ihm zu durchkämmen.«

»Verstanden, Zentrale. Wir sind auf dem Weg.«

»Der Verletzte …« In der Verbindung krachte und knisterte es.

Der Einsatzleiter bat: »Wiederholen Sie, Zentrale!«

Aus dem Gerät tönte es: »… Verletzte wurde identifiziert. Es handelt sich um Dr. Youssef Barakat, den Direktor des Landesmuseums. Zentrale Ende.«

*

Auf einmal zertrümmerte ein Stein die Fensterscheibe. Lisa griff unwillkürlich nach ihrem Mobiltelefon und riss Aurelia mit sich.

Die Cafébesitzerin war völlig verwirrt. »Was war denn das?«

Lisa hielt sich nicht mit langen Erklärungen auf. »Ein Mann mit einem Messer! Wir müssen uns in Sicherheit bringen! Hier drin sitzen wir in der Falle! Gibt es einen Hinterausgang?«

»Nein, nur einen Kellerausgang. Wir können aber durch das Bürofenster klettern.«

Die beiden Frauen liefen in das winzige Büro des Cafés, das unmittelbar neben der Küche lag und ein großes Fenster hatte. Lisa legte ihr Mobiltelefon aus der Hand, öffnete das Fenster und schwang sich auf das Fensterbrett. Als sie herausspringen wollte und deshalb nach unten sah, schrie sie auf. Sie kletterte so hastig zurück in den unbeleuchteten Raum, dass sie um ein Haar hintenübergefallen wäre.

»Was ist los?«, fragte Aurelia erschrocken. Sie hielt beide Hände flach vor die Brust gepresst. Ihre Augen wirkten riesengroß.

»Da draußen … Vor dem Fenster … Da liegt ein Toter«, schluchzte Lisa. Sie bekam kaum Luft.

»Ein Toter? Aber was …? Und wer?«

Die Verwirrung Aurelias brachte Lisa wieder zu sich. Blitzartig wurde ihr bewusst, dass sie die Situation in die Hand nehmen musste, wenn sie eine Chance haben wollten. »Runter in den Keller«, sagte sie ruhig. »Dort unten ist ein Ausgang, richtig?«

Aurelia nickte wortlos. Lisa zog sie mit sich. Zwischen dem Büro und dem dunklen Gastraum führte eine geflieste Treppe in den Keller. Die Frauen stolperten die Stufen hinab. Unten angekommen, flüsterte Lisa: »Wo ist die Tür?«

»Da vorne«, antwortete Aurelia. Sie fühlte sich wie betäubt.

In der Dunkelheit des Kellers konnten sie kaum die Hand vor Augen sehen. Lisa hätte gerne Aurelia vorangehen lassen, immerhin kannte sie sich hier aus, aber die Wirtin wirkte beinahe apathisch. Daher tastete sich die Archivarin voran, bis sie auf eine Tür stieß. »Ist es hier?«

»Ja.«

Lisa öffnete. Ein Geruch von Holzkisten und leeren Weinflaschen drang ihr in die Nase. Als sie spürte, dass Aurelia ihr nachgekommen war, schloss sie die Tür hinter ihr. Ein Schloss gab es nicht, sonst hätte sie es verriegelt. Sie tastete nach einem Lichtschalter, und eine altersschwache Deckenbeleuchtung flackerte auf.

Sie befanden sich in einem alten Weinkeller. An den Seiten lagerten leere Fässer, in der Mitte standen Kisten mit Getränkeflaschen und Leergut. Und das Wichtigste, Lisas Herz machte einen Sprung: Gegenüber führte eine Rampe nach oben zu einer zweiflügeligen, geschwungenen Tür. Offensichtlich waren darüber zu früheren Zeiten die Fässer hinab- und hinaufgerollt worden.

Auf allen vieren kroch die Archivarin die Rampe hinauf und versuchte, die Tür zu öffnen, aber sie war verschlossen.

»Hast du den Schlüssel?«, fragte sie Aurelia.

Aurelia schien ihre Fassung wiedergewonnen zu haben und kramte in ihren Hosentaschen. Doch dann machte sie ein hilfloses Gesicht.

»Der Schlüssel liegt in der Küche.«

Lisa ließ den Kopf auf ihre Brust fallen. »Das darf nicht wahr sein«, murmelte sie. In Gedanken spielte sie die Möglichkeit durch, zurück zur Küche zu schleichen, um den Schlüssel zu holen, aber sie verwarf die Idee gleich wieder. Falls der Angreifer im Haus war, war das viel zu gefährlich. Hier im Keller waren sie sicherer. Vielleicht hatte sie nahe der hölzernen Kellertür ja sogar Netz für ihr Mobiltelefon. Sie griff in ihre Tasche.

Nichts. Leere.

Siedend heiß erinnerte sie sich, wie sie das Telefon aus der Tasche ihrer engen Hose genommen hatte, bevor sie auf das Fensterbrett geklettert war. Das Gerät lag noch im Büro. Es war wie verhext. Ganz leise hörte sie in diesem Augenblick wie zum Hohn den Klingelton ihres Mobiltelefons. Ob das Markus war, der sie anrief? Tränen der Verzweiflung schossen ihr in die Augen.

Was wollte der Mann mit dem Messer überhaupt von ihnen? Vor Lisas innerem Auge lief die Szene am Fenster noch einmal ab. Hatte sie wirklich den Freund Barakats erkannt, der sie vor wenigen Tagen zum Essen mit seinem Auto abgeholt hatte, oder hatte sie sich getäuscht? Fidel Meier war sein Name, wenn Lisa sich recht erinnerte. Er war ihr sehr freundlich vorgekommen. War das wirklich der Mann, der nun mit blutverschmierten Armen und einem langen Messer zu ihnen hereingestarrt und dann das Fenster mit einem Stein zertrümmert hatte?

Und noch etwas fragte sich die Archivarin. Wenn sie es richtig gedeutet hatte, war sein Blick auf Aurelia gerichtet gewesen. Ein furchtbarer, hasserfüllter Blick. Was wollte er von der Cafébesitzerin?

Plötzlich begann es der Archivarin zu dämmern. Aurelia war das fünfte Opfer! Die letzte lebende Nachfahrin der Katharina Rebbergerin. Dieser unscheinbare Freund Barakats war der Wolf! Der Mörder von mindestens vier Menschen. Jetzt wollte er sein grausames Werk zu Ende bringen.

Lisa überlegte fieberhaft, wie sie mit Aurelia aus dieser lebensgefährlichen Situation entkommen konnte. Hier unten saßen sie in der Falle, sie hatten keinen Schlüssel für den Ausgang und kein Telefon. Sollten sie sich nach oben schleichen und versuchen, nach draußen zu gelangen? Oder waren sie im Keller doch sicherer? Vielleicht würde der Mörder sie nicht finden, wenn sie sich völlig ruhig verhielten.

Da öffnete sich die Tür, und Fidel Meier trat ein.

23

Es ging zügig bergab, aber für Weinberg nicht zügig genug. Er musste jetzt zwar nicht mehr den alten Archivar tragen, doch der Weg blieb gefährlich und erforderte seine ganze Aufmerksamkeit. Trotzdem zog er sein Telefon aus der Tasche und rief Lisa an. Er hörte das Freizeichen. Immer wieder.

Wieso nahm Lisa nicht ab? Der Empfang reichte aus, und vorhin hatte sie den Anruf doch auch angenommen.

Etwas in ihm verkrampfte sich. Der Wolf war nach wie vor auf freiem Fuß. Er hatte nur noch 52 Gulden, es gab nur noch ein potenzielles Opfer, und sie wussten nicht, wer der wahnsinnige Mörder war oder wo er sich aufhielt.

Sie waren in der festen Überzeugung in die Schlucht hinaufgestiegen, ihn hier oben in seinem Versteck aufzuspüren und ein für alle Mal zu stellen, aber er war nicht aufgetaucht. Sie hatten tatsächlich seinen Unterschlupf entdeckt, aber von ihm selbst gab es nicht die geringste Spur.

Lisa ging immer noch nicht ran. Weinberg beendete den Anruf und steckte das Telefon weg.

Konnte er denn gar nichts tun?

Selbst wenn er alleine vorauseilte – wobei er nicht sicher war, ob er das schaffte in der Dunkelheit, ohne sich Hals und Bein zu brechen –, bräuchte er mindestens eine Stunde bis zu dem Parkplatz, auf dem sein Auto stand. Eine Stunde! Was konnte in einer Stunde alles geschehen?

Krampfhaft versuchte er, sich einzureden, dass es keinen besonderen Grund gab, sich um Lisa zu sorgen. Vergeblich.

Sein Bauch rebellierte. Etwas tief in seinem Innern war aufs Höchste alarmiert. Was, wenn der Irre Lisa oder Aurelia begegnete?

Der Polizist traute Aurelia nicht zu, es mit einem wahnsinnigen Mörder aufzunehmen, und Lisa war körperlich beeinträchtigt. Genau aus diesem Grund schien es noch vor wenigen Stunden ein guter Einfall gewesen zu sein, sie im vermeintlich sicheren Vaduz zurückzulassen.

Weinberg verwünschte die Entscheidung. Er hätte Lisa nicht allein lassen sollen!

Der langsame Schritt, zu dem er gezwungen war, machte ihn wahnsinnig. Sie kamen nur im Schneckentempo voran. Bis sie den Parkplatz erreichten, konnte es zu spät sein!

Und warum reagierte Lisa nicht auf seine Anrufe? Er probierte es noch einmal.

Nichts.

Es war zum Verzweifeln! Irgendetwas stimmte da ganz und gar nicht. Lisa wusste genau, dass er sich sorgte. Sie würde niemals freiwillig ihr Telefon aus den Augen lassen.

Da kam Weinberg eine Idee. Er überholte zwei Beamte und die Trage mit Grünwald und schob sich an die Seite des Einsatzleiters. Der Alpinpolizist sah ihn stirnrunzelnd an, ob misstrauisch oder nur neugierig, konnte Weinberg in der Dunkelheit nicht erkennen. Es war ihm auch egal.

»Haben Sie vielleicht die Telefonnummer von Alice Marxer?«, fragte er den Beamten.

*

Der Kellerraum schien auf einmal sehr klein zu sein. Es gab kaum Platz, um auszuweichen. Keine Möglichkeit zu entkommen. Lisa saß oben auf der Rampe vor der verschlossenen Tür. Ihre Kleidung war voller Dreck und Staub, ebenso wie ihre Hände. Aurelia stand in der Mitte. Beide starrten sie den Mann an, der den einzigen Ausweg versperrte.

»Fidel«, sagte Aurelia entgeistert.

Das Haar des Mannes stand wirr vom Kopf ab, seine Ärmel und die untere Hälfte seines Hemdes waren von rostbraunen Flecken bedeckt. Die ebenfalls befleckte Jacke hing an einer Seite herunter, als würde in der rechten Jackentasche etwas Schweres stecken. Mit der Rechten umklammerte er den Griff eines Messers. Den Kopf leicht gesenkt wie ein Stier, der gleich lospreschen würde, fixierte er die Wirtin mit einem unbeschreiblichen Blick.

»Ich habe mich oft mit Joder Engerling unterhalten«, sagte Fidel Meier dumpf. »In der Höhle, oben in der Schlucht. Ich wollte wissen, warum er die Menschen verleumdet hat. Warum er so *böse* war!«

Aurelia warf einen unsicheren Blick zu Lisa, doch dann forderte der Mann vor ihr wieder ihre Aufmerksamkeit. Die Worte schienen wie eine zähe Flüssigkeit aus seinem Mund zu tropfen. Es war den Frauen nicht klar, ob er zu ihnen oder zu sich selbst sprach.

»Ich habe stundenlang vor dem Tobelhocker gesessen und mich gefragt: Aus diesen Lenden entstammt meine Familie? Aus diesen Knochen stammt meine DNA? Wolfs-DNA? Kann Bosheit denn vererbt werden?«

»Nein«, sagte Lisa. Ihre Stimme klang belegt und heiser. »Für Bosheit entscheidet man sich. Auch Sie haben diese Entscheidung. Sie sind frei, Böses zu tun oder Gutes. Auch jetzt. Lassen Sie uns gehen.«

»Das habe ich auch gedacht, dass ich frei bin«, griff Meier die Worte Lisas auf. »Ich habe niemandem je ein Unrecht getan. Trotzdem wurde ich verurteilt! Wegen meines Vorfahren! Und jetzt Hansrudi auch! Mein Sohn wurde von seiner Freundin verlassen, verletzt, weil er zu unserer Familie gehört! Habe ich ihm denn Böses vererbt? Ist mein Erbe an ihn ein Fluch und Verachtung, die ich von meinen Eltern geerbt habe? Ich habe ihm nur Gutes weitergeben wollen!«

Mit einer entschlossenen Gebärde hob Meier das Messer und fixierte Aurelia.

»Wenn ihr meint, dass ich von Geburt an ein Wolf sein muss, dann sollt ihr den Wolf haben! Joder Engerling war ein Wolf, aber mich habt *ihr* zum Wolf gemacht, das war nicht meine DNA!«

Hass, Abscheu und Trauer spiegelte sich in seinen Zügen, als er langsam auf die Gastwirtin zuging.

In Lisas Kopf überschlugen sich die Gedanken. Es blieb ihr keine Wahl, als Meier anzugreifen. Es war ihre einzige Chance. Wenn es ihr nicht gelang, ihn zu überwältigen, würden sie ohnehin sterben.

»Man muss kein Wolf sein«, rief sie, stieß sich von der Wand ab, rutschte die Rampe hinunter und griff wahllos nach einer Flasche, die auf dem Boden stand. »Aber man muss auch kein Schaf sein!«

Mit diesem Ruf holte sie aus und traf den verdutzten Mann mit der Flasche an der rechten Schulter. Die Wucht war so groß, dass Meier beinahe das Messer fallen lassen hätte. Mit einem Schmerzensschrei ging er zu Boden. Für Lisa war der Weg zur Tür in den Gang hinaus frei. Sehnsuchtsvoll warf sie einen Blick zu der Öffnung, die ihre Rettung verhieß. Aber sie wusste, dass Aurelia dann verloren wäre. Meier war zwar am Boden, aber er lag genau zwischen Aurelia und der Tür. Er konnte die Frau immer noch mit seinen Händen packen. Er würde Aurelia nicht gehen lassen, und alleine hätte sie keine Chance.

Lisa hob die Flasche erneut, jedoch nur halbherzig. Etwas in ihr hinderte sie daran, auf den am Boden liegenden Mann einzuschlagen, obwohl eine rationale Stimme in ihrem Kopf sie anschrie, es zu Ende zu bringen.

Meier rappelte sich auf. Keuchend drehte er sich zu Lisa. Seine Miene war wutverzerrt. In diesem Moment wurde oben an der Rampe von außen an die zweiflügelige Kellertür geklopft. Eine Stimme ertönte gedämpft von draußen: »Ist da jemand? Hallo? Hier ist die Polizei!«

Als hätte jemand auf die Pause-Taste gedrückt, fror das Bild im Keller für einen Augenblick ein. Dann schrie Aurelia um Hilfe, ohrenbetäubend laut, immer wieder.

Das löste Meier aus seiner Erstarrung. Mit dem Messer in der Faust schritt er auf Aurelia zu. Die Wirtin griff nach einer Flasche und warf sie auf den Angreifer. Daneben.

Als sie weiter zurückwich, stolperte sie und stürzte. Meier stand aufrecht über der Frau und sah auf sie herab. Er zog einen ledernen Beutel aus seiner Jackentasche und warf ihn mit grimmiger Verachtung neben Aurelias Kopf auf den Boden. Die Münzen darin schepperten leise.

Wie in Zeitlupe hob Meier die lange Klinge.

»Ihr seid nicht besser als ich«, zischte er.

Mit diesen Worten wollte er zustoßen, doch Lisa trat von hinten an ihn heran und umfasste mit beiden Händen sein Handgelenk. Meier drehte seinen Kopf. Aug in Aug standen sie nur wenige Zentimeter voneinander entfernt. Die Archivarin war aufs Äußerste angespannt. Starr hielt sie dem Blick des Mörders stand. In Meiers flackernden Augen kämpften Wut und Erstaunen. Ruckartig bewegte er seinen Arm, um ihn frei zu bekommen, aber Lisa hielt ihn fest.

Da wurde oben an der Rampe die Kellertür aufgestoßen, und eine Frau hielt ihre Pistole in die Öffnung. »Polizei! Die Waffe weg!«

Alice Marxer rutschte die Rampe hinunter und legte aus einem Meter Entfernung auf Meiers Kopf an. Hinter ihr schlitterte Timo Vogt in den Keller. Auch er richtete seine Waffe auf den Mann mit dem Messer.

Lisa ließ los. Staksend trat sie einen Schritt zurück.

Meier wandte sich den Polizisten zu, dann schloss er die Augen, legte seinen Kopf in den Nacken und öffnete seinen Mund zu einem Schrei, aber es war nichts zu hören. Das Messer fiel aus seiner erhobenen Hand. Mit einem klirrenden Geräusch traf es den steinernen Kellerboden.

Timo Vogt sprang nach vorne, riss Meier um, drehte ihn auf den Bauch und zog seine Arme nach hinten. Routiniert klickten die Handschellen. Anschließend zerrte er den Mann hoch und stieß ihn durch die Tür in den Gang hinaus.

Lisas Knie zitterten. Sie wankte zu Aurelia und sank neben ihr nieder. Die beiden Frauen nahmen sich in den Arm und weinten vor Erleichterung.

*

Als Grünwald, Lisa und Weinberg am nächsten Morgen das Landesspital betraten, trafen sie im Eingangsbereich auf Dr. Baumann. Sie trug heute einen giftgrünen Mantel und eine zitronengelbe Mütze.

»Die Touristen«, sagte sie lächelnd. »Sie wollen zu Prof. Barakat, vermute ich.«

»Richtig geraten«, entgegnete Grünwald. »Aber es ist auch schön, Sie zu sehen. Für uns geht es heute zurück in die Heimat.«

Lisa sagte: »Vielen Dank für Ihre Hilfe, Dr. Baumann. Medizinisch und auch sonst.«

»Gern geschehen.«

»Haben Sie es jetzt mit Fidel Meier zu tun?«, erkundigte sich Weinberg.

Die Ärztin nickte ernst. »Ja. Er ist in die Klinik eingeliefert worden.«

»Lassen Sie ihn nicht entwischen – so wie Franz Kaiser.«

»Bestimmt nicht.« Sie streckte die Hand aus. »Auf Wiedersehen.«

»Auf Wiedersehen.«

Beim Hinausgehen drehte sie sich noch einmal um. »Zimmer 106.«

»Wie bitte?«, fragte Grünwald irritiert.

»Prof. Barakat. Zimmer 106. Und …«, Dr. Baumann wirkte verlegen, und dieses Gefühl war ihr offensichtlich unangenehm, »auch Ihnen vielen Dank. Sie sind ein bemerkenswertes Team.« Damit drehte sie sich auf dem Absatz um und eilte mit wehendem Mantel davon.

In Zimmer 106 saß Aurelia am Bett von Barakat und wischte sich über das verweinte Gesicht, als die Gäste eintraten. Sie stand auf und zeigte auf ihren Freund. »Seht euch diesen Mann hier an! Was der für Sachen anstellt! Kommt zu mir ins Café, um mich zu beschützen, und läuft dem Mörder ins Messer!«

Bei diesen Worten traten wieder Tränen in ihre Augen. »Wie durch ein Wunder wurde kein lebenswichtiges Organ verletzt«, schluchzte sie.

»Bitte, liebe Aurelia, beruhige dich«, sagte Barakat gerührt. Er war noch sehr blass. »Es ist alles gut gegangen. Ich danke euch, liebe Freunde.«

Er hob matt die Hände, und Grünwald humpelte auf ihn zu. Er trug einen Verband am Fuß. Der Archivar setzte sich auf die andere Seite des Bettes, umfasste die Hände Barakats und drückte sie.

»Es war Gemeinschaftsarbeit, mein Freund.«

»Und Sie, Dr. Engels«, wandte sich Barakat an Lisa, »Sie haben so todesmutig gekämpft! Aurelia hat mir alles erzählt.«

»Prof. Barakat, es war wirklich …«

»Sie haben dort gekämpft, wo mein Platz gewesen wäre: an Aurelias Seite. Wir werden Ihnen das nie vergessen.«

Lisa war rot geworden. Sie wusste nicht, was sie entgegnen sollte.

Der Museumsdirektor griff nach ihrer Hand, sodass seine Rechte die von Grünwald und seine Linke die von Lisa gedrückt hielt, und sagte: »Danke, Dr. Engels. Es war mir mehr als eine Freude, Sie kennenzulernen. Es war mir eine Ehre.«

Ein Sonnenstrahl fiel durch das Fenster und ließ die Blumen auf dem Beistelltisch leuchten, die Aurelia mitgebracht hatte.

»Es gibt hier also doch eine Sonne«, scherzte Weinberg und rieb sich möglichst unauffällig ein Auge, um seine Rührung zu verbergen. »Ich hatte schon Zweifel.«

Aurelia legte ihre Hand auf seinen Arm und sagte lächelnd: »Ihr müsst unbedingt wiederkommen, wenn es schönes Wetter hat und alles blüht! Dann machen wir zusammen eine Wanderung.«

»Bis dahin musst du erst mal wieder ganz gesund werden und dich erholen. Auf Wiedersehen, Youssef.« Grünwald stand auf.

»Auf Wiedersehen, lieber Freund.«

Nachdem sich die drei auch von Aurelia herzlich verabschiedet hatten, verließen sie das Spital. Der Himmel war heller als an den vorhergehenden Tagen, doch der Wind war noch genauso kalt und schneidend. Weinberg zog gerade den Autoschlüssel aus seiner Tasche, als er zwei Personen bemerkte, die vor seinem Wagen warteten. Es waren Timo Vogt und Alice Marxer.

»Na, Kollege, geht es wieder nach Hause an den Bodensee?«, fragte die Beamtin.

»Meine Sachen sind schon alle im Wagen«, antwortete Weinberg. »Wir haben bereits ausgecheckt.«

»Sie werden sich wohl erst einmal von Ihrem Urlaub erholen müssen«, sagte Timo Vogt grinsend.

Weinberg nickte. »Es waren nicht die freien Tage, die ich im Sinn hatte, das ist wahr, aber dass Liechtenstein langweilig wäre, kann ich wirklich nicht behaupten.«

»So etwas nennt man heute Erlebnisurlaub«, warf Grünwald ein. »Das kostet normalerweise extra.«

»Jedenfalls sehen wir uns nach einem Abenteuer immer in einem Krankenhaus wieder«, bemerkte Lisa.

»Erleben Sie öfter solche Sachen?«, fragte Alice Marxer.

»Gelegentlich.«

»Dann kann ich nur hoffen, dass es das nächste Mal nicht bei uns in Lichtenstein ist. Hören Sie, bei uns ist es üblich, dass man praktisch mit jedem per Du ist. Und wir haben doch immerhin einiges miteinander erlebt. Was meinen Sie?«

»Ich bin Markus«, sagte Weinberg und streckte seine Hand aus.

»Alice«, sagte sie und schlug ein. »Mach es gut, Markus. Ihr beide auch, alles Gute. Vielleicht begegnen wir uns mal wieder.«

Weinberg sah im Rückspiegel, dass die Polizistin und ihr Kollege ihnen nachwinkten, als sie vom Parkplatz fuhren.

*

Bis Lindau war Grünwald mit Lisa in seinem Mietwagen Weinberg hinterhergefahren. In der Inselstadt hatte er das Fahrzeug abgegeben, und sie waren in Weinbergs Auto umgestiegen. Jetzt fuhren sie auf der B 31 in Richtung Westen. Die Sonne schien auf die Fahrbahn und vergoldete den Asphalt. Zu ihrer Linken glitzerte der See.

Alle drei waren in Gedanken versunken. Sie würden sicher noch eine ganze Weile brauchen, um die Erlebnisse und Eindrücke der letzten Tage zu verarbeiten.

Eindrücke aus mehr als 300 Jahren.

Gierige Grafen, ruhmsüchtige Fürsten, Missgunst und Aberglaube, Rufmord und Verurteilungen. Verachtete, Verletzte, Vermessene und Verrückte. Von dem Mann, der seinen Mitmenschen aus Gier zum Wolf geworden war, waren nur noch Knochen übrig. Doch Menschen, die aus Habsucht bereit waren, über Leichen zu gehen, würde es immer geben. Und auch solche, die andere wegen ihrer Herkunft verurteilten und ihnen keine Chance gaben. Solche, die keine Moral besaßen, und solche, die mit ihrer vermeintlichen Moral andere erschlugen.

»Was für ein Wahnsinn«, murmelte Grünwald kopfschüttelnd. Er sah auf den See hinaus. Der Anblick tat ihm gut. So war es immer gewesen. Der See beruhigte ihn. Der Archivar verdrängte seine trüben Gedanken und fragte Lisa: »Was werden Sie mit der restlichen freien Zeit anfangen?«

Lisa antwortete: »Ich werde ein paar Tage Urlaub am See machen.«

»Aber hüten Sie sich, in diesen Tagen das Archiv zu betreten!«

»Versprochen. Ich werde nichts anderes tun, als zu lesen, spazieren zu gehen und mich auszuruhen. Außerdem habe ich ja auch noch einen …« Die Archivarin drehte sich nach hinten, wo Grünwald saß. »Ich muss Ihnen etwas erzählen, Dr. Grünwald.«

Unwillkürlich hielt sie einen Augenblick inne. Irgendwie hatte sie erwartet, dass etwas dazwischenkommen und sie unterbrechen würde.

Es kam nichts.

Aufgeregt sprach sie weiter: »Markus und ich haben uns verlobt! Wir wollen heiraten! Das wollte ich Ihnen schon die ganze Zeit sagen.«

Grünwald war glücklich, sie so glücklich zu sehen. Das Glück, das aus ihren Augen strahlte, verjüngte sie. »Das freut mich für Sie beide«, sagte er ergriffen. »Ich muss gestehen, ich wusste schon die ganze Zeit von Ihrer Verlobung.«

»Sie wussten …?«

»Ich wusste genau genommen sogar vor Ihnen davon. In Anbetracht, dass Ihr lieber Vater ja bereits verstorben ist, hat Markus Weinberg gewissermaßen bei mir um Ihre Hand angehalten.«

Lisa drehte sich ungläubig lächelnd zu ihrem Verlobten: »Du hast …? Wirklich?«

Weinberg nickte. Er warf einen scheuen Blick auf sie. »Findest du das blöd?«

»Ich finde es großartig! Du bist so ein Romantiker!«

»Sag das bloß nicht weiter!«, drohte er lächelnd.

Von der Rücksitzbank aus schaltete sich der alte Archivar wieder ein: »Der Vorschlag, Ihnen den Antrag bei einer Bootsfahrt auf dem See zu machen, kam von mir!«

»Tatsächlich?«

»Wahrscheinlich hätte ich es sowieso dort gemacht«, brummte Weinberg.

Lisa legte beschwichtigend ihre Hand auf seinen Arm. Dann blickte sie in den Rückspiegel. »Dr. Grünwald?«

»Ja?«

»Werden Sie mich zum Altar führen?«

»Es wird mir eine Ehre sein.«

Glücklich sah Lisa vor sich auf die Straße. Nach den Tagen und Nächten in dem engen Rheintal wirkte die Landschaft mit den sanften Hügeln und der riesigen Wasserfläche noch weiter als sonst.

Die Sonne schien ihr ins Gesicht.

Wie die Verheißung einer weiten und hellen Zukunft.

Archivarin Lisa Engels und Polizist Markus Weinberg ermitteln:

1. Fall: Nacht über dem Bodensee
ISBN 978-3-8392-0289-0

2. Fall: Dunkle Schluchten am Bodensee
ISBN 978-3-8392-0476-4